四川历史名人丛书　小说系列

沧海蛮荒
九州共主大禹

远　人 …… 著

四川文艺出版社

图书在版编目（CIP）数据

沧海蛮荒：九州共主大禹／远人著. —2 版.
—成都：四川文艺出版社，2021.11
ISBN 978-7-5411-5624-3

Ⅰ．①沧…　Ⅱ．①远…　Ⅲ．①长篇历史小说－中国－当代
Ⅳ．①I247.5

中国版本图书馆 CIP 数据核字（2021）第 201825 号

CANGHAI MANHUANG：JIUZHOU GONGZHU DAYU
沧海蛮荒：九州共主大禹

远　人　著

出 品 人　张庆宁
编辑统筹　宋　玥
责任编辑　彭　炜
内文设计　史小燕
封面设计　魏晓舸
责任校对　蓝　海
责任印制　桑　蓉

出版发行　四川文艺出版社（成都市槐树街 2 号）
网　　址　www. scwys. com
电　　话　028-86259287（发行部）　　028-86259303（编辑部）
传　　真　028-86259306

邮购地址　成都市槐树街 2 号四川文艺出版社邮购部　610031
排　　版　四川胜翔数码印务设计有限公司
印　　刷　成都紫星印务有限公司
成品尺寸　168mm×238mm　　　开　　本　16 开
印　　张　24.25　　　　　　　字　　数　380 千
版　　次　2021 年 11 月第二版　　印　　次　2021 年 11 月第一次印刷
书　　号　ISBN 978-7-5411-5624-3
定　　价　63.80 元

"四川历史名人丛书"总序

——传承巴蜀文脉，让历史名人"活"起来

  文化是民族的血脉，是哺育民族成长壮大的乳汁，是一个国家、一个民族的灵魂，文化兴国运兴，文化强民族强。从十八大到十九大，习近平总书记以政治家的战略眼光，以唯物主义的科学态度，从中华文化的思想内涵、道德精髓、现代价值和传承理念等方面多维度、系统化地阐述了对待中华文化的根本态度和思想观点。他将中华优秀传统文化提升到"中华民族的基因""民族文化血脉""中华民族的根和魂"和"中华民族的精神命脉"的崭新高度，指出"一个国家、一个民族不能没有灵魂"，"优秀传统文化是一个国家、一个民族传承和发展的根本，如果丢掉了，就割断了精神命脉"，要"加强对中华优秀传统文化的挖掘和阐发"，从传统文化中提取民族复兴的"精神之钙"，"对历史文化特别是先人传承下来的道德规范，要坚持古为今用、以古鉴今，坚持有鉴别的对待、有扬弃的继承"，努力实现传统文化的"创造性转

化、创新性发展"。总书记的一系列著名论断，从中华民族最深沉精神追求的深度、国家战略资源的高度、推动中华民族现代化进程的角度，把中华文化的发展提升到一个新高度，升华到一个新境界，推向了一个新阶段。

中华文化源远流长，积淀着中华民族最深沉的精神追求，是中华民族独特的精神标识，为中华民族生生不息、发展壮大提供了丰厚滋养。沧海桑田，古印度、古埃及、古巴比伦文明早已成为阳光下无言的石柱，而中华文明至今仍然喷涌着蓬勃的生机。四川作为中华文明的重要发源地之一，历史文化源通流畅、悠久深厚。旧石器时代，巴蜀大地便有了巫山人和资阳人的活动。新石器时代，巴蜀创造了独特的灰陶文化、玉器文化和青铜文明。以宝墩文化为代表的古城遗址，昭示着城市文明的诞生；三星堆和金沙遗址，展示了古蜀文明的不同凡响；秦并巴蜀，开启了与中原文化的融通。汉文翁守蜀，兴学成都，蜀地人才济济，文章之风大盛。此后，四川具有影响力的文人学者，代不乏人。文学方面，汉司马相如、王褒、扬雄，唐陈子昂、李白，宋苏洵、苏轼、苏辙，元虞集，明杨慎，清李调元、张问陶，近现代巴金、郭沫若等，堪称巨擘；史学方面，晋陈寿、常璩，宋范祖禹、张唐英、李焘、李心传、王称、李攸等，名史俱传。此外，经过一代代巴蜀人的筚路蓝缕、薪火相传，还创造了道教文化、三国文化、武术文化、川酒文化、川菜文化、川剧文化、蜀锦文化、藏羌彝民族风情文化等，都玄妙神奇、浩博精深。瑰丽多姿的巴蜀文化，是中华文化的重要组成部分，有着鲜明的地域特征和独特的文化品格，是四川人的根脉，是推动四川文化走向辉煌未来的重要基础。记得来路，不忘初心，我们要以"为往圣继绝学"的使命担当，担负起传承历史的使命和继往开来的重任，大力推动巴蜀文化的传承、接续与转生，让巴蜀文化的优秀基因代代相传，"子子孙孙无穷匮也"。

四川历史文化异彩独放，民族文化绚丽多姿，红色文化影响深广，历史名人灿若星辰，这是四川建设文化强省重要的文化资源。中共四川省委、四川省人民政府秉持高度的文化自觉和文化自信，借助四川文化资源富集的优势，持续深入推进文化强省建设，先后出台《四川省"十三五"文化发展规划》《关于传承发展中华优秀传统文化的实施意见》《建设文化强省中长期规划纲要》等一系列战略规划及措施，大力推进古蜀文明保护传承、三国蜀汉文化研究传承、四川历史名人传承创新、藏羌彝文化保护发展等十七项优秀传统文化传承发展工程，着力构建研究阐发、保护传承、国民教育、宣传普及、创新发展、交流合作等协同推进的文化发展传承体系，不断探索传承守护中华文脉的四川路径。

"四川历史名人文化传承创新工程"是四川启动最早、影响最广的一项文化工程。自 2016 年 10 月提出方案，经过八个多月的论证调研、市（州）申报、专家评审，最终确定大禹、李冰、落下闳、扬雄、诸葛亮、武则天、李白、杜甫、苏轼、杨慎为首批十位四川历史名人。这十位历史名人，来自政治、文化、科技、艺术等多个领域，他们是四川历史上名人巨匠的首批杰出代表，各自在自己专业领域造诣很高，贡献杰出：李冰兴建都江堰，功在千秋；落下闳创制《太初历》，名垂宇宙。李白诗无敌，东坡才难双；诸葛相蜀安西南，杜甫留诗注千家。大禹开启中华文明，则天续唱贞观长歌。扬雄著述称百科全书，千古景仰；升庵文采光辉耀南国，万世流芳。

十大名人之所以值得传颂，不仅在于他们具有雄才大略、功勋卓著、地位崇高、声名显赫，更在于他们身上所承载的思想理念、人文精神、气质风范、文化品格等，是中华民族和巴蜀文化的集中表达。大禹公而忘私、为民造福的奉献精神，李冰尊崇自然、求真务实的科学态度，落下闳潜心研究、孜孜不倦的探求意志，扬雄悉心著述、明辨笃行的学术追求，诸葛亮宁静淡泊、廉洁奉公的自律品格，武则天巾帼不让须眉的豪迈气概，李白"直挂云帆济沧海"的博大胸怀，杜甫心系苍生、直陈时弊的忧患意识，苏轼宠辱不惊、澄明旷达的坦荡胸襟，杨慎公忠体国、坚守正义的爱国情怀，都是中华民族优秀文化的浓缩和凝聚，是四川人民独特气质风范的体现，是社会主义核心价值观的本源和本质，是四川发展的宝贵资源和突出优势。

历史名人要有现实意义才能活在当下。今天我们宣传历史名人，不能停留在斯土有斯人的空洞炫耀，而要用历史的、发展的、辩证的思维去深入挖掘、扬弃传承、转化创新，不断赋予时代内涵，不断呈现当代表达，让历史名人及其文化"站起来""活起来""动起来""响起来""火起来"，真正走出历史、走出书斋、走进社会，走向世界、走向未来。"四川历史名人文化传承创新工程"实施三年多来，全社会认知、传承、传播历史名人文化的热潮蓬勃兴起，成效显著：十大名人研究中心全面建立，一批中长期规划先后出台，一批优秀成果陆续推出；十大名人故居、博物馆、纪念馆加快保护修复，展陈质量迅速提升；十大名人宣传片全部上线，主题突出，画面精美；名人大讲堂、东坡艺术节、人日游草堂、都江堰放水节、广元女儿节等品牌文化活动多地开花，万紫千红；以名人为元素打造的储蓄罐、笔记本、手机壳、冰箱贴等文创产品源源上市，深受民众喜爱；话剧《苏东坡》《扬雄》，川剧《诗酒太白》《落下闳》，歌剧《李冰父子》，曲艺《升庵吟》，音乐剧《武侯》，交响乐《少陵草堂》等一大批舞台艺术作品好戏连台，深入人心……

"四川历史名人丛书"的编纂出版，是实施振兴四川出版战略、实现文化强省目标的重要举措，其目的是深入挖掘提炼历史名人的思想精髓和道德精华，凝练时代所需的精神价值，增强川人的历史记忆、文化记忆，延续中华文化的巴蜀脉络，推动中华文化传承创新，彰显巴蜀文化的生命力和影响力。

"四川历史名人丛书"的编纂出版，始终坚持正确的政治方向、出版导向、价值取向，深入挖掘名人的精神品质、道德风范，正面阐释名人著述的核心思想，借以增强川人的文化自信，激发川人了解家乡、热爱家乡、建设家乡的澎湃力量；始终坚守中华文化立场，着力传承中华文化的经典元素和优秀因子，促进人民在理想信念、价值理念、道德观念上团结一致；始终秉承辩证唯物主义和历史唯物主义观点，用客观、公正、多维的眼光去观察历史名人，还原全面、真实、立体的历史人物，塑造历史名人的优秀形象，展示四川文化的独特魅力，让历史名人文化为今天的社会发展提供精神动能。

"四川历史名人丛书"的编纂出版，注重在创新上下功夫，遵循出版规律，把握时代脉搏，用国际视野、百姓视角、现代意识、文化思维，将思想性、知识性、艺术性、可读性有机结合，找到与读者的共振点，打造有文化高度、历史厚度、现代热度的文化精品，经得起读者检验，经得起学者检验，经得起社会检验，经得起历史检验；注重在质量和水平上下功夫，立足原创、新创、精创，努力打造史实精准、思想精深、内容精彩、语言精妙、制作精美的文化精品，全面提升四川出版的知名度和美誉度，为建设文化强省、助推治蜀兴川再上新台阶提供思想引领、舆论推动、精神鼓励和文化支撑，为增强中华文化影响力贡献四川力量。

"四川历史名人丛书"编委会

2019 年 10 月 30 日

目录

第一章　舜婚

1

夕阳西下，远处群峰间陆续亮起了爝火。

几声虎啸不知从何处隐隐传来。

坐在地上打盹儿的脩己年岁已高，一身粗制布衣似青似灰，早看不出原来是什么颜色，挽得一寸来高的发髻黑少白多，手里拄根三尺来长的木杖。看得出，木杖也就是一根没修整过的粗大树枝。时间久远，参差在木杖上的疙瘩已经溜圆，泛出一层黑黝黝的光泽。

过于惨烈的虎啸使脩己睁开眼睛，一丝惊惧神色从脸上掠过。她看了看房间，墙壁上的几处火盏还没有点起，面前的桌上放有一个封好的包裹，不知里面究竟装着什么。脩己撑着木杖站起，慢慢走到窗前，凝视通往自己家门的路。

夕阳完全落到山后，天空还留有血似的残云。

脩己听了很久，虎啸声不再传来。她脸上的惊惧越来越浓，握着木杖的手不自禁地加大手力。间或左手抚胸，右手将木杖在地上顿了几顿。

终于，脩己听到了从山路上传来的脚步声，脸色顿时柔和下来。过来的人还没有出现，脩己就朝窗外大声喊了起来："文命！文命！"

那阵脚步声加快了，跟着有人在喊："妈！我回来了!"声音充满喜悦。

脩己完全放下心来，脸上露出微笑。

片刻间，有两个青年一前一后从山路的拐弯处过来。

前面的青年二十四五岁模样，身高少说也有九尺开外，膀壮腰圆，发髻旁插有三根黑白相间的长长羽毛，只穿一件粗布青色背心，腰带紧束，右臂上端缠圈布条，里面血迹隐隐渗出，两条腿上打着绑带，踏双草鞋，提一根削尖的木棒。听见脩己的喊声之后，他脚下加快，小跑起来。跟在他身后的青年也是异常高大，穿着件红色背心，另外不同的是他没绾发髻，扎出九条长长发辫，戴个树叶编成的发箍，发箍上插根红色羽毛。身上斜背一张大弓，腰间挂个箭囊，看起来年龄比前面青年要大上三四岁，人也显得更加壮实。骇人的是，他肩上扛着一只斑斓死虎。虎身上血迹斑斑，显然是刚刚死在这两个青年手上。

脩己赶紧转身走到门边，将大门打开。

提木棒的青年已行至门口，看见脩己，又说道："妈，你还在等我？没饮食吗?"

脩己看着儿子进来，脸上再无惊惧之色，说道："你总算回来了，我听到老虎叫声，心里可是太担心了。"她看见儿子臂上血迹，不由又惊吓起来，问道，"文命，你受伤了?"

文命摸摸右臂，说道，"没什么，被虎爪抓了一下。"像是为了让母亲放心，又上下摆动几下胳膊，说道："你看，是没事吧?"

脩己想看看儿子伤口，又见到跟在儿子身后的扛虎青年，便问："文命，他是谁?"

那青年将老虎卸在门外，跟着叫文命的青年进来，朝脩己躬身行礼，说道："我叫九婴，今天认识了文命。"

脩己见是儿子友伴，脸露笑容，赶紧让他进来。

文命走进房间，说道："我们都还没吃饭。今天幸亏了九婴，不然我还对付不了这只虎。"

九婴笑了笑，说："没我在，你也一样能对付。"

2

三人围桌而坐时，文命已经点起钉在墙上的火盏。脩己端上一盆鱼、一盆肉、一盆青菜，摆出三副碗筷。三人面前还有三个小木碗，里面盛着浅黄色的米水。文命将木碗端起，对九婴说："今天不是你，我可能就回不来了，谢谢你救我一命。"

九婴微笑道："其实我早就想认识你，你的勇敢和胆气都传到我们尖山部落了。今天也是巧了，想上山打只野猪，正好遇到你和这虎纠缠。它也害了我们部落里不少人畜，今天遇到你，也是它大限已到，该死了。"说着哈哈一笑，端起面前木碗，和文命对饮一口，不提是自己从虎口救下文命。

九婴放下碗，将房间环视一遍，有点惊讶地说："文命，这就是夏后部落的酋首室？"

文命也看看房间，微笑说道："你是不是觉得太小了？我们原本从汶山而来，终究是要回去，这里便这样了。"

九婴跷起大拇指说道："素闻夏后部落酋首只顾他人，不惜自己，今日一见，果然如此！"

文命笑笑不答，然后伸手摸摸九婴搁在两人间的那张大弓，转过话题说道："从那么远的地方，你都能一箭射中虎头，我看我们夏后和尖山两个部落里，都没有谁的箭法比你更好。"文命凝视着弓，续道，"恐怕后羿的箭法也比不上你。"

"你见过后羿？"九婴抬起头，眼神充满询问，声调不自觉地提高起来。

"没见过，他所在的有穷部落实在太远。只是天下人都说他箭法很准，要射什么，都是一箭射中目标。"文命顿一顿，继续说，"但我亲眼看见一箭射中目标的只有你。"

脩己坐在一旁，眼睛总看着儿子右臂包扎的伤口，终于忍不住说道："文命，你的伤要不要紧？疼不疼？"

"没什么事，"文命看着母亲，胳膊伸缩两下，说道，"一点也不疼。"

九婴又喝了口米水，左右望望，说道："文命，怎么没看见你父？他不在家吗？"

　　九婴话音一落，脩己和文命的脸色都变了。脩己变得哀伤，看儿子一眼，垂下头来。文命的眉头皱成一处。他没有马上回答，将桌上的木碗用力一握，然后端起，仰脖喝掉米水，停了片刻，才像是收住心神，说道："我父……他被关起来了！"

　　"啊？"九婴惊讶一声，脸上歉然，说道，"你父……为什么会被关起来？是谁关的？"

　　文命脸色沉重，咬牙说道："是虞舜关的他。"

　　"虞舜？"九婴脸色显得更加惊异，说道，"听说天子都有把帝位传给他的打算。而且，明天就是虞舜结婚的日子，嫁给他的就是天子的两个女儿。"

　　文命放下木碗，苦笑一下，说道："天子把两个女儿嫁给虞舜，已是天下人都知道的事。眼下到尖山的部落已经不少，还有正在赶来的，就等明天齐往都城。对了，你们部落打算送什么贺礼？"

　　九婴伸手端壶，给两人的木碗加上米水，说道："那是我们酋首的事，我就不知道了。你们部落呢？你……乃是夏后酋首，你打算送什么？"

　　文命双手握成拳头，狠狠在桌上一砸，桌面的碗筷都跳将起来。脩己看着儿子的脸色又充满了忧虑。文命伸手指指原本在桌上，现在已被挪到屋角的包裹，说道："囚我父，我真是不想给他送礼！"

　　九婴像是一惊，不知如何回答。

　　脩己忽然声音平缓地说道："文命，你不可这样。天子在位数十年，富不骄奢，贵不堕慢，让天下九族一心，对万民有造福之恩。他愿意把两个女儿都嫁给虞舜，是虞舜不仅有孝顺之心，如今更开四方门庭。虞舜虽然囚了你父，对万民却是有功德之人。明天是他结婚的日子，无论如何，你得率我们部落前往庆贺。"

　　文命与九婴都望向脩己，两人都一时不再说话。只是文命脸色依然沉重，欲言又止。九婴倒是神情惊异，像是没料到脩己能说出这样一番话来。

　　脩己慢慢站起，扶杖走到屋角，在那个包裹前站住了。她伸杖触了触包裹，然后转过头看着文命说道："这礼物也实在不怎么好。这样吧，文命，今晚你把那张虎皮剥下来，当作我们部落给虞舜的结婚之礼。"

3

从文命家告辞出来时，天色完全黑了。

九婴沿着和文命回家的来路返回。折过弯口，便是上尖山的山路了。他擎着脩己交给他的火把，能看见的路不过前面数尺距离。越往上走，越是感到黑压压的山影从两旁压来。他得翻过尖山才能到自己所在的部落。

其实山影是看不见的，天太黑，迎面而来的山风总是忽强忽弱，吹得两边的树叶哗哗直响。出来觅食的野兔偶尔会突然从他脚下蹿过。九婴迈开大步，径自往山上走去。天空乌云密布，星月全无，像是要下雨的样子。

尖山山高林密，攀过好几处陡坡之后，有一片平地，树木纵横。九婴本是尖山部落人，对尖山十分熟悉，况且火把在手，弓箭在腰，没觉得有什么可惧怕的。他今天上山，射杀了一只老虎，心下颇为得意。这只老虎在山上出没已有多时，山两边的尖山和夏后部落频受虎害。文命为追杀它，耗费的时日不少，今天终于遇上，不料老虎强壮，被抓伤手臂，险些丧身虎口，亏得九婴及时出现，一箭射翻老虎，再合二人之力，算是清除了虎害。

火光映照下，九婴的嘴角露出一丝难以名状的笑意。

密林上空，陡然一声巨雷。九婴停下步，抬头看看天，脸上平静，紧接着一道闪电喀喇喇划破夜空，整片密林恍如白昼，转眼又黑下来。

眼看大雨即至，九婴脚下加快，心里却疑惑了一下，刚才闪电照亮密林时，他像是看见远处有一物在飞快移动。他刚刚加快脚步，又立刻停下来，左手取下长弓，右手将火把伸前探望。火光无法照远，也就无法看见前面究竟有些什么。九婴嘴角冷笑，持弓擎火，耳朵也开始抖动起来，像是要捕捉出现的任何异常之音。

果然，九婴感到面前突起一股劲风，恍有黑影迎面扑来。九婴想也没想，火把堕地，腾出的右手已从箭囊抽出箭支，眨眼间搭上弓弦，拉弓便射。那股劲风未歇，听得一声惨叫传来，跟着便是一阵急速的翻滚声。九婴知道箭未虚发，弯腰拾起火把，飞快跑向声音之处。

两丈开外，一头野猪倒在地上，脖子上插支对穿而过的长箭。

箭是竹子制作，居然一箭穿喉，足见惊人膂力。九婴在野猪旁蹲下，不去检查猪身，只查看穿喉的箭支究竟穿过了多长。他右手搭箭，拃开拇指与中指，比一比穿出的箭支长度，比了两下，脸上露出欣慰，似是觉得自己箭法与膂力都较前长进不少。下午射虎时，距离实在太远，未能一箭射穿虎头，此刻野猪和他距离甚近，又几乎是仓促间射出，还能够直接射中喉部，委实是罕见的箭法。

九婴站起来，举火把仰天望去，嘴里喃喃说道："后羿，我这箭法难道会真的比不上你吗？为什么天下人都只知你后羿，不知我九婴？"他脸色突现一丝狰狞，像是恨不得马上和后羿进行箭法比试。

豆大的雨点终于下了下来。

雷声轰隆隆响在四野，闪电时不时划过，九婴独自擎火，站在刚刚被自己射死的野猪身旁，气概非凡。他右臂伸向天空，厉声喊道："天！只有你看见我的箭法！就请让我和后羿比试一回！"

雨点淋湿了火把。九婴大喊一声发泄后还觉得不够，蹲下身，朝野猪腹部狠狠打上几拳，每拳下去，都能听见咔咔的骨断之声。几拳发泄后，九婴再背上长弓，弯腰从地上拖住野猪，臂上用力，将野猪扛到肩上，继续大步往前面走去。林子外山路又渐渐陡峭，路窄湿滑，九婴没理会脚下路如何险峻，雨中步伐加快，好像他在黑夜里一切都能看清。

4

待九婴从尖山北面下来，已是后半夜了。从他射死野猪那时开始，雨就没有停过，眼下几乎已是狂风暴雨。

山下是一条河流，因雨水太大，河水猛涨，水势颇急。在河上晃动的吊桥差不多已经被水淹没。

在吊桥那头站着两个人。因为下雨，两人都身披蓑衣，手中持着削尖的木棒。

　　九婴大步走上吊桥。一块块木头搭成的桥面晃荡得更加厉害，九婴扛着猎物，还是像在平地上行走似的。对面的人看见有人过来，都站住凝视了好一会儿，其中一人待九婴走过一半时才大声喊道："是九婴吗？你回来了！"

　　九婴应道："是我！我回来了！"

　　俩人都立刻兴奋起来，其中一人转身就往桥后的部落深处跑去，边跑边喊："九婴回来了！九婴回来了！"

　　余下的那人迎了上去，到九婴面前时说："九婴，你打死了一只野猪？"

　　九婴鼻孔里哼了一声，说道："拿去！"说着将肩上的野猪反手拿下，交给面前之人，那人赶紧伸臂接住。野猪甚重，那人接过时不由双臂一沉，身子晃了一晃。

　　"象酋可在？"九婴问一句。

　　"在，"那人回答，"象酋一直在等你。"

　　九婴不再说话，继续大踏步往前走去，暴雨落在身上也浑然不觉。

　　这时，部落里的人听说九婴回来了，还独自打死一只野猪，拥上来不少男男女女。看他们的眼神，无不露出钦佩之色。九婴对他们视而不见。有一人上前，将一件蓑衣披在九婴身上。九婴脚步始终没停，伸手将蓑衣披好，直往人群后面的一座房屋走去。

　　妙象的酋首室比夏后部落的酋首室气势大了许多。外墙甚高，屋顶的茅草虽被打湿，雨水却不会渗漏到屋内。房屋前一扇大门，门前一左一右，站有两个持棒蓑衣人。两人比吊桥的那两人要严峻得多，雨水笼罩全身，还是一动不动，恍如两尊雕塑。当九婴走到门前时，那两个持棒人才同时上前。认出是九婴后同时鞠躬，不待九婴说话，便几乎同时说道："九婴，象酋在里面等你。"

　　九婴点点头，也不说话，将蓑衣脱下，交给其中一人，大步走了进去。

　　屋内甚深，九婴走过两间外室，到最里间时，见里面的墙上火盏明亮，有一人坐在椅上，另有一人背手互握，站在窗前，整个人背对九婴进来的大门。九婴走进之后，单膝跪地，说道："九婴回来了！"

　　坐在椅上的人身材甚胖，装束却和文命一样，短装，发髻上插有三根绿白相间的羽毛，腿上倒是没有绑腿。他一见九婴进来，便从椅上站起。他没叫九婴起来，而是走到窗前人身后，恭声说道："丹朱，九婴回来了。"

被唤作丹朱的人从鼻孔里发出一声异声，慢慢转身。火盏映照下，这人的穿着比椅中人华贵许多，乃是一件丝蚕长衣，腰间的束带也是丝蚕制作，额前的发箍上插有五根纯白色羽毛，颌下一片短须，眼神冰冷，露出的手脸上的皮肤都红得极是异常。他看着单膝跪在面前的九婴，点头说了句："起来吧。"

"谢过丹朱。"九婴回答后便站起身来。

丹朱仔细凝视了九婴几眼，然后说道："坐下说话。"他望望刚从椅中站起的那人，续道，"妸象，你也请坐。"

九婴再次拜谢，和妸象同时落座。妸象是部族酋首，坐在上位，九婴坐在下位。两人都凝目望向丹朱。

丹朱嘴角露出一丝冷笑，也不看椅子中两人，缓缓走了几步，然后说道："九婴，文命那里怎么样了？你的事情做完了？"

九婴椅上欠身，说道："今天的事做完了。文命请我晚上去他家中饮食。"

丹朱说话始终很缓："为了这只老虎，文命准备了好几天，可见他对族人心怀照抚，也无怪他那些族人很是护他。"说到这里，丹朱站住了，眼睛凝视九婴，"他应该很信你了？"

"他信我，"九婴回答，"不然也不会要我去他家里饮食。"

丹朱点点头，继续说道："虞舜明天就大婚，文命他们准备了什么？"

九婴回答道："脩己要文命剥下那张虎皮做贺礼。"

丹朱又从鼻孔里哼了一声，说道："真亏脩己想得出来。怎么？她丈夫被虞舜关了起来，她对虞舜还这么顾及？"

"我看是的，"九婴继续回答，"依我看，脩己对虞舜十分敬仰，没有因虞舜关了她丈夫就心怀怨恨。"

"那文命呢？"丹朱继续问。

"文命和脩己不同，"九婴说道，"我看得出，文命非常关心他父鲧。"

丹朱脸上的冷笑终于流露出来，却又迅速收回，然后说道："你已经使文命信你了，接下来的事，你知道该怎么做了吗？"

"我知道。"九婴回答。

丹朱又冷冷哼上一声，来回再走几步，像是自言自语地说道："我若得到鲧禹父子相助，还怕父王会把帝位传给虞舜吗？"

"丹朱，"九婴忽然站起来，说道，"我找机会一箭射杀虞舜，不是更简单吗？"

丹朱侧身凝视九婴，抬手一挥，说道："一箭射杀？你有这个本事，可他即便死了，让天下人信服的就会是我吗？那根本不是办法！我要的是鲧禹父子相助，让虞舜活着也没有受天下人拥戴的机会。"他冷笑数声，继续道，"现在虞舜将姒鲧囚放羽山，正是我们行事的最好良机。你放心，待我登上帝位，帝前射师的名号就是你的。哼！后羿名声再响，他能成为帝前射师吗？"

九婴脸露喜色，起身说道："九婴谢过丹朱。"

丹朱挥挥手，说道："你先出去，想想下一步要怎么做。我和妩象再谈一谈明日虞舜结婚之事。"看着九婴出去之后，丹朱转头对妩象说道，"你先命人把马匹备好，今晚我还得赶回平阳都。这可是正事，不能让人知道我在你这里。"

5

天亮之后，雨停了，太阳没有出来，天空还是乌云滚滚。

山前山后，猛然传来密密的鼓声。听声势，绝非仅数面乃至数十面鼗鼓在捶，声音之响，传出之远，从山前到山后，从山后到山前，少说也有数百面大鼓同时捶起。漫山遍野，几乎像是突然矗起成千上万的旗帜，五颜六色，全部迎风招展。像是受到这一阵势威慑，天上的乌云竟偃旗息鼓，慢慢飘散。尽管太阳始终未出，山谷的青翠已令人感到心旷神怡。山风不小，吹得那些旗帜也呼啦啦直响，和鼓声配合一起，实有惊天动地之威。

陡然间像是听到某种指令一样，山谷间响起盖过鼓声的齐声呐喊：

"尧——尧——"

紧接着的喊声又变成：

"舜——舜——"

随着喊声，成千上万的旗帜左右摇动，似乎漫漫群山都在起伏。鼓声稍歇之际，群山间又传出五种号声，分别发出宫、商、角、徵、羽五声音律，接着又隐隐响起金、石、丝、竹、匏、土、革、木等悠扬八音，因到来的部落甚众，四处声音杂乱，这五声八音却未错夺侵扰，声声清晰入耳。

山谷间人影乱晃，一个一个部落从山间走出，踏上平路，众人从四面八方汇集，每个人几乎都穿着干净衣物，发髻重梳，头上的各色羽毛连成弯弯曲曲的漫长一片。走在每支队伍前面的人不是手持旗杆，就是胸前挂着鼗鼓，不停地拍打，嘴里有节奏地喊出"尧——舜——"的呼声，跟在后面的是手持笭、管、埙、帘、篪、磬等各种乐器的人。部落群人跟在后面，皆伴乐而行，边行边舞。

虞舜大婚，所娶之人又是尧帝之女，十二州的三千八百部落大半酋首亲临，率大批庆贺使者携礼而来，就近部落除年岁已高的老者之外，尽是"倾巢而出"。在所有人眼里，虞舜结婚，是仅次新帝登位的重大之事。自五年前开始，虞舜代尧巡视十二州时，各诸侯部落便心知肚明，虞舜深得尧帝信任。尧帝乃黄帝长子玄嚣之后，虞舜乃黄帝次子昌意之后，二人本就同一血脉。尽管尧帝儿子丹朱年富力强，但一直未能得尧帝信任。尧帝帝位并非来自父亲高辛。高辛的帝位传给了儿子挚。挚在位九年，未建功绩，天下不服，不得已将帝位传给弟弟放勋。放勋登位称尧帝。有此渊源和虞舜本身建立的声望，尧帝之位，十有八九是由虞舜接替。尤其尧帝将自己两个女儿娥皇、女英同时嫁给虞舜，这番意味已再明显不过。

四面八方过来的部落越来越多。远离尖山之后，更是有不少前往贺婚的部族，与从尖山出发的部族合并一起，浩浩荡荡往百里外的平阳都而去。所增加部落和文命部落、妫象部落等未停歇地击鼓摇旗，同声呐喊，气势越来越显磅礴。

平阳都占地颇广，四面都是泥土外墙。护城河原本甚深，因一夜暴雨，差不多都溢到地面。四面城门都聚合了前来庆贺的部族，城前的吊桥都早早放下。文命部族与妫象部族从南门而入。进得城来，能感觉整个平阳都全部沉浸在一股喜气中。每条路宽逾两丈，都是成群结队的人流，往都中心走去。文命带着自己部落之人，看着眼前的人群和喜气，脸上始终低沉，似乎他不是来参加虞舜的婚礼，心思都在其他事情上一样。

"文命，今日每个人都在庆贺虞舜，好像你在想其他事情？"

文命扭头一看，见说话的是和自己隔山而居的尖山部落酋首妩象。文命素来不喜妩象，见到是他过来和自己说话，心情更是不快，当下冷冷说道："哪有什么其他事情？今天是你哥哥娶亲，你当然是高兴的了。"

妩象哈哈一笑，说道："虞舜虽是我哥哥，但在天子面前，我就什么都不是了，即使在我哥哥面前，我看也不算什么。"

文命冷冷说道："那不会吧？天下人都知，虞舜对自己父母兄弟，可是出名的孝顺和义善，怎么会觉得你不算什么呢？"

妩象咳咳两声，说道："今天不说这事了。文命，很久没见你了，你母亲可好？"

文命不想和妩象再说下去，简单答了句"很好"，便转身对后面的部族人说道："我们马上就到了，人太多，都跟紧一点。"他仔细望一望，补一句，"羲由在哪里？"

他话音一落，只见后面的族人间有个少女弯腰伸头，对着文命嘻嘻一笑，说道："文命哥哥，我在这里啊，你怎么老是找不见我？"

文命看着那少女笑脸，也微微一笑，像是刚才萦绕心头的事情忽然间云开雾散。

被唤作羲由的少女十五六岁年纪，弯眉大眼，全身着白，头发披到腰际，一圈树叶发箍使得脸颊有股飒爽之气。她见文命微笑，便几步走过来，说道："文命哥哥，你找我干什么？"

文命笑道："不干什么啊，就是怕你贪玩。今天人太多了，你要是走丢了，可就回不了家了。"

羲由对文命扮个鬼脸，说道："我怎么会找不到家？你别老是把我当小孩子看好不好？"

文命还未回答，只听旁边有人哈哈一笑，跟着有人在说："你就是羲由？我可是听说你很久了。"

文命和羲由同时朝旁边看去，只见一个背弓青年正在二人身边微笑。

"九婴！"文命一见说话人是九婴，不由兴奋起来，说道，"你也来了？"

羲由看着九婴，问道："你是谁啊？你怎么知道我？"

九婴微笑道："在夏后部落里，羲由是最美丽的姑娘，又有谁会不知道？"

羲由"哎呀呀"一叫，脸上顿时红了，说道："我回去了。"赶紧转身跑回后面队伍，心里却是心花怒放。

文命微笑一下，问九婴道："我们一起走？"

九婴说道："不了，我还是得跟自己部落一起。知道你在这里就好了，刚才看见我们部落象酋和你说话才看见你的。"说完，九婴又笑笑，像是不自觉地朝羲由那边望一眼。羲由隐没在人群中。整个拥挤的队伍继续往平阳中心移动。

6

平阳原本不是尧帝都城。因近十余年水患不息，原来所建的望都为水淹尽，不得已迁至平阳。迁都至此以来，平阳遂为天下中心。尧帝得万民拥护，不仅心怀义爱，智慧如神，其宫室还特别简陋，但即便简陋，自己始终不住宫内，而是在宫前修一茅庐而居。宫前设一大鼓，称之"欲谏之鼓"，任何人都可在击鼓后被尧帝接见，倾听击鼓人谏言。所以平阳虽广，民风却是淳朴。四处所见，都是简单居室，宫前一大片空阔之地，今日前来的十二州部落从四门进来之后，都齐整整往宫前空地而去。

尧帝早派人在宫前等候，将所到部落一队队引往事先安排之地。各部落所送之礼都有受命人将其送往宫内，再出来回到自己部落。当数千个部落陆陆续续到各自位置之后，从宫前平地到后面起伏丘地，少说也有几万人席地而坐。各部落旗帜颜色各异，前后都至少有十面旗插立于自己部落前后，风吹旗展，数千条颜色各异的旗帜此起彼伏，猎猎直响，极为壮观。空地中心有一四面皆达十丈的土台，四角各站一持矛青年，土台中央摆尊四丈见方的青铜大鼎。从每个鼎角露出一节碗口粗的树木，四根树木都在大火里挟下燃烧，火势冲天，令人不禁目眩神摇。

众人坐下后没过多久，土台后的宫门大开，有三人步行而出，左右之人都手持长矛，发髻高绾，髻间都插根碧色孔雀羽毛，甚是威武。中间那人白髯飘飘，身穿一件红色葛藤长袍，头上冠冕外黑内朱，发髻上横插一根长笄，笄两端系出一根金黄丝带，绕过额下。他步行甚缓，处处流露出君临天下的气概。

已坐下的各部落众人一见来人，不禁山呼海啸般同声大喊："尧！尧！尧！"

来人正是尧帝。

文命坐在自己部落之前，见到尧帝缓步而行，若飘然出尘，内心不仅陡然激动，似乎瞬间忘记自己一直在想的心事，跟着众人大喊起来。

尧帝脸露微笑，拾步上台。背对宫门，双手左右平伸。他这个动作一做，万人的呼声便消停下去。尧帝又将双手慢慢交叉到胸前，抬眼望天，再望向众人，待万人无声后才缓声说道："我从兄长帝挚处登此位以来，不敢丝毫懈怠，渴望万民安康。如今天下洪水肆虐，恐是我政事未公，以致惹怒上苍。今虽是我女嫁夫之日，我心中所想，仍是如何让苍生摆脱患难。三千多部族今日到此，千山万水，殊为不易，我在此先拜谢众民。婚娶乃寻常之事，我渴求的是众民中有人能给予方法，如何让天下重回帝喾之时，日月所照，皆是万民福祉。"

尧帝说话不多，却字字敲在众人耳中，尤其地在空旷，数万人围坐，尧帝说话始终中气充沛，竟无一人不听在耳内。他话音刚落，众人再一次大声喊道："尧！尧！"这一次的呼喊和刚才的呼喊意味不同，刚才的呼喊是见到帝王时的心绪激烈之情，此刻的呼喊却是感到内心震动，似乎每人都忽然不自觉地想要担当起驱水大任。

尧帝双手再摆，众人的呼喊又逐渐停下。

尧帝缓缓左右望去，似乎想看清楚自己所见的每张脸孔。人群中一体形甚胖的人忽然站起，众人一看，多半都认出是尖山部落酋首、虞舜的弟弟妫象。妫象先朝尧帝躬身一拜，再直腰说道："天子登位以来，处处念及苍生，这已是万民之福。我看天子不必如此自责。帝喾时固然顺民意、泽苍生，今天子所做，我看帝喾也不过如此。如今虽天下洪水遍布，却哪里是天子政事不公？依我看，这乃上苍给万民的考验，今日是两位帝女嫁虞舜的大好日子，不如还是先请出虞舜和二位帝女，才不算辜负这三千八百部落的跋涉之情。"

妫象说完，又再深深一躬，望着尧帝。席地而坐的部落人众也纷纷说道："天子不可自责，请让虞舜和二位帝女出来。"

尧帝见是虞舜的弟弟站起说话，脸色不禁柔和起来。又听众人之言，微微点头，说道："娥皇女英虽是帝女，却实和众人一样，都是普通女子，唯虞舜不同，众人都知，自虞舜接管四方门庭，已有二十多年，处理事务无不让众诸侯部落信服。今日我把女儿嫁与他，也乃顺天命而为。现在，就请出虞舜和我的两位女儿。妩象请坐。"

尧帝话毕，妩象随即盘腿再坐。众人情不自禁地同声喊道："舜！舜！舜！"

后面的宫门内，又是三人同时走出，左右人仍是手持长矛，发髻高绾，头插孔雀羽毛。中间的身材高大之人自然便是虞舜了。看他的打扮，也是冠冕插笄，丝带绕颈，穿件白色葛藤长衣。令人难忘的是容颜奇特，须长过胸，双眉斜上入鬓，尤其眼睛，每只都竟然是双瞳闪动，不觉让众人陡然心生崇敬，无不感觉自己在面对一难见之异人。

在众人又一次大喊"舜！舜！"的声音中，虞舜抬步走上土台。脸上的微笑仍掩饰不住一种明显可见的忧虑之色。虞舜先在尧帝前跪地一拜，经尧扶起后再起身面对众人。见他眼神望来，谁都不敢说话。虞舜朝众人双手合拜，说道："我蒙天子征信，委以重托，担以重责，日夜不敢妄为。今日再蒙天子信爱，娶娥皇女英两位夫人，此后的一切行为将更当慎严，为苍生祈愿，为天下造福。今天深感三千八百部落祝贺之情，我当一一拜谢。此刻，我和天子一样，也是为洪水之事忧虑，还请四岳诸侯在礼毕后同去宫中议事。"说罢，虞舜朝众人团团揖拜。

围坐于台前的各部落人见虞舜在结婚日居然挂念的还是洪水祸民之事，不觉都衷心感佩。这五年来，虞舜代尧巡视十二州，每个部落酋首无不认识虞舜，对其平时处事已殊为敬服，此刻听他说话比尧帝更少，却是句句出自肺腑，无不喝彩。

似乎谁也没有注意，在虞舜说话之时，从宫门内已走出十一人。最前二人乃是两位唇红齿白的少女，都穿同样丝蚕外衣，一红一蓝，两人相貌颇似，装束也几乎一模一样，连绾起的发髻也同样。她们后面跟着九位少男，这九人也是一样装束，同色的青衣长袍。当这十一人同时到达台前，也恰恰是虞舜话音正落之时。

几乎就在瞬间，众人爆发出震耳欲聋的喊声："娥皇！女英！娥皇！女英！"

那两位少女正是尧帝之女，也是今天嫁与虞舜的娥皇、女英。

坐在文命身后右侧的羲由也不禁被娥皇、女英的美丽吸引，瞬间又不自觉地将自己与她们在心里比较起来，一比较，真觉得自己无论从哪方面恐怕都比不上两位帝女，心里莫名其妙地一慌，斜眼便朝文命看去，看他是否也被娥皇、女英的容貌吸引。

文命的脸上虽看不出什么，可显而易见的是，文命的眼睛又的确在看向娥皇、女英。几乎就在一刹那，羲由感觉从文命旁边的部落里，似乎有双眼睛在看向自己。羲由不觉把眼光再移过去一点，从人缝中看到是九婴一直在凝视自己。当羲由的目光和九婴的目光碰触到一起，九婴朝羲由微微一笑。羲由赶紧挪开眼光，在文命侧脸上停留一会儿，终于还是将眼神落在娥皇、女英的身上。

7

娥皇、女英和那九位少男先后上台。到台上后，娥皇、女英在尧帝前盈盈跪下施礼，同时叫了声"父王"。尧帝哈哈一笑，上前将两位女儿扶起，左看看娥皇，右看看女英，眼中竟然有泪珠闪动，只听他说道："女儿，从今天开始，你们不再是帝女，而是虞舜的妻子了。你们记住，嫁给虞舜之后，你们得时时向你们的丈夫学习，如何为人子、尽孝道。虞舜是以孝名天下的好男人，敬父母，睦邻里，好察迩言，驱恶扬善。这五年巡视所居之处，洪水虽泛，却无处不一年成聚，二年成邑，三年成都。你们看，在为父得舜之后，才有如今政教大行、八方宾服的同心之势。为父希望你们不仅是服侍虞舜，更盼你们将你们丈夫的厚德传给将来的儿女。若天下人都能像虞舜一样，那天下都将父义、母慈、兄友、弟恭、子孝，有此五德，又何愁万民不尽享安居之乐？"

娥皇、女英同时再次下拜，齐声说道："谨遵父命。"

尧帝的目光又扫向两个女儿身后垂手站立的九名少男，上前一步说道："今日起，你们须寸步不离虞舜。虞舜代我巡狩四方，整顿礼制，日夜辛劳，你们就好好侍奉饮食，不可懈怠。"

九位少男同时下拜，双手高举过顶，说道："请天子放心，我等谨遵帝命！"

尧帝点点头，然后又走到虞舜面前，凝视他片刻，说道："虞舜，从今天起，你心中不仅只有天下和苍生，还要有两位妻子，她们都需要你的照顾。家是个人之家，天下乃万民之家，你看……"尧帝右手伸开，横过视野，继续道，

"这万民都是为你今日而来，那么他日，你就得为万民而去。只是别忘记了，你的手上，要始终牵着她们。她们会始终和你在一起的。"

虞舜很是感动，再次跪下，说道："父王，虞舜记住了。"

"你起来。"尧帝温言说道，伸手相扶。虞舜站起后，尧帝转身将娥皇、女英左右拉住，带她们到虞舜面前，说道，"虞舜，你过来牵住她们。"

好像直到此刻，虞舜才敢凝目望向即将成为自己妻子的娥皇、女英。娥皇、女英也像是同样如此，大胆地迎向虞舜的凝视。虞舜神情激动，双手伸出，左手牵住娥皇，右手牵住女英，声音几乎颤抖起来："娥皇、女英，今日起，你们就是我的妻子了。天子把你们许配给我，我不会辜负天子，也不会辜负你们二位夫人。"说罢，虞舜牵住她们，二女走到虞舜身边站定，三人并排面对部落众人。

众部落同时从席地而坐变成双膝跪拜，"恭贺天子！恭贺虞舜！恭贺帝女！"万人齐喊，似乎远处的漫山遍野都隐有回声。手持笭、管、埙、帘、簇、磬等各种乐器的人再次吹出乐声，鼎内树木在这时燃烧得更为厉害，似乎万人的呼声变成一阵狂风，鼎内烈焰熊熊，像是要烧至天宇。

妩象虽跪在地上，头却微微抬起，左右逡巡，像是要寻找什么人。当他望向台后的宫门之时，隐隐看见一个人影。他像是辨认出来了一样，脸色不自禁放松下来，不再寻找，继续跟着众人呼喊。

宫中大门未关，里面确有一人在宫内站立，始终没有出来。

他正是妩象刚才用眼睛寻找的丹朱。

丹朱身边无人，似乎他没有想要出来，只是冷冷望着宫门外的一切。青铜鼎没有挡住台上的尧帝和虞舜等人。丹朱的眼神没有一刻离开他们，终于，他的嘴角浮起一丝冷笑，他慢慢退向宫内，眼睛仍是一刻不离虞舜。

在众人呼喊声中，虞舜握紧娥皇、女英之手，举眼望天，嘴里喃喃说了一些什么。娥皇、女英一直凝视虞舜，大概在此刻，只有她们才听见虞舜究竟在说什么，连尧帝也不可能听到。待呼喊声渐停，虞舜左右望望妻子，将她们的手紧握一下，然后松开，缓缓往前走上几步，双手朝台下揖拜，说道："婚礼既成，时已正午，就请各位前往都内民室用餐。趁今日四岳诸侯俱在，还请诸位就随天子宫中饮食议事。"

他话音刚落，身后鼎内树木俱已烧断，只听咔啦啦四声巨响，树木往鼎内倒去，无数火星腾空而起，似乎在尧帝、虞舜等人身后有股焰火冲起。众人面对大鼎，几乎在四声巨响中吃了一惊。虞舜并未因巨响回头，仍是揖拜之势。

虞舜说到的四岳诸侯还未有反应，坐中一人忽然起身而立，几步走到台前，躬身说道："天子、虞舜，我……有话想说。"

所有人的眼光不由集中在他身上，一时鸦雀无声。尧帝和虞舜等人朝他看去，认得是夏后部落酋首文命。

尧帝凝视他说道："文命，你有什么话要说?"

文命眼睛望过尧帝，又紧紧望住虞舜，慢声说道："刚才天子言到，天下之德，莫过于父义、母慈、兄友、弟恭、子孝。我想恳请天子，借今日婚喜当头，赦免我父姒鲧，以全我孝道，望天子准许。"说罢，文命单膝跪下，挺腰凝望台上。

第二章　鲧罪

1

围坐待起的众部落忽见文命如此当众说话，都不禁发愣。大家你看看我，我看看你，一时竟只闻风吹旗响，所有人都屏住了声息。

尧帝脸上没有任何表情，似乎文命说的不过是一桩极为简单之事。他一时的沉默没人觉得他是在思索如何回答。只见他脸上忽然微笑一下，说道："文命，你想你父脱囚，我感动于你的孝心，可你知道你父为什么会被囚于羽山吗？"

文命跪着未起，左手成拳，右手成掌，掌压拳上，施礼说道："只有耳闻，至于究竟是为什么，还恳请天子告知。我……我昼夜思父，总盼我父能早日回来。"

"你耳闻的是什么？"尧帝说道，脸上笑容收敛。

文命一时沉默下来。

他还来不及回答，妫象突然站起，厉声说道："文命！你胆子好大！今天是天子嫁女之日，你怎么可以为一个罪囚求情开脱？"

虞舜走上一步，手一摆，对妫象说道："你不要说话，坐下！"然后又凝视文命，说道："文命，你先起来。我刚才说了，现在已到饮食之时，天子已安排各部族去民室饮食，你是部落酋首，先请和这前面的三十位酋首一起入宫，你父之事，恰恰也是我们要议之事。先和众酋首到宫内吧。"说到这里，虞舜再次抬起眼睛，扫视面前人众，说道，"所来部落，都已安排好饮食之处，请起身，随他们前往。"他伸手往后一招，只见从宫内走出两队长蛇般葛衣青年。他们走出宫门后便左右一分，径直往各部落走去。场地上万人几乎同时起来，又再次同声呼喊："尧！尧！舜！舜！"似乎对文命刚才的跪求之事都转眼不再记得。

文命目视虞舜，眼眶渐渐泛红。羲由忽然从后面跑上来，到文命身边说道："文命哥哥，你快起来，天子要你到宫内去啊。"她一边说，一边去拉文命。

文命将手臂一甩，还是站着不动。

羲由见文命脸现气恼之色，赶紧又说："文命哥哥，你不要这样，到宫内好好和天子说。"

文命咬着牙，似乎什么也没听见。

九婴忽然走上来，到文命身边说道："文命，羲由说得不错，你先去宫内，这事当众来说，得不到什么结果。你太急了，本来是可以慢慢说的事。"

九婴的话让文命转头看他，然后慢慢点头。

九婴跟着一笑，说道："我不是酋首，进不了宫。要不，我带羲由姑娘过去饮食了。"

说着他又看向羲由。

羲由还是看着文命，说道："文命哥哥，你进宫去吧。我和他们先去。"她又看一眼九婴，哼了一声说道，"我可不和你一起去，你在你的部落，我在我的部落，天子都安排好了。"说着对九婴一耸鼻子，然后再对文命说，"文命哥哥，我去了。你也快进宫去。"

文命看看羲由，缓缓点头，说道："那你先去吧，我马上进宫。"又补充一句，"你先走。"

羲由点点头，说："那我走了。"然后转身走到自己部落当中。好像还是不放心，又侧身看着文命，说，"文命哥哥，你快去。"

九婴拍拍文命肩膀，说道："羲由说得对，你快去。等你们说完了，我再来找你。"说完，也不等文命回答，转身就走，扬声说道，"羲由姑娘，你等等我!"

文命看着九婴朝羲由那边跑去,脸上露出一种古怪的神情。

2

尧帝宫室虽大,却十分简陋,里面的一应陈设和普通人家无异,唯一不同的是众诸侯酋首议事的殿内稍有气势,八根木柱直顶房梁,显得空间开阔,左右各有二十张三尺见长的木桌,供两人同桌,至少可容纳四十人就座。木柱旁站有持矛武士,当中一张桌子摆在三级台阶之上,那便是尧帝的位置了。

文命随众进来,桌上已摆好简单菜肴,每桌菜肴前摆有两个寸高木碗,里面盛满米水。

尧帝当先进屋,迎接尧帝进来的是尧帝儿子丹朱。见到父亲,丹朱显得极为恭谨,走上说道:"父王,一切都准备好了。这边来。"说着,丹朱带尧帝往台阶上的桌子走去。待尧帝坐下之后,丹朱在父亲右边首桌坐下,虞舜则在左边首桌而坐,娥皇、女英没有进来,大概知道尧舜有要事商议,回避到其他房饮食去了。

虞舜和丹朱二人目光对接时,虞舜微微一笑,双手一拱,说道:"丹朱没有出去,安置里面,也实在辛苦了。"丹朱回着拱手,微笑道:"今日起,我们就是一家人了,哪里说得上辛苦二字?父王早就说过,我还有很多事不懂,得向你请教。"

进来的众诸侯酋首开始分别落座。从丹朱旁落座的分别是东夷部落酋首息慎、涂山部落酋首大燧、汪芒部落酋首防风、尖山部落酋首妫象,妫象旁边的便是夏后部落酋首文命。二人同坐一桌。跟在文命身后的其他酋首也陆续过来就座,文命有的认识,有的陌生。他心里想着父亲之事,也提不起和人说话的精神。若见有人上前和自己说话,便心不在焉地答上一句。

妫象一直看着文命落座。他双手按在桌上,眉头动了动,像是不记得自己刚才还呵斥过文命,忽然侧身过来说道:"你我部落只隔一座尖山,我们可得经常见见才行啊,你看这天下部落分散各处,难得有像我们如此挨近的,这岂不是天意要你我多加亲近吗?"说着仰天打个哈哈。

文命嘴角冷笑,说道:"你是虞舜的弟弟,我们夏后部落岂敢高攀!"

妘象哈哈一笑,说道:"文命,你这话就不对了,你看见虞舜今天对我和对其他人有什么不同吗?他被天子任命以来,我和你一样,想多见他几次都难哪!"

文命虽知妘象所言是实,但总觉得对方说话锋芒隐约,于是便嘴角冷笑,不再回答。

妘象似乎不觉得文命不欲和己说话,又侧身说道:"对了,你昨天亲往杀虎,不仅使你夏后部落免除了虎患,对我们尖山部落也是大功一件哪。等这里事情一完,我得好好感谢感谢你。"

文命终于眉头一皱,转过脸,看着妘象说道:"真正杀虎的,是你部落的九婴。他在虎口救我一命,要说感谢,还是我该向尖山部落道谢才是。"

"哈哈,"妘象仰天一笑,说道,"你这可没把我当自己人哪。九婴嘛,箭法是好,要说这独身弑虎的勇气,还是你文命令人心服哪。"

两人说话间,左右桌旁都已坐满。在虞舜旁边落座的则是皋陶、司契、后稷、夔已、姬龙、伯益、共工、彭祖、仪狄、解豸、朱虎、熊黑等人。众人彼此认识的居多,平时难得一见,不由互相说起话来,也没多少人去注意文命和妘象说话。认真听他们说话的是山泽虞官伯益,他听到妘象说起九婴的箭法时接过了话头:"妘象,说起箭法,难道你手下的九婴还能超得过后羿?"

妘象眉头一皱,继而哈哈一笑,说道:"伯益,这后羿箭法究竟如何,我们都是耳闻得多,亲见得少。对了,"他像是忽然想起什么,手按桌面,左右看看,将自己这排和对面的落座人都看了一遍,诧声道,"怎么有穷部落没有人来?后羿身为部落酋首,连天子嫁女的大事也胆敢不来参加吗?"

他这句话说得甚响,对面而坐的两排人都听见了。果然,其他人都左望望、右看看,不仅后羿没在,连他的部落似乎也没有人过来庆贺。文命自然也发现了这点,不禁和众人一样,脸上露出了惊讶之色。

3

虞舜从桌前站起，双手一拍，扬声说道：“诸位酋首到齐，我们先请天子说话。”

他话音一落，那些说话的人也立时噤口不言。所有人都望向尧帝落座。

尧帝双手抚案，目光威严，先看左边，再看右边，缓缓说道：“今天借我嫁女之日，能得诸位酋首齐聚，正好可商天下大事。我记得上次在此相聚议事，还是九年之前。今日诸位远来，我先敬各位酋首一杯。”说罢，尧帝端起面前木碗，左右一伸。两旁众酋首也端起面前木碗，同时站起，说道：“谢过天子！”然后仰脖将碗中米水喝下。

尧帝也一口喝完，放下碗说道：“诸位酋首请坐。”

众人又齐声道谢，纷纷落座。妘象还站在自己桌前。他见尧帝看向自己，便双手施礼说道：“天子，有一事我不得不说，今日天子嫁女，实乃天下之大事，那有穷部落酋首后羿竟未来庆贺。他自己不来也罢了，居然也不派部落其他人前来。我大胆说一句，后羿简直是没把天子放在眼里，我恳请天子治后羿怠慢之罪！若不治罪，日后必有其他部落效仿，天子之威不存，还说什么九族同心？”

说完，妘象朝尧帝躬身一拜，补充道：“怠慢天子之罪不轻，请天子治罪！”

两旁其他部落酋首闻言，均觉有理，好些声音顿时先后响：“请天子治后羿之罪！”

尧帝脸色不变，右手微举，示意噤声，眼光朝虞舜扫过。

虞舜见弟弟开口说话便是要惩治他人，不禁眉头一皱，此刻见尧帝看向自己，便立时站起，先朝尧帝拱手施礼，然后再面向两旁众酋首说道：“后羿未至，实有其因。我早已告知天子，眼下后羿正是受我之令，身负要责，片刻不能离开。”他顿了顿，眼望妘象，似是忍住一些不悦，续道，“妘象，后羿之事，不必再说。今天子有要事与众酋首商议，还请天子说话。”

妘象见自己今天几次开口，总是被虞舜驳回，心中不快，脸色沉下来。他又忽然像是想起什么，侧脸右望，看这边首桌的丹朱对自己的话有何脸色表现。只见丹朱正与同桌的皋陶低声说些什么，待虞舜话音一落，丹朱也不再说话，侧看尧帝，好像压根儿不觉得妘象在打量自己，也似乎不想和妘象有什么目光交接。

妘象颇感悻然，也只能抬头去看尧帝，看天子要说些什么。

尧帝见众人安静，微微点头，然后缓声说道："今日众酋首在此，我渴想之事，便是谁人能献上治水大计。我们九年未聚，实因洪水八方肆虐。想想这九年里，洪水使多少人没有住处，没有衣食。这洪水一天不退，我这心就一天不得安稳。眼下此处虽是无洪，但当年的迁都之苦，依然时现眼前。如果洪水漫延至此，我倒是不怕再次迁都，可迁都也只是我在迁都。我身在无洪之地，难道这洪水就不在我心里日夜横流吗？万民流离日苦，我只盼求得一计，以还万民安居。不知有谁可以献上良策？"说罢，尧帝眼望众人，脸上殷殷之情，竟是再难抑制。

众人闻言，均是互相看上几眼，一时相互细语纷扰，到最后，说话人都是脸露无可奈何之色。桌中一人忽然站起，众人都立时不再说话，看向此人。文命侧脸一望，认得他是汪芒部落酋首防风。九年前，各部落酋首聚集平阳之时，文命年少，在打猎时得防风教给他如何辨识野兽行踪之法。也正是学会此法，昨日他才最终觅到虎迹后追踪。文命刚才一直未和防风说话，此刻见他站起，不由想起九年前之事。防风授法那天，仅因文命上山打猎，二人偶遇，文命得法后便很快离开追兽。待防风和其他酋首们去宫中议事之时，文命当时还不是酋首，不能参加，也就再没见过防风。不知他是否还记得自己。

防风身材异常壮实，满脸虬髯。只见他向尧帝拱手，然后声如巨雷地说道："天子，这洪水实在令人畏怖。这些天我们昼夜赶路，几乎无处不是洪水。我们准备的马匹也用不上，下山后就一直坐船，连马匹也带到船上。到尖山时才弃舟乘马。好几匹马都被水卷走了，好在没有什么人员伤亡。洪水滔天，我看着实在惊心。"

尧帝等他说完，问道："防风，你有何治水之法？"

防风躬下身，说道："天子，我只看到洪水淹没八方，要说办法，我真是没有。我只是担心这洪水总也不退，说不定哪天，我们会被全部淹没掉。"

尧帝凝视着他，见他起身说了半天，根本提不出一个治水之法，便挥手道："防风，你为民心忧，就已经是替我分忧。只是，我想听到的是治水之法。"

防风摇头道："如何治水，我真还一时想不出法子。"

坐他对面的共工忽然冷笑一声，说道："防风，天子是在问办法，你起来只说洪水如何如何厉害，我们这里谁又不知洪水如何厉害？"

防风闻言，对共工怒道："难道你有治水之法？"

共工倒也不恼，说道："天子问的是治水办法，你没有办法，就不要说话，天子没要你说这些。"

防风闻言更怒，大声说道："好！我不说了，你来说！"

虞舜见两人甫起争执，赶紧又站起，双手再次一拍，说道："二位不要争了，天子是向诸位问计，也没说谁不能说话。"他看向共工，说道，"共工，你可有治水之法？"

共工站起来，拱手说道："虞舜，我记得九年前，也是在这里，天子委任姒鲧治水，如今九年过去，洪水还是一点未退。姒鲧是办法很多的人，连他也不能治好洪水，我看我们这里……"他环视一下众人，然后摇摇头，续道，"只怕很难有人能想出办法。"话说完，朝虞舜拱拱手坐下。

文命见他说起父亲，心情大恸，不禁站起，朝尧舜拱手说道："天子、虞舜，九年前我还年幼，只知我父那时为治水出门，一直未归。十几日前，我才听闻他被囚羽山，恳请天子告知，我父到底身有何罪？"

4

義由和文命分开后，便走进夏后部落队伍当中。这时每个部落都跟着一宫内出来的葛衣青年散开前行。平阳都路径乃按伏羲六十四卦排列，所有道路成圆形纵横，处处岔路交叉。这些人都熟悉六十四卦，迷宫般的路无处不清楚。所以人数虽众，却毫不拥挤，每一处都井井有条。那些葛衣青年带着部落众人前往民室饮食。所谓民室，也就是平阳都内的居民之屋。夏后部落与尖山部落是离平阳都最近的部落，分别由文命和妘象各带四十人前来庆贺。義由赶上部落，和众人一起随宫内葛衣青年前往安排好的民室。

羲由刚进部落队伍，就听身后有人说："羲由姑娘，你等等我！"

羲由回头一看，见是身背大弓的九婴，便问："你怎么不和你的部落一起？"

九婴微笑道："民室虽多，也分不匀每个部落，不如我和你一起饮食。我看你和文命很熟悉，我也很喜欢他。"

一听九婴喜欢文命，羲由不由微笑起来，说："你怎么会认识文命哥哥的？你们认识很久了吗？"

九婴笑笑说，"我昨天才认识文命，我和他一起打死了那只老虎。"

"老虎？"羲由惊异起来，说，"我们部落给虞舜送的礼物就是文命哥哥昨天打死的那只老虎的虎皮，原来老虎是你和文命哥哥一起打死的？"

"是啊，"九婴仍是微笑，"昨天还真是很凶险。羲由姑娘，你看见那只老虎了吧？那老虎太大，真是费了我和文命不少力气才打死它的。"

羲由不禁大感兴趣，说道："那你饮食的时候告诉我，你们是怎么打死它的。"

九婴哈哈笑道："一定告诉你。"

几句话说下来，羲由已对九婴不再有陌生之感，相反，她现在很想九婴能尽快告诉她昨天的打虎过程。

饮食果如九婴说过的那样，人数的确不可能分匀，原本安排给夏后部落的最后一间民室内，只有四个是夏后部落的人，倒有六个是尖山部落的。众人一落座，羲由便催着九婴说昨天的打虎情形。桌上其他夏后部落的人听说九婴是昨天和文命一起打虎的人，也立时对九婴抱有崇敬之感。对他们来说，那只老虎给双方部落都带来不少祸患。能除掉祸患，不仅让人感到安全，更重要的，敢徒手打虎的人，理所当然是勇士。在每个部落那里，酋首和勇士，是最值得他们崇敬的对象，因此，包括羲由在内，夏后部落的四人都情不自禁，将九婴看作是能与文命比肩之人。尖山部落人见九婴得到夏后部族敬重，也不由兴奋。

夏后部落的四人很自然地齐将第一碗米水敬九婴。九婴也不推辞，仰脖子喝干米水，放下碗时，仍是微笑着看向羲由。羲由被他看得有些害羞。毕竟对方是勇士，崇敬之情盖过了害羞之意。羲由也没去想九婴微笑深处是何含义。

九婴将打虎过程讲得惊心动魄。这倒不是他故意渲染，事实是他昨天和文命击毙老虎时着实凶险。羲由听他说到最后一击是文命用棒尖刺进老虎喉咙时，不禁惊喊起来。九婴见羲由满脸惊慌，惊慌中又充满崇拜，不禁又微笑起来，说道："羲由姑娘，文命是很勇敢的。"

"那当然，"羲由脸上兴奋，说道，"文命哥哥是我们部落酋首，他是最勇敢的，什么也不怕。"

九婴点点头，说道："是啊，文命是什么都不怕，我们今天不是都看见了吗？在虞舜结婚的时刻，他敢直接请求天子释放他父。"

他这句话一说，羲由和那三个夏后族人都不禁脸色一变，他们互看一眼。羲由忍不住说道："九婴，你知道文命哥哥的父为什么会被关起来吗？你觉得天子会不会释放姒鲧？"

九婴没有立刻说话，皱眉深思一下，说道："虞舜是代天子巡视天下时囚禁的他，那姒鲧一定罪孽不小。文命说他父是囚在羽山。天下人都知道，羽山乃关押死囚之地，你们觉得姒鲧会做什么恶事吗？"

"绝不会！"一夏后族人立刻说道，"姒鲧原本是我们部落酋首。九年前，天子命他治水，接令之后，姒鲧带很多人离开部落，脩己就暂时成为我们部落酋首，到四年前文命才继酋首之位。听脩己说，她之所以传位给文命，一来是文命长大了，二来是姒鲧一直没有回来，如果他回来了，还是会继续做我们部落酋首的。当然，文命这几年，做什么事都不顾自己，只想着我们整个部落，就像昨天他去打虎一样，因为害怕虎会伤到他人，就没有告诉部落的任何一人。我想姒鲧即便回来了，酋首的位子恐怕还是由文命来做。再说了，姒鲧和文命是父子，他们谁来做酋首不都是一样的吗？"

九婴点头说道："一样倒是一样，更何况，我也看得出，文命心里没有自己，只有部族之人。我有点担心，文命会不会做出什么事来。"

羲由闻言，不由一怔，接话问道："你觉得文命哥哥会做出什么事？"

九婴凝思一下，说道："姒鲧是天子所囚，还是在他治水之时，我想他一定犯了什么不可饶恕之事。你们不知是何事，我想文命也不会知道。如果天子不允……"九婴顿了顿，继续说道，"我担心以他的性格，怕是会求情不成，后果难料。"

"天子不允，会有什么后果？"羲由很诧异，问道。

"你们难道看不出吗？文命一心想救鲧回来，如果天子不允，我担心他会闯羽山，救鲧！"

众人闻言，吃惊不小。

羲由更是脸色发白，说道："你觉得文命哥哥会这么做？"

"他的性格是不顾自己的，"九婴说道，"你们应该比我更了解他。而且，文命敢当众求情，也说明他父在他心中的地位一定不轻。我担心的后果倒不是文命会不会去的问题，我担心的是羽山罪囚不少，看守一定严密，文命虽勇，他一个人恐怕还是会对付不了。"

众人听九婴如此一说，不禁又一次你看看我，我看看你。没人觉得文命如果救父，是在违抗天子。在他们眼里，父母乃生养自己之人，宁愿自己赴汤蹈火，也绝不可让父母受半点伤害。

羲由看着九婴，忽然说："九婴，你不是喜欢文命吗？你会不会帮他？"

"帮他？"九婴脸色惊诧，似乎羲由说了句自己没想到的话。

"是啊，帮他，"羲由心中已乱，说道，"你们不是都能一起打死老虎？如果你帮文命哥哥，那你们一定能救出他父的。最起码，文命哥哥的危险会少很多。"羲由看着九婴，眼神又慌乱又急切，充满对九婴的恳求之意。

九婴慢慢端起木碗，喝一口米水，目光扫视众人，然后声音低沉地说道："有一点我想知道，你们部落是不是想救鲧回来？"

羲由还未回答，另外三个夏后部落的人同声说道："我们当然想救鲧能够回来！"

"那好！"九婴嘴角泛起一丝笑意，说道，"我和文命在虎口下一同经历过生死，文命的任何事我都会去帮他，只是……"他目光忽然变得冰冷，又一次扫过众人，说道，"这件事事关重大，你们谁也不能说出去，否则，我的眼睛认识人，我的弓箭可不认识人！"

"我们绝不说出去！"桌上两个部落的人齐声说道。

他们话音刚落，外面忽然有人说道："里面是哪个部落的人？你们什么不要说出去？"

九婴等人同时吃了一惊。

众人回头一看，只见房门推开，有三人走了进来。

5

一见进来的三人,九婴等人都惊讶不已地站了起来。

他们没有想到,竟然是娥皇、女英跟着一个左手推门、右手托盘的侍女进来。那盘上放着两只小木杯。

娥皇、女英年纪虽然不大,却是自幼和帝王一起生活,天然便有种高贵气质,令人不敢有丝毫轻慢。娥皇、女英进得门来,微笑着看向众人。

九婴等人站起之后,都同时躬身施礼,说道:"两位帝女光临,我等万分感谢!"

娥皇微笑着说道:"往后就不要叫我和妹妹帝女了,从今天起,我们已经是舜妻了。"

女英微笑着接口说道:"我和姐姐来看看众位。今天你们都是我们的客人,可不能怠慢了。你们……是夏后部落的吗?"她一边说,眼睛询问着看向羲由。

娥皇、女英姐妹不仅相貌相似、衣着相似,连说话的声音也相似,很是温柔。

羲由见女英目光朝自己过来,便说道:"我和他们是夏后部落的,"她指指自己身旁三人,又指指九婴等人,续道,"他们是尖山部落的。"

"哦,"娥皇也看着羲由,微笑道,"夏后和尖山是离平阳都最近的部落了。我和妹妹一起来看看你们,今天真是让所有人都累着了。"

九婴躬身说道:"我们不累,只是舜妻,你们亲自过来,实在让我们内心不安。今天来的部落三千八百个,万人坐了差不多千间民室,你们每间房……去看,让我们、让我们实在不知该怎么说。我大胆说一句,其实大可不必,太累着两位舜妻了。"

娥皇始终微笑着,说道:"婚礼之时,你们没听我们夫君说吗?他说这三千八百部落的族人走了千山万水才到这里,跋涉之情,铭感深重,本该他一一前来拜谢,只是现在他和三十位酋首在宫中随父王饮食议事,我们是他的妻子,这也就是我们应该代夫来做的事情了。为夫君分劳,何累之有?况且,你们既是为我们夫君而来，也是为我们姐妹而来，所以，我们是一定要一一拜谢的。"

九婴闻言暗想，这两位帝女年纪虽小，行事谈吐却如此惊人，果然是帝王家人，常人真还无法相比。

娥皇说罢，和女英一起走到桌边。站在她们身后的侍女已经走上来，将托盘上的两只小木杯搁到桌上，又将桌上米水倒入杯中。娥皇女英分别拿起木杯，对众人说道："我们姐妹就以此米水拜谢，敬众位一杯。"说着，两人将手中木杯朝九婴等人举起。九婴等人赶紧也端起各自木碗，齐声举碗道："我们谢过舜妻！"

众人将米水一口干掉。娥皇、女英将木杯放回侍女手中的托盘之上。娥皇忽然像想起了什么似的，说道："我们姐妹虽在平阳都，也听闻近来尖山虎害凶残，"她又看着羲由等夏后族人续道，"我们看你们夏后部落送来的是新剥的虎皮，是不是虎害已经被你们部落清除了？"

羲由见问，也不知为什么脸色涨红，说道："那只老虎已经被我们酋首文命哥哥和九婴一起杀死了。"说着将手指了指九婴，说道，"九婴就是他。"

娥皇女英"哦"了一声，同时看向九婴。女英说道："自听闻尖山有了虎患，父王也十分忧心，没想到你们两个部落已经联手清除虎害，我和姐姐再敬你一杯。"那侍女又赶紧上前，将盘上木杯再次搁到桌上，倒满米水。娥皇、女英第二次端起木杯，两人差不多同声对九婴说道："尖山部落有你这样的勇士，既是尖山部落之福，也是天下人之福。我们会好好告知夫君。他知道尖山有这样的勇士，也一定会感到安心。"

"谢谢两位舜妻。"九婴躬身行礼，端起木碗，和她们又喝了一次。

娥皇微笑道："你们慢慢饮食，我们先出去了。"

九婴等人躬身齐道："谢过两位舜妻！"

娥皇刚一移步，又停下看看羲由，还是转眼凝视九婴说道："我们进来之时，听到你们在说有件事不能说出去，是什么事？可以告诉我们吗？"

九婴双手抱拳，笑道："也没什么事，我是要羲由姑娘他们别再说是我和文命一起打的虎。本来那虎就是文命发现的，我没出什么力，不必要告诉他人。"

娥皇、女英互相看看，两人眼神均露出钦佩之色。娥皇说道："不愿留名，果然是勇士。妹妹，我们再去下一屋。"说罢，娥皇、女英携手出门。

九婴走到门前，一直看她们又进旁屋之后，才反手将门关好。到桌前落座后脸色阴鸷片刻，然后对众人说道："娥皇、女英都远非常人可比。她们应该没听见我们刚才所说之事。都记住了，事关文命性命，万万不可透露。"

"我们不说。"羲由赶紧说道，又看看众人。

"不过，"一夏后族人像是有点犹豫地说道，"我们酉首也不一定会真的去救父吧？我们虽然此刻不说，如果救父之事真的做出来了，天下都会知道。那时该怎么办？"

九婴一笑，说道："如果真的救出姒鲧，天下固然会知道，那时我们再想其他办法。现在，就看文命在宫中如何向天子求情了。"他顿一顿，继续说道："依我看，天子很可能不会答应。我们什么时候听说羽山释放过罪囚？"

"那，那……"羲由脸色苍白，"姒鲧会被天子杀头吗？"

九婴脸色端倪，缓缓给自己碗中筛上米水，像是在筹思对策。

6

文命说完"我父到底身有何罪"之后，眼睛紧紧盯住尧舜二人，脸上流露的情绪似乎在极力地被控制着。

众人听他竟然质问起天子来，也不禁暗暗心惊，一时竟没任何人敢说话，都看着文命。

妠象在文命身边，伸手拉住文命胳膊，说道："文命，你怎么敢如此对天子说话？快坐下！"

文命将手臂一甩，不望妠象，继续凝视尧舜二人，一字一顿地说道："请天子告知！"

尧帝冷静地凝视着文命。虞舜眉头微皱，看了尧帝一眼，然后缓缓说："文命，我刚才在进宫之前就说了，你父之事，也是我们要议之事。你为父心忧，我能够体会。天下人谁人不是父母所生所养？你心怀孝心，这正是天子推广的五德之一。"说到这里，虞舜顿一顿，继续说道，"你的孝心只说明你心中不是只有你自己，但你不知的是，姒鲧之罪，乃不容轻饶之罪！"

虞舜说话低沉、缓慢，字字坚决。文命不由为其威严所慑，再次双手抱拳，说道："文命想知道的是我父究竟何罪。"

虞舜还未回答，坐虞舜对面的丹朱忽然站了起来，朝尧帝躬身一拜，又看着虞舜说道："刚听虞舜说道，孝乃五德之一，我们今天在此，都能看见文命的孝心，不知父王和虞舜能否看在文命的孝心之上，释放了姒鲧？"说完转头看看尧帝，再看向虞舜。

虞舜眉头一皱，对丹朱说道："丹朱，天子受万民拥戴，最重要的因由就是处事公正。姒鲧如今有罪在身，岂能因为他儿子有孝心就释放？如果这样，羽山的所有罪囚都被儿女以孝心求情，天下还如何治理？"

丹朱被虞舜几句话顶回来，回答的声音倒是不慌不忙："虞舜，我没有说羽山所有罪囚都可以释放。我只是觉得，这天下五德，未必在天下人那里都得到遵守，如今三苗氏酋首观兜便是杀父夺位，若不是洪水有阻，父王乃至虞舜你，已早命人征伐。所以，以我之见，若以文命的孝心释放姒鲧，那岂不正好让天下人知道父王对孝心的看重？若以此能换来天下同心，又怎么会不是美事一件？"

文命见丹朱如此为自己说话，不由感激，看看他，又还是将目光看向尧舜二人。两旁的众酋首也觉得丹朱之言颇为有理，互相小声议论起来。

虞舜还未说话，妘象又一次站起，拱手说道："天子，我觉得丹朱之言有理，我也恳请释放姒鲧！"

他这句话一说，好几个酋首也站起来，说道："我等也请求释放姒鲧！"

其他人说话，文命还不觉得奇怪，没想到妘象居然是第一个起来替自己说话的，不禁有点惊异。这惊异又被心中陡升的希望替代，继续凝视尧舜二人。

虞舜抬手一挥，说道："众人都觉姒鲧可释吗？"目光威严，从站起人那里一一望过去。

妘象等人尚未回答，尧帝忽然起身站起。众人都立刻噤声，同时躬身，看向尧帝。尧帝凝视儿子，缓缓说道："丹朱，你有让天下同心的想法，父王欣慰。你说的话听上去很有道理，可若要服众，不是道理就够。如果我释放了姒鲧，不仅不会让天下同心，相反，只怕天下会因不服思乱。"

尧帝话音一落，所有人都吃了一惊。

丹朱躬身说道："丹朱愚钝，请父王明言。"

尧帝缓缓走下台阶，朝左右一望，继续慢声缓走，说道："众酋首多数有九年未来平阳都，有很多事恐怕也未能知晓。你们前来路上，都亲眼看见八方洪水。这冀州、兖州、青州、徐州、荆州、扬州、豫州、梁州、雍州、幽州、并州、营州十二州，哪一州不是洪水肆虐？姒鲧受命之后，九年里仅仅只去了三州，可就是这三州，也无一州解除水患。你们都还记得，九年前，是你们共同在此举荐姒鲧治水。姒鲧如此行事，难道不是对我和你们的辜负吗？姒鲧只去三州也就罢了，令我失望的是，在那三州，姒鲧从未亲临过洪水之岸，这难道不是对天下的辜负吗？虞舜代我巡视到雍州之时，水势突然大涨，姒鲧居然在那时还在寻女求欢，雍州四千子民被洪水卷走。你们说，姒鲧的罪可恕吗？"

说到此处，尧帝双眉竖立，目露威严，逐一看向两旁的众酋首。

尧帝目光看到司契时停下来，说道："司契，你乃雍州之主，我说得没错吧？"

司契双手恭拜，说道："天子之言正是。当时我去迎接虞舜下舟，刚到岸边，水势突涨数丈，若非当时后羿百箭连发，射倒十株大树，我和虞舜等随从也难逃性命。我们眼看四千子民被洪流卷走，无法相救。回想当时惨状，还是心中难以忍受。"他说到后来，目光恻然。

尧帝重重一哼，说道："你告诉他们，当时姒鲧在干什么？"

司契抬手拭泪，说道："确如天子所言，姒鲧当时在部落未出，正寻女求欢。这是我和后羿跟随虞舜前往部落之后亲眼所见。姒鲧……"司契犹豫一下，继续说道，"到雍州之后，只命我率众筑堤，自己每日寻女，从未到过水边。"

司契说完，众人顿时喧哗。

唯丹朱听司契说到"后羿百箭连发，射倒十株大树"时，眼中不禁闪过一丝诧然。他脸孔本红，倒看不出他脸色有何变化。当时除了妩象，也无人注意嘴唇紧抿、拳头渐握的丹朱。

7

听了尧帝和司契之言，文命只觉眼前一阵天旋地转，胸中空荡荡的犹似无物。九年前，文命年纪不大，每日只知上山打猎，回家便和父母一起。当时姒鲧乃夏后部落酋首，在家时间不多，至于父亲究竟在部落做些什么，文命一概不知。后来四岳诸侯共同向尧帝举荐姒鲧治水，姒鲧接命后带领一些人众离开部落，一去九年未归。文命愈是年长，愈是思父。在他内心，父亲乃为治洪奔波之首，形象自是高大异常，每次想起，总不免将姒鲧视为天下间的顶尖英雄，不料此刻听尧帝和司契之言，父亲竟然是一好色之徒；好色也罢了，对尧帝和众酋首托付的重命简直视若儿戏。文命恨不得自己没在此处，心中震荡，如狂涛汹涌，只想离开。

这突如其来的意外打击太过猛烈，文命虽想离开，还是被震撼得无法动弹。

尧帝待司契说完，眼光又一次徐徐扫过众酋首，最后将目光盯在文命身上。

文命只觉心中起伏，像有什么东西要将胸腔撕裂。他在瞬间里根本看不到尧帝在凝视自己，嘴里只喃喃出声："不！不会的！我父不会的！"

尧帝目光森严，两旁的众人在猝然中激起的喧哗一下子安静下来，全部望向尧帝。

尧帝沉默片刻，终于开口说道："文命，你刚才都听见了？"

文命如梦初醒，他原本就看着尧帝，只是刚才眼睛虽在看，大脑却一片纷乱，根本看不到前面有什么。此刻尧帝出声，文命才陡然清醒过来。见尧帝对己发问，双手艰难地抱拳至胸，说道："我……我听见了。"话未说完，双眼已泛红欲泪。

尧帝又仔细盯住他片刻，从胸中吐出一口长气，说道："文命，你先坐下。"

他看着文命双眼失神地坐下后，又转头看向众人，慢步向台阶走去，边走边说："今日虞舜喜婚，本该是和诸位一同庆贺，可这洪水之事忧心，所以，就趁四岳诸侯俱在，请众人来此，第一是想问治洪之计。第二……"尧帝话音一顿，在台阶前转身，右手握拳，眼中精芒闪烁，沉声续道，"我是想问问诸位，该如何处置姒鲧。”

两旁人见尧帝声含震怒，竟无人敢接话。

尧帝看看两边，沉声续道：“九年前，姒鲧接命治水，如今大失天下所望。当年你们举荐姒鲧，是因为姒鲧乃颛顼帝之子，也是先黄帝的血脉嫡嗣。这个王位，本来也该是姒鲧继承。颛顼帝传给了帝喾，帝喾让位给我。原本我想待姒鲧完命之后，将帝位再传姒鲧。如今他辜负天下，不念苍生，我虽为天子，却从来是天下事由天下人来断。”尧帝目光又是一扫，说道，“你们有何说法?”

尧帝刚刚说完，防风站了起来，声发如雷：“天子，依我看，该把姒鲧杀头以谢天下!”

文命侧头看向防风，心中混乱至极。

不少人也跟着防风说道：“该把姒鲧杀头以谢天下!”席间顿时激烈，一片“该杀”之声不绝。

待这些声音慢慢停止，尧帝威严地再看看两边，说道：“都觉得姒鲧该杀吗?”

妫象忽然站起，拱手说道：“天子，我觉得……姒鲧可留一命。”

文命在众人的“该杀”声中已觉呼吸十分困难。此刻听妫象再一次起身为自己说话，再无对妫象有任何不喜之感。此刻觉得，妫象是自己的最后一根救命稻草。他抬起头，又混乱又渴望地看着妫象。

尧帝凝视妫象，说道：“你说。”

妫象拱拱手，又朝左右拱拱手，说道：“姒鲧辜负天下，也辜负天子，自然是罪大难恕，可他毕竟是先黄帝的嫡嗣后人。我等不能忘记，这天下乃先黄帝与蚩尤战涿鹿、与神农战阪泉后才最终赢取。他的后人不管有何过错，毕竟身有先黄帝之血，怎么能说杀就杀？今天子已将姒鲧囚于羽山，不如就让他在羽山终老。如此一来，天下人也不会觉得帝室有血脉相残之恶。还请天子想想再定。”

说完，妫象又向尧帝再次躬身施礼。他坐下后朝丹朱偷看一眼。丹朱坐得纹丝不动，似乎一直在呆呆出神。

尧帝闻言，先看看虞舜，再看看众人，也不答话，缓缓落座。

众人等妫象说完，无司契刚才说后的激烈之声，只共工、彭祖、仪狄在互相点头，以为妘象之言有其道理。

虞舜这时站起，朝尧帝拱手后转身，面对众人说道："妘象之言，我以为非常不妥。这天下固然是先黄帝胜蚩尤和神农后所得，至今已传至四代。我们倒是不妨想想，若是黄帝尚在、颛顼帝尚在、帝喾尚在，他们会如何处置？先黄帝留下的声禁重、色禁重、衣禁重、香禁重、味禁重、室禁重的六重之命，难道我们就忘记了吗？如今姒鲧六重皆犯，若如此罪孽尚且留命，如何让天下人修德立义？"

虞舜说得极为坚决。妘象重重出口气，不再辩驳，拱手坐下。

共工、彭祖、仪狄又相互点头，似是觉虞舜说得更为有理。

尧帝又一次站起，说道："有何人赞同妘象之言？"

众人互相望望，同时站起，拱手齐道："我等赞同虞舜之言，请杀姒鲧，以谢天下！"

尧帝凝视防风，说道："众酋首看法一致。防风，我命你明日前往羽山，取姒鲧人头回来！"

防风走出桌前，抱拳躬身，说道："我明日就动身。"

尧帝缓缓点头，说道："一路洪水肆虐，沿途多加注意。"

"谢天子，我会回来复命。"防风又一拱手，回到自己座位之上。

文命再也忍不住，忽然站起，从桌后奔至尧帝端坐的台阶前跪下，双手抱拳喊道："天子！请……请恕我父一命！"

第三章 丹盟

1

尧帝望着文命，挥挥手说道："文命，你不要忘记了，你身上流淌的也是帝嗣之血。从先黄帝开始，哪个帝王不是以万民为念？你父心中无民，便有此果。我命已下，你就不要再为他多言了。那四千雍州民众因你父而亡，他们哪一个不有父有子？你父可为他们性命想过分毫吗？纵先黄帝在世，也一定不会饶恕。你坐回去吧。"

文命抬起头，忍泪不落。他内心狂涛汹涌，无法知道自己此刻究竟在想什么。为父求情，是他得知姒鲧被囚后一直萦绕在心的念头。在得知当天，便想来平阳击鼓见帝，被脩已阻挡了下来。文命不知脩已缘何阻止，见母坚决，也就不再争执。他想着虞舜结婚在即，便暗存在虞舜大婚日当面求情之念。当虞舜和司契当众公开姒鲧行为之后，文命已感到内心翻涌着其他隐隐约约的想法。那些想法却总又无法抓住。

此刻尧帝命他回座，文命已在恍惚状态。他听到内心一个声音反复在说："你父害死了四千人，害死了四千人！"他想继续听下去，另一个声音又喊了起来："文命！文命！你父就要被杀头了！你父就要被杀头了！你得救他！你得救他！”

文命只觉浑身无力，慢慢站起，拖着沉重的脚步往自己座位走去。

所有人都看着他。

文命终于走到桌前，忽然转身对尧舜二人哑声说道："天子，虞舜，我……我想出去走走，祈准。"

虞舜看看尧帝，尧帝微微点头。

虞舜说道："你去吧。你记住一件事，你父是你父，你是你。你乃一部落酋首，有很多事等着你去做。"

文命此刻只听到准许自己出去的话，后面的虞舜之言似乎一句也没听到。他躬身朝中间一拜，转过身，拖着沉重的脚步往宫门外走去。

走过四道外间门槛，已出得宫门。门外高台仍在，台上鼎内树木尚未烧完，火焰也没有众人进宫前那么高了。文命呆呆地看着大鼎，仿佛觉得进宫前和此刻出宫后已经历了翻天覆地的内心变化。原以为父亲是一等一的英雄，不料却是不顾他人性命的好色之徒。反差如此之大，文命无论如何也无法在瞬间接受。

此刻，宫前已有不少用完饮食之人，三三两两聚到一处。文命目光无神，谁也不想看见。在混乱中他终于想到，今天夏后部落的人是他带来，他必然还得带他们回去。文命只感自己精疲力竭，似乎无法返回部落。想到此处，一个念头猛然间升起，夏后部落其他人知道他们原来的酋首是何等人吗？是的，应该不知，连他也不知姒鲧这九年是如何治水的。文命每每听人说父亲在治水之时，心中总是又牵挂又得意。这天下洪水弥漫，天子委任夏后部落酋首率人治水，不免让部落人有受天子青眼之感。如果部落人知道父亲这九年的行事，夏后部落还如何面对其他部落？这也是文命看见宫外虽然有人，终究没有上前和任何人说话的勇气的原因。他倒是希望这里任何人都没有注意到自己。

这时，却有人朝他走来。文命在迷乱中仍视而不见，直到一声"文命哥哥"在耳旁响起，文命才陡然惊醒过来。抬眼一望，是羲由已站在身边。跟羲由一起的还有九婴。

文命不自觉地"啊"了一声，看了看他们，从胸腔中吁出一口长气，定定神，说道："羲由，你们用过饮食了？"他虽没说九婴名字，话到后来，目光已经看向九婴了。

"我们饮食过了，"羲由看着文命，一脸焦急，说道，"我们早用过了，我……我一直在等你。"

"等我？"文命说，"等我干什么？"不等羲由回答，文命像是明白了什么一样，接下去续道，"其他人呢？都饮食完了吗？我要带你们回去了。"

"文命哥哥，"羲由还是脸色焦急，说道，"我不是来等你带我们回去的。"

"不回去？"文命总觉得头脑跟不上心中所想，他又看看九婴，说道，"你们部落呢？也要回去了吗？"

九婴始终在很深沉地凝视文命，摇摇头说："我们还不能回去，天子召人进去，不是还没有结束吗？文命，你怎么就出来了？"

文命摇摇头，尽量让心绪安定，说道："没什么，我不想在里面待下去。"

九婴凝视文命，见他眉宇间忧虑难掩，当下叹口气，说道："是不是天子不允释放你父？"

文命沉默片刻，微微点头。

羲由急了，说道："文命哥哥，天子为什么不肯释放他？"

文命手一挥，突然提高声音道："别问了！"

羲由见文命对自己忽然发怒，早已发红的眼眶泛起了泪水。

文命看看羲由，又看看九婴，再也忍受不住，一转身，从两人身边突然发足狂奔。

羲由还来不及哭出来，一见文命忽然狂奔，一愣后叫道："文命哥哥，你去哪里？"

九婴也喊："文命！你干吗去？"

两人不及多想，跟着文命跑去。

在此时，宫门又走出一人。一身丝蚕长袍，脸上皮肤深红，竟然是丹朱。他看着三人先后朝远处山丘跑去，嘴角不由露出一丝冷笑。

2

文命在情绪激动之下，狂奔速度极快。他只想赶紧离开这里，去哪里却不知道。

羲由跑得不快，九婴虽比羲由起步稍慢，但只两个大步就赶上羲由。他见羲由脚步跟跄，一把将羲由右手抓在自己掌心，带着羲由快步去追文命。

文命狂奔得越来越快，渐渐到了山丘之上。

平阳都占地极广，这座山丘乃无人之地，也是民众前来打猎之所。

文命一口气跑上山丘，猛然在一棵树下跪倒，双手抱住大树，激荡的情绪终于释放成一场痛哭。他哭声似吼，抱住大树不停摇晃。在他内心，两种声音始终在不停地交锋。一种声音在告诉他，自己父亲乃是罪大恶极的该死之囚；另一种声音又在冷冷指出，鲧鲧是自己父亲，他亲耳听到尧帝下令取父亲人头，这与自己眼睁睁看着父亲被斩首无异。

文命在痛哭的狂喊中挥拳向树猛击，打得树干摇晃，枝上树叶扑簌簌往下直掉。待九婴牵着羲由奔过来时，只听咔啦啦一响，树竟然被文命徒手击断。只是树皮尚连，还未彻底倒下。九婴和羲由看着文命疯狂击树，知他情绪激烈，一时不敢走近。还是羲由看着文命如此痛苦，终于忍不住也哭着跑上来，到文命身后，将其一把抱住，整张脸贴在文命背上，哭道："文命哥哥，你不要这样！不要这样！"

文命被羲由抱住，仍是难以控制，仰天大喊："天！你为什么要这样？为什么！为什么！"

他大喊着，不觉得羲由在抱他，也不知道自己在猛力间已挣脱了羲由。

羲由咬着唇，看着文命疯狂发泄，眼泪不断涌出，却不知该说些什么。

九婴走上来，一言不发，到文命身边，突然抬腿，对着这棵树猛力一踹，树终于受力不住，直直地倒下来。

树倒地，轰然一响，地上落叶和泥尘四处激起。文命像是陡然惊醒，立时收了眼泪，也止住狂呼，扭头看着九婴和羲由，眼中诧异，似乎不知他们是何时到自己身边的。胸中一口长气又吐出来。这一次，他终于将胸口的郁结释放了很多。

九婴凝目注视文命，将右手按在文命左肩之上，说道："文命，你不可这样！天子不肯释放你父，他也未必就有性命之忧。最多在羽山囚禁几年，他终会有回来的一天。"

文命精疲力竭。只是他此刻的精疲力竭和在宫中时的精疲力竭完全不同。在宫中时，是内心猝然被震动得难以承受，此刻，却是刚才发力击树，力气差不多全部用完了。他不断喘气，蹲在地上，终于挥挥手说道："九婴，你不要安慰我了，什么用也没有。你们都不要管我，我想一个人在这里待一待。"

九婴向羲由看一眼，羲由没有看他，只看着文命。她走过去，蹲在文命面前，说道："文命哥哥，我知道你心情不好，我很怕你这个样子。你从来不是这个样子的。你不要这样了好吗？我陪你，你想做什么我都陪你，只是你不要再这样子了。"

文命抬起眼，见蹲在自己面前的羲由双眼皆泪，心中忽然不忍，叹口气，说道："羲由，你不懂的。"眼看羲由泪水流下，又补充一句，"好，我不这样了。"

羲由泪水未收，眼中似乎又转眼闪现惊喜，说道："文命哥哥，你答应我了？"

文命又叹口气，没说话，只点点头，起身站起。

九婴再一次把右手按在文命左肩，说道："文命，其实你想做什么，我都会帮你。"

文命点头说道："我知道。只是……我不知我现在该做什么。"

九婴还未回答，一阵马蹄声忽然传来。三人同时循声看去，只见丹朱骑着马，眨眼间就跑到他们面前。他翻身下马，直直地朝文命走来，在他尺前站定，说道："文命，你若想救你父，现在就去我那里。"

文命和羲由对看一眼，两人同时惊讶。

文命说道："我不懂丹朱的意思。"

丹朱马鞭一挥，微笑道："刚才在宫里，我看得可是清清楚楚。所以，你一出去，我也赶紧跟父王告退，担心你出事。"他瞅一眼倒在地上的树，继续说道，"都说文命是部落酋首中了不起的勇士，果然如此！"

文命拱手答道："丹朱过奖了。"

丹朱似笑非笑地扭动一下脸上肌肉，说道："你心中所想，也是我心中所想。虞舜和司契的话，恐怕也当不得真。你应该想听听这件事另外的说法。你想听吗？那去我那里，我详细说一说你父之事。毕竟我在平阳，听到的可比你多多了。"

文命一听丹朱之言，似乎父亲之事还有另外隐情，心中不由大动，眼中期待的光芒闪动，急声说道："丹朱，我父还有什么另外之事？"

丹朱又扭动一下脸上肌肉，说道："这里可不是说话的地方，你跟我走，还有九婴，你也一起去。"他说完，看看羲由，抬手将马鞭递过去。羲由似乎无法思想，很自然地接过马鞭。丹朱斜视羲由，眉头挑动，说道，"你就是羲由姑娘？现在这里事情已了，各部落都将返回。你现在骑马过去，先带夏后部落的人回尖山。文命稍后再回。"

3

尧帝帝宫甚广，宫内房间也多，自己的住处却只是在宫前一茅庐内。父亲如此，丹朱也自然不敢住进宫内。丹朱未与父亲同居，其茅庐修在宫后。丹朱因幼时顽劣，游手好闲，聚事生非，尧帝颇为不喜。平阳都留有打猎山丘，原本是尧帝命儿子于此学会打猎。丹朱对打猎毫无兴趣，对父亲的管束也极为不耐。丹朱母亲散宜病逝之后，趁机说给母亲守灵，在宫后再建一茅庐，将散宜牌位供此，自己也住了过来。尧帝虽知儿子不器，总觉为母守灵乃孝心所使，也就任丹朱住于宫后茅庐。殊不知儿子利用该处，逐步培养自己的亲信势力。

文命和九婴随丹朱绕过宫室，见一座七八间茅屋构成的居室。文命还是第一次前往丹朱住处，只是他此刻思绪被父亲之事萦绕，也不觉得丹朱住处有何特殊。毕竟，尧帝居室他曾经去过，简陋如常，丹朱的居室也不会与众不同。

当文命一进门，却又愣了一愣。见进来的空地上，画着一些纵横交错的线条，规规矩矩地分成无数细小方格。在那些纵横线条的交叉点上，摆着一块一块小石子。那些小石子也怪，大小相等，分成黑白两种颜色。文命从未见过如此图形，不由微愣。

见文命眼神诧异，丹朱一笑，说道："文命，没见过这个吧？这是我父王专门为我想出的玩意儿。父王叫它作石子棋。说学会了下棋，就学会了行军打仗。嘿！真不知我父王是怎么想出来这东西来的。"

文命一时也感到诧异，不由凝视了几眼，感觉那些黑白小石子似乎在互相咬合与争执，一方总是在攻击另外一方。不过，他毕竟不懂其中的规矩，不由问道："这石子棋该如何下？"

丹朱见文命感兴趣，便说："你想学吗？容易得很，就是若四颗石子围住了对方的一颗石子，那对方这颗石子就可以视作你的战利品被拿出来。什么时候我再好好教你，我们先进去。"

丹朱脚步再提，径自往里走。对迎过来的一侍从说道："送三碗米水进来。"侍从答应一声，飞快走向另外一间屋。

文命又看一眼那些似有阵势排列的小石子，还是跟着丹朱进到里间。

只见丹朱的住处果然没什么与众不同，屋椽不砍削，梁柱不彩绘，四壁上和自己家无异，只有未点火盏几处，房内桌椅也和自己家的差不多，只是桌子稍大，多了几把椅子。丹朱进来后，往桌旁的上位椅上落座，对文命和九婴说："你们坐我身边来。"

文命和九婴分别道声谢，依言坐下，一左一右看着丹朱。

侍从送上三只盛满米水的木碗及一把高大木壶。待他摆好，丹朱又嘱咐一句："你先出去，把门关好，什么人都不得进来。"

侍从答应一声，转身出去，将房门关上。

丹朱端起米水，看看二人，说道："我们先喝了这碗，慢慢再说。"

文命虽是部落酋首，和丹朱交往倒是不多，此刻见丹朱行事诡异，心中迟疑，还是举起碗，和二人一起喝下。他看看九婴，后者神情自若。文命对九婴还是极为信任，见他无任何异常神色，也开始集中精神，看丹朱究竟要说些父亲的什么事。

丹朱放下碗，侧头凝视文命，说道："文命，你来平阳都的时候不多，我可是一直注意夏后部落。你父为酋首之时，和我有不少往来。我很小的时候，父王曾经要我学习打猎。父王安排来教我的就是你父，所以，你父从来没把我当外人看过。今天，我亲眼看见你父受如此大的冤屈，就不得不跟你多说几句。"

文命没料到自己父亲竟然和丹朱有如此渊源，不觉意外。他更意外的是丹朱一开口就说自己父亲受了冤屈，内心猛然一阵震动，不由站了起来，说道："丹朱，你说我父是受了冤屈？"

丹朱冷冷一笑，说道："你坐下说话。"

文命心情激荡，还是坐了下来。他先看九婴一眼。九婴仍镇定如常。文命侧过脸，两眼直视丹朱，说道："丹朱，你说我父受了冤屈？你……你知道些什么？难道虞舜和司契说的是假话？"

丹朱伸手看看自己的指甲，似乎想先看清楚指甲是否修剪干净了，然后再与文命目光对视说道："我什么也不知道。我只是觉得司契的话有个很大的破绽，你没有发现吗？"

文命闻言，浑身一震，只觉胸腔热血上冲，双手用力按在桌上，才让自己不至于又一次站起。他声音几乎陡然变得沙哑起来："什么破绽？"

丹朱冷冷哼了一声，他的目光从文命脸上又转到九婴脸上。九婴看着丹朱，嘴唇紧抿，似乎不想说一句话。丹朱又看回到文命脸上，慢慢说道："司契不是说得很清楚吗？他说虞舜到雍州时，他亲自去接虞舜下船，他们刚一上岸，水势突涨数丈。这水嘛，说涨就涨倒没什么，可如果真的像他所说的那样，水突然涨起了数丈，是没有人可以逃出去的。但你当时也听见了，司契说了一个不可思议的理由，他说当时后羿在那里，百箭连发，射倒十棵大树，才救了他和虞舜等随从性命。"说到此处，丹朱眼光又转向九婴，"这理由我们可以相信吗？九婴，你是知道怎么射箭的人，我也见过你射箭的速度。要说在仓促间射出一百支箭，那是根本做不到的事！更何况，"他的目光又转向文命，"对司契的这个说法，虞舜一句话也没说，所以我觉得，司契一开始就在撒谎！"

4

丹朱话音一落，文命和九婴同时脸色大变。

文命脸变，是觉得丹朱之言委实有理，九婴则是听说后羿瞬间连发百箭，心中惊讶，再也无法按捺。天下四处皆言，后羿箭法如何了得，九婴总是颇为不服，此刻听丹朱说后羿之箭快到如此令人匪夷所思，饶是他刚才始终镇定，也有点坐不住了。对九婴来说，倒还真不觉司契之言有何让他不信之处。后羿声名如此之盛，没有远超常人之处，自不可天下传扬。只是九婴脸色虽变，还是没有说话，紧跟着的念头又还是希望果如丹朱所言。

文命已经吃惊得站了起来，说道："丹朱，司契的确有此一说。我没有细想，听你这么一说，果真如此。你说那司契……为什么要说如此谎言？如果是谎话，虞舜为什么会容许他撒谎？"

丹朱又是一声冷笑，说道："为什么？我看他和虞舜一定有什么诡计。先是骗得我父王信任，然后杀人树威，这目的嘛，不就是好让虞舜登上我父王的帝位。"

文命越听越惊，说道："虞舜的接位之说，不始于今日，我人没在平阳，也早就听闻天子有将帝位传给虞舜之意。难道这传言是假？"

丹朱伸手拿过木壶，给自己面前的空碗倒上米水，继续冷冷说道："你听到的传言不管是真是假，最起码，有一件事是真的，那就是虞舜今天还没有登位。所以，既然他还没有登位，你能说他就不想登我父王的帝位吗？他既然想要登位，就必然培植自己的羽翼。我看司契很可能在雍州已被虞舜收买。于是，他们就在今天演出这场好戏，只是这演戏的第一个结果嘛，却是要你父亲的人头。"说到这里，他嘿了一声，续道，"这步棋就像我父王教我的石子棋一样，走得凶险，效果却是惊人。你没看见我父王对虞舜和司契之言毫不怀疑吗？"

文命听得脸色发白，双手拳头紧握，说道："如果真是这样，我一定要杀了司契！"

丹朱朝九婴看了一眼，后者也正看过来，眼色中带着惊讶。

丹朱似乎没注意到九婴的眼色，又看着文命说道："杀了司契？文命，你凭什么做到杀司契？嘿！就算你逞一时之勇，杀了司契，不要说我父王，就是虞舜，也肯定不会轻易就饶你，"他停了停，继续说道，"当然，我说的也只是我的猜测。我想说的是，如果司契这件事是在说谎，其他的事他也就可能说谎。你说对吧？"

文命隐隐约约抓住了一个想法，抬头说道："丹朱，你觉得还有什么？"

"还有什么？"丹朱哼了一声，说道，"还有就是你父是不是果如他们所言。你得知道，虞舜和司契所言之事，只有他们两个人在说。如果他们是故意想杀人树威，拿你父来开刀，我们不妨先撇开后羿，就听他们说你父的那些话，司契的话让虞舜证实，虞舜的话又让司契证实，那么谁还会看出中间的破绽呢？"

"那我要如何证实？"文命脸色越来越白。

"如何证实？"丹朱仰头一笑，站了起来，背着手来回走几步，再凝视文命说道，"这难道不是很容易的事吗？"

"很容易？"文命跟着站起，惊讶地看着丹朱。

"是很容易，"丹朱说道，"只要一个人在我父王面前说出事情的全部真相，不就什么都清楚了吗？"

九婴终于忍不住也站了起来，抢在文命之前问道："要谁来跟天子说清楚？丹朱的意思是……"他忽然像是明白了一样，话说一半，两眼忽然发亮。

丹朱对九婴点点头，然后再看着文命，说道："文命，你也应该听明白了吧？"

文命只觉心在猛力跳动。

丹朱眉头向上微挑，说道："不错，只有让一个人到我父王面前说清所有的事情，那个人就是，"丹朱凝视文命，一字一顿地说， "你——父——姒——鲧！"

5

从宫内出来之时，虞舜脸上丝毫没有成婚的喜悦之色。宫内众人议论了半天，始终没有谁真正提出治洪之法。众人饮食之后，尧帝命虞舜先回去看看娥皇、女英，留其他酋首在宫内暂歇。虞舜缓步向自己茅庐走去，身后跟着尧帝赐给他的九名青衣少男。十人刚刚走过高台之前，一个少女忽然在他面前出现。虞舜颇感惊讶，抬头一看，见那少女眼眶含泪，脸上神色悲伤，不禁一愣。

那少女在虞舜面前忽然跪倒，仰脸说道："虞舜，我……我请你饶过姒鲧！"

虞舜微微吃惊，说道："姑娘请起，你是谁？"

少女双眼欲泪，说道："我是夏后部落的羲由。虞舜，请你饶了姒鲧！"

虞舜眉头一皱，对身后少男说道："你们扶羲由姑娘起来。"

最前的两个青衣少男赶紧上前欲扶。羲由已经流下泪道："不！我不起来！虞舜，你不答应饶过姒鲧，我……我就不起来！"

虞舜微微叹气，说道："羲由姑娘，你是夏后族人，我明白你有何想法，但我必须告诉你，饶不饶妲鲧，不是我说了算，也不是天子说了算，这是三十部落酋首的一致决定，谁也不可违背。你起来。文命呢？"

虞舜说话威严，羲由不禁站了起来，抬手擦眼，说道："文命哥哥去丹朱那里了。"

虞舜"哦"了一声，脸上并无其他表情，挥手说道："从平阳到尖山，说远不远，说近不近，你去找到文命，带你们部落人回去吧。我还有事情要办，先走一步。"

羲由一直想等尧帝或虞舜出来后求情。等了良久，只见虞舜带人出来，心中发急，也顾不得什么，立刻出来跪下求情，不料虞舜三言两语便将自己打发。羲由也知道，自己人微言轻，哪有资格和虞舜说话？眼睁睁看着虞舜带人从自己身边走过，心中又慌又急，不知道该就此带部落人回转，还是按虞舜所言，去找文命。她记得丹朱说得清楚，文命要稍后方回，一时彷徨失措，不出声地哭了起来。

虞舜才走不几步，便有人上前对他施礼，虞舜微笑回礼。走出丈余路后，他忽然停下，转身见羲由没有跟来，低声对身后一青衣少男说道："你速去宫内，带司契、皋陶来我这里。"

那少男答应一声，转身便往宫内跑去。

虞舜刚才听羲由说文命在丹朱处，脸上虽不动声色，心下却是猛吃一惊。一种模糊的忧虑在心中隐隐升起，不知道丹朱将文命叫去他那里会有些什么事情。丹朱与妲鲧的渊源他自然知晓，倒也没放在心上。他记得，文命离开宫室之后，丹朱也向尧帝告退，理由是担心文命恐有冲动之举，想代父前往抚慰。没想到丹朱会将文命带往住处，就不免令人感到有些蹊跷。

到达自己茅庐之后，娥皇、女英早隔窗见虞舜过来，已齐在门外等候。虞舜见到两位夫人，脸上露笑，紧步过去，左手拉住娥皇，右手拉住女英，微笑道："未出宫门，就听人说二位夫人在代我千屋拜谢，有劳两位夫人了。"

娥皇、女英同时微笑，娥皇说道："夫君为天下操心，我和妹妹做这些小事，也只是想为夫君多分担一些。"虞舜哈哈一笑，说道："天子之女，果然与众不同。能得二位夫人，真不知是我几生修来的福气。我们一起进去。"说着又分别看看二人后三人携手同往屋内。

娥皇、女英服侍虞舜坐下之后，二人也在虞舜身边落座。她们见虞舜脸有忧色，互相看看，娥皇站起说道："夫君，我看你脸色忧虑，是不是宫内出什么事了？"

虞舜抬头，忧虑一扫，微微笑道："也没什么事，只是到现在也没有谁可以提出任何治洪之法，教我心下有些忧急。"他又看看坐在身边的女英，续道，"二位夫人不要担心，此乃为夫受天子所托之事。天子忧心，我又怎么会不忧心？这洪水眼看已经十余年不退，万民流离，想想就令人心痛。"

女英也站了起来，说道："夫君，在宫内我和姐姐都听父王说过，这九年来，是夏后部落的姒鲧酋首在率人治水，前些日子，又听说他被囚在羽山，想那姒鲧，是不是没有办法？"

虞舜眉头皱起，说道："今日天子已经命防风前往羽山，要将姒鲧斩首。"

娥皇、女英同时"啊"了一声，齐声惊道："姒鲧犯了何事？"

虞舜微微叹气，说道："二位夫人，今日斩姒鲧之事，乃三十酋首共同决定，我们就不说他了。现在真不知究竟会有何人能治好这滔天水患。若是有人如此，我会向父王提请，待父王之后，将帝位传与他！"

娥皇、女英互看一眼，二人心灵相通，齐声道："我们赞成夫君之说。到天下再无洪水时，我们就与夫君一起过太平日子。"

虞舜站起，又分别拉住她们手微笑道："到那时，能有二位夫人相伴，我真是没什么要求了。"说完，三人相视微笑。

这时，忽听门外一青衣少男声音说道："虞舜，司契与皋陶来了。"

6

娥皇、女英同时转身前去开门。

司契与皋陶已在门外，二人进来后对虞舜拱手施礼道："虞舜，不知要我们过来，有何要事？"说完又朝娥皇、女英施个礼。

娥皇、女英知他们有事要谈，二人同时告退，去往他屋。

三人围桌坐定之后，虞舜看看二人，眼光落在皋陶身上，说道："刚才宫内议论之时，你坐我身旁，始终未发一言。我此刻特请你过来，就是想知道，你身为天子亲命的士师，对姒鲧之事如何看待？"

皋陶脸宽唇厚，脸色泛青，面目颇为奇特，此刻见虞舜问己，拱手说道："虞舜，宥过无大，刑故无小。今天子命防风往羽山斩姒鲧之首，实乃天子九德之所现。"

虞舜"哦"一声道："如何来讲？"

皋陶说道："我在天子身边数十年，观天子行事，乃宽而栗、柔而立、愿而恭、乱而敬、扰而毅、直而温、简而廉、刚而塞、强而义之人。这正是我以为的天子九德。今日判姒鲧斩首，正是这第九之德，所显正乃天子之强，对万民之义。"

虞舜双手轻轻一拍，说道："说得好！"他又看看司契，继续对皋陶说道，"今日我看所聚酋首，都对姒鲧斩首之事无议，我特地命人叫你过来，就因为你在宫中日久，平日少言，察人却是极微，丹朱先为姒鲧求情，后来再也不发一言，你以为丹朱是何所想？"

"丹朱？"皋陶微微惊异，不禁和司契对看一眼，然后略略回想当时境况。议事时丹朱虽坐其对面，自己心思却在众人议论当中。此刻凝目想了想，然后说道，"丹朱乃帝之长子，应该不会有什么其他想法。这些年在平阳，我们也未见丹朱有何不同之处。他在宫后修庐而居，是为母守灵，天子极为赞同。孝风起自宫内，对天下实乃好事一件。"说到此处，皋陶不由凝视虞舜，问道，"虞舜问起丹朱，不知是有何事？"

虞舜眉头动了动，说道："究竟什么事，我也判断不了。只是刚才，我听到丹朱将文命请去他庐内，心中忽起忧虑，所以让人请二位来此。"

皋陶和司契互相望望，两人也感诧异。司契拱手说道："虞舜，我未在平阳，不知丹朱平日行事。适才在宫内时，我见丹朱为姒鲧求情，料想他也是心怀德意。姒鲧曾教丹朱狩猎射箭，算是自己授业之师，今日他为姒鲧求情，料也是他有感恩之意。"

虞舜点头道："二位说得不错，我也怕是自己想得多了。只是，文命素有孝心，今日得知父将斩首，心中苦痛，也是常情。可我……"虞舜微微皱眉，说道，"总觉丹朱会有什么事说与文命，我这心中，奇怪之感来得突然。"

皋陶微笑说道："虞舜，你是为天子分忧之人，万事都得策议。你有此感，也是忧虑甚多所致。今日之事，最重要的莫过于有人献出治洪之法。我想了良久，倒是有个提请，本待宫内说出，现在不妨先与虞舜明言。"

虞舜见皋陶说出此言，不禁心中一喜。皋陶为尧帝士师，平时不多言，事事权衡，不到深思熟虑，从不说无把握之言。虞舜此刻听他似有方法，不禁眉头顿开，说道："哦？皋陶有何策议？赶紧说来。"

皋陶微微一笑，侧头看看司契，再看向虞舜，说道："姒鲧治水不力，乃应对无法，又心有所私。依我之见，治水之人首先得心有万民，方可成事。"

虞舜点头说道："此言甚是，你觉得今有何人？"

皋陶微微一笑，说道："今日我默观诸酋，唯一人可当此任。"

虞舜闻言，不由站了起来，说道："皋陶，快请明言，你觉得是何人可担？"

司契也眼中发亮，看着皋陶。

皋陶见虞舜站起，也立时起身，拱手说道："虞舜，这治水之人，非文命不可！"

7

文命听丹朱说让父亲姒鲧来尧帝面前说清事实，不禁讶然，说道："可，可我父现囚于羽山，他如何能来？再说，方才天子已经下令，命防风前往羽山将我父斩首。这……我父怎么有机会进宫？"

丹朱哈哈笑道："你说得不错，但你在宫内也听得清楚，父王是命防风明日启程。"他嘴角冷笑，忽然凑近文命，伸手搭其肩上，说道，"你何不今日就动身？赶在防风到羽山执行帝命之前，救出你父，将他带至宫中？"

文命猝然一惊。当尧帝下令将姒鲧斩首之时，文命内心便隐隐有救父之想，却只是隐约难抓，毕竟救父乃违抗帝命，恐怕自己也得死罪。此刻被丹朱如此明言，原本模糊的想法顿时清清楚楚。他凝视丹朱说道："丹朱，去羽山救父，我确有此一念，只是，事情若被天子知晓，我自己倒是不惧，就恐天子震怒，殃祸整个夏后部落。"

丹朱眉间耸动，又把手掌伸出，看看指甲，再抬头说道："文命，救父乃孝。父王推崇孝道，虞舜也崇此道。所以，你救父之行，本乃孝心所现。再说，你难道想你父未在我父王面前说清事实之前，就被防风斩首吗？如果你父果真如我所言，是被司契等人冤害，你那时再去后悔，岂不是晚了？"

文命闻言，心中一震，只觉丹朱之言大有道理。

丹朱见文命脸色忽红忽白，脸上肌肉不自觉一扭，继续说道："我知道，你在担心，如果事情又真如司契所言，你父确实是置帝命于不顾，那他就算到了天子面前，也终究难逃一死。对吧？"

文命凝视丹朱，微微点头。

丹朱又仰天一笑，说道："文命，这点你可以放心，我毕竟是帝之长子，如果你父果真如司契说的那样，你救父乃孝，我怎会不管不问？更何况，你父还是我授业之师，我又岂能不管不问？在如今三千八百部落中，你的勇气胆识都远超群伦，我倾慕已久。你看这样可好？"说着，丹朱眼望文命，手向九婴伸去，说道，"拿支箭给我。"

九婴答应一声，从箭囊中抽出一支箭来，递给丹朱。

丹朱接箭在手，双手执定，凝视文命说道："不管你父真相如何，我都会让你父子无性命之忧。今日，我就与夏后部落结盟，你看怎样？"

文命心头再次大震，万没料到丹朱如此尊位，竟会如此看重自己部落，双目凝视丹朱，说道："我只想救出我父。"丹朱微微一笑，不接文命之言，径直照自己刚才的话说下去："丹朱若违盟，便如此箭！"说罢，双手用力，将那支箭"咔嚓"一声折成两段，扔在地上。

文命当此心头震荡之际，见丹朱如此待己，心中不由感激，双手抱拳在胸，说道："文命谢过丹朱！"

丹朱哈哈一笑，走到桌边，伸手将木壶内的米水给文命倒上，又给九婴倒上，端起自己的木碗说道："文命，救出你父之后，我会亲自带你父见我父王。今日父王正当怒火，我也不便即刻与他多言，待你救父归来，我父王到那时料已消去大半火气。不管你父究竟如何，我想父王也不至于再判个斩首之刑。"

文命闻言，大是感激，说道："文命谢过丹朱。"

丹朱脸上笑意敛去，凝视文命说道："从今日开始，我们定下盟约，不管你父如何，我都会让他性命无忧，也会让你取好孝道。"

文命内心激荡，拱手说道："丹朱不嫌，夏后部落共感大德，日后丹朱有何差遣，文命一定遵从。我即刻就往羽山。"

丹朱微微一笑，说道："羽山乃罪因之所，守护颇严，恐你一人难以救父。我看不如这样，"他转向九婴，缓缓说道，"九婴，你和文命同去羽山，一定要救出姒鲧。"

九婴拱手说道："丹朱放心，我会全力相助文命！"

文命端起碗，看看九婴，又看看丹朱。三人同时举碗，将碗中米水一饮而尽。

丹朱放碗于桌，凝视二人，说道："此去羽山，路遥千里，我在此已命人备好饮食快马，我等你们救出姒鲧回来。"

第四章　沧流

1

尧帝终究年岁已高，饮食回庐后睡了两个时辰方醒，睁眼见窗外天色欲昏，集聚在乌云中的雨终于下了下来，打得屋顶噼啪直响。尧帝一惊而起。站在屋内的侍从赶紧上前，躬身说道："天子醒来了？"尧帝坐起说道："如此时辰，四岳诸侯早已在等，怎么不叫醒我？"

侍从回道："我本待叫醒天子，虞舜说天子疲累，且让天子多睡一个时辰。"

尧帝"哦"了一声，说道："虞舜在这里？"

侍从说道："不仅虞舜在，皋陶和司契也在。他们在外间已等候一个时辰了。"

尧帝听闻，立时便知，虞舜此刻带皋陶和司契专来等候，必定有要事相告，站起让侍从服侍更衣后往外便走。

外间果然坐着虞舜、皋陶、司契三人。他们见尧帝出来，同时站起，施礼说道："天子休歇可好？"

尧帝点点头，挥手说道："虞舜，你们等多久了？怎么不早点让人叫醒我？三位都坐。"说着，自己在桌前坐下，虞舜等三人也分别围桌而坐。

虞舜拱手说道:"父王近日过于疲累,是我不让侍从打扰父王休歇的。"

尧帝轻声一叹,似乎觉得自己也着实劳累,此刻精力恢复,说道:"四岳诸侯都在宫中,我们还是先去问众人治洪之计。"当下按桌欲起。

虞舜拱手道:"父王不必担心,我已命人告知诸侯,趁时辰尚早,就近酋首可先率众回转,稍远部落,可在平阳先休歇一夜,明日再走。今日虽是我与二位帝女大婚,也着实不欲众部落过于奔走。洪水遍布,来不易,去也不易。日色将晚,我已命他们率众饮食安歇去了。"

尧帝眉头微皱,说道:"可这治洪之计未出,令人心下难安。"

虞舜微笑道:"父王,今皋陶已推举治水之人。"

尧帝眼睛一亮,望向皋陶,说道:"皋陶已有人可举?"

皋陶拱手说道:"治洪之人,我已和虞舜、司契议过,依我之见,唯文命可担此任。"

尧帝手捻胡须,沉思说道:"文命?他父姒鲧九年治水不成,又正因于羽山,如今命他嗣子承治水之责……何以举荐他来?"

皋陶微笑道:"天子,我今日观察文命,他为父心忧,所做之事却是当众恳天子释放,一可见其心孝,二可见其胆识,三则,夏后部落给虞舜大婚之礼,乃是他亲往尖山毙虎后所剥虎皮。听闻他是不忍见族人为虎所害,孤身前往,亦见心怀他人。此无私者,正是治水所需。今天子虽囚其父,实因姒鲧有负天下所托,文命虽忧,却绝无仇意。"

尧帝微微点头,说道:"文命虽乃姒鲧嗣子,却果然不同他父。"说罢眼望皋陶,示意他继续说下去。

皋陶拱拱手,续道:"天子行事,当施以恩威。我大胆来想,天子今虽命防风明日往羽山斩首姒鲧,不如可改命防风将姒鲧解往平阳,一是让姒鲧有在天子前自说情由之机会,二是若文命治水功成,也可依此恕姒鲧一命。天子当位六十载,少有斩首之刑。我想那姒鲧若只囚在平阳,文命恩感天子,也更会全力治水。"说到此处,皋陶再次拱手,又看看虞舜和司契,再将目光移向尧帝。

尧帝不答,缓身站起,来回走了几步,点头道:"你说得不错,"然后凝视司契,说道,"你可将防风、文命一并招来,我亲给他们下令。"

司契站起拱手,说道:"天子,防风已在庐外候命,只是文命……"他迟疑一下，说道，"已离开平阳都了。"

尧帝双眉微竖，说道："文命领夏后回尖山了？"

司契摇头道："虞舜派人追赶夏后部落，他们出都不远，赶上后未见文命。"

尧帝有些诧异，眼望虞舜，说道："虞舜，你可知文命去向？"

虞舜也站起拱手道："我们都不知文命去向。只是……"他犹豫一下说道，"最后见到文命之人，乃是丹朱，或许他知文命所在。"

"丹朱？"尧帝微微一愣，对皋陶说道，"你去把丹朱叫来，我亲来问他。"

尧帝话音方落，只见丹朱和防风前后进来。丹朱恭敬拱手道："父王，我担心文命有所冲动，便请他至我庐内抚劝，他后来辞行，说是和夏后人回转尖山。"他又转向虞舜，仍是拱手说道，"虞舜派人未见文命，或是他心中颇忧，不欲与人见面，有可能独自回转了。"

尧帝"嗯"了一声，抬头对躬身施礼的防风说道："你明日启程前往羽山，姒鲧暂且留首，将他解回平阳都，我要亲来问他治水状况。"

防风躬身说道："接天子令，我明日启程。"

尧帝又对皋陶说道："你即刻动身去往夏后部落，让文命过来见我。"

皋陶站起说道："接天子令。"说罢，拱拱手，转身走出。

丹朱在司契旁边坐下，耳中听到尧帝之言，脸上看不出任何表情。

2

文命与九婴离开丹朱茅庐，门外果然已有人牵马在候。两匹马都极为高大，皮毛一棕一灰，腿长腰壮，显是良驹。马鞍左右各挂一鼓鼓布囊，料是丹朱命人备好的饮食，马鞍后各拴挂一支长矛。九婴本来身着红衣，便道："文命，我用这匹棕马了。"二人踏镫上马，缰绳一提，足尖踢腹，催马从宫后到宫前，往城外跑去。

平阳虽是尧帝都城，守卫倒是不严。尤其这日乃虞舜大婚，四方城门皆是大开。此刻正有不少部落在陆续出城，步行骑马的都有，各色旗帜遮天，人声与各种器乐声继续不断。文命和九婴策马出城时几乎没有引起任何人注意。二人夹在人群中放慢马速，徐徐从南门出来。城外开阔，两人走过吊桥，便夹紧马肚，催马奔跑起来。

文命与九婴认识时日虽短，却因联手毙虎，已生惺惺相惜之感。文命为部落酋首，胆识皆在一流，九婴也是部落勇猛之士，此刻二人同时纵马，不觉心生比较之意。二人似不经意地互望一眼，都知彼此心思。一眼之后，二人又同见远处山丘，当下都不说话，同时催动马力，想看看谁能先到山丘。对文命来说，还心有一念，想试试胯下这匹灰马足力，以便能早到羽山。

丹朱给二人的马匹的确马力惊人，四蹄翻飞，二人俱有风驰电掣之感，那些先二人出城的部落人众转眼被甩在身后，两旁旷野飞速往后移动。风声在耳边呼啸不已。二人边催马边互相望望，竟始终双马并头，都甩不开对方。

山丘距他们不过十里，两匹马转眼便到。距山丘数丈之时，九婴忽然伸手取弓抽箭，双腿夹住马腹。那马陡然一声长嘶，前蹄抬起，九婴已然搭箭，陡然朝山丘射去。文命尚且一愣，只见九婴箭支连抽，射出一箭，又射一箭，竟然在转眼间连续射出十箭。那十支箭先后离弦，后箭追前箭，在空中恍如直线，呜呜作响。"噗噗"声中，十支箭射在同一株大树身上，箭尖都穿过树身，十支箭尾在树上，兀自嗡嗡直晃。

文命只顾催马，意外见九婴忽然射箭，不知何意，他也不及停马，已率先到了山丘。见到九婴箭术竟如此厉害，不禁暗暗吃惊。

二人若是比马，自是文命胜出，原因却是九婴忽然取箭射树。文命停下马来，颇有胜之不武之感，当下哈哈一笑，说道："九婴，你怎么不跑了？"

九婴射过箭，弓回肩上，催马到达山丘。见文命已然先到，拇指一竖，赞道："不愧夏后酋首，果然好骑术！终究是你先到。"

文命微笑道："若不是你忽然发箭，我也先到不了。"二人说着，同时翻身下马，走到那株树前。九婴伸手拔下树上十箭，放入箭囊，眼睛却疑惑地凝视树上的十个箭孔。

文命看九婴一眼，问道："你这是……"

九婴双眉微蹙，伸手摸摸树上箭孔，说道："听丹朱方才言道，后羿连发百箭，射倒十株大树，确实不知是真是假。你看这树尚不算粗，十支箭也不过射出十个树孔。我刚才想起丹朱之言，想试试我能否也做到射倒大树。就看这十箭，不可能射倒它。那后羿……果真如此神奇？"他说到后来，已像在对自己喃喃自语。

文命一笑，说道："我在宫中确实听司契如此说过，我也觉得事情如丹朱所言，在这件事上，司契大概说了谎话。我们自幼习箭，从未听说有人可以十箭射倒一株大树。九婴，你的箭法是我亲眼所见最好的，后羿究竟如何我不知，说不定哪天你们就有比试机会。"说罢，文命伸手拍拍九婴肩头，补充道，"这次我虽先到山丘，却是应该不算。我们还是先行，看这天色，恐怕很快就要下雨，我们最好赶在下雨前找到住处。"

九婴点头应一声，二人再次上马，奔上山丘，往南疾驰。

3

奔过山丘，离平阳已越来越远。果如文命所言，乌云密布间，天空惊雷闪电，豆大的雨点不断落下，转眼间变成瓢泼大雨。好在丹朱在马囊中备有蓑衣，两人均取出披上，一刻不停地纵马。只见四野无人，两人不知跑了多久，马蹄下的水越来越厚。文命起初觉得是雨水过大，以致地上积水过多，再奔一会儿，竟不觉间积水已经淹过马蹄。地上淤泥甚厚，马匹跑得已然不快。

"等等！"九婴忽然说一句，勒住缰绳。文命也依言停马。二人旋首四顾，只见茫茫一片大水，竟不知何时已在沧流之中。

文命陡然惊醒，眼望九婴，说道："这不是雨水，是洪水。"

九婴蹙眉打量，缓缓点头，说道："只怕果真是洪水。"

二人虽是当世勇士，见到如此一片大水，也不禁暗暗心惊。所幸洪水并未咆哮，水势平缓，只是旷野间见不到一块干地，令人感到凶险异常。

天色昏暗，天空闪电不断，此时是何时辰都难以知晓。天尽处乌云俱黑，似乎压着地面滚动。九婴说道："不管怎样，我们得找到住宿之处。"文命点头道："不错，这么跑下去，若是水势涨起，恐怕我们没到羽山，就先被这水给吞没了。"

此刻，两人身下马匹似乎显得焦躁不安，在水中不断抬蹄，时不时嘶吼几声。

"现在怎么办?"九婴说道,"我们该往哪走?"

文命眉头紧皱,低头凝视水流,说道:"水是横流,水流上方便不可再去,下方积水也多,下方也不能再去,我们往这边走。"说着,文命抬手指指两人前方,"对面应有地势挺拔之处。我们到了高处,便可避开洪流。"

九婴一点头,说道,"那我们快去。"

二人拔过马头,往水中蹚过去,方向仍是朝南。实际上,二人也是朝水深处跑去。

丹朱给的两匹马确为神骏,蹄下水势虽急,在两人巨力紧扣下,一步步在水中抬腿,强自前行。

水势越来越大,从淹过马蹄开始,逐渐淹上马腹,再淹上马鞍。文命与九婴只上身露在水上,眼看水又淹到腰际。二人都感到水力逼人,两匹马也只马头在水上,不停抖动,似乎感到极为惊恐。

"文命,"九婴终于说道,"我们是不是弄错了方位?"

文命此刻也暗暗心惊,他扭头对九婴说:"我们现在只有两条路,要么是回去,要么是继续往前走,水流的上下方向都不可去走。"

九婴说道:"再往前走,水只会越深,走得过去吗?就算我们能过去,这马怕是也走不过去。若是没马,我们到不了羽山。"

文命前后看看,身前是水,身后是水,四下一片浊水茫茫。文命牙一咬,说道:"此刻回转怕也是不能,我们往前再走。"说罢,他将拴挂在马后的长矛取出,说道,"九婴,你也取出矛来。"九婴不解,还是依言取出长矛。文命将手中长矛一端递给九婴。九婴立时会意,也将自己的长矛递一端给文命。此刻水势颇急,二人虽骑在马上,还是感到体力消耗极快。此刻两支长矛合并一处,二人都同时握矛,固定起身势,可以增加对水流的冲击抵抗。

二人继续前行,只觉每走一步,都异常艰难。天色完全黑下来,耳中只听得水流喧哗,不知四下何处是岸。水流冲来,不说方向已然难辨,现在马匹是不是在走也不太清楚。茫茫一片大水将二人困在中间。黑沉沉的水流似乎蕴含着无穷无尽的力量,若不是二人相互持矛支撑,大水已经将二人冲入漩流之中。即便如此,二人还是感觉水势在一点点剥夺体内的每一分精力。文命抬眼望天,天空除了闪电偶尔露出一片惨白之外，整个天地已无不被黑暗笼罩。文命饶是胆大，心中也终于忐忑起来，暗想："难道我无法救父，自己也将丧身在这大水之中吗？"

又是一道闪电陡然划开夜幕，九婴忽然高声说道："文命！那里有船！"

此刻水已将二人淹至肩膀，两匹马也奋力才可将头伸出水面。

文命听九婴说有船出现，顿时心中一喜，抬眼望去。果然，一条船正从水上方顺流而下。看那船甚是高大，显是一巨树挖成。二人互看一眼，竟然已看不清彼此脸色。

文命立时高叫："船上有人吗？"他中气充沛，若在平地，原本能传出数丈，此刻水流沉沉，喧哗不断，他喊出的声音连自己都觉转眼就被水流声吞没。

九婴忽然说道："文命，给我拉紧缰绳！"

文命依言抽矛，右手连矛一起，扣住自己马匹的缰绳，左手伸出，将九婴的马匹缰绳扣住。九婴已经肩头取弓，搭起箭，往那船张弦射去。他这箭直直地射在那船的船头。箭尖入舷，"嘣"的一响。船上人果然听见，到船头一看，竟然是一支箭射在船舷。

又一道闪电划破天空。文命与九婴看着船朝他们飞快划来。

看着船越来越近，文命与九婴知道不会丧身大水了。文命将长矛举起，再次喊道："在这里！"

那船划到近处。二人只听到一人在船头怒吼："是谁射的箭？是后羿你这畜生吗？"

4

文命与九婴此刻已精疲力竭，大水转眼间已淹到脖子。船到了他们身边，文命在闪电映照下，见船头站一长须男人，手中持一木棒，看他姿势，显然不是想让他们拉住木棒上船，倒像是要狠狠击打他们。

九婴扬声喊道："我们不是后羿！"

那人听到九婴之声，又吼道："不是后羿？你们是谁？"

九婴说道："我是尖山部落的九婴，他是夏后酋首文命！"

那人"哦"了一声，说道："九婴和文命？"话落间，那人已将木棒倒转，将一头伸将过来。文命说道："九婴，你先上去。"

九婴也不说话，伸手拉住棒头，奋力跳离马鞍，一手拉棒，一手拉住缰绳划水，转眼到了船头，伸手扳住船头，终于上船。那马也似乎知道自己得救在即。马匹本就会水，此刻也跟着九婴到了船边。九婴上船后运起神力，将马匹硬生生扯到船上。那人仔细瞧了瞧九婴，像是在辨认九婴是不是后羿，认清后点头道："把他拉上来。"

那人和九婴再合力将棒头伸给文命，文命和马匹也依法终于上船。

在船内坐定之后，文命与九婴同时打量那长须男人。只见他身披蓑衣，长须皆湿，一张脸白得吓人，左眼空空，竟是眼珠已无。船上还站有一马，显是这舟人坐骑。

文命拱手说道："文命谢过救命之恩。"

那人目光又将文命细看一眼，说道："你果然不是后羿那畜生！"

文命九婴对望一眼，九婴道："怎么？你如此恨后羿？"

"我怎么不恨后羿？"那人指指自己左眼眼眶，厉声说道，"我这个眼珠就是被后羿射瞎的，我怎么会不恨他？"

文命与九婴均感讶然。文命说道："后羿怎么会射瞎你的眼睛？你是谁？"

那人说道："我是冯夷，那后羿弄走我的女人，我去追他，反被他射瞎了眼睛。"

文命和九婴又在诧异中互望一眼。文命脱口道："后羿竟做出这样的事？"

冯夷怒声说道："那畜生什么坏事做不出？"

九婴接道："我们都不认识后羿，只是听说他箭法高超，把他的有穷部落也治理得不错。"

冯夷忽然仰天一笑，说道："这天下还有什么有穷部落？"

文命和九婴同时吃惊，说道："有穷部落不是后羿做酋首的部落吗？"

冯夷说道："后羿是有穷部落的酋首不错，但有穷部落却是没有了，都被我杀得干干净净了！"

文命和九婴不由站了起来。文命吃惊地说道："你把有穷部落的人都杀了？"

"我肯定要杀!"冯夷恨声说道,"后羿算是命大,我到有穷部落杀人之时,他没在那里。"

文命忽然想起司契之言,虞舜到雍州巡视之时,身边带有后羿,后羿自然没在部落。此外,妨象在议事前也说过,虞舜大婚,不仅后羿没来,有穷部落也无人前来。竟然是因为整个部落的人都被冯夷杀了。他还是问道:"那后羿现在何处?"

"后羿在何处?"冯夷说道,"我也在到处找他。这畜生弄走我的女人就不见了,我听说虞舜巡视天下,后羿一直跟着他。现在虞舜娶帝女回了平阳,我想后羿应该也在平阳。"

文命说道:"你要去平阳找后羿?那是找不到的,后羿没在平阳。"

冯夷瞪大右眼,说道:"后羿没在平阳?你怎么知道?"

文命说道:"我们是今天离开平阳的。"

冯夷闻言,不由脸上更加苍白,他双手突然猛打船舷,竟大哭起来,喊道:"我费尽力气,造好这船只,就是想去平阳找后羿。他怎么会不在虞舜那里了?"

文命和九婴见冯夷忽怒忽哭,也不说话。等冯夷哭够了,文命才慢慢说:"冯夷,你今天救了我们,我们不会骗你,后羿确不在平阳。你这一路行船,可否告知,我们去羽山,路上水势如何?"

冯夷似乎还在找不到后羿的恼恨之中,隔了半晌才说道:"后羿,你没在平阳,我还是要找到你。你躲到哪里我都要找到你。"说完这句,他转身看着文命,说道,"你们要去羽山?我跟你们一起去。你们……"他像是忽然想起了什么,继续说道,"你们去羽山干什么?那里是天子关罪囚所在,没有人会去那里的。"

文命凝视他一眼,还是说道:"我父被虞舜囚在那里,我想去看看他。"

冯夷闻言一愣,继而哈哈一阵狂笑,高声喊道:"你父关在羽山?哈哈,关得好!关得好!"

文命不禁心中火起,说道:"冯夷,你虽救了我,但你别再说我父关得好这样的话!"

冯夷继续狂笑,像是听到了极大的喜事,几声笑后,声音突敛,说道:"你知道你父关在羽山,所以才能去看他。我女人呢?她被后羿弄到哪里去了我都不知道。难道你父不是关得好吗？"

　　文命听他居然说出这么个理由，不禁微微一愣，觉得冯夷说得真还不无道理，心头火气顿消，只觉冯夷真还是性情中人，当下说道："你说得不错，我知道我父在羽山，所以我知道能在哪里看见他。你看这样可好？你带我们去羽山，我们帮你一起对付后羿！"他手朝九婴一伸，续道："有我们三人同心，后羿之仇，你一定可报。"

　　冯夷右眼光芒一动，哈哈笑道："好！好！好！"他一连说出三个"好"字之后，狂笑变成一声冷笑。只见他双眉竖起，朝船外狠狠吐出一口浓痰，说道，"我不要你们帮我！我要亲手杀了后羿！"

　　九婴冷冷接口说道："不要我们帮？你觉得你胜得了后羿？哼！我不会帮你！我要天下人看看，究竟是后羿的箭法高，还是我的箭法强！你报你的仇，我比我的箭。只是要怎么才能找到后羿？我看我们还是同心为好。"

　　冯夷翻着独眼，哼了几声，看看九婴，又看看文命，说道："你们为什么要帮我对付后羿？后羿也弄走你们的女人了？"

　　文命闻言，微微一愣。他还真不知自己为何对冯夷说出"一起对付后羿"之言。转念一想，大概是觉得后羿帮助虞舜，虞舜又恰恰是囚住自己父亲之人，所以不知不觉，内心已将后羿当作自己的对手和敌人了。

　　冯夷见文命不答，又"哼"一声，懒得再问，说道："幸好我这船做得大，留得住你们。天晚了，你们还没饮食吧？先吃一点，今晚就在这船上睡了。"

5

　　饮食后已是深夜。冯夷倒在船中睡去。九婴也倚靠船舷，看上去像是入睡。文命内心如船外波涛，不断起伏，哪里有睡意？雨不知何时已停，天空星辰亮起。文命抬眼望星，辨认船只方向。冯夷的船只也怪，明明水势横流，这船却在横水流而上。文命睁大眼，凝视茫茫大水，心里忽然动起一念。这洪水自中原横行，几乎无任何方向可言，没有哪个方向不被洪水侵虐。尽管他们此刻所在的地方有东西方向之感。就他耳闻，中原几乎已成沧海。夏后部落原来所在的汶山虽是山，地势还是低过中原平地，几乎是最早被洪水淹没之地。他记得夏后部落十余年前随尧帝迁都之时，自己虽然年少，但往事仍历历在目。部落到尖山之后，尖山未被水淹，他记得的只是，那次尧帝迁都之行，他眼见无数人被水吞没，不论男女老幼，丧身洪水的人太多了。文命内心既惧又怒。惧的是洪水太过猛烈，怒的是感觉洪水如一只巨大野兽，却不能将其制服。父亲姒鲧受命治水之后，他心里自然渴望父亲能降服洪流，不料自己亲耳听到的是父亲压根儿没把治洪当作一回事，且不说帝命不可违，那千万人的性命如何能够忽视？

文命不觉从船中站起。他愿意相信丹朱之言属实，内心又隐隐觉得，虞舜和司契之言恐怕才是真的。自己这么贸然前往救父，万一父亲果如虞舜所说，是不是还应该救出父亲？船外洪流沉沉直响，那响声却不惊天动地，倒像是洪流中有个巨大咽喉，在不断将吼声压抑下去。他能感觉，一旦低吼冲出咽喉，那些低吼则会变成山呼海啸似的狂吼。水流的力量有多大，他刚才在水中已经有所体会。自己体格如此强壮，九婴同样如此，他们在水中之时，几乎是在束手待毙。他能够想象，如果刚才在水中的只是寻常之人，只怕早已被水冲走。他身为酋首，素来自认强人一等。此刻回想在水中之时，真觉得自己实与常人无异，不过只多挣扎得一时三刻而已。如此一看，自己和寻常人又有什么差别？想到此处，文命心中不禁涌上一股说不出的悲愁。

他看看九婴。九婴真还已经睡着。文命不由凝视他，他和九婴认识不过数日，却一起经历了虎口与洪流。活到今天，他还从未与什么人一同经历千钧一发的生死关头。他回想这两次经历，惊异地发现，九婴真还从未有过什么惊恐。他能够感觉，九婴几乎将性命交给了自己。这次和他一同前往羽山，虽说是受丹朱之命，凶险却是九婴在承受。他当然能觉察出九婴的自负，也能觉察出九婴渴望能和后羿一决高下的想法。对一个部落勇士来说，这是自然不过之事，但九婴想过洪水对万民的侵虐吗？文命又觉得，自己真还是想多了。万民如何，毕竟不是每一个部落人会去考虑之事，否则万民需要帝王干什么？

这么一想，文命的念头又自然转到尧舜二人身上。尧帝在位已经六十余载，在洪水出现之前，尧帝何等受万民拥护，文命自然知晓，因为他也怀同样情感。虞舜呢？虞舜以孝闻天下，深得尧帝信任。文命曾经耳闻，虞舜父亲瞽叟曾想将尧帝给虞舜的赏赐物据为己有，竟趁虞舜修补仓房屋顶之际，纵火烧屋，幸好虞舜急中生智，用斗笠作翼，从屋顶跳下才幸免于难。虞舜明知是自己父亲纵火，却装作不知，仍然对父亲恭执孝道。对想害死自己的父亲如此，接受尧帝任命之后，对万民更是如此。至少，在文命的耳闻中，从未听说过虞舜有挟权营私之事。文命对尧舜二人都接触甚少，对他们的一些传闻也仅仅是听说。他对这些传闻深信不疑。毕竟，传闻者没必要撒谎。在得知父亲被囚之前，他对虞舜同样充满敬佩。但当他知道自己父亲居然被虞舜囚押，父子之情自然超越所有。此刻来看，难道父亲，会真的如虞舜、司契所言，从来不顾万民吗？一阵撕裂般的苦痛突然从心底涌上来。

贸然救父，是不是错了？

文命思潮起伏，耳中洪水冲荡。他又看看早已睡去的冯夷。他救自己一命，正如九婴在虎口救自己一命。文命清晰地感到，自己总是在他人的奋不顾身中才活下来。他没想过如何报答九婴，正如此刻也不知该如何报答冯夷。他亏欠一个人，和亏欠天下人有区别吗？刚才划船的若不是冯夷，或许也会有他人。冯夷救了自己，那么他人也可能救下自己。此刻听冯夷鼾声如雷，想是疲倦已极。看到冯夷，又想起后羿。文命这几天听后羿之名太多。怎么后羿会将冯夷的妻子弄走？后羿素有天下英雄之誉，照常理来说，似乎不可能做出这事。但这事他不是道听途说，乃冯夷亲口所言，假不到哪里去。不过，冯夷说得也不甚明白，文命也无法继续想下去。洪水冲击船只，摇来晃去，文命终感疲惫，不觉合上双眼，在纷至沓来的万般思绪中，不知不觉地睡了过去。

6

待文命睁眼时，天色已亮。九婴正站立船头，扶舷远望。冯夷则在船中准备饮食。听到文命起身，九婴侧过头来，说一句："你醒来了？"

文命站起身，说道："昨晚都不知什么时候睡着的。"说着，文命走到九婴身边，与他同望远处。文命一眼之下，内心不由大震。只见水天相接，四处大水涌动，翻卷起股股浑浊涌流。这与他在尖山看见的山中流水不同，山水清澈无比，此刻的四方大水却说不出是什么颜色，每一滴水都浑浊暗淡，弥漫出一股极难说清的难闻气味。水上间或漂来树木，似乎面对的是一片完全不可能有生命存活的旷世洪流。地上除了激流，什么也看不见。空中连只飞鸟也没有。茫茫天地，似乎只有这一舟三人。

文命越看越惊，脸色也苍白起来。九婴见状，伸手往文命肩上一搭，问道："你怎么了？"

文命半晌不答，终于侧头看着九婴，说道："你没看见这洪水太惊人了吗？"

"洪水？"九婴的口气似乎文命说了个很奇怪的问题，说道，"今天还不算惊人，没有巨浪。已经十多年如此，难道你是今天才见？"

文命见九婴漫不经心，微感诧异，说道："当然不是，当年我随父从汶山迁往平阳，一路所见，便是如此。只是那真的是很久以前的事了，我没有再看见过这样的大水。"

九婴将搭在文命肩头的手拍一拍，说道："洪水乃上天之意，我们想得再多，能有什么用？没什么必要去想它。"

文命闻言，猛一扭头，凝视九婴，说道："你是说，不管这洪水多大，你觉得也可以不管？你觉得这只是天意？"

九婴听文命说话语音严厉，不禁眉头一皱，说道："如果你觉得不是天意，那你告诉我是什么？"

文命一时语塞，猛力在船舷上击出一掌，那船舷似乎都被击打得轻轻一晃。文命脸色由白转红，打出那一掌之后，五指握成一拳，恨声说道："我真想把这洪水立刻消除干净！"

九婴嘴角一动，似要冷笑，还是说道："文命，你有此想法，我很佩服。我想告诉你的是，我没有你这想法。等等……"他见文命启唇欲言，手一摆，说道，"让我说完。我没有你这想法，是因为我做不到。我素来只做我能做到的事。你也想去治水吗？我担心哪，如果你真的也去治水，最后恐怕还是落得和你父同样的结果。"

文命听九婴之言虽然冷酷，却也不乏道理。他看着九婴，九婴则凝视前面，眼神和脸色都极其漠然。文命低下头，叹息一声，缓缓说："我以为，九婴如此英雄，会为万民着想。"

"万民？英雄？"九婴终于冷笑出声，说道，"第一，我从未觉得我是什么英雄，我也没想过要做英雄；第二，除了我们部落和你，万民中谁认得我？我再说一遍，在我眼里，任何灾祸都是天意，除了上天，没有任何人可以抵抗。你父能被天子托以治水之责，若没有一定办法，我想天子也不会随便就命你父来做此事。他九年未成，料也是终究无能为力。你敢说你父心无万民吗？"

这句话让文命极感难受，无法回答。他父亲是何等样人，文命越来越觉得虞舜和司契之言恐是真实的，说他父亲心有万民，只怕也是丹朱的信口之言。此刻九婴话音一落，文命竟不知如何回答。姒鲧若像丹朱说的那样倒还罢了，若果如虞舜司契所说，九婴这句话包含的讥讽就太大了。

九婴说完，也不看文命，只冷眼看着大水。

在他们身后，冯夷的狂笑忽然响起："哈哈！我想起来了，昨晚你说你是夏后部落酋首文命，原来你是姒鲧的儿子！怪不得你说你父被囚在羽山，你们是想去救姒鲧吗？"

文命和九婴说话时几乎忘记了是在冯夷船上。两人同时转身，只见冯夷已将饮食摆好，却没有落座，只是冷冷地看着他们。他手中横握昨日救他们的巨大木棒，独眼狰狞，狂笑声止后，厉声说道："姒鲧之罪，就是扔到这洪水里喂鱼也算轻了！你们竟然想去救他，先问问我是不是答应！"

7

文命看着冯夷，说道："在宫中，我听到虞舜和司契说到我父，那我现在听听你为什么说我父大罪。"

冯夷还未回答，九婴冷笑声中，已经取弓在手，说道："冯夷，别以为你昨天救了我一命，我就该事事听你的。凭你就可以阻止我们去羽山？"说罢，九婴从箭囊中抽出一支长箭，缓缓搭上弦，右手手指扣弦拉开，箭尖对准冯夷，同时继续说道："后羿射了你的左眼，我就射你的右眼，让你永远看不到天地！"

冯夷眼见九婴箭尖对准自己，脸上狰狞一笑，竖起手中木棒，说道："原来你是比后羿还坏的恶人！你射箭就是，我早就不想看见这天地了！除了洪水，就是野兽，你觉得这天地有什么可看的吗？"

九婴嘴角冷笑，将弓弦拉得更满。

文命已然伸手，拉住九婴右臂，说道："不可！"他是做酋首之人，这两字自然生出一股威势。九婴并未垂弓，眼望冯夷，话却是问向文命："为何不可？"

文命同样眼望冯夷，话对九婴说道："他救我们一命。若杀恩人，与兽类何异？九婴，你放下箭。他看来认识我父，我要问问他我父究竟是如何治水的。"

九婴不答，手中弓箭还是缓缓垂下。

冯夷哈哈一笑，说道："文命，我听到你刚才之言，想要消除洪水。你和你父果然不同。这九年中，丧身洪水的人数也数不清，因为你父而丧命的人，同样数不清。你想知道你父如何治水的？哈哈，你想知道天下人如何说他吗？嘿嘿，容易得很！你们看前面，看到山了吧？我就带你们去那里，现在除了山上，已经没有可以住人的地方了。"

文命和九婴闻言，不觉同时转身看望远处。果然，水天相连之处，已经隐隐浮现一座山影。总算能看见陆地了。文命心中倒是更为吃惊。昨日他和九婴马入水中，原以为可以横过水流上岸，不料在冯夷船上待了一夜，此刻才隐隐望见陆地。这洪水之大，确乎超出他的想象了。

冯夷走上来，手指山影，冷冷说道："等你们到了山上，你们自己去问问，姒鲧究竟是怎样治水的？你们想去救他，哈哈！别说羽山守护重重，凭你们两个就想救他，根本就做不到！就是那些民众，看谁会答应你们做这等逆天之事！"

文命闻言，呆呆一愣。从冯夷的话来看，只怕自己父亲已经惹得天怒人怨，不由呼吸也粗重起来。九婴侧眼看看冯夷，冷冷说道："逆天之事？嘿！你想留住你的右眼，就最好什么都不要再说。"

冯夷哈哈一笑，说道："我倒是改变主意了。羽山你们想去就去，我还真想看看，你们怎么到那里救出姒鲧。"话一落，冯夷又是一阵狂笑。

九婴不答，和文命一起凝望远山。

冯夷的船只虽是横水而行，速度却是极快。那座山初看时远，不多时就已经很近。冯夷忽然冷冷说道："你们到了山上，可得注意山上之蛇。"文命和九婴有些诧异，山上有蛇原本寻常，冯夷居然这么刻意提醒，总觉多余。文命问道："这山上之蛇有何不同？"冯夷继续冷笑："这山叫双头蛇山，你们到了自会知道。多注意一下，可别怪我事先没有提醒。"

文命和九婴看着山渐渐靠近，只觉与其他山没什么异样，草木覆盖，似乎植物繁盛。终于到得岸边，接近岸的水流倒也不再浑浊，激流冲到岸边石上，不断反弹回来，冲击着船底。文命与九婴牵住马，纵身从船上跳下，缰绳一抖，两匹马也从船上先后下来。冯夷不紧不慢地抛出船绳，跳到岸上，将船绳捆在一巨石之上，再将自己的马匹牵到岸上。

三人都没有料到，几乎转眼之间，只见无数衣衫褴褛的男女老幼从山林巨石后大喊大叫着狂奔而来，一下子挤到他们身边。

第五章　羿箭

1

文命惊异地看看九婴。后者也正看过来。两人眼神一触，又随即分开，看向众人。

夏后部落和尖山部落虽然也是依山，部落人毕竟没住在山上。自然，十二州住山上的部落不少，文命幼时，夏后部落便住汶山之上。汶山不高，称得上山清水秀。这座山虽然植物繁茂，却是每块石头之后都隐隐透出一股凶煞之气。冯夷刚才在船上说过，天地间除了洪水，便是猛兽。那些猛兽和人一样，无法在平地上生存，便也和人一样，聚居到了山上。人兽同山，哪有不凶险之理？尤其眼前所见，那些人中青壮年几乎没有，除了妇孺，便是年岁已高的老者，个个羸弱不堪，无法想象是如何在山中生存下来的。看他们头箍上所插羽毛颜色各异，显然不属同一部落。料是大水冲毁了他们原本的栖居之地，便随波逐流地到了此处。

那些人跑到文命三人面前站住，眼中各种神色都有。人群中有人在喊："救我们！救我们！"文命心中酸楚，伸手将马上的包囊取下，递给面前一妇人，说道："里面有吃的，你们先拿去。"那妇人一时不敢伸手去接，她旁边的一孩子突然伸手将包囊夺过，转身就跑。他没跑出多远，在一块石头前站住，将包囊放在石上，打开来，见里面食物颇多，不由惊喜地喊出声来。另外一些孩子早就围拢过去。那孩子倒也不独占，让众人和他一起吃里面的食物。眨眼间，文命包囊里的食物已被几个孩子吃得干干净净。

文命凝看这场景，心中不禁愈加凄凉。这些食物经昨日在水中浸过，早已面目全非，那些孩子竟还是吃得狼吞虎咽，显是饿得太久。文命伸手又将九婴马上的包囊拿过。九婴眉头一动，似要阻止，终究还是让文命拿走。

文命将包囊又递给那妇人，说道："你们拿去。"

那妇人终于伸手接过，眼中有泪，连道谢的话也说不出来。

冯夷在旁见了，说道："我这里还有！"说罢，将自己马匹上的包囊解下，石头旁的那群孩子又连喊带叫地跑过来。冯夷径直将包囊递给人群中年岁最大的老者，说道："你拿去。"

那老者颤巍巍地接过，说道："你们从哪里来？"

文命说道，"我们从平阳都过来。你们是哪个部落的？在这里多久了？"

老者喃喃说道："平阳都？天子所在的地方。我们啊，我们在这里也不知多久了。部落？早就没有了。你没看见这大水吗？我们的部落早被洪水冲没了。"

文命轻声一叹，说道："那你们如何为生？"

老者答道："如何为生？这山上能给我们吃什么就吃什么，如今这里人也不多了，你看，就剩我们这些了。"文命暗暗吃惊，心想这些人在山上已经不知挨了多久的日子，没哪个不面黄肌瘦，忍不住问："怎么没有年轻一点的人？"那妇人终于接口说道："哪还有什么年轻一点的人？我家男人早被征去治水，就没有回来过，只留下我们，也不过在等死而已。"

"被征去治水？"文命微愣，说道，"谁征的？"

那老者又接过回答："还有谁？天子派姒鲧治水，九年了，那姒鲧是怎么治水的？越治水越大，我几个儿子都死了。你们从平阳都来，能不能回去时告诉天子，那个姒鲧，不仅治不好水，活生生治死了多少人啊！"

文命内心震惊，不由问道："姒鲧是如何治水的？"

"如何治？"老者说道，"他九年里只有一道命令，就是把每个部落的年轻人全部征到一起，到处筑堤。你们看看，"他手指大水，续道，"是这水涨得快，还是堤筑得快？姒鲧命令下完，就什么都不管，白白死了多少人也不管，天子怎么派出这么个人来治水啊！"老者说着说着，已然泪水滚落，旁边的妇孺也都渐渐哭声一片。

文命震惊得无以复加。看来虞舜、司契之言一点没错，父亲在九年治洪中，委实没把天下人性命放在心上。尽管所有人都知道，治洪之中，若说无人丧命，几乎是不可能的，但若真如这老者所言，姒鲧却着实万死莫赎了。

冯夷忽然冷冷说道："这位就是夏后部落酉首文命，姒鲧的儿子！"

众人一听，无不脸色顿变。那老者一愣之下，陡然双手张开，对文命喊道："什么！你就是姒鲧的儿子，我……我要杀了你，为我三个儿子报仇！"说罢，他果然十指张开，恶狠狠地向文命脖子上掐去。

文命赶紧后退一步，避开对方，说道："且慢！我是姒鲧儿子，但我相信，我父决无意要伤你儿子性命！"

那妇人也脸色发白，对第一个抢文命包囊的孩子说道："你把刚才吃的东西吐出来！他害死了你父，不准你吃他的东西！"文命只觉自己百口莫辩。如果那孩子父亲也死于筑堤，未能顾及他性命的也是姒鲧，不是自己。但姒鲧又是自己之父，也不能说那妇人说错了。

冯夷在身边，突然高喊一声："蛇！有蛇过来了！"

2

围在文命三人身边的那些人一听冯夷喊声，顿时一阵慌乱惊叫，只见众人手忙脚乱，也不知该往哪里跑。文命和九婴抬眼一看，果见一群巨蛇从山上极快地游下来。二人从马后各取长矛，冯夷也从马上取出一支矛来。三人持矛便向蛇群迎去。

那些蛇双头居多，有的火红，有的深黑，有的灰蓝，有的碧青，空中立时充满一股令人毛骨悚然的嘶嘶之声。九婴第一个掷出长矛，将一条双头蛇钉在树上。那蛇被矛尖刺透，身子兀自急速扭动。长矛甫一掷出，九婴随即取弓搭箭，转眼间射出十余箭，当真箭无虚发，一箭一蛇，箭箭入喉，立毙十余条巨蛇。文命和冯夷也是长矛刺出，一矛一蛇。蛇群虽多，怎奈三人协力，三十余条巨蛇先后被击毙。剩下的蛇像是感觉不妙，回身便走，文命和冯夷同时掷出长矛，又将两条逃命的巨蛇钉死在地上。

这一场人蛇之战，未到半个时辰便结束。旁边那些躲着的山上人看得惊心动魄。一些尚未毙命的蛇还在地上扭动，身上无不钉着九婴射出的长箭。它们挣扎一会儿，终于都不动了。那些躲在石后的人开始走出来，望着三人的眼光又惊又佩。

那老者声音发抖地说道："你们三位……"

他还没说完，陡然一声惨叫传来。文命等人循声一看，却见是最先拿文命包囊的那孩子被石后藏住的一条蛇缠住。那孩子虽然惧怕，还是双手拼命抵住蛇的两个蛇头。那条蛇原已受伤，气力不够，只将身子紧紧缠住孩子。那孩子似有经验，双手紧紧托起蛇头，不让它咬到自己。

九婴立时便要抽箭，却手中摸空，低头一看，才发现刚才发箭太多，箭囊已然无箭。文命早已跳将过去，三两步跨到孩子身边，伸手将蛇脖子掐住。蛇有双头，自然便有双脖。文命双手各掐一脖，同时用力，两手拇指竟然从蛇颔透皮而入，他感觉蛇舌在指间蠕动，索性指头一勾，将蛇舌紧在手中，硬生生将蛇舌从蛇颔中扯出。那蛇受伤本来不轻，此际舌头被从下颔扯住，浑身扭动，不觉将孩子松开。文命奋力舞动双臂，竟将这条巨蛇盘成一圈，再狠狠往石上砸去，那蛇当即被甩得头骨破裂，全身扭得几扭，终于不动了。

那妇人早哭喊着将孩子抱在怀中，那孩子却也勇敢，虽然吓得不轻，也知道已被文命救得一命。他看着文命双手是血走过来，立时要从妇人怀中挣脱。那妇人牵着儿子到文命面前跪下，说道："你救了我儿子！"

文命赶紧将她扶起，说道："快请起来。"

这时，那些人都齐齐跪倒一片。文命说道："大家都起来，不要跪。"

他将众人一一扶起。文命皱眉说道："怎么这里有这么多蛇？"

那老者说道："不仅蛇多，这山上什么怪兽都有。大水淹没了土地，所有野兽都到了山上。今日幸亏你们到此，这些蛇将我们困扰得最是厉害。"

文命说道："除了蛇，山上还有什么野兽？"

老者说道："认识不认识的，什么都有。我们每天都有人被野兽侵袭。"

"那你们为什么不离开这里？"文命问。

"离开？"老者苦笑一声，答道，"我们怎么离开？没有船，也没有能够造船的人。你们今天杀掉这些蛇，我们以后也安全很多。和其他野兽相比，这些蛇是最恶毒的。"

文命转身对冯夷说道："这附近有什么没有野兽的地方吗？"

冯夷摇头说道："这附近？你看到处都是大水，能有什么没野兽的地方？"

文命叹息一声，看看周围。这山不高，树木繁密，真不知山上还有什么猛兽威胁人的性命。他忽然心念动起一念，对九婴说道："不如我们此刻到山上去，把上面所有的野兽都杀了再离开。"

九婴看看山，慨然道："好！"

二人走到死蛇旁边，把箭支一支支拔下，重入箭囊。

冯夷说道："我和你们一起去！"

文命回头说道，"你不要去了，你在这里，可以保护他们。山不高，料来野兽也不会很多，我和九婴足可对付。"

冯夷不再坚持，看着他们上山而去。

那老者对冯夷说道："你说他是妣鲧的儿子，怎么他和他父如此不一样？"

冯夷喃喃说道："这个我也不知道，他和他父的确不一样。他要去羽山救父，唉！"说着叹息一声，像是为文命感到殊为可惜。

3

待文命和九婴从山中出来时，已是黄昏时分。所有人都在冯夷的保护下没有离开。他们一见文命和九婴出来，顿时喊叫着冲他们奔去。只见文命与九婴几乎浑身是血，从走路神态来看，两人已经疲惫不堪。

文命迎他们过来，说道："这山上应该不会再有野兽了。"

那老者已然泪水纵横，带着众人又同时跪倒。

文命赶紧将他们扶起。老者说道："你是我们的救命恩人，你和你父不一样。"他看向九婴，补充道，"你也是我们的恩人。"说着对九婴深深弯腰。

九婴不答，今天和文命山中猎兽，可以说是最耗体力的一次。二人几乎将山上的各种猛兽全部消除干净。对九婴来说，猎兽原本是极令他感到亢奋之事，只是这一次委实太过疲累，尤其中途什么也没吃，只喝了一点兽血充饥解渴。

文命像是想起了什么，问道："该如何称呼你？"

那老者说道："我名蠢牧。天色不早了，不如今晚就请你们在我们的洞穴安睡一晚，明天再动身。"

文命点头。蠢牧当下带三人前往他们居住的洞穴。那些洞穴便在山脚，原本是天然形成，后被人挖掘进去不少。在洞穴入口五六步处，有堆一直没熄的火堆，此刻燃得不大，是故意留的。若是无火，任何蛇类野兽都会直接入洞袭人。对文命来说，这些境况也说不上完全陌生，毕竟，他曾随部落从西往东，横走过整个中原，任何住人之处都见过。像这样居在洞穴却无异坐以待毙的状况还是第一次目睹。洞穴内的地上铺了些茅草，另外有块也不知是多久前剥下的一块兽皮，料是这里尚有青壮猎手时所捕。兽皮上已兽毛全无，跟着进来的几个孩子立刻坐到兽皮上，这大概便是孩子的睡卧之地了。

蠢牧见那几个孩子滚到兽皮上，赶紧说道："你们快起来，让给他们。"说着指指文命三人。文命说："让他们睡那里，我们坐哪里都可以的。"说着，就在地上干草上盘腿坐下来。九婴和冯夷也跟着文命一起坐下。

有人将洞口的火势弄旺，另有人拖来一条大蛇。九婴见状，起身过来，以箭为刀，将蛇身剖开。火上已架好盛水器皿，将蛇肉分块割下扔进去。过不多时，蛇肉煮熟了，再分碗端进。对文命等人来说，一天下来，总算吃了一顿肉食。蛇肉甚是鲜美，一条大蛇被众人吃得干干净净。

外面天色黑了，雨又下了起来。

文命起身走到洞口，望着外面的大雨，不禁叹息一声。暗忖这雨从未有过一天完全停歇，那些大水又如何能退？不觉又想到父亲。万没料他九年间只下过筑堤之命，水势一涨，哪里能够阻住？

蠢牧走到文命身后，说道："文命，你也别看这雨了，每天这么下，外面的水也每天那样涨，若是想不出办法，这水患总是没办法解除。"文命知他所言属实，内心更是忧虑，当下说道："难道果真没办法吗？"

蠢牧皱眉说道："我们是想不出什么办法了。其实，我觉得你父是有办法的，只是他……唉，"蠡牧叹息一声，续道，"没有像你这样，把其他人的性命放在心里。"

文命心中一动，说道："你说我父其实是有办法的？他说过什么没有？"

蠡牧摇头说道："这个恐怕得去问他，你知道的，你父不管怎样，毕竟走了三州，他只要仔细去想，这么多年下来，应该是有办法的。"

文命不由急道："你知道此去羽山，还有多远？这一路也是大水吗？"

蠡牧继续摇头，然后凝视文命说道："此去羽山，恐怕还有好几日行程。你去羽山，是想救父吗？"

文命凝望着雨，沉思一下，才缓缓说道："我想去问他，究竟这水要如何才退。"

蠡牧说道："你们乘船渡过山后这片大水，就都是陆地了，我们很早就想离开这里，因为没船，只得困在山中。今天幸亏你们，为我们杀死那些毒蛇猛兽，我们也就可以在这里住下去了。如今这天下，在哪里都是一样。只是到了羽山，你如何才能见到你父呢？"

文命低头思虑，摇摇头，然后说道："我还不知道，天晚了，都去睡吧。我们明日就告辞了。"说着，文命转身入洞，蠡牧也跟着进来。一夜再也无话。

4

第二天，文命、九婴和冯夷乘船离开。三人包囊里装满煮熟的蛇肉，以代昨日被众人吃尽的食物。果然如蠡牧所言，行得半日，便是陆地。文命和九婴离船之后，见冯夷无下船之意，微感诧异。文命问道："你怎么不下船？"

冯夷在船头微笑道："我不和你们去了。羽山还有几日，我若是走了，这船就不会是我的了。我得守着这船，你们要回去，还是得坐我的船，不然你们如何回得了平阳都？"

文命不由微笑，说道："那你一直在这里等我们？"

冯夷说道："也不是就在这里等你们。我要去做件要紧之事。"他凝视文命，慢慢说道，"这件事以后会和你有关系。今天你别问我，我也不知能不能做好。

做好了，就会和你有关系了。等你们回来，会看见我的。"

文命和九婴跨上马。文命转过马头，对冯夷说道："你不说，我也不问。我们先走了。"说罢，文命再次拨转马头，和九婴并马前驰。

跑出一段距离后，九婴忽然说道："文命，你觉得冯夷是不是有点古怪？"

"你觉得他哪里古怪？"文命回道。

"我也说不清，"九婴说，"他要做什么事就做他的事好了，说什么事情以后会和你有关系，你觉得会有什么关系？"

文命笑道："他大概只是随口这么说，我现在没时间想他说的话。这羽山尚远，我们最快还得四天才能赶到。防风今天出发，他马船俱备，说不定还会赶上我们。"

二人果然催动马力，不断赶路。

"你觉得防风会赶上我们？"

"这个很不好说，他带的随从不少，马匹也多，路上可以更换马力。四天时间，我们只有这两匹坐骑，说不准他就赶上我们了。"

"你认识防风的，他在宫中也赞成将你父斩首吗？"

"当时众人都赞成。防风性子急躁，现在天子命在身，就很可能着急复命，所以，我总觉得他会着急赶路。"

"防风若是真的赶上我们了，我先一箭把他射死！"

"不可！防风毕竟是天子所遣，况且，我觉得我父……"

"你父怎样……"

"见到他再说。"

两人在路上丝毫不敢多歇，只顾催马。一路所见，当真是千村薜荔，几无青壮之人，都只剩下妇孺老弱。最令文命震惊的是，见到的所有人无不对洪水充满恐惧，更无一人觉得水患可除。文命越是奔走，越是对眼前所见时感震惊。

三日后，两人又到一村中，进来却见不少妇孺跪在地上，而他们面前一头戴猴皮帽的释比正在一堆火前喃喃自语。文命和九婴自幼便知释比乃族人中占吉凶、卜祸福，治病疫灾、解秽驱邪的神一样人物。当下二人双双下马，走到跪着的妇孺后静观。那释比眼睛一睁，见到文命和九婴站在人后，将手中法器摊开，一动不动地凝视二人。

文命和九婴见状，赶紧抱拳行礼。那释比开口说道："今日我已经算出，会有外人到此，二位是去哪里？"

那些妇孺老人也纷纷转头看向两人。

文命施礼说道："不敢打扰释比法事，我们是要去羽山。"

那释比闭上双眼，又慢慢睁开，说道："羽山就在身后。你们带来杀气，可惜我救不了将死之人。"

文命一怔，说道："将死之人？"

释比重又闭眼，说道，"灾临头，人必死；死是活，活是死。"说完这四句，不再说话。

文命知道是二人干扰了释比法事。听他所言，似乎一场灾祸就在眼前。他抬头看看远处，见一座三峰并峙的山果然在其身后隐约，心中不由一跳，心想这便是羽山了。他和九婴对看一眼，二人知彼此心意，当下立刻上马，对众人拱拱手，又朝释比欠欠身。二人催动马力，朝羽山而去。

5

羽山不高，连绵却是极广，三座山峰拔地而起。前面左右山麓外都是一马平川之地，显得羽山极为孤零。山脚树木繁茂，山腰也一片碧绿，倒是山顶，光秃秃一片，似乎是极为坚硬的岩石，无法长出树木植物。文命和九婴在山脚仰望，只觉整个羽山寂静无声，像是一座无人空山。

文命和九婴又互望一眼，文命喃喃道："不知我父囚在哪座山峰。"

九婴将三座山峰连续看过，说道："这三座山峰都不高，我们先去面前这座。"他抬起手，一指面前的居中山峰。文命点头道："好！我们先上这座！"

二人拍马便往居中山峰奔去。跑得近前，见一道三株大树搭成的山门横在眼前，山门后寂静无声。文命想着父亲可能便在此处，急催马力，往山门内奔去。

九婴紧随其后。

文命马蹄刚入山门，只听一声吼道："什么人？"

文命急忙勒住缰绳，马匹停下。只见旁边树林中左右各冲出三人。看这六人打扮，都是背弓持矛，玄衣绑腿，发箍上黑色羽毛飘动，显是同一部落之人。

文命端坐马上，凝视他们，说道："此处可是羽山？"

六人中走出一人，横矛答道："正是羽山！你们是谁？"

文命答道："我是夏后部落酋首文命，他乃尖山部落九婴。"

"夏后部落酋首？"那人脸色微变，说道，"你是姒鲧之子？你们到羽山来，可有天子和虞舜之令？"

文命答道："我们没有天子和虞舜之令。"

那人面无表情地说道："无天子与虞舜之令，任何人不得前来羽山。你可知羽山乃罪囚之所？"

文命抱拳道："我知道，我今天前来，就是想见见羽山之首。还望告知是谁？可否一见？"

那人冷冷一笑，说道："擅闯羽山，便与死囚同罪。你是姒鲧之子，到羽山来想干什么？你们都下马，"他扭头对身后五人说道，"把他们都绑起来！"

他身后五人齐声答应，持矛便上。

九婴忽然一声冷笑，手中长矛朝那最右之人陡然投掷。此刻距离极近，九婴掷矛又极快，那人还来不及闪身，便被九婴一矛穿胸而过，只哼了一声，便倒地而亡。

九婴疾如闪电般动手，不仅那几人猛吃一惊，连文命也始料不及。他刚"啊"的一声，九婴已取弓在手，搭箭便射，又是一人中箭倒地。和文命说话之人再也顾不得说话，持矛便向文命刺去。文命见对方来矛极快，只得伸矛格开，一边喊道："九婴，不要杀人！"

九婴似没听见，嘴角冷笑，搭箭张弓再射，又是一人倒地。其他四人见九婴箭法如此之快，立刻后撤。当头之人一矛没刺中文命，也已转身便跑，将胸前垂挂的石哨含在嘴中，尖声吹起。他们出现得快，闪回得也快。毕竟地形熟悉，转眼便在树林后消失，只剩下尖锐的石哨声越吹越响。

文命翻身下马，蹲在九婴射中的两人身旁，见那两人都已丧命，不由转头看着九婴说道："你为什么要杀他们？"

九婴一边左右看着树林，一边答道："你没看见吗？不杀他们，我们根本走不了一步。"他再看着文命，续道，"赶紧上马，我们得冲上去，很快就有其他人要来了！"

文命没料九婴居然会动手杀人，此刻听见哨声大作，也知道九婴说得不错，山上很快会出现其他人来阻挡他们。他不再说话，立刻上马。两人纵马便往山上奔去。

果然，随着哨声，两边树林里出现不少持矛武士，分左右向文命和九婴冲来。九婴似乎极为亢奋，左边一箭，右边一箭，当真是左右开弓。只是两边冲来的武士毕竟训练有素，九婴箭法虽高，也不是每箭都中。他射中的人却也有不少，转眼间，那些冲来的武士伤亡不少。文命不欲伤人，只是催马，心想此处武士如此之多，此处山峰极可能便是死囚关押之地。一想到父亲就在山上，文命再也顾不得九婴在连续杀人，只想尽快赶到父亲身边。

九婴射箭快，催马也快，拦截二人的武士被甩至身后。二人转眼间便冲至山腰，九婴兀自回身射箭。眼见山腰处树林不密，一条小路绕山而上。文命知二人已闯下大祸。之前在路上之时，文命并未想过会出现如此状况，即使他知道救父必有凶险，还是没料到九婴会如此快就动手杀人。但九婴毕竟是陪伴自己而来的，杀人的虽是九婴，实则和自己杀人无异。

他知道此刻已无退路，催马继续往上。

便在此时，上方突然传下一声怒吼："来者是谁？"

文命闻声抬头，只见高处一块巨石之上，站立一个披玄色斗篷的壮士。距离甚远，看不清对方之脸，只觉得对方渊渟岳峙，身型异常雄壮，发箍上插三根长长黑色羽毛，羽毛迎风飘动，更显得那人神威凛凛。文命自然知道，插三根羽毛者，必是部落酋首。只见那人手持一把朱红大弓，正搭箭瞄向二人。

九婴也抬头去看，见对方也是箭手，立刻张弓搭箭，弦松箭发，流星般朝那壮士射将过去。

那壮士身躯似是不动，头部微微一侧，九婴的箭几乎贴着他脖颈飞过。那壮士手指一松，弓上箭也闪电般射出。他不是射向文命和九婴，而是射向一株大树。箭到树上，那树竟然咔喇一声，拦腰便断，恰好倒在文命马前。那树极粗，枝干遒劲，旁枝极多，文命马匹踏入枝干夹缝，如同撞着绊马索似的失去前蹄，将文命摔在枝干之中。九婴还来不及反应，更没见那壮士有从箭囊中再次取箭的动作，只觉劲风扑面，那壮士的第二箭又紧跟射出，同样一株大树被射倒在九婴马前。和文命一样，九婴也马失前蹄，人摔倒在枝干之中。二人看得清清楚楚，射倒眼前大树的竟然是横缚一处的十支长箭，箭尖并排，形成一块十箭宽的利刃，说是射树，不如说是切树，无怪那树会触箭立倒。

文命和九婴倒在枝干中，两人互看一眼，从彼此骇然的眼中都读到同样的话："难道羽山的把守之人竟是后羿？"

6

那壮士果然便是后羿。

听到有人敢闯羽山，后羿立刻携弓而出，站山腰观望。眼见九婴连射数人，不觉又惊又怒。他在山腰等二人催马而上时，发箭射倒两株大树，想的是生擒二人，看看他们究竟是何来历。

文命和九婴倒是凶险经历颇多，此刻虽然被树枝绊倒，还是极快起身。九婴伸手去摸箭囊，却发现刚才倒地之时，箭囊的箭支全部倾出于地。他伸手想拿，后羿的箭支已闪电般射到。九婴想拿地上哪支箭，哪支箭就被后羿一箭射出，钉在地上。九婴心头大震，他散落在地的箭支不少被树枝树叶遮盖，后羿竟然还是一箭即中。此刻方知后羿箭法如神，已到自己不可想象的地步。若是他要取自己性命，委实易如反掌。

文命眼见后羿箭法之准，神鬼莫测，要射他二人任何部位，都绝不可能虚发。此刻看到从山下追来的武士已到近前，不假思索，伸手拉住九婴，说道："我们跳下去！"说罢，他和九婴纵身便往旁边山坡跳下。

二人此刻已在山腰，跳下山坡，无异于跳下半截悬崖。好在山坡下树木甚多，二人臂膀强壮，拉住一棵棵大树再下，倒也无性命之忧。只下得片刻，再也看不到后羿身影。只听见追上来的武士在他们跳下来的山路边不断叫嚷，却是没有人跟着跳下追踪。

再下得数丈，二人终于到一大树后停住，不断喘气间互相望望。文命终于说道："那人箭法如此之强，一定是后羿。"

九婴看看手上长弓，说道："可惜我的箭没有了，不然，我还真想和他再比试比试。"

文命摇头道："后羿箭法果然高超，有他在，我们如何救人？"

九婴沉思一下，说道："现在没有办法，只能等天黑了，我们再上去。"

似乎这也是唯一的办法了。文命点点头，说道："好，那我们先找个地方藏起来，那些武士一定会下来寻我们。"

九婴左右看看，说道："这里怕是没有藏身之处。"

文命也在打量周围。放眼望去，除了树，便是一直朝下倾斜的陡坡，果真没有能够藏身之所。他想了想，说道："不如我们就在这里等天黑。天色一黑，我们就可原路上去。后羿既然在此，我父也一定在山上。我们先养足体力，天黑了再去山顶。只是后羿如此厉害，我们真得万分小心。"

九婴此刻明知后羿箭法在己之上，听文命如此明言，不由涌起敌忾之心，愤愤说道："我若箭支未失，也不一定就射杀不了后羿！"

文命看他一眼，知九婴心意，便道："那我们想办法弄到箭！"

九婴嘴角一笑，说道："一定要弄到箭！"

二人正踌躇间，从山腰处陡然射下数排利箭，雨点般射在他们周围的树木之上。文命九婴吃了一惊，知道那些武士虽未追下，却在用箭逼他们继续奔逃。这棵树虽然粗壮，难说能同时挡住二人。文命知道不妙，对九婴说道："我们到山下去！"说罢，二人同时纵身，再往山下奔去。

九婴刚一纵身，陡听身后一阵破空声极为剧烈，似乎空气如被撕裂之帛。九婴原本当世射手，对弓箭极为敏感，此刻听箭风如此之强，知该箭必是后羿亲射。他不及多想，纵身往旁下一棵树跳去，刚刚跳到树边，只觉手臂剧痛，一支箭透臂而过，将他硬生生钉在那棵树上。

文命在旁，惊喊一声，立时过去，想动手拔出九婴臂上之箭。听得身后箭势如风，只得朝旁闪开。待他转身一望，树木后数十名持矛武士已然出现。文命自知难逃，只见那些武士逼近，无人再射箭了。

文命抢上几步，抱住九婴，说道："九婴，你伤得重不重？"

7

文命和九婴被双臂反缚地推进茅庐。

二人打量几眼，见这茅庐不大，四壁插着火把，靠墙处有两排座椅，正面墙前，后羿端坐椅上。他斗篷未脱，双臂露出，坐着也显得极为高大，眉目间透出一股难以掩饰的英武之气。在他两旁，各站一持矛武士。

文命、九婴被推至茅庐中央站住。后羿冷冷凝视二人，然后开口说道："敢到羽山杀人，自我到这里之后，还是头一遭遇见。"他看看文命，继续说道，"我已经听他们说了，你是夏后酋首文命，鲧的儿子。你来羽山，是想救父吗？"他也不等文命回答，眼睛又转向九婴，说道，"箭法练到你这地步，也不容易了。只是箭手应该明白，弓箭不是用来伤害无辜的。你算没算过今天伤了几条性命？"

文命走上一步，说道："后羿，素知你是天下英雄。今天落在你手上，你不要为难九婴，人是我杀的。你要为他们报仇，就杀我好了。"

后羿凝视文命，大拇指一翘，说道："好！有丈夫之慨！只是，我看得清清楚楚，你一个人也没杀。杀人的都是你。"说到"你"字时，后羿的眼睛已经转向九婴。

九婴甚是倨傲，说道："不错！是我杀的人，你想怎样？"

后羿还未回答，文命已抢先说道："后羿，九婴是随我救父而来，不管他杀多少人，那些人都是因我而亡，所以，杀人者是我，你若要偿命，只管砍我人头，但请你放了九婴。"

后羿再次凝视文命，忽然仰头一笑，目光又落到文命脸上，说道："连自己性命都不要的，我也是第一次看见。"他从椅上站了起来，走上几步，还是凝视文命说道："羽山是囚押罪人之所，不是杀人之所。若无天子与虞舜之令，我不会在羽山杀任何一人。我若要取你二人性命，刚才就不会箭下留情了。你们闯山杀人，哪个都不能放。"说罢，后羿厉声喝道，"来人！"原本站在他身边的两人同时过来，抱拳答道："在！"

后羿冷冷道："先把他们关入死牢，待我青鸟传书，看天子如何处置。"

那二人同时应答。旁边四个武士几步上前，将文命与九婴双臂执住，往门外押去。后羿看着文命背影，眉头动一动，又对一人说道："你即刻下山，请释比上来，为死去的那些兄弟祭祀。"

那人答应一声，转身出门。后羿走到门边，凝视着文命和九婴已被押解到光秃秃的石头之后。

此处已是羽山山顶。山顶无树，几乎全部是坚硬岩石。那四名押送文命与九婴的部落人一句话不说。对他们而言，文命和九婴今日欠下部落数条性命，均是满怀恼恨。若不是后羿人威令严，只怕在路上他们已经便用长矛捅杀二人了。

文命和九婴也不再说话。他们一为部落酋首，一为自负箭手，从未被人如此绑缚押解。文命倒没觉得被绑缚如何，只是觉得此番救父无望，眼看自己也束手就擒，后羿虽说此刻未斩自己，他也能料到尧舜知悉之后，青鸟传回的指令必是将自己于羽山斩首。此刻不管自己父亲究竟是何等样人，想到的最可能结局便是父子同被斩首，不由感觉伤痛。

九婴此刻则只觉奇耻大辱，对他来说，素来自负，没把天下人瞧在眼内，总觉得后羿名声虽响，也未必能和自己一较高低。此刻他当然知道，后羿箭法确在自己之上，却无论如何不愿承认，尤其此刻双臂被缚，哪里觉得是自己杀人在先？只是他此刻手中无矛，腰间无箭，押解他们的四人却是长矛横胸，也只得将一口愤气强行忍住。

他们都不知道后羿所言的死牢究竟在何处，那押解的四人前后左右，正好将他们团团围住。文命倒是忽然间想起丹朱室内的石子棋来。丹朱说四棋围住一棋，那被围之棋便是任胜者摆布的出局之棋了。他念头动到此处，不由叹息一下。

羽山山顶岩石成堆，六人从一块一块岩石顶走过。最先之人忽然在此处唯一一株大树前停下步来。文命、九婴等人也跟着停步。只见最先之人弯下腰去，在两块岩石间陡然一掀，提开一块巨石，又再俯身，提起一架六根树木交叉而成的盖板，然后无表情地对文命和九婴说："你们下去！"

文命和九婴被后面的押解之人横矛一推，不禁朝前迈动几步。两人低头一看，只见眼前一个黑沉沉的垂直洞口。两人互望一眼，又看看那四人。其中一人上来，挥刀割断绑缚他们的绳索，另两人的矛尖抵在他们身上，只要他们稍有异动，这一矛便刺将下去。

文命看看九婴，说道："我先下。"

说罢，文命双手撑住两边岩石，身体往洞口坠下，双脚左右撑住两旁岩面，慢慢下去。下得不久，已能看见下面极为宽阔。有人将一架梯子竖在岩石面上。文命伸脚上梯，终于下到平地。这里同样有五名持矛玄衣武士，他们接下文命，又再接下九婴。一名武士将靠住墙壁的一扇牢门打开，喝道："进去!"

文命和九婴走了进去，那人将牢门关住，然后五人陆续沿梯而上。待上去之后，将梯子也收将上去，然后，那两块岩石间的盖板重新盖上，那块巨石也重新回到盖板之上。

这便是羽山死牢，文命不由倒吸一口凉气。此处如此严密，纵是有翅在身，怕也是飞不出去。

文命左右打量，只见这间牢室之中，除自己和九婴之外，还有一人。

那人卧在地上，须发皆灰，穿一件粗布灰色背心，在他身边，落有三根黑白相间的长长羽毛。文命猛然一震。那人的背心羽毛和自己的一模一样。这便是夏后部落酋首标志。

文命陡然狂喊一声："父亲!"立刻上前，一把将那人扶起，凝视其面容。

这人果然便是文命的父亲姒鲧。

第六章　鸟讯

1

虞舜大婚之后，三千多部落先后离开平阳都，唯涂山部落酋首大燧和水正部落酋首共工因来时船只受损，尚留在平阳。尧帝的都城又恢复为之前状况，说不上喧闹，也说不上冷清。都城的一切俱按部就班。尧帝自是每日入宫议事，所议之事不再如数日前那样理不出头绪。皋陶举荐文命治水，尧舜翌日便将此事告知众人。大燧、共工、后稷、夔已、姬龙、伯益、彭祖、仪狄、解豸、朱虎、熊罴等人初闻均感惊异。皋陶又将自己的理由再对众人述说一遍。几乎所有人都觉得皋陶言之有理，唯独共工极为反对，在他看来，姒鲧治水如此不力，如今被囚于羽山，谁都可以接替姒鲧治水，唯一不能的接替的，就是姒鲧的儿子。

尧帝内心虽赞成皋陶看法，事实上他也同意让文命治水，此刻听共工反对，也想听听他的说法。共工自然将理由摆出："不能让文命治水，最起码有两个理由：第一，文命还过于年轻，根本没有治水经验，如今洪水已遍布天下，没有经验，如何找得到办法？一旦他失败，只怕会有更多的性命不存；第二，从文命为父求情来看，他对姒鲧情感颇深，如今姒鲧被囚，谁敢说文命的心思会专注在治水事情之上？贸然将如此重任交给文命，他未必不会以这一重任反过来要挟天子，以便让姒鲧得到一条生路。"

众人并不知尧帝已令防风往羽山饶过姒鲧一命，共工的话也自然引起众人的议论。无论从哪方面看，共工的话有其理由。尤其在文命年轻这一点上，伯益等人也均觉不无道理。毕竟，姒鲧在一众诸侯之中，能力颇强，连他也找不到治水之法，指望年纪轻轻的文命能完成治水，真还有点令人担心。

"更何况，"共工把理由摆出之后，直视皋陶说道，"我们方才听得你说，天子命你去往夏后部落召见文命，他居然不在部落。敢问皋陶，你可知文命现在何处？"

皋陶摇头道："这个我确实不知。文命并未随部落回转尖山，夏后部落也无人知道他现在何处。我去尖山之时，文命母亲脩己尚病在床上，她也不知儿子去向。"

共工冷笑道："文命身为酉首，居然不在部落。平阳至尖山，不过半日行程，如今他连人影都不见，难道你真以为他会有定性吗？嘿嘿，母亲重病，他也可以不在。对母如此，还能指望他对天下人怀有仁爱吗？"

皋陶见共工颇有咄咄逼人之态，也不恼怒，反而微笑一下，说道："共工，文命现在何处，我觉得不重要。重要的是，天子是否会将治水之责托与文命？如果你觉得文命不能胜任，不知你有何可荐之人？"

共工冷冷一笑，说道："我便可治水！"

共工话音一落，所有人都不禁吃了一惊。虞舜说道："共工，这治水之事，关乎天下苍生，前两日天子垂询，未见你有何说法，今天你说可以治水，你有何妙法？"

共工拱手道："虞舜，前几日我不说，是我没找到方法，这几日我每日苦思，料想能够平息水患，还请天子准许。"说罢，他已经站起身来，径自朝尧帝施礼。

尧帝手捻白髯，缓缓说道："共工，你有为天下平患之心，我心甚慰，但是有一点你得知道，姒鲧九年未能平息，水患不可再出差错。平水患不是能凭一时冲动可治。我看不如这样，首先等找到文命，然后再听听你的方法。皋陶已将我令留在夏后部落，料文命一两天便可得知，你在平阳还有数日，我们先等文命消息再说。我……真有些担心文命。"说罢，他眼睛望向虞舜。后者的眼睛也正望过来。

虞舜看到尧帝的目光，内心也不禁陡然涌上某种不祥之感。

2

从宫中回到自己庐室，虞舜总觉心神不宁。娥皇、女英自然能察觉夫君心事重重。二人待虞舜坐下后也傍他身边坐下。娥皇先开口说道："夫君，你有什么事可以跟我姐妹说吗？"

虞舜抬头看看她们，叹口气，说道："已经两日了，文命始终未来平阳见天子，料想还是没有回到部落。我颇有点担心，父王也在担心。"

娥皇女英互相望望，女英说道："依夫君来看，文命会去哪里？"

虞舜抬起手，似乎想用手势阻止自己的不祥之念，然后说道："没有结果之前，我不想去判断结果，现在最好是等他能够来平阳。"

女英说道："会不会他在回去的路上出了什么状况？"

虞舜摇头说道："肯定不会，夏后部落的其他人都安然回到部落，怎么单单他会在路上出状况？尖山距此不远，若真出了什么状况，会有人发现的。"

娥皇道："父王也在担心吗？"

虞舜点点头，说道："我看得出，父王非常担心。眼下父王有意让文命治水，他人却不见了。"说到这里，虞舜停顿一下，起身说道，"这是宫中之事，不能让两位夫人也跟着担心，不如我们到外面走走。出来时父王已经说了，让二位夫人随我前去沩水。我父在那里无人照看，等文命一来，我们就离开平阳，所以，我们在平阳的日子不多了，有很多事，我得理一理头绪。"

娥皇、女英听闻要去沩水，先是一愣，继而说道："夫君之父，也是我们姐妹之父，理当去孝敬。"

虞舜微笑一下，还是被内心的念头萦绕，说道："我们先出去走走。"

说罢，虞舜带着娥皇、女英一同出门。

三人刚刚出来，却见涂山部落酋首大燧正大步走来。

大燧一见虞舜正携两位夫人出来，立刻站住。他似乎觉得自己来得有些冒失，不禁微有尴尬，随即又恢复镇定，朝虞舜抱拳施礼。

　　虞舜倒是觉得意外，大燧乃涂山部落酋首，极难见到。涂山部落乃三千八百部落中极为强盛之部落。涂山虽在东夷，东夷部落酋首息慎也始终对大燧避让三分。东夷乃四岳诸侯之一，以涂山部落一己势力，丝毫不让东夷。大燧作为涂山之首，自是谁也不敢轻觑。对虞舜来说，代尧帝巡视天下时，自是和大燧有过交往，也亲眼见过涂山部落的强盛。这些天的议事中，大燧几乎没有说话，此刻见大燧亲来自己茅庐，知他必有要事相告。

　　虞舜见大燧站住，自己便紧走几步，到大燧面前站住，微笑拱手，说道："大燧可是要去我茅庐？"

　　大燧身高体壮，虬髯如针，长发披肩，发箍上的三根羽毛火红如焰。他见虞舜相问，当下说道："我正要去虞舜茅庐，"他看看跟在虞舜身后的娥皇、女英，朝她们弯腰施个礼，仍对虞舜说道："不知虞舜正与两位夫人出行，我来得不巧了。"

　　虞舜笑一笑，说道："涂山部落酋首亲来，必有要事，我们回茅庐再说。"

　　大燧尚未回答，娥皇已经笑道："夫君，不如我和妹妹先回去，夫君想出来走走，也正可和大燧一起。在这野外说话，恐比在庐间说话要好。"

　　虞舜转头微笑道："如此也好。"

　　娥皇、女英回转不提。虞舜抬手指指前面，说道："我们朝那边走。大燧有何要事？"

　　大燧在虞舜身边，两人并肩而行。大燧说道："虞舜，方才在宫中我没有说话，是因不欲在天子前与共工冲撞。"

　　"哦？"虞舜问道，"你对共工有何看法？"

　　"说看法倒是没有，"大燧回答道，"只是这治水一事，不可交给共工。"

　　虞舜闻言，微感诧异。以大燧势力，对共工自然不惧，偏生他没有在宫中当众反驳共工。此刻来找自己专谈此事，料已是深思熟虑。不过，虞舜也在心中感到一丝不快。他自代行天子巡视以来，万事磊落皆明。大燧此举却明显有背后相商之意，眉头不禁微皱。

　　大燧见虞舜脸色有变，略一沉吟，已知其意，当下说道："适才出宫，我部落人过来相告，船只已然修好，我即刻就要动身离开，故前来与虞舜辞行。"

虞舜闻言，心中释然，便点点头，然后说道："大燧为何觉得不能将治水之事交托共工？"

大燧说道："共工与我相识颇久，行事素来莽撞，无以担此大任。"

虞舜站住，侧头凝视大燧，说道："以你之见，何人可担？"

大燧说道："以我来观，文命可担。皋陶所言，确实有理。虽然他父妘鲧被囚，那也只是妘鲧自己之罪。文命眼下虽然不在部落，料也迟早会回平阳。我想告知虞舜，也请虞舜告知天子，若是文命治水，我涂山部落一定任其遣使。"

虞舜闻言，不禁心中一喜。大燧说得极为明白，文命若是担起治水之责，有涂山部落支持，便是得到极有力的臂助。不是说尧帝和虞舜之令会有部落违抗，毕竟治水乃事危之事。共工说文命年轻，经验不足。对虞舜来说，却忧虑文命尚不足让天下部落皆奉号令。如今听大燧欲主动全力听命，这一忧虑立时便烟消云散。当下对大燧拱手说道："我先代天下人谢过大燧！"

大燧还礼说道："虞舜若见文命，还请告知，就说大燧在涂山专候。"说罢，大燧又再拱手，补充道，"涂山遥远，我先行告辞。"

虞舜看着大燧大步离开，不禁朝天空望望，喃喃道："文命，你现在何处？难道你真的……"他这句话没有说完。

3

此刻担忧文命到底在何处的，自然不止虞舜，脩己的担忧比任何人都甚。

眼见部落的人一个个回来，始终未见文命和羲由，脩己已然无法坐住。她拄杖出门，一直走到部落的山门小路。那日因是虞舜大婚，从平阳回来的和未去平阳的，都聚众庆贺，原本在山门外的看守也庆贺去了，山门路上再无他人。脩己等了良久，未见儿子回来，一场雨却下了下来。脩己无处避雨，也似乎没想着要去避雨，仍在山门站立，浑身转眼间便被大雨淋湿。

终于见一人在雨中策马过来。脩己仔细望望，仍然不是儿子，骑马人乃是羲由。

羲由见脩己站在山门雨中，赶紧催马过来，到脩己身旁下马。

　　脩己未去平阳，原是体弱，此刻再被雨水一淋，浑身颤巍巍抖动。羲由原本随部落人众一起回转，却是心中忧急，不知道文命去丹朱那里会出什么状况。她对九婴印象尚好，对丹朱却总觉深浅难测。当然最重要的，是她得知姒鲧性命堪危，一颗心不禁七上八下，当真一步三回头，只盼文命能够即刻从丹朱那里离开，追上他们。不知不觉，羲由脱离了部落人众，落在最后才回。

　　此刻她见脩己在山门等候，赶紧下马，将自己头上斗笠取下，给脩己戴上，叫了声"脩己……"恍是见到长久未见的亲人，声音都不禁带上些哽咽。

　　脩己双手拄杖，见羲由神色慌乱，哪里还顾得上自己被雨淋湿，急急说道："羲由，文命呢？怎么没有和你们一起回来？他现在在哪里？"

　　羲由愁肠百结，说道："文命哥哥被丹朱叫去了，说是要稍缓才回。"

　　脩己不由微愣，脱口道："丹朱？他……他叫文命去干什么？"

　　羲由很是心乱，说道："脩己，这里雨大，我们先回去，我再告诉你。"

　　脩己点点头，羲由在旁，牵马而行。

　　二人进得脩己屋内，羲由赶紧说："脩己，你先去换了衣服，你这身子……怎么可以淋雨？"她说着，几乎要哭出声来。脩己凝视羲由，从她的神色中，能看出她心里有不少事情。脩己说："没淋多少雨，不妨事，你坐下。"说着伸手将头发上的雨水拧了一把下来。

　　羲由心神紊乱，刚一坐下，眼泪便抑制不住地流下来，说道："脩己，我听文命哥哥说了，天子不答应释放姒鲧！"羲由情绪激动，也未想这句话是不是该告诉脩己，更没去想脩己听后会是如何反应。果然，脩己坐在椅上，身躯还是晃了一下，握着木杖的手一紧，脸色顿时苍白起来。

　　羲由见脩己脸色，才忽然觉得自己说了不该说的话。她心中更急，说道："脩己，你……你也不要太担心。那……那丹朱说了，他说……他说……"

　　脩己努力平复心境，说话声还是哑起来，缓缓道："丹朱说了什么？"

　　羲由看着脩己，还是说道："你……你浑身都湿了，先去换件衣服。"

　　脩己似没听到，脸色忧急，继续说："丹朱说什么了？文命呢？他为什么没有回来？"

　　羲由说道："我……我不知道文命哥哥……他……他现在丹朱那里。"

"那丹朱说什么了？"脩己不由站起，提高了声音。她话音一落，浑身摇晃，忍不住剧烈地咳起嗽来。

羲由见脩己神态，才终于把全部心思放在脩己身上。她刚才要脩己换衣，几乎只是一种本能，此刻见脩己咳嗽剧烈，才完全意识到脩己年事已高，刚才淋雨也不知淋了多久，哪里承受得住？她赶紧站起，对脩己说道："你……你淋雨太多了，我伺候你更衣。"说着，羲由终于不待脩己回答，跑到内室，刚刚拿起一件脩己的衣服，只听得外间传来椅子倒地的响声。羲由赶紧出来，不由一声惊叫，手中衣服也掉在地上。

脩己已连人带椅地倒在桌旁，显是晕厥过去了。

羲由赶紧跑上去，蹲身抱住脩己，喊道："脩己！脩己！"

脩己倒在地上，脸色苍白，连嘴唇也不见血色。羲由摸摸脩己额头，只觉触手滚烫，再摸其手，却是一片冰凉。羲由大是慌乱，知道脩己已然生病。她左右望望，似乎想看房间是否有人可以过来帮扶。她发现房内并无他人，又想着奔出去叫人进来，刚到门口，忽又意识到脩己乃是女人，无论如何，自己得先给她换好衣服。于是羲由又转身回来，蹲在脩己身边，一叠声喊着"脩己"。

脩己总算微微睁眼，却是呼吸艰难。

羲由心慌至极，也只得强迫自己镇静，终于将脩己抱起，一步步挪到床上。待脩己躺好之后，羲由给她脱下湿衣，将一件干衣换上。脩己似乎无半分力气，任由羲由换衣，她只眼望屋顶，嘴里喃喃一句"文命"，过得片刻，又喃喃一句"文命"。羲由若不是和她距离如此之近，根本不会听到脩己在喊儿子的名字。

4

一连过了四日，文命始终未在平阳出现，尧帝颇感心忧。嫁女之后，不觉时时回顾自己的一生。尧十三岁便被父亲帝喾封于陶，二十岁便贵为天子。在位六十年间，自己兴利除害，伐乱禁暴，年轻时亲战丹水，收服南方三苗，武功赫奕，此后文治昌明，制历法、授农耕，天下宾服。不料十余年前，中原洪水泛滥，壅而四出。尧帝为水患所逼，竟至迁都避让。九年前，尧帝在平阳聚集诸侯，四岳皆推荐姒鲧治水，不料九年未成，洪水日甚，更令他心忧的是，南方三苗氏酋首观兜竟杀父夺位，显是不欲再尊平阳号令。尧帝想起往年，自己亲征丹水，终让三苗部落俯首。如今洪水肆虐，观兜渐成洪水之余的极大隐患。他知观兜胆敢如此，便是见自己为水患所困，无力再征。丹朱在宫中说得不错："若不是洪水有阻，父王乃至虞舜你，已早命人征伐。"想到水患，自然想到姒鲧。九年前，四岳诸侯齐荐姒鲧，尧帝本不欲授命姒鲧，四岳诸侯推荐甚力。尧帝终于接受众人之意，此刻想来，颇为懊悔。

尧帝不由记起三十余年前的一桩往事。那时他还未得虞舜辅佐，曾问自己的帝师许由，能否将帝位传给有智人称谓的许由之师啮缺。许由的回答令其讶异。在许由看来，啮缺为人机敏，多谋善辩，天分过人，但做天子之人，不仅需明于过失，还应知过失产生之因。若啮缺登上帝位，必然崇人智而弃天然。既埋头事物，又处处干涉事物，其才能做一方诸侯绰绰有余，做天子则是危险万分之事。尧帝闻言后默然，他知许由所言，既是针对啮缺，也未尝不是提醒自己，天子该有何责。当时他又有意将帝位传给许由，不料许由竟洗耳而去，再也不知下落。想到此处，尧帝心中叹息，若是许由仍在，九年前他便未必会屈从众议，将治水之事交给姒鲧。

想到姒鲧，尧帝又不由想到丹朱。自己儿子心性如何，尧帝自是一清二楚，自许由离去之后，尧帝也想过传位丹朱，丹朱却聚朋嚣讼，眼见难为天子，后来虞舜出现。尧帝虽知虞舜可担大任，但对儿子还是不愿失望。此刻思绪如潮，不知儿子究竟在干什么，索性便往丹朱茅庐而去。

丹朱听得父王前来，赶紧出庐迎接。见尧帝已到庐前，赶紧双手施礼，躬身说道："不知父王前来，儿子迎得慢了。"

见丹朱执礼甚恭，尧帝微微点头，抬脚跨进门槛。

茅庐外间，地上摆开的仍是文命曾见过的石子棋局。尧帝站住，凝视片刻，回头缓缓说道："这棋局还是我上次与你所走，你再没动过了？"

丹朱赶紧过来，再次施礼说道："儿子近日见父王忧虑，实无心下棋。"

尧帝眉头动一动，往里面饮水之室走去。

到房间后尧帝坐于桌旁，丹朱仍站立伺候。尧帝说道："你也坐下。"

丹朱答应一声，在尧帝身边坐下，然后问道："不知父王亲来，是有何遣使？"

尧帝稍一沉吟，说道："我很久没来见你母亲了，你在此守孝甚好，只是棋中可悟之事，不可搁下了。"

丹朱恭敬答道："父王放心，儿子一直在用功。父王……"他停了停，继续说道，"母亲灵位我时时打扫，父王可想见见？"

尧帝凝思片刻，说道："你前面引路，我很久没见散宜了。"这句话说得甚是沉痛。

丹朱赶紧站起，尧帝也跟着起身。

丹朱说道："请父王跟我前来。"说罢，丹朱在前引路，将尧帝带至最后一间茅庐。里面供奉的乃是丹朱母亲散宜的灵位。供桌上摆有水果，香烟缭绕。散宜画像是匠人在墙上用石头勾勒的。画中人似在青春，长袖飘舞，面容端凝，双足踏在一片祥云之上。

尧帝走到像前，久久凝视，似是喃喃自语："散宜，你病去已经多年，我心里仍日日牵挂。我们的两个女儿都已嫁给虞舜，我想你也该放心了。只是眼下洪水滔天，还找不到一个治水之人。你在天有灵，也可托梦给我，看今日有谁可担此任。"说罢，尧帝双手合并，朝画像深深一揖。丹朱也在旁边朝母亲遗像弯腰行礼。

尧帝直起腰来，转头凝视丹朱，缓缓说道："你母病故之日，最放心不下的便是你和你两个妹妹。如今娥皇、女英有托，不知你何时能让你母在天上安心？"

丹朱躬身说道："父王，儿子一定努力学棋，悟得治理之道。"他抬头看着尧帝，续道，"父王，皋陶举荐文命治水，父王觉得是否可行？"

尧帝背过手，沉思片刻，缓缓道："以目前来看，恐怕也只有文命可担。目前不知他身在何处，且等他来平阳，为父自会当面询策。"

"可他父姒鲧……"丹朱犹豫着。

尧帝摇摇手，止住丹朱说话，说道："这也是我担心之事。且等他过来，为父要仔细问他。"说罢，尧帝又看看妻子画像，说道，"我们出去吧，让你母亲在天上看着我们。"

二人再次出门。还未走到丹朱饮水之室，一个尧帝侍从急匆匆走进。他见到尧帝和丹朱赶紧揖拜。尧帝一句"何事"之后,那侍从回答说道:"天子,羽山有青鸟传书而至!"

尧帝一怔,说道:"好!我即刻回去,你速让虞舜过来见我!"

侍从答应一声,转身便出。

丹朱拱手垂头,说道:"儿子恭送父王。"

尧帝并未回答,抬步往外走去。丹朱听得父亲脚步声出去,才缓缓抬头,那张朱红色的脸上居然泛起一层惨白,眼神里闪露惊慌。

5

虞舜接过尧帝递过来的一块长条树皮,树皮背面用箭尖刻有"禹、婴闯山,羿擒之,何置"九字。虞舜脸色陡变,抬头看着尧帝,说道:"父王,文命果然去闯羽山了!"

尧帝走到窗前,凝望窗外,缓缓点头,说道:"他数日都无消息,我也料到他是前往羽山。婴是谁?也是夏后部落的?"

"不是,"虞舜起身,走到尧帝身后站住,说道,"婴是九婴,是我弟妡象属下。据闻他箭法高强,乃尖山部落之首。"

"哦?"尧帝转过身来,凝视虞舜说道,"文命救父,你我能料,怎么妡象也会牵扯其中?这究竟是怎么回事?"

虞舜皱眉道:"我也不明妡象怎么会派九婴前往羽山。父王,要不我即刻命人前往尖山,召妡象亲来解释。"

尧帝缓步走到桌旁坐下,举起手摇摇,说道:"不必了,妡象牵扯其中,我担心有更大的主使。后羿既已擒住文命二人,性命应是无虞,按行程来看,防风应该也到了羽山,防风会妥善处置。至于妡象……"尧帝不由深思起来,脑中念头急转,然后他抬头看向虞舜,问道,"妡象平日和什么人往来甚多?"

虞舜闻言,也眉头皱了起来,仔细想了片刻,说道:"我现在也想不起来。他在尖山坐不住,来平阳甚繁,这都城之人,多半与他都有往来,要说和谁交往密切,我还真没看出,也未听说。"

尧帝微微点头，说道："等防风回来，答案或许就能揭晓。"他说着，双眼肃然，紧紧凝视虞舜，说道，"文命闯山救父，你觉得他该以何罪论处？"

虞舜轻声叹息，说道："闯羽山者，当与羽山之囚同罪。"

尧帝缓缓站起，来回走动，说道："我身为天子，岂可法度不严？如果文命当以羽山之囚同罪，那便可将他囚在羽山了。"他说完，又停步凝视虞舜。他话说得虽然肯定，望向虞舜的目光中还是充满询问。

虞舜拱手弯腰道："父王，我觉得不可！如今最重要之事乃是退洪。待文命回来，可命他平息水患，以此赎罪。父王觉得如何？"

尧帝不答，慢步走到窗前，凝视远处，终于还是叹息一声，转头说道："我的确意欲让文命治水，但治水事大，岂可有赎罪之称？天下非我所有，也非你所有，乃天下人所有，文命若果真心怀天下，他必当以天下人为念而行，不是因自己有罪而行。若是如此，这治水之责，不交他也罢！"说着，尧帝伸手，在窗上着力一拍。

虞舜未见过尧帝如此动怒，拱手垂头，说道："父王，那文命该如何处置？防风即便已到，我想他也不敢擅自决定。"

尧帝刚才还说防风会"妥善处置"，此刻听虞舜说防风"不敢擅自决定"，微感一愣，随即明白虞舜所言有理。自羽山成为囚押罪人之所后，从未出现过闯山救人之事。面临如此大事，防风自然不敢做主。

尧帝走到门边，对外说道："送青鸟进来！"

外面有人答应一声，一个侍从走入，其右臂横过胸前，臂上站立一只青鸟。

那青鸟不大，浑身蓝色羽毛，双翅紧敛，尾部拖出四条碧青色的长羽，嘴喙比自己整个身子还长。它站在侍从臂上，不鸣不叫，只头部微摆，似乎知道有什么重要的事等着自己去办。

那侍从走到尧帝面前，弯腰鞠躬，左手抬起，手心托出一块崭新树皮。

尧帝接过树皮，从腰间抽出一把极小的佩刀，凝思一下，将树皮摊平桌上，右手持刀，正待往树皮上刻字，外面忽然又有人叫道："禀报天子！羽山第二只青鸟飞至！"

6

尧帝正俯身桌上，闻言眉头一皱，手中刀已触到树皮，不再往下刻字。

虞舜立刻往门外走去，站门槛前说道："速传过来！"

门外另一侍从已急匆匆跑至门外。他手臂上同样站立一只青鸟。这只青鸟的样子和前一只几乎一模一样，所不同的是嘴喙上叼一树皮。那树皮甚长，两块合并，封在一起，字迹便是隐在内部，旁人无法看见。

虞舜从那侍从手臂上接过青鸟，将其放在桌上。尧帝已然起身，伸手从青鸟喙中拿过树皮。伸刀剔开，字迹只在一块上面，显然仍是后羿箭尖所刻，上面写着"鲧、禹、婴逃，羿射之，鲧殒婴伤"十一字。

尧帝吃了一惊，暗想羽山死牢严密，那三人居然可以逃出牢室，真不知是如何做到的。他将树皮递给虞舜。后者接过一看，也吃了一惊。他和尧帝眼神撞在一处，从彼此眼中都看到惊诧之色。

"姒鲧死了？"虞舜不禁喃喃出声。

尧帝不自觉地挥挥手，似乎想赶开某个念头。他看看虞舜一眼，后者仍呆呆出神。尧帝缓缓走到窗前，抬眼望天，沉默良久，才转过身来。虞舜已经在他身后凝视。尧帝叹口气，说道："姒鲧一死，我担心文命已不可再接大任。"

虞舜像是自顾自地说道："后羿没说文命如何，不知他现在怎样？"

"既然没说，那定是无死无伤。"尧帝在房间来回走动，一边思虑一边说道，"后羿青鸟传书，一日两次，事情当是同一天发生。能想到的是，文命二人闯羽山为后羿所擒，当日便从牢内脱身，而且带出了姒鲧。三人没能逃离羽山，便被后羿发现，姒鲧被夺命，九婴受伤，那文命想来也难以逃脱。唉，"尧帝叹息一声，继续慢慢说道，"真不知防风是否也在羽山。他若在，文命性命可保，若是未至，文命即便无死无伤，料终也逃不出羽山，更逃不出后羿之箭。"

虞舜听尧帝说完，低眼凝视手中树皮，慢慢走到桌边，将树皮放下，忽然转身说道："父王，我以为文命不会有性命之虞！"

尧帝站住了，凝视虞舜，说道："何以断定？"

虞舜再次拿起树皮，看一眼又放下，说道："后羿能够传书，说明他当时已经回到屋内书字。那时已经鲧亡婴伤，他虽没写文命如何，我们能够料想，当时文命确实无死无伤。对后羿来说，射死妖鲧，射伤九婴，就已经结束事情，所以才回屋青鸟传书。他未说文命，料是防风已至，我预料不差的话，文命此刻当和防风一起，防风是携帝令而去，不论文命此刻怎样，后羿决无再伤他之举。我想再过四五日，防风必带文命回都城复命。"

尧帝仔细听虞舜说完，微微点头，说道："你说得不错，只是我担心，妖鲧死在后羿箭下，文命与他之间，便是有杀父之仇，二人皆为部落酋首，我只怕水患未平，他们部落间争斗又起。如今三苗观兜杀父夺位，实乃有作乱之象。难道我到了如此年纪，竟然会看见天下分崩吗？"说完最后一句，尧帝脸色怆然，白髯在胸前抖动。

虞舜双手施礼道："父王多虑了。"

"多虑？"尧帝缓缓摇头，说道，"我在位六十多载，从未有哪天不曾多虑。当年许由拒登帝位，说是天子之名乃虚，人生一世，就如鸟雀筑巢深林，占一枝即够，又如鼹鼠至黄河饮水，喝满遂足，所以，他不要这天子之名，更不要这天子之位。"说到此处，尧帝苦笑一声，摇摇头，继续说道，"他唯一不知的是，若真在这天子之位，就再无任何虚事，每一件都得你亲自操劳，宫中贤人再多，却是借名取利者多，你知道许由是如何说此的吗？"

虞舜还是第一次听尧帝说起当年有意将帝位传给许由之事，心中暗暗惊讶，当下躬身说道："请父王告知。"

尧帝看他一眼，又缓缓来回走动，说道："许由当年告诉我，说广施仁义者，最后难免遭天下人耻笑。我当时确实不明，仁义如何会换来耻笑？如今我倒是明白了，就看这三苗观兜，还看这后羿和文命，如何不是对我的耻笑？他另外还有一句，说贤人可以利天下，也可以害天下，只有那不重贤人之人，才知此理。"尧帝陡然停步，沉声说道，"可是，天子若不用贤人，难道要用小人不成？"虞舜拱手看着尧帝不答，知他尚未说完。果然，尧帝又开始来回缓步，续道，"这几日我总想着许由之言，越思越觉他言之有理。所以，面对这数十年来的天下事，我从不敢一人便作决断，偏偏在任用妖鲧这件事上，我听从了四岳诸侯，结果又如何呢？"

说到此处，尧帝站住了，凝视虞舜，缓缓说道，"虞舜，我年岁已高，也有意将帝位传之于你，可这帝位，又岂是随便可坐？你须分得清贤人与小人，分得清真贤与假贤。哪怕在真贤之中，更须分得清何种贤能利天下，何种贤会误天下。"

虞舜深深弯腰，说道："父王之言，句句谨记。"又直腰说道，"只是父王，我尚对天下无功，这帝位之事，无以承受。我一直思虑，若是文命能治好这天下水患，父王可将帝位传之于文命。"

尧帝捻髯沉吟片刻，说道："此言尚早，九年前，我倒是想你去治水，只不过那时，四岳都举荐妘鲧，我没有依凭己意，如今你代我巡视天下，肩上更重，不可丝毫懈怠。"

虞舜说道："父王之心，我早已知晓，待治水之人定下，我即刻先送娥皇、女英至沩水，一定代父王巡视好这十二州。"

尧帝微微点头。虞舜又继续说道："还有一事，父王适才说三苗有作乱之象，恐怕也得在水患平息之前收服三苗之心。"

尧帝眉头微皱，捻髯说道："三苗观兜能杀父夺位，不能不平，只是现在，水患如此凶厉，不知这平阳，有何人能代我出征。"

虞舜拱手说道："父王，不如我去。十二州我已巡视大半，南方我一直未去，正好我亲往看看。观兜若是能遵平阳号令，可暂且不究其罪，若是不遵，我也该为父王分忧。"

尧帝凝视虞舜，沉思片刻，微微点头。

7

脩己病倒之后，竟是十日不能起床。羲由父母早在从汶山至平阳途中溺于大水，她家中无人，每日都来照顾脩己。好在脩己乃酋首之母，部落人每日都有人送来饮食和猎物。羲由在脩己身边，便充当了女儿的角色。

脩己躺在床上，日渐憔悴。那日淋雨实在过多，脩己已然支撑不住。对她来说，淋雨导致的是身体之病，文命未回，导致的则是内心之病。内心之病比身体之病来得更甚。这十天以来，脩己几乎便处在半昏迷状态。当她偶然清醒，嘴里便喃喃着"文命"二字。

羲由茅屋距脩己茅屋不远，每日过来，给脩己擦身喂药。脩己病势猛烈，部落巫师也被唤来，在房间内作法驱魔，仍是不见好转。在脩己生病当日，皋陶奉尧帝之命来召文命，羲由没让皋陶进屋，只出门告知，脩己已病，文命未归。皋陶没见到脩己，复命时虽然说到脩己生病，几乎没有人觉得重要。生病本是人之常态，料想经部落巫师驱魔之后便好，即便不好，吃上一些草药也自无妨。

不料，巫师作法良久，脩己病体仍未康愈，浑身只是发冷，羲由给她加盖被褥也未见效果。脩己慢慢有了意识，却还是浑身无力，羲由在房间时，她觉得连扭头去看眼羲由的力气也没有，只有当羲由坐到床边，脩己才颤巍巍地伸手，将手放在羲由手上，眼睛枯干地凝视羲由，极缓极缓地说道："羲由啊，累着你了。"

羲由看着脩己，禁不住便想哭。父母被洪水卷走时，她忘不了母亲在大水中沉落时最后看她的眼神，虽然只是一个转眼，羲由还是看得明白，母亲眼神中有绝望、有不甘、有恐惧、有依恋、有担心、有无边无际的痛苦，总之什么情感都有。此刻她看着脩己，竟然在脩己的眼神中又看到母亲最后的眼神。她恍然明白，母亲眼神中的依恋与担心都是因为在看着自己，母亲不愿意死去，不是说她害怕死亡，而是看见自己的女儿年纪太幼，无法忍受女儿在如此小的年龄就遭受父母不在的孤单和痛苦。现在脩己的眼神中同样出现这种无比空洞的痛苦，羲由吓坏了，赶紧站起来，又俯身下去，几乎抱着脩己，哭喊道："脩己！脩己！你快点好起来。你感觉怎么样？"

脩己微微动下手，还是无法抬起来，她费力地扭动下脖子，仍继续看着羲由，沙哑着声音说道："羲由……文命呢？他……没有回来？"

羲由忍不住哭起来，说道："快了，文命哥哥就快回来了。"

脩己脸上肌肉动了一下，想说什么，还是一声叹息，连话也说不出来。

"脩己，"羲由说道，"我去山上，再给你采点药回来。"

说罢，羲由站起身来，往外便走。脩己想要拉住她，却抬不了手，想要说话，嗓子里也很难发出声音。她看着羲由出去，终于喃喃说出了"文命"二字。

羲由跑出门去，便往尖山上跑。

　　部落人久居山边，对草药的认识几乎是天然的本事。羲由这些天已经采了不少草药，只是每次采回去，熬成药后给脩己喝，仍是不见效果。此刻羲由跑到山上，望着满山碧绿，突然感到自己对一切都无能为力，自己也不知究竟是为什么，只觉得胸口一股压抑了很久的悲伤需要吐出来，忽然蹲下身，放声痛哭。

　　哭得良久，还是睁眼想去采草药。她内心或许隐隐知道，脩己已经无力再撑下去，哪怕采到灵芝仙草，也是无力回天了。在昨天，羲由还没有这感觉，她见到脩己今天的眼神，忽然像是明白了一切似的。脩己还强撑着，不过是渴望能再看到儿子一眼。

　　文命呢？文命呢？他去哪里了？

　　羲由每日对文命的想念，一点也不低于脩己。她知道自己在渴望他，她的渴望一天天变得强烈。她不断后悔，那天自己为什么不留在平阳，那样她至少知道，文命此刻究竟是在哪里。脩己病得如此严重，羲由还不断想，如果脩己身体好了，自己一定就去平阳，找不到文命就找丹朱。她不知文命在哪里，丹朱肯定是知道的啊。她随部落离开那天，文命不就是被丹朱叫走的吗？

　　刚才的痛哭让羲由心里释放很多。她看着脚下草丛，认得出她要采下的是哪些药叶，只是羲由仍感觉自己无力去采。有什么用呢？文命没有回来，脩己就不会好，自己也不会好。

　　羲由呆呆地看着草叶发愣，耳边忽然传来一阵马蹄声。听得出，马蹄是从尖山下传来的。有一些日子了，很少听见马蹄声。部落虽然有马，部落的人却很少需要骑马。而且，那阵马蹄声很密，不像只一个人在纵马而行。

　　羲由几乎是不由自主地站起来，出于本能地向山下看去。果然，山道上有五个骑手正策马狂奔。羲由看着、看着，眼睛不由渐渐睁大了，嘴唇也张开了。她突然像是挣脱了什么一样，浑身一抖，几步跑到高处，朝那五人拼命喊道："文命哥哥！文命哥哥！"

　　她看出来了，最前面乘马人灰衣赤膊，发髻旁有三根黑白相间的长长羽毛迎风抖动，不是文命是谁？

第七章　帝令

1

文命听到山上有人喊自己，立刻勒住缰绳，抬眼看去，见是羲由在山上，微感一愣，还是向羲由招手示意。只是他脸上并无笑意，眉宇间忧虑重重。

跟在文命身后的乃是防风和他的三个属下。一见文命勒马而立，防风等人也跟着勒住马头，齐向羲由看去。他们不识羲由，见文命对其招手，也知那少女必是夏后部落之人。

防风还是问了一句："是夏后部落的？"

文命点头说道："正是。我们已至尖山。"

防风说道："此距平阳已经不远，我们加快速度。天子一定等得已经心焦。"

文命凝视他一眼，终于还是说道："好，我们快走。"

他双腿一夹马腹，嘴里吆喝一声，策马便走。防风等人也同样策马吆喝。

羲由在山头看见文命等人即停便走，无丝毫留下之意，心中大急，拼命喊道："文命哥哥！文命哥哥！你等一等！"羲由一边说，一边不顾一切地朝山下跑来。

文命听到声音，侧头再望，见羲由拼命下山，不由吃了一惊。文命自然清楚，羲由因是部落少女，平时出来狩猎不多。即便出来，也向来是跟着自己。每次有羲由出猎时，文命也自然要分出精力照顾她，不能让她被野兽伤了。此刻见羲由完全将一切置之脑后，看她跑下山的速度，委实容易摔倒。文命忍不住缰绳一提，便待去迎羲由。防风见状，高声说道："文命！离羽山之时，你答应我什么了？"

文命一咬牙，说道："我记得，可羲由实在危险。"

防风也抬头看看羲由径往山下奔跑，情知她甚是危险，但他身负天子之命，得把文命带到平阳，否则难以复命。二人离羽山之时，文命答应不会私逃，随防风回平阳见尧舜。防风颇信文命，一路上也果然无事，此刻到平阳已无需半日，自不愿有节外生枝之事出现。

他见文命有意往羲由处纵马，抽出长矛横过，喝道："文命！不得过去！"他话音一落，另外三个汪芒部落的人也跟着挺出长矛。文命看看他们，又看一眼羲由，愤然说道："我跟你走。"手中用力，再次提缰。

众人刚刚纵马，陡听得羲由一声惊叫。

五人都听到羲由叫声，不由又同时看去。这一眼看过去，都吃惊不小。只见羲由在一块略斜的坡上倒地，一条黑乎乎的巨影正朝羲由扑去。

"熊！"文命不由大喊。

防风等人也已瞧见。众人的每日生活都少不了和野兽周旋，知道熊掌威力巨大，若是拍到羲由身上，立时便将丧命。防风等人经验俱足，他和属下三人同时取弓搭箭，四箭同时朝熊射去。若论箭法，防风等人自然无法和后羿相提并论，连九婴也远远不及，不过，众人毕竟与弓箭终日为伍，准头俱是不差，射过去的四箭倒有三箭射入熊身。文命已再也顾不得防风，转过马头便往山上奔去。防风等人射出箭后，也几乎同时纵马跟上。

那熊受了三箭，吃痛不小，丢下羲由，向文命等人奔过来。

防风等人和熊距离近了，又是四箭射去。这一轮都射在熊身之上。熊受箭狂吼，文命径直朝熊奔去。他虽身上无箭，马上无矛，还是转眼间奔到熊旁。那熊受伤不轻，力气却是未失，熊掌扫过，将文命坐骑扫倒。文命已借机纵身落地，跑到羲由身前。他只瞥过一眼，知羲由摔倒只是惊慌所致，未被熊所受。文命不及去扶羲由，那熊已经挥掌过来，文命躲过熊掌，伸手将熊身上的一支箭拔下，当作武器再向熊刺去。熊又挨一箭，吼声连连。防风等人此刻已经赶上，四矛齐出，将熊当场刺倒。文命纵身过去，又从熊身拔起一箭，看准熊的心脏部位，一箭送去。那熊终于倒地，挣扎两下死去。

羲由已然起身，见十日不知生死的文命活生生站在眼前，自己又从熊掌下死里逃生，已顾不得防风等人在场，叫了声"文命哥哥"，便扑在文命怀中，放声大哭。

文命见羲由投身入怀，一时无措，也不知该推开还是不推开，伸手在她发后，想抚发安慰，终于还是未抚，只低声说道："没事了，熊已经死了。"说着，轻轻推开羲由。

羲由哪里还禁得住情绪和眼泪，文命推开她的动作极轻，羲由又已经伸开双臂，将文命紧紧抱住，将脸贴在文命胸前，哭着说："你回来了！你回来了！"

文命叹息一声，说道："我回来了。"又将羲由推开，看着她说，"你怎么一个人到山上来了？很危险的。"

羲由抽抽噎噎地说："我来给脩己采药的。文命哥哥，脩己她，她……"

文命闻言一惊，双手不由抓住羲由肩膀，脸色和声音都变了："我娘怎么啦？"

羲由流着泪，说道："脩己病得很重，我怕……我怕……"她一连说了两次"我怕"都没有说完。文命已经脸色苍白，抓住羲由喊道："我娘怎么会病的？怎么会病的？"

羲由说道："文命哥哥，你快回去。我真的很怕，你去看看脩己。她、她、她……"羲由这次又一连说了三个"她"，同样没有说完。

文命惊得双眼圆睁，扭头对防风说道："防风，我娘病得很重，我要先去看看她，她就在这山下。我只去看看她，我会和你去平阳见天子的。"

防风在旁，自然都听得清清楚楚。他没怎么犹豫，点头说道："既然是这样，我和你一起去看看。"

几人刚要动身，羲由看到死熊，忽然说道："文命哥哥，我……我要这张熊皮，脩己现在好冷，我们去给她盖上。"

2

到得门前，文命已控制不住情绪，双手推门，脚步未停，急急进去，进门就喊：“娘！娘！”

他一边喊，一边朝内室奔去。

脩己正躺着，听见儿子的喊声，恍然间觉得自己有了力气，撑起半身，嘴里“嗬嗬”出声，像是要坐起来，却终究无力坐起。

文命奔到脩己床前。他见母亲如此憔悴，心头大痛，不由在床前跪了下来，双手将母亲双手握住，眼望脩己，又喊道：“娘！你是怎么了？怎么病得这么重？”

脩己终于见到儿子，两眼泪水上涌，从文命手中脱出右手，颤巍巍地抚到儿子脸上，嘴里终于说出话来：“文命、文命，你、你回来了。”

文命忍耐不住，泪水从眼眶涌出，将自己的左手盖在母亲抚自己脸的手背之上，说道：“我回来了，娘，我回来了。”

脩己虽在不停流泪，却是放下心中一块大石，陡然一阵咳嗽，一口浓痰咳在身上，文命立刻伸手拭去。他自然知道，母亲如此病重，是自己忽然十日不见，心焦所致。他不知的却是母亲因在山门等候自己，淋了一场大雨。文命自责万分，跪着未起，泣声说道：“娘，我回来了，你要好起来。”

脩己脸上浮起一丝笑意，这笑意却浮得艰难无比。文命此刻才陡然感觉，母亲的双手俱是冷如坚冰。他惊慌地上下看看，才见到脩己身上盖的被褥不少。此时并未入冬，她身上居然如此之冷，文命不由心碎至极。他脑中不禁浮起父亲鲧在自己怀中死去的情景，也是感觉浑身在慢慢冰凉，难道母亲也要紧跟着在自己怀中死去吗？

脩己眼睛慢慢转到文命身后，看着站在儿子后面的防风和羲由。她先看看羲由，又直直地凝视防风。

防风见脩己望向自己，上前两步，双手抱拳，躬身说道：“脩己，我乃汪芒部落的防风。”

脩己像是没有听到，再看他一眼，然后将目光落在儿子身上。她眼睛忽然闪出古怪的光芒，费力地说道："文命，你、你是去羽山了？"

　　文命万没料到母亲如此了解自己，缓缓点头，说道："我去了。"

　　脩己轻声说道："你父呢？"

　　文命看着母亲，无法回答，眼中怔怔地流下泪水。

　　脩己猛然挺起身来，喊一句："你父是不是死了？"

　　喊完之后，脩己像是耗尽了最后的力气，往床头倒去。

　　文命扑在母亲身上，终于忍不住放声大哭。

　　羲由在他身后早已满脸是泪，不停地流，不停地擦。防风原本粗豪汉子一个，也觉心中难受。他像忽然想起什么，伸手碰碰羲由。后者转头看他时，防风做了个出去的手势，然后转身往外走，羲由也跟着出来。

　　到门外之后，羲由擦干泪，还未说话，防风已经说道："文命母亲……"他摇摇头，意思是恐怕也活不长了。他抬眼看看门外之路。终于看见那三个留在山上的属下抱着刚剥下的熊皮过来。防风迎上几步，从抱熊皮的属下手中拿过熊皮，转身递给羲由，说道："你送进去，我们在外面等着。"

　　羲由"嗯"一声，伸手接过熊皮，转身匆匆朝内屋奔去。

　　她还未进屋，便听得里面传来文命一声凄惨的大喊，"娘——"

　　羲由不由浑身发抖，什么也不敢去想，快步走到内室。见文命俯身在脩己身上，放声大哭，脩己双眼紧闭，任由文命呼喊和扑抱，头垂一旁，浑身一动不动。羲由魂飞天外，也不由大喊一声："脩己！"她手上的熊皮掉在地上，几步冲到床前，在文命身边跪了下来。她看着脩己再无任何表情的脸，她采药时便隐隐知道，脩己只是想挺到能看见儿子的一刻。现在她看见文命了，再也无以支撑。羲由不禁双手紧紧抱住文命胳膊，任凭泪水无休止地淌下来。

3

　　当夜，脩己被安葬在尖山脚下。夏后部落迁尖山已逾十载。其部落原本在汶山，实应葬于汶山的部族墓地。只是此刻不可能远赴汶山。十余年来，部落人已早把尖山当作自己的氏族之地。更何况，这些年部落死去之人也不少，已在此处形成部落墓地。

从安葬地回来，文命只觉精疲力竭。整个下午，部落人几乎全部聚齐，围绕脩己的墓穴疯狂跳舞，部落巫师在墓前不停敲击法器，时而跪下，时而狂舞，所有人手中都举起火把绕穴而行，走五步跪片刻，跪立时都对着天空发出三次吼吼之声，再继续起身绕行。文命只是跪在墓前，看着十人分两列面对，跪于墓穴之旁，将挖出的泥土一层层推到墓中。文命不知何时收泪，又不知何时泪水狂涌。他看着脩己终于被泥土掩盖，知道这一生再也不可能见到母亲了，岂止母亲，连父亲也见不到了。

当日他和九婴被关入死牢，见到姒鲧已奄奄一息。他和九婴当即便设法逃生。那死牢在两块巨石之下，并非人工建造，巨石间被几个树根缠绕。文命和九婴仗着身高体壮，二人搭起人梯，终于从两块巨石间扯下几根树枝。二人硬生生地以手撕开树枝，编成丈余树绳，再搭人梯，将树绳抛出，绕住上面的大树。九婴先攀到出口后，奋起神威，硬生生将上面的岩石推开。那岩石沿着山坡，携着巨响落向悬崖。出口敞开，二人又以树绳缠住姒鲧，从地下死牢脱身而出。

原本堵住出口的岩石被九婴推开，滚下悬崖的巨声自然惊动了后羿等人。文命三人迅速下山时，迎面便撞见后羿带人过来。后羿在羽山，被虞舜下令不得擅杀囚徒，此刻见九婴等人居然出逃，自然不再容情，首先一箭射向九婴。九婴一见后羿，便全神贯注，岂料后羿来箭实在太快，九婴闪避不及，肩头被箭射中。后羿本是神力拉弓，这一箭射在九婴肩上，九婴竟立足不住，倒退数步，一脚踏空，"呀"的一声大叫，直接掉下悬崖。

文命连呼喊一声也来不及，后羿第二箭又已射到。眼见文命无可闪避，姒鲧早知后羿箭无虚发，九婴刚掉悬崖，姒鲧拼却最后之力，将自己挡在儿子身前。后羿这一箭从姒鲧身上透胸而入。姒鲧只叫得一声，便在文命怀中倒下去。

后羿第三箭却是未发，只凝视文命，犹豫一下，还是喝道："文命！你们胆敢出逃，可知乃是死罪？"文命不答，只抱着姒鲧狂喊"父"字。姒鲧费力睁眼，嘴里喃喃欲声，文命俯身而下，在父亲的喃喃声中像是听到了什么，慢慢点头。姒鲧说完之后，终在文命怀中闭目。

文命横抱父亲站起，双眼血红，一步步走向后羿。

后羿心内叹息，徐徐放下长弓，待文命走至身前，沉声说道："我有命在身，任何罪囚若逃，必射之！"文命似没听见，一步步从后羿身旁走过。后羿在文命身后拉弓，喝道："你若不停步，我便一箭取你性命！"文命似未听见，继续前行。后羿一咬牙，弓弦拉得满了。他还未射出，忽听得一阵马蹄狂奔而上。后羿循声望去，认得带头之人乃是防风。

防风来得确然及时。文命也终于像是明白了什么，止步不走，回头看着防风策马至后羿身旁站住。后羿也垂下弓箭。

防风见姒鲧已亡，不禁叹息，大声说道："文命，你知天子命我前来羽山是干什么？将你父斩首吗？天子已赦免你父死罪，命我带他回平阳。你做错了！"文命不答，脸色依旧苍白，不知防风之言究竟在他心里有何反应。他只是低头看看怀中父亲，过了片刻，才缓缓说道："我父已死，我闯山是罪。我随你回平阳。"后羿看看文命，又看看防风，说道："既是天子之令，你带他回去，我再给天子青鸟传书。你带他走吧。不过，姒鲧乃羽山之囚，死在羽山，也当葬在羽山。"他看向文命，续道，"我会好好安葬你父，你随防风回平阳。我擒你时，敬你气概，其他不多言，你们走！"

此刻，文命一边回思羽山父亡之事，一边从部落人群中走到一石旁坐下，眼前平地上为脩己点起的葬火未熄，部落人将为死者舞蹈有宵。文命想着父母俱亡，只觉心头大恸，却再也无泪可流。羲由慢慢走过来，站了片刻，在他身旁坐下，悲声说道："文命哥哥，脩己已经死了，你不要太难过了。脩己能见到你最后一面，也终于放心了。"

文命侧头凝视羲由。自部落到尖山后，羲由因父母双亡，总是在脩己家中出入。脩己极喜羲由，文命也总不禁将羲由当亲人相待。此刻听羲由安慰，凝视她片刻，突然伸臂将羲由抱在怀中，也不说话，只再一次滚下热泪。

4

第二日一早，防风便催促文命动身。对防风来说，在尖山留宿一夜，实因脩己病故，让文命能守孝一夜。他知文命在部落威望极高，自己只有四人，还有点担心夏后部落阻止自己带他的酋首离开，所以，天蒙蒙亮时，防风便要文命动身。

文命连日间丧父逝母，心中颇有万念俱灰之感。他当然知道，此去平阳，自己乃负罪之身，只怕尧帝轻饶不了自己。羽山成囚人之地以来，从未发生过闯山救人之事，尧帝岂有不震怒之理？也因此，自己随防风去平阳之事还真不能让自己部落的人知晓。对分布零散的部落来说，自己部落酋首的重要性只怕超过天子。若众人知道自己去平阳将遭天子刑罚，必然阻止，更可能的，在众人情绪激动之下，乱中取防风等人性命也没什么奇怪。文命本胸襟坦荡之人，觉得自己既已负闯山之罪，必得承受后果，另外更不欲整个部落受其牵累。他在房间思父念母，一夜未合眼，听到叩门声后，立时起身出来。

防风与三个属下已在外牵马等候。防风虽然担心夏后部落人众对己不利，内心还是颇敬文命。见他眼圈发黑，显是一夜未睡，走上来拱手说道："我们已耽误半日一夜，今天就早些动身。"

文命点头道："有误你时辰了，我们现在就走。"说罢，文命走到自己马前，踏镫上马，扭过马头，双腿用力一夹。马一跑动，文命发现不知是防风还是防风属下，居然已将几匹马的马铃摘掉。马跑无声，自然不会惊动他人。文命既不去问，也没觉得防风等人此举有何不妥，毕竟，他们是在自己部落，一旦出现意外，只怕后果难料。

一行五骑挥鞭纵马，直往山门而去。经过一夜喧哗，夏后部落众人都已入睡，路上果然未遇他人。五人刚刚到得山门，陡然后面一阵马蹄声奔来，只听得有人在喊："文命哥哥！"

文命一听是羲由追来，立刻勒马回身。防风等人倒是有些紧张，俱回头，见只有羲由一人，倒是放下心来。防风料得是羲由想送送文命，也不阻挡，对属下稍微示意，四人皆驱马到山门之外，等文命和羲由告别。

文命见羲由匹马而来，心中感动，返身迎接上来。他和羲由双马错头，两人互相凝视，竟然忘记下马。羲由脸色憔悴，她看着文命，终于先开口说道："文命哥哥，你又要走了？"

文命和她四目交接，缓缓点头，说道："我要随防风去平阳都见天子。"

羲由忍不住又要流泪，还是拼命忍住，说道："文命哥哥，你答应我，一定要回来。"

文命闻言，心中只觉一痛。在他眼里，此去平阳，只怕等着自己的将是斩首之刑，再也不会回来。他呆呆地凝视羲由，过了半晌才又慢慢点头，说道："好，我答应你。"

羲由凝视文命的目光一动不动，说道："你整夜没睡？你的眼睛……"

文命强自一笑，说道："我没事的。你看，我这不是好好的？你怎么也没有睡？看你这样子，好像一晚就瘦了很多。"

羲由摇头说道："我没瘦，是你瘦了。"

文命伸出胳膊，又弯回来，手臂肌肉隆起，说道："你看，我哪里瘦了？"

羲由再也忍不住，泪水流下脸庞，哭道："文命哥哥，你走了，我们怎么办？"

文命仍是强自笑道："我不是说了，我会回来的。"

羲由不停抽泣，忽然从马后拿出一堆东西，递给文命，说道："文命哥哥，这是我连夜缝好的熊衣。你带上，天要冷了。"

文命伸手接过，拿到眼前一看，知道是昨天杀死的那头熊的熊皮。羲由要这熊皮，本是想拿回给脩己当被褥，脩己已死，没想到羲由竟连夜将熊皮缝成一件熊皮外衣。文命知道，羲由此刻送衣，实是心里毫无他会回来的把握。她只是想让他知道，不论发生什么事，这一夜的每针每线，包含她怎样的期待。文命心中大动，在他感觉里，羲由始终不过是一未谙世事的小姑娘，在部落中，也只喜欢随自己出去狩狩猎，并不会做其他事情。脩己也颇为宠爱羲由，羲由到自己家中颇多，脩己也不怎么让羲由做家中活计。没想到羲由竟然会给自己缝制出一件衣服，感动之余，也不禁涌上一股酸楚。

文命抬头再看羲由，见她眼中充满难以言述的千千万万，心中不禁浮上一个从未有过的模糊念头，却是不敢深想。能够明确的是，这件熊衣本应盖在自己母亲身上，想到此处，感伤又忽然泛起。他不想再在羲由面前过于流露情感，看过熊衣后，将其反手缚在马臀之上，说道："羲由，我带上了，你好好照顾自己，我先走了。"

羲由泪眼蒙眬，望着文命颤声说道："我会在这里等你回来。我会一直一直等你。"

文命只觉胸口猛烈跳动，终还是强行抑制，点头道："嗯，我知道了，我会回来的。"

说罢，文命狠狠心，扭过马头，嘴里一声吆喝，纵马出去。他很想回头再看看羲由，却怕回头后再无离开的勇气。防风等人在山门外等候，见文命纵马，四人也同时提缰，五骑前后奔上山路。

羲由凝视着文命背影，纵马赶上几步，最终还是停下了，望着远去的几骑背影，嘴里喃喃说道："你答应我了，你会回来的。你答应了，你答应了。"

5

尖山离平阳不远，刚过巳时，平阳已在眼前。五人在吊桥前勒马而定。此刻文命心情极为复杂。十多日前，他率一众部落前来此处，为虞舜贺婚。那时他乃部落酋首，尽管内心怀着为父求情的意愿，毕竟是可以入宫议事的三十酋首之一，此刻重来，已是戴罪之身，只怕不会再活着离开。也就是这十余日，自己经历了生活的惨变，父死母亡，对任何人来说，都是难以承受的剧烈惨痛。文命勒马而立，呆呆地看着城门，思绪万千。

防风等人还未来得及叫门，城楼上已出现一人，蚕衣红脸，正是丹朱。

丹朱在楼上眯眼打量众人，提声说道："来的可是防风和文命两位酋首？"

文命见到丹朱，内心更为复杂。他去羽山，虽是自己原本想去，但导致他下决心的却还是丹朱与之谈话的结果。此刻他见丹朱在城楼出现，隐隐冒出一个难以抓住的念头。他身边的防风已经答道："正是！请丹朱开城门！"

丹朱回头挥手，说一声："开门！"城门的吊桥咿呀呀被放下，两扇闭合的高大城门也缓缓拉开。防风看了眼文命，说道："我们进去！"说罢，率先提缰，催马入城。文命等人紧跟其后。

几人刚刚进去，丹朱已从城楼下来。他一边拾级，一边哈哈大笑。防风勒住马，翻身下来，抱拳说道："我奉帝命从羽山回来，天子可在？"

文命等人也都各自下马。

丹朱走到防风面前，脸上仍是堆笑说道："父王在居室。怎么文酋首也随你来了?"说着,他眼睛转向文命,继续笑道,"文命,多日不见,可否先去敝庐?有很多事,我还想和你说一说啊。哈哈!"他装作什么都不知道的样子,径自走到文命面前,说道,"文命既到平阳,不如先去我茅庐,防风自去跟我父王复命就是。"

防风再次双手抱拳,说道:"丹朱,我乃奉天子之命,从羽山带回文命,还是让我先带他去天子前复命后再说。"说罢,又对丹朱拱拱手。

文命脸色苍白,始终不答话。刚才在城楼下的那个隐隐的念头又再次泛上,却还是无法抓住。

丹朱已经仰天一笑,说道:"哈哈,防风酋首果然是以帝命为先,也好也好,你们就先请过去。"说着,他还是站在文命面前,忽然走上一步,凑到文命耳边,低声说一句,"记住你我之盟!"然后又退后一步,对防风说道,"那就请两位酋首先去我父王茅庐。"

防风人虽粗豪,还是觉得丹朱今天有些奇怪。他也没多想,重新上马,对丹朱说道:"我复命之后,再来见丹朱。"

丹朱哈哈笑道:"那我就等两位酋首过来。"他把这"两位"二字说得甚重。

防风不再回答,缰绳一提,吆喝一声,纵马前往。文命等人也跟随他连骑而去。

丹朱在后面看着他们远去,眉头渐皱,哪里还笑得出来?自后羿两次传书尧帝,丹朱在父王那里已经得知。此刻见文命跟防风去往父王茅庐,心中不禁忐忑,不知文命会不会将自己与他言说之事告知虞舜。也因此,他得知文命来平阳的信息后,立即亲自前来,想截住文命。他见防风等人转弯消失后,又不由暗暗顿足,防风身有帝命,自己哪里能够截住?一时情急,只怕反而弄巧成拙。但事情已经做出,懊悔也无用。此际才想起父王总说自己沉不住气,看来果然如此,现在只能步步见机行事了。

6

防风、文命等五人纵马极快,转眼便到尧帝茅庐之前。

尧帝庐前并无守护,只一个门官在谏鼓前走来走去。他见防风等人连骑而来，立刻走上几步。门官最为擅长的，便是将各处部落酋首面容过目不忘，牢牢记住。防风面相独特，自然更为易记。见他们在自己面前下马，门官当即迎上笑道："防风酋首，来见天子？"

防风说道："不错，天子可在？"

门官说道："天子在里面，我引诸位进去。"

防风命三个属下在外，他率先进门，文命紧随其后。

尧、舜二人此刻在内室说话。门官进来禀报，防风和文命已至。尧帝立刻命防风和文命进来。

进得门来，防风朝尧、舜二人躬身说道："天子，我已将文命从羽山带回。"

文命在防风身后，也不说话，只躬身向尧、舜二人行礼。

尧帝在桌旁端坐，目挟寒光，逼视文命，显然是在极力抑制自己。文命见尧帝怒发于心，久久未动，只抱拳不言。过了良久，尧帝才缓缓说道："文命，你可知罪？"

文命仍是抱拳之态，垂头说道："文命知罪。"

"你知你犯何罪？"尧帝声音低沉。在一旁的防风听见如此声音，大气也不敢出。虞舜也未说话，凝视着文命。房间的空气仿佛一下子凝结起来。

文命自然感觉空气里有股肃杀之气，这股杀气还是冲自己而来。他慢慢抬头，见尧帝眉头紧皱，目光如霜，也不回避，说道："文命擅闯羽山，自知死罪。"

尧帝右手握拳，在桌上一顿，说道："羽山乃罪囚关押之所，数十年来，你是第一个敢闯山之人，如此重罪，我若饶你，天下不服！"他头一抬，喝道，"来人！"

外面有人应道："在！"随着话音，门外走入两个壮汉。

尧帝喝道："将文命拉下去！"

那两人齐声道："是！"说罢，两人上前将文命一左一右地按住胳膊。

"且慢！"虞舜忽然说道，"先放开他。"

那两人松开文命胳膊，退后一步。

虞舜朝尧帝拱手说道："父王，文命闯山确乃大罪，可否念他年轻心急，留他一命。"

旁边的防风也赶紧说道："天子，我也恳请留文命一命。"

尧帝看一眼虞舜，又看一眼防风，说道："我登天子位以来，法度从来不可违。今文命闯山乃是死罪，岂能饶恕？"又对那两人道，"你们将文命拉下去！"

"且慢！"虞舜再次出声，对尧帝拱手说道，"父王，文命确实做了不该做之事，可他此事乃孝心所使，恳望父王宽恕。"

旁边防风见室内空气有所缓和，也立刻躬身说道："天子，我与文命酉首一路同归，文命酉首沿路对天下人忧心，对如今的洪水忧心，防风粗人，也十分敬服……昨日我们先至尖山，正逢脩己去世，我眼见文命孝心深厚，恳请天子恕过文命闯山之罪。"

防风话音一落，诸人俱是惊讶。虞舜抢先问道："脩己去世了？"

防风答道："是，脩己昨日病亡，已葬于尖山。"

尧帝内心微震，不由朝文命看去。

文命脸色苍白，双眼欲泪。

尧帝来回走得几步后站住，眼睛朝众人逐一扫过，然后对那按住文命的两人说道："先且松开，你们去召丹朱、皋陶、后稷、共工、夔已、姬龙、伯益、彭祖、仪狄、解豸、朱虎、熊罴前往宫中。"他转头看着文命，续道，"你之罪，让众人决断！"

7

众人闻召入宫坐定之后，尧帝也和虞舜同时进宫。众人见到天子，齐齐起身施礼。又见防风和文命跟随其后，诧异者有之，平和者有之，唯独丹朱一直紧盯父亲和文命，想看出文命是否将自己之事禀报尧舜。他没看出什么端倪，施礼后缓缓坐下。

文命的座位仍在，他未去落座，只单膝跪于中间。

尧帝缓缓开口说道："今日召诸位前来，是想听听众议。今夏后酉首文命擅闯羽山，想救出其罪父姒鲧。文命此举，该当何罪？"

众人闻言，都不禁吃了一惊。

112

只见共工站起说道："文命擅闯羽山，按法度当是死罪。"

丹朱闻言，将眼睛朝文命看去，后者似是未听见一般，浑身不动。

众人听共工之言，均觉没什么不对，互相点头，低声议论。

伯益坐于共工对面，他待共工坐下后起身说道："天子、虞舜，依我之见，文命闯山是罪，究竟该定何罪，乃需士师而断。皋陶任帝士师数十载，行事素来果断，无人不服，不如我们先听皋陶之言。"

说罢，伯益朝尧舜拱拱手，又朝皋陶拱拱手，掀衣坐下。

尧帝点头，眼望皋陶说道："皋陶是何看法？"

众人都眼望皋陶。皋陶坐在位上，所有人目光都集中在他身上也似不觉，捻须良久，才双手抚案，慢慢站起。他先朝尧帝深深一揖，又朝虞舜一揖，缓缓说道："我觉共工之言甚是！文命闯山，确乎死罪！"

他话音一落，众人间不禁又爆发一阵议论之声。虞舜讶声说道："你赞同文命死罪？"

皋陶微微一笑，提声说道："不！"

他这个字极为坚决，众人不由同时噤声，不明皋陶所言何意。

皋陶也不让虞舜再问自己，继续拱手说道："天秩有礼，天命有德，天讨有罪。此言所指，乃有罪之人，必有天来讨之。天子自登位以来，六十年里无虐刑、无冤狱，所惧者，无不小人，此乃天子处刑，让人信服之处。"

共工立时站起，说道："今文命闯山获罪，你是觉有不让人信服之处吗？"

"文命依法度该刑。"皋陶说话始终平缓，"可共工之言，只得其一，未得其二。"

尧帝"哦"了一声，说道："你且说来。"

皋陶见尧帝说话，便朝尧帝拱手施礼，续道："蒙天子信任，任我为士师，算来也有数十年之久。不仅是我，在座诸位，也亲见天子恩威、兴五教、定五礼、创五刑、立九德、亲九族，始得天下同心。这五教之尊，恰乃父义；九德之首，无非品性。若无此尊此首，岂有九族之亲？今文命虽闯山获罪，却是在五教九德之中。若定文命之罪，乃为护法度，可文命之举，恰见其德之品行，我等不可不察。"

尧帝闻言，倒是一愣，说道："在五教九德之中？"

虞舜也站起身来，对尧帝拱手说道："父王，皋陶所言，确是道理。文命欲救其父，正是恪守这五教之尊，适才皋陶说父王法度，只是让小人惧怕，文命历来爱惜部族，夏后部落在其手下，整治有方，足见品行过人。非小人者获大刑，岂不寒了部族之心？父王思之。"

丹朱这时也站起说道："父王，文命虽有罪，皋陶说得却是不错，请父王思之。"他察言观色，料文命未在尧、舜前说起自己之事，稍稍放心。

文命侧过头，朝丹朱看去。丹朱和文命眼光一接，丹朱立时避开，只朝尧帝躬身。

尧帝捻髯抬目，扫过众人，说道："诸位看法可否一致？"

他话音一落，众人齐齐起身，同时躬身说道："我等一致，恳请恕过文命之罪。"

唯独共工极为不快，但见众意难违，也说不出什么。

尧帝缓缓起身，对文命说道："如此，我恕过你闯山之罪！"

文命也跟着站起，躬身道："文命谢过天子饶恕之恩！"

尧帝微微摆手，说道："你且坐入自己位中。"

文命道声谢，终还是心情沉重，缓缓走向自己位中坐下，心绪难平。

共工见此事算是已了，又站起说道："天子，虞舜，前日我请命治水，还望准许。"他素知皋陶能言善辩，皋陶那日举荐文命治水，若此刻还不再次提出，这一大任恐怕难以落在自己身上。

尧帝眼望共工，说道："我那日已经说过，待文命之事有了结果，再听你治水之法。你且说来。"

共工似是胸有成竹，扫视众人一眼，说道："洪水虽大，治起来也没那么难。水涨处，我自会筑堤挡之，洪水便不再可祸害天下。"

"不可！"共工话音甫落，尧舜等人还未开口，文命已然站起，高声说出二字。

共工见是文命说话，不由大怒，扭头喝道："你说什么！"

文命见他发怒，也不去看他，只朝尧、舜二人说道："天子，共工此法不可！我父就是命人筑堤挡水，结果洪水更为势大，万万不可再行。"

共工冷笑道："你父？他筑堤挡水，你问过他筑了多高？若是筑得低，自然挡不住洪水，我会命人加高堤岸，水势便无法逾越。"

文命又一次说道："不可！水涨多高，无以预判，堤岸筑得再高，也难抵挡。"

共工心中狂怒，对尧舜拱手说道："文命死罪刚逃，就在此胡言。姒鲧筑堤失败，焉知我不能成功？"

尧帝双手一摆，示意二人不要争辩，然后直视文命，缓缓说道："文命，若不筑堤，你有何法？"

文命见尧帝直接询问自己，从座中走出，来到中间，对尧帝深深弯腰，说道："天子、虞舜、诸位酋首，我闯山大罪，蒙天子饶恕。我父治水不力，败于方式与私心。我想请命天子，让我替父治水，恳望准许！"

文命此言一落，众人皆讶。皋陶倒是微微点头，向虞舜看过一眼，后者也正好看来。二人目光相接，颇有心领神会之感。尧帝站起身来，说道："文命，你愿去治水？"

文命再次单膝跪下，说道："我父已误天下，这些日子，我亲见万民挣扎，我只愿此生能够退洪，再无所求。"他这句话说得极为坚决。尧帝伸手在案上一拍，点头道："好！那我就命你治洪！"

文命抱拳说道："文命一定不负天子！"

第八章 苗患

1

尧帝话音刚落，只听共工大声说道："天子！我请命治洪，为何不允？"

众人都眼望共工。

共工脸色极为恼怒，只听他继续说道："文命刚免死罪，就将如此重大之事交与他，他能有办法吗？难道你们都没看见鲧的治洪结果？"

尧帝尚未回答，文命径自对尧帝说道："我父治水不力，命殒羽山。他临死之前，告知我若要治洪，万不可筑堤。今日洪水太甚，若要除患，非得到河图不可！"

尧帝不由站起来，说道："河图？"

"不错，"文命答道，"山有山图，河有河图。若得不到河图，怎可知河情水道？我想先寻河图，再依河道治水。"

文命此言一出，众人皆感惊讶。在此次洪水之前，陆上不是未曾有过水患。筑堤挡水乃自古之策，如今文命说出"依河道治水"，令诸人着实感觉意外和新鲜。

共工冷笑道："找河图治水？你知道河图在哪里？谁人能画出河图？"他也

不待文命回答，又向尧帝说道，"天子不允我去治水，究是何因？"

众人见共工对尧帝颇为不敬，均感讶然。虞舜已起身对共工说道："九年前，众诸侯荐姒鲧治水，始终水患横行。天子不是不允你去治水，而是治水关乎天下之民，不可再错。筑堤乃失败之策，岂可妄为？"

共工冷笑道："既然如此，我今天回尹水，尔等看我如何免患。"说罢，共工朝尧舜双手一拱，径自离座，往外便走。

皋陶立时喝道："共工！天子在此，你敢如此妄为！"

共工站住回头，冷笑说道："我船已修毕，该离开平阳了。"

尧帝手一挥，说道："且让他去。"

众人见共工如此傲慢，说得上拂袖而去，俱是面露愠色。尧帝倒是未怒，起身说道："共工有心治水，便是心有善意之人，不必多言了。"虞舜仍是站立着说道："父王，共工素来不欲理平阳之事，怎么会几次提出要去治水？"

尧帝白髯飘动，说道："他有何目的，都暂且不理。"他径自走到文命面前，说道："你要依河道治水，恐不失为一条对策。今日起，这治水之责，就落在你身上了。"

文命躬身说道："文命当不负重托。"

尧帝凝视他，缓缓道："你母刚刚过世，是否需要先回尖山数日？"

文命抬头注视尧帝，说道："昨夜我已守孝，不必再多需时日。这些天里，我亲见洪水肆虐，只想早日率众抵洪水之边。我即日回尖山，率众出发。"

尧帝微微点头，转身走向自己座位，眼望虞舜，说道："今日命文命治水，须号令天下诸侯，可授何位？"

虞舜起身道："可授文命司空之职，以号天下诸侯。"

尧帝凝视文命，说道："今日便命你为司空，可号令天下。另外，"尧帝沉思一下，环顾众人续道，"有何人愿为司空臂助？"

只见伯益、后稷一齐站起，朝尧帝施礼道："我们愿助司空！"

2

众人散后，丹朱急急回自己茅庐。到得庐前，一侍从走出，低声说道：“妫象已到。”

丹朱左右一看，周围无人，说一句：“任何人不得进来。”抬步进门。

侍从答应一声，在门前守望。

丹朱急匆匆奔向饮水之室。妫象果然在里面等候。他见丹朱进来，立刻站起，施礼说道：“我接到传书就赶紧过来。丹朱有何要事?”

丹朱坐下，待妫象也坐定后才说道：“文命回来了，你可知道?”

妫象点头说道：“我知道，昨日已有人报我，夏后部落彻夜忙丧，说是脩己亡故。”

丹朱伸手看着指甲，说道：“你们两个部落一山之隔，你没有去夏后部落敬丧吗?”

妫象不屑一笑，说道：“翻一座山可是很难啊。”

丹朱将手收回，眉头慢慢皱起，侧头看着和妫象冷冷说道：“脩己去世，是夏后部落的大事，只是她死得太快，平阳还来不及知晓，否则，我父王都得派人过去，你就在旁边，也不趁这个机会亲近亲近文命?”

妫象听丹朱说话严厉，倒是一愣，说道：“你对文命怎么如此关起心来了?”

丹朱冷笑一声，说道：“文命去羽山，是受我唆使。他现在回来了，你就不想知道羽山发生了什么事吗？还有，九婴哪儿去了？怎么没有和他一起回来?”

妫象再次一愣，片刻间倒吸一口凉气，说道：“果然，九婴怎么没有和他一起回来?”

丹朱从鼻孔里哼了一声，站起身来，双手反握身后，边走边说：“你现在才记起九婴吗？我可以告诉你，我父王亲口跟我说了，九婴在羽山撞见了后羿。你想一想，后羿箭法天下闻名，九婴虽勇，终究比不过后羿，他现在是生是死，没有人知道。我们的想法可是被败坏得没法子补救。在这么个时候，你居然连脩己去世也不去看上一看，你是想和文命对着干吗?”

妩象有点儿慌，跟着站起说道："九婴是尖山第一勇士，他可不能死啊。"

丹朱又"哼"的一声，朝妩象凑近一步说道："你知道的只是一个勇士，难道这天下间勇士会少了不成？我若是接了我父王帝位，你要什么样的勇士会没有？是你的勇士重要还是我登上帝位重要？这点你还要我提醒吗？"

妩象闻言，赶紧弯腰抱拳，说道："当然当然，最重要的是丹朱能登上帝位。"

丹朱停下脚步，斜眼看着妩象，说道："那我现在告诉你，文命闯羽山，本该是死罪，可今日父王不仅没砍他的脑袋，还任命他为司空，统领天下治水！"

"什么？"妩象吃了一惊，说道，"天子任文命为司空？"

丹朱冷笑一声，说道："难道还有假吗？司空之位，还是虞舜提的。从今日来看，文命日后必助虞舜！你有什么办法吗？"

妩象来回走得几步，忽然站住，双眼发光，说道："我有一法，如今三苗观兜杀父夺位，隐有乱象。天子已迈，不可能再像年轻时那样亲自出征，现在我们的唯一之法，就是你去请命征苗，若征苗事成，天子恐怕也得在你和虞舜间好好思虑一番。"

"我去征苗？"丹朱眼睛一瞪，说道，"三苗历来凶悍，你能教我必胜之法？"

妩象脸上肌肉扯动，双手作揖说道："文命做了司空，可号令一众诸侯，你去征苗，不也可号令诸侯？况且，征苗乃是你对天子的说法，重要的是将四岳军权握到手中，待统军去南方之后，征与不征，不是看你自己的想法吗？"

丹朱闻言，嘴角也动起来，说道："你的意思……是假装征三苗？"

妩象仍是作揖之势，说道："若得三苗相助，难道不比文命相助更有胜算？"

丹朱眯眼良久，陡然仰脸，哈哈一笑，手指妩象说道："好！我现在就去请命，你速回尖山。你的部落，就别去治水了，做我的征苗先锋！"

3

文命、伯益、后稷一齐于翌日离开平阳。这三人均属黄帝血脉。伯益乃颛顼曾孙，现为掌管山泽之虞官；后稷为帝喾之子，黄帝玄孙，现为农师之职。

从年龄来看，二人俱年长于文命。他们都知道的是，治水事大，自己难以率众挡水，当年妸鲧率众而出时，他二人内心不觉妸鲧能成大事，没有请命跟随，如今文命出马，二人均觉文命可随，便立时请命。

三人收拾停当，伯益与后稷带五十名青壮属下，与文命汇合后一起出城。三人没料刚一出城，却见城外鼓喧旗展，尧、舜二人皆在城外相送。在他们身后，站立数排平阳守护者，人人头插黑羽，在马上列队。文命等人赶紧下马，来到尧、舜面前。尧帝看看三人，说道："今日你三人率众平水，我和虞舜送至此处。水势凶险，历来无情，天下万民，都等你们除患，万万不可辜负了。"

文命等三人抱拳说道："我等谨记天子之言。"

尧帝挥手向后一召，说道："这二百人马，是平阳护宫之队，我今将他们给你们一起平水。水患不息，我要这护宫之队并无益处。"他微微侧头，抬手向这二百人马的当先之人指指，说道："他乃重黎，平日统领这些人马。"文命朝对方看去。只见重黎装束和九婴颇为类似，深红衣物，面色和丹朱也有几分类似，微微发红，人却是极为魁伟。他见文命看向自己，矛横肘上，双手一拱，目光炯炯地和文命对视。

文命诸人见尧帝如此安排，大为感动，尧帝见他们欲跪，手一抬，说道："无须多礼，你们此离平阳，不知何日能归，我在这里候你等平水佳音。"文命等人眼望尧帝，抱拳一揖，只说一句"谢过天子"。三人先后上马，纵马疾驰。重黎手中长矛一招，那两百多人也纷纷扭过马头，持矛擎旗，跟随文命等人而去。只听得马蹄声一片杂乱，地上尘土大起。尧舜二人也转身凝望马队远去，两人眉头却是难以放松。

眼见马群渐远，尧帝终于慢慢说道："虞舜，文命治水，但愿终成大事。"

虞舜手拂长须，说道："文命治水应该能成。我现在唯一担心的，倒是妸鲧终究死在后羿箭下，不知文命对后羿是不是会抱有仇恨之心。如果那样，我担心部落间纷争一起，会很难收拾。"

尧帝微微点头，说道："后羿随你日久，你流放妸鲧去羽山，就将后羿安于彼处。近日有飞鸟传书，说有穷部落遭人屠戮，可知是何人所为？"

虞舜止步，缓缓摇头，说道："还不知是何人所为。"他沉吟一下，续道，"父王，自我流放四家凶族，原以为天下将从此太平，没想到水患频仍，种种事端不断。有穷部落人众虽跟随后羿去羽山者多，死去的仍是不少，总觉来日，会有不少祸难。"

尧帝仰脸朝天，轻叹一声，喃喃说道："我在位六十载，难道真是到了这个时候，还要多出这无穷祸事？"

虞舜说道："父王，依我之见，有穷部落之事，多半乃个人仇杀。我昨已传书羽山，命后羿暂回部落。这里我遣夔已、姬龙前往羽山，接替后羿。"虞舜顿一顿，说道，"如今更重要的，是治水已有文命，南方三苗总令人忧心，趁观兜未成大患，我恐怕得尽早出征，平息于未患。"说罢，虞舜双手一拱，就待尧帝点头。

尧帝白髯一捻，说道："三苗之事，你不必亲往。昨晚丹朱来我茅庐，请命征苗。这么多年，我眼看丹朱没什么长进，没想他会如此为我分忧，我心甚慰。"

虞舜倒是一愣，说道："父王，丹朱请命征苗？"

尧帝点头说道："是啊，他昨晚来请命之时，我也诧异。不过，我一直希望丹朱能够为天下做些事情。如果他征苗事成，也不枉我对他的一番心血。"

虞舜再次拱手，说道："父王，丹朱愿去征苗，自是大好之事，只不过，丹朱从未统军带队，三苗部落常年征战，我担心丹朱身处危境，恐出意外，父王谨慎。"

尧帝仰天良久，慢慢说道："我也想过此节，我准丹朱征苗，是因为他终究需要锻炼自己的能力。这件事我就交给他了。"他见虞舜似要劝阻，抬手说道："你代我巡视十二州，肩上担子已经不轻，丹朱征苗虽有风险，我却不得不冒此一险。九年前我能信任姒鲧，将治水大任交他，今天我为什么不能将征苗之事交给丹朱？战事固然凶险，丹朱若不能承此风险，那他还能担起什么？更何况，"尧帝凝视虞舜，续道，"三苗也只是有作乱之象，也未必真的作乱，丹朱此去，我让朱虎、熊罴为其臂膀，料也难出意外。我已嘱咐丹朱，此番南去，未到万不得已，不要以战征苗，而是以心收苗。收心比交兵，是更为艰难之事，让丹朱有这样的机会也好。"

虞舜见尧帝心意已决，虽隐隐觉得不妥，也不好再多说什么，躬身道："如此，就让丹朱前往，我会时时注意南方。"

4

文命率伯益、后稷等两百多人赶回尖山。

尖山山门的几个守护者见远处尘土大起，显然是一支部落前来。因无法判断过来的是敌是友，颇为紧张，立即由一人入部落通报。此时的夏后部落，脩己已亡，文命不在，竟然无人对部落下令。进去之人只会沿路大喊："有人来击！有人来击！"听到他声音之人，无不以为部落遭遇其他部落袭击。部落人对武力毫不陌生，听到传言，部落青壮之人个个背弓持矛而出，跃马赶往山门。羲由也听到喊声，从自己茅屋出来。她见部落内惊慌者甚多，也无法得知究竟。她毕竟是女人，总觉尖山就在平阳近处，未见得有什么部落会甘冒兵乱之罪来袭击夏后。只是呼喊之人过于慌乱，乃至人人当真。羲由自脩己死、文命生死未卜，已觉了无生趣，此刻虽隐隐感到事情不像呼喊者那样，内心倒还真希望自己能够就此死在夏后部落。她出茅庐之后，也翻身坐上自己的马匹，纵马往山门赶去。

山门外已集聚不少部落之人，个个张弓挺矛以待。

眼见马群嘶吼清晰。众人紧盯前面。羲由也看着前方，她眼睛越睁越大，忽然大喊一声："是文命哥哥！"立刻催马前出，拼命鞭马。山门处的其他人也看清了，带队前来的正是文命，顿时一片狂呼。

文命见羲由独自催马前来，内心不由激动，也立刻提缰，双腿紧夹马腹，纵马迎去。

羲由的眼泪控制不住地掉落，勒住马，翻身下来，喜极而泣地喊道："文命哥哥，你回来了！你回来了！"文命见羲由在面前真情流露，忽然意识到两人前后都是看向他们的人众，无法像羲由那样喜形于色，本欲下马，身子一动，还是坐住了，只对羲由微笑道："是啊，我不是说过我会回来的吗？"

羲由走到文命马前，伸手将文命的马缰拉住，急急说道："你为什么不早些回来啊？"文命笑道："我昨天才去平阳见天子，今天就回来了，已经很快了。"

说话间，文命身后的马队已经奔驰而至。夏后部落的人见是酉首回来，也跟着羲由催马过来。数百人顿时迎在一起。夏后部落的人见酋首安然无恙，又见他带回如此多人马，都不由振奋得长矛举起，齐声大喊文命的号："禹！禹！禹！"

伯益和后稷见文命如此受部落拥护，不由暗自点头，均想："文命果然有过人之处！"

夏后部落众人与平阳众人汇合一处，数百支长矛上下同举同落，颇有惊天动地之威。伯益提缰走到文命面前，说道："要事在身，我们先去部落。"

文命点头，对自己部落众人提声说道："我身后的乃天子在平阳的护宫之队，今天子将他们拨于我们。我们先回部落，且列队回转，再听我后令！"夏后部落众人陡然齐声一喊，迅速列成两队，先行带路。羲由也在队中，走一步，回头看文命一眼。文命情知羲由在看自己，假作不知，与伯益、后稷一起，放马跟后。

众人未到山门，只见从山后忽然转出一支马队。

那马队之人均身着红衣，树叶编成的发箍上均插有一根颇长的红色羽毛，领先之人却是绿衣，发箍上三根绿白相间的羽毛。文命等人自然认识此人乃尖山部落酋首妫象，跟随他的马队自也是尖山部落之人了。

文命等人没料到会在此遇见妫象，突然一愣。

妫象倒是看见众人后哈哈一笑，催马上来，走到文命面前，双手抱拳说道，"哈哈，没想到在此遇见司空、伯益和后稷几位。"此刻妫象着重说出"司空"二字，文命等人不由暗自诧异。文命的司空之职昨日才封，尚未昭告天下，怎么妫象居然就知道了？

文命虽不喜妫象，对方毕竟是一酋首，还是虞舜的弟弟，便拱手说道："妫象这是何往？"

妫象斜眼看了伯益和后稷一眼，说道："我带人去平阳都。"

伯益和后稷互看一眼，均觉诧异。伯益说道："我们刚刚从平阳都过来，怎么你去平阳还要带这许多人马？"

妫象哈哈一笑，说道："你们身在平阳，没听到出事了吗？"

"哦？"后稷诧道，"出什么事？"

妫象像是满不在乎地说道："三苗作乱，你们还不知道？"

"三苗作乱？"文命等人倒还真吃了一惊。文命立刻问道，"妘象是听何人所言？"

"听何人所言？"妘象说道，"我一大早就接到丹朱传书，如今三苗作乱，天子已令丹朱统军征苗。我嘛，带人去平阳，是和丹朱汇合，我们部落是给丹朱做先锋去的。"

妘象话音一落，伯益惊道："三苗果真作乱？我们一直在平阳，怎么没有听说？"

妘象冷笑道："丹朱征苗，乃天子亲命，你莫不以为天子之命是假？"说着，他又仰头哈哈一笑，神情甚是得意。伯益眉头一皱，后稷倒是声色不动，只拱手说道："如此紧急之事，妘象酋首还是赶紧先往平阳。"

妘象又是哈哈一笑，说道："文命司空，听闻脩己去世，我本想过来敬丧，但天子之命在身，实在动不了，我到今日才整好这数百人马。你可不要怪罪我啊，哈哈！"

文命嘴角一动，抱拳说道："平乱事大，不敢误你时辰。"

妘象又是一笑，说道："那我这就告辞了！"说着，对文命拱拱手，又对伯益和后稷拱拱手，催马到自己部落队伍之前。

文命等人看着妘象带队而去。伯益不禁说道："怎么三苗作乱了吗？"

后稷轻声一叹，说道："三苗之事，自有天子和虞舜安排，我们先且不管。"

5

进得部落，伯益与后稷先随文命祭拜脩己之墓。文命跪在墓前，喃喃说道："母亲，如今天子已命我率众治水。我父辜负了天下，儿子绝不辜负！"说罢，文命在墓前重重磕头，然后羲由过来将他扶起。

文命待羲由扶起自己后才意识到羲由一直在身边站着。这几日羲由对自己情感流露，文命又如何不知？只是他此刻只觉身负重责，不欲多想此事。因此刚一站起，便将手臂从羲由手中脱出，侧头对羲由说道："我要和伯益、后稷商谈治水之事。"这句话似没说完，文命却也只说到此处，走到伯益、后稷面前，说道："我们且去屋内，看下一步从何处开始。"

伯益、后稷都点头称是，三人先后朝文命居室走去。

羲由不自觉地跟在他们身后，眼看文命带着伯益、后稷从墓前走到庐前也没回头看自己一眼，心里不禁突涌酸楚。她对文命日思夜想，一直以为文命也会同样牵挂自己，虽说这几次能感觉文命对自己绝非无情，却还是和自己的渴盼有较大距离。这念头一来，不禁又立刻夸大文命对自己此刻的冷漠。她停下步子，远远见文命推门入内，伯益和后稷紧跟进入，几个部落人持矛在庐前站定。她很想文命能回头望自己一眼，却见庐门关上了，文命始终没有回头看一眼自己，不由脚一跺，转身便想回自己屋内，刚刚走得几步，终究还是想看文命。文命虽未直言，羲由也知道文命将又一次离开部落。这一次离开后，真就不知何日能回了。想到此处，羲由不觉感伤，停步想了想，还是转身，往文命的茅屋走去。

羲由对文命茅屋极为熟悉。自部落从汶山迁至尖山，羲由便喜欢去文命的茅屋，脩己也喜爱羲由，所以，羲由见文命庐前站有数个持矛之人，也知他们在商谈不容打扰之要事，但还是颇感好奇，绕个圈子，来到庐室之后，悄悄蹲在窗下，听他们在说些什么。但愿文命有只言片语能说到自己就好。

她首先听到的是伯益之声："三苗若真的作乱，和我们治水之事大有冲撞。"

后稷的声音跟着回答："我倒是总觉得不太对头，我们今日才离开平阳，天子和虞舜亲来送行，如果三苗果真作乱，天子一定会告知我们。"

安静得片刻，羲由听见文命的声音在慢慢说道："三苗观兜杀父夺位，整个部族未必心服。在这个时候，观兜要做的，一定是先收揽人心。三苗地远，自先黄帝将苗人部落逐往南方，已乱过多次。观兜之父自丹水败于天子之后，数十年都遵平阳之命。观兜有作乱之象，恐也是做给部族所看，若是部族皆服，可能真乱，若是不服，料也无从乱起。"

伯益的声音说道："可刚才妫象说天子已命丹朱征苗，妫象胆子再大，也不敢假传帝命。"

又等了片刻，只听文命的声音说道："妫象之言，应该不假。天子命丹朱征苗，未必果真交兵，我想天子此意，乃是让观兜见到天子之威，只是……"文命沉吟一下，续道，"伯益说得不错，若是三苗真的作乱，丹朱必然召集征苗之伍，如今治水也需各诸侯相助。"文命的话没说完，后稷紧跟说道："不如我们先去南方，汇合丹朱，待苗事稳定，再齐心治水。"

羲由刚听到此处，只听身后有人喝道："你在此干什么?!"

羲由吓一跳，立即回头，却见一持矛武士站其身后，却是不识，赶紧站起，不知如何回答。

室内文命等人都听见了，文命走到窗前，推窗见外面站着羲由和重黎。

重黎见文命在窗前现身，矛握掌中，抱拳说道："这女子在窗下，不知要干什么。"

文命微微一愣，旋即明白羲由乃关心自己所致，心内叹息，挥手说道："无妨，你且守在此处。羲由，你回自己庐室。"他说到后半句时，眉头终还是皱了起来。

羲由颇有些窘迫，脸都红了，不知说什么好，赶紧转身，从重黎身边跑开。

6

文命离开窗前，他虽知羲由是因自己之故，还是心里感觉不快。伯益见他脸色不悦，微笑道："我看这少女对你颇有情义，你们是否……"文命回桌前坐下，说道："她是我部落之人，自幼便喜到我这里和我妈说话。在我眼里，和亲妹无异。"

伯益见他否定，也不再往下多言，仍接之前话题，侧头对后稷说道："去南方之事，我看还是稍缓。今天子命我等治水，不是要我们前往南方。治水还得去往水源之处。天子既已命丹朱前往南方，我料天子也会遣他人相助，我们不必在南方多耗时日。"

后稷沉吟一下，说道："也是有理，南方之事，我们暂且放下。"他又转头看着文命说道，"在宫中时，你说你父嘱找河图。他可告知要去何处寻找?"

文命缓缓站起，说道："我父当时说得明白，若要治水，必得河图。他说河图在河伯手上。可惜，他还未告知我河伯在何处时便亡故了。"说到此处，文命似乎又回到父亲在自己怀中死去一幕。后羿的长箭从他胸口穿胸而过，实乃没

126

留半分情面。文命双手背在身后，不由紧紧握成一个拳头。他自然知道父亲治水不力，罪不可恕，但亲见父亲如此丧命，仍不由对后羿涌上一种极为复杂的情感。

伯益和后稷不知文命此刻心中所想，只是听他说到河伯二字时，伯益忽然一笑，也起身说道："河图在河伯手上？"

文命听他声音似有某种把握，转身说道："不错，我父说了，河伯手上便有河图。但我实不知河伯究系何人，更不知该往何处寻找。"

伯益哈哈一笑，拱手说道："我掌山泽多年，知道河伯叫作冯夷，他常年居住水上，很少到陆上生活。你父说河伯手上有河图，倒还确有可能。"

文命闻言，不由惊道："河伯就是冯夷？"

伯益和后稷见文命声音有异，都感惊讶。

伯益面带询问之色，说道："不错，河伯就是冯夷。怎么？"

文命不由来回走了几步，说道："我和九婴去羽山，乘坐的就是冯夷之船。"

后稷也不由站起来了，说道："这么说，你认识冯夷？"

"我认识，"文命说道，"他只是脾气有些古怪。"文命回想和冯夷相遇之时，继续说道，"他对后羿满怀仇恨，说后羿抢了他的女人，还说他去把有穷部落的人全都给杀了。不过，我看有穷部落之人都在羽山，冯夷所言，也颇有给自己解气之感。"

伯益倒是眉头微皱，说道："冯夷并非虚言，有穷部落多数确随后羿去了羽山，但还是留有不少老弱。天子已接到有穷部落被屠之事的传书，一直想知究是何人所为，没想到居然是冯夷所做。"

后稷接着说道："冯夷杀有穷部落老弱，实乃罪大当诛！"

文命听二人说完，内心震动。他不由回思自己当日听冯夷说到屠戮之事时，似乎没觉得冯夷做得有何不对。如果后羿当真抢了冯夷女人，他去报仇泄恨，也未必令人觉其有错，更何况，文命还记得，冯夷的左眼还被后羿射瞎，所以，还真不能说冯夷是无故杀人。只是此刻，文命隐隐觉得，冯夷确如后稷所说，所做乃罪大当诛之事，毕竟被他所杀之人都是与己无仇的老弱。文命思虑片刻，说道："冯夷之罪，可让天子与皋陶来断，我们现在即刻动身，先找冯夷，拿到河图再说。"

7

一阵号角之后，夏后部落几乎全在山前站立。文命登上一块巨石，一眼望去，见从平阳过来的护宫之队排列整齐，在旁边站立，自己部落之人颇有些零散，心中不禁暗暗佩服尧舜对属下的整治。夏后部落众人俱是灰衣结束，发髻上插有白色羽毛，青壮之人皆手持长矛，肩背大弓，有五百余人。

文命眼睛扫过，大声说道："我今奉天子之令，同伯益、后稷率众治水。我们夏后部落原本居在汶山，众人应当记得，乃洪水将我们逼至此处，如今洪水满布中原，万民流离。九年前，我父率众治水，可惜未成，今日我将带领你们再次前往治水，此次治水，我们不可失败，无论多长时间，也一定要治好洪水。我要你们和我一同前往！"

文命话音一落，所有人都将长矛举起，高声同喊："禹！禹！禹！"

文命双手一伸，夏后部落巫师在人群中敲响一把模样古怪的器乐，连同文命在内的所有人都匍匐于地，只听那器乐声大作，巫师连喊带唱，最后仰脸望天，也跪将下去，嘴里念念有词，语速极快，众人都能听懂他在唱些什么，然后他忽然站起，将手中器乐"当"的一敲，尖声叫道："水成！水成！"

匍匐于地的众人也跟着大喊："水成！水成！"

文命站起来，牵过马匹，跃身上马，说一句："我们走！"率先纵马而出。后面诸人都跟着上马，跟在文命身后的是伯益和后稷，然后是夏后部落众人，从平阳来的护宫之队跟着移动。太阳下矛尖闪耀，各色旗帜摇动，声势极壮。

文命当先出得山门，却见羲由已骑马站在外面。文命微感一愣，催马上前数步说道："羲由，你怎么在这里？"

羲由看着文命，眼眶欲泪，说道："文命哥哥，我想和你一起去治水。"

文命凝视她，轻叹一声，说道"羲由，我此去治水，不是去狩猎，你不能和我同去。"

羲由眼泪忍不住流下来，说道："我要去，你不在这里了，我……我……"她一连说了两个"我"字，不知如何说下去。

文命看看身后，再看着羲由，说道："羲由，治水不是狩猎，你留在部落。无论如何，你不能和我一起去。治水危险，我不能分神照顾你。"

"不，"羲由说道，"我不要你照顾我，是……是……是我要照顾你，你饿了，我给你做饭，你渴了，我给你端水。文命哥哥，我要和你一起去。"

文命眉头微皱，说道："不行！你看这里这么多人，会有人给我做饭端水，再说了，我也不要人伺候，我自己会做。你去了，我会集中不了精力。治水不仅是天子之令，还是万民之事，我不能治水时还要人照顾。你回去吧，我们要走了。"

说罢，文命嘴里吆喝一声，纵马从羲由身边过去。

羲由不自觉让到一边，然后对文命后背喊道："我为什么不能去？"

文命回头，严声说道："羲由，你看你身后，有第二个女人吗？治水是我们必须要做之事，不要再说了，你回去！"说到最后，文命声音已是严厉，对身后伯益后稷说道，"我们走！"

说罢，文命率先催马，伯益也走到羲由面前说道："文命此番前往，有千难万难，你万万不可同去。"他也不待羲由回答，从她身后走了过去。羲由抬臂擦泪，终于哭出声来，却是再也不动。

眼看这数百人从自己面前一个个策马过去，跟在重黎队伍后面的不再是骑手，而是一群步行之人，数十人共抬一条大船，一共有八条大船从部落抬出。出得山门之后，有人将无数砍倒的树木滚在船下，那些船只便在滚木下朝前行进。羲由看这阵势，知道自己若是追过去，恐怕文命会极为不满。他最后对自己说话时的严厉的神态是以前从未有过的。

羲由呆呆地看着他们走远，忍不住朝马臀奋力一鞭。那马吃痛，纵身前跑。羲由拼命挥鞭，拼命奔跑，那马不是去追文命，而是绕向山后。羲由实在受不了即刻回转，部落空荡荡的已无多少人留下。她内心也几乎空荡得如此际的空山。羲由只想纵马往偏僻处狂奔，以发泄自己内心的痛苦。不觉间她已奔到尖山的山后马道。正是在这条路上，她看见从羽山回来的文命和防风等人。羲由记起前事，更觉悲伤，在山边勒住马，翻身下来，坐在石边，只觉心里酸楚越来越甚，终于放声大哭起来。

她也不知哭了多久，隐隐听到远处有马蹄声传来。羲由心内一喜，叫声

"文命哥哥"就站了起来。她恍惚觉得，文命依然会像那天那样纵马而来。她站起后就立即知道，文命不可能会在此处出现。她循着马蹄声看去，只见山道旁一骑不紧不慢地奔来。渐渐听到马匹喘息沉重。羲由自然知道，定是那马已奔得筋疲力尽。羲由凝视着，看它慢慢跑近。

　　马匹到了近旁，羲由看得清楚，那马已口吐白沫，几乎无力再奔。马上坐一红衣背心之人，那人衣上满是灰尘泥沙，九条发辫左摇右晃，整个人伏在马脖上面，随马颠簸，似乎已早无意识，恍如随时会从马上摔下来一样。羲由定睛一看，吃了一惊。她认出来了，来人正是她在虞舜婚典上见过的九婴。

第九章　水旅

1

　　九婴慢慢睁开眼睛，发现自己躺在一间陌生的房内。他想起身坐起，却终是浑身乏力，尤其肩头箭伤，创口不小。须知后羿神力，射出每箭，均势沉力猛，幸好九婴当时被箭力射得往后直退卸力，虽卸去不少力道，仍是受伤甚深。他摔落悬崖之后，得杂树托举，总算捡回一条性命。他不敢在羽山停留。身无弓箭，无异于猛虎缺牙。藏身山洞数日后，终于盗得一马，脱身离山。文命被防风带回时，乘坐防风之船。九婴却还是乘坐冯夷船只回转。只是冯夷船上无药，九婴伤势加重，痛晕好几次。冯夷本想送九婴回尖山，听得后羿竟然就在羽山，说什么也要去找他报仇。冯夷将九婴送到岸边之后，也不管九婴伤势，掉船回转。九婴好不容易回到尖山，已然支撑不住。他此刻回想，无论如何想不起自己是如何到这一陌生房间的。他肩膀一动，发现肩头创口敷有草药，不由吐出一口长气，知道自己终是被人救了。

　　他四处打量，这房内布置和最简单的部落庐室没什么两样。窗外黑暗，料是夜晚了。九婴仔细回想，还是想不起最后之事。他身子虚弱疲倦，刚合眼欲睡，便听得房门咿呀一响，有人进来。九婴急忙睁眼，侧头看去，认得进来之人是夏后部落羲由，不由嘴里惊讶一声。

羲由双手端碗药汤，见九婴已醒，赶紧过来，在他床边坐下，说道："你醒来了？"

九婴诧道："羲由姑娘，我……我怎么会在这里？"

羲由凝视他道："前日你在马上晕过去了，你的马也累死了，你伤势重，我已经给你敷了药。现在觉得好些没有？你把这药喝了。"说着，将汤碗递给九婴。

九婴凝视羲由，说道："原来是你救了我。我在这里躺了几日了？"

羲由说道："是啊，你怎么伤得这么重？"

九婴接过碗，满口喝干。羲由又接过，将碗搁在床边桌上。九婴忽然伸手过去，将羲由左手握住，说道："谢谢你救了我。是……你一个人把我救回来的？"

羲由性格本来豪爽，此刻被九婴忽然握住自己之手，颇感羞涩，尤其九婴后句问话，不由想起那日自己如何将九婴抱上马匹，二人并骑回转之事，脸上微红，赶紧挣脱，说道："你再好好睡会儿，我出去了。"

九婴见羲由挣脱自己，微笑一下，说道："你亲手熬的药？我会好得很快的。"

羲由起身说道："那我先出去了。"

九婴似乎没听见羲由说了两次要走，仍是说道："我都到了尖山，你没告知我们部落？"

羲由眼望窗外，叹息一声，说道："尖山都没什么人了。妫象酋首和文命哥哥都带着人走了。"

九婴闻言倒是一愣，说道："他们都走了？去哪里了？"

羲由说道："他们没告诉我，是我自己听到的。妫象酋首和文命哥哥都去了南方。"

"去了南方？"九婴更奇，说道，"他们去南方干什么？"

羲由想着文命，颇为感伤，说道："文命哥哥回来那日，我们遇见妫象酋首，他说三苗部落作乱，天子命丹朱征苗，妫象酋首带部落去当先锋。后来文命哥哥他们也说要去南方平乱。他们都走了好些天了。"当日羲由在窗下偷听时，正听到后稷说先去南方，待苗事稳定后再去治水时，便被人发现离开。她以为文命也自然会去南方。她只道九婴是文命朋友，没想过该说不该说，听九婴问起，就说了出来。

九婴内心一动，说道："文命去南方，怎么没带你去？"

这句话一说，羲由更是伤心，泪珠涌到眼眶，说道："他不让我去。他们要去平乱，然后还要治水，文命哥哥说很危险，所以不带我去。"

九婴微笑一下，说道："那你想不想去？"

羲由闻言，不由将目光又看向九婴，说道："我当然想去啊，文命哥哥有危险，我……我想去照顾他。"

九婴眉头动一动，然后继续微笑，轻描淡写地说道："这件事很容易，你要是想去，就和我一起去！"

羲由眼睛都睁大了，说道："和你一起去？你也要去？"

"是啊，"九婴凝视羲由眼睛，说道，"妫象酋首去平乱，我怎么可以不去？你想见文命，我带你就去。"

羲由脸色顿时开朗，说道："好啊，但是……"她忽然又想起文命临行时对自己的严厉之色，喜色顿消，低声续道，"我怕文命哥哥会不高兴。"

九婴咳嗽两下，笑道："那怎么会？他是担心你安危，所以才不让你去，如果真的看见你了，他一定会高兴的。"

羲由不禁又喜悦起来，说道："是真的吗？"

九婴说道："当然是在真的。要不，我们明日动身去南方？"

羲由满心喜悦，站了起来，又看看九婴，说道："你伤口没好，等你好了我们再动身。"

九婴笑笑，说道："我喝了羲由姑娘亲手熬的药，明天一定好。今晚再好好休息一下，明天就能动身。他们走了已有多日，我们不能耽搁了，万一文命在三苗遇到危险，你又不在身边，怕是没人照顾他。"

听九婴说到文命，羲由不禁又慌乱起来，赶紧说道："好，那我们明日动身。"

九婴又伸手将羲由一只手握住，微笑道："我的弓箭没有了，你帮我准备一把。越硬的弓越好，多带些箭，马也选好一点。"

羲由说道："我知道，我都会准备好。"她一边说，一边慢慢挣脱九婴之手。

2

文命等人带队至河边之后，那八条大船便都放入水中。

文命与伯益、后稷登上第一条大船。这些船只虽然粗糙，却极为合用。文命知道，自己以后的很多年恐怕将在船上度过。船上什物一应俱全，不过，文命想到的倒不是船上该有什么和不该有什么，他在船头站立之时，面对一望无际的茫茫大水，心中忧虑，不知到何处方能遇上冯夷。他和九婴那次遇上冯夷，实在是巧合。那一次不是他主动寻找，这一次，他得在茫茫中找到冯夷。是的，很多事都是这样，你未去寻找，一些事物会自然出现，待得想再次找到时，却又无影无踪，变得无从下手。而且，他不断回想父亲临终时的片言只语，发现难说冯夷手上真有张河图。鲧来不及和他言说，他是怎么知道河伯和河图的，更不知道父亲是否在九年间寻找过河伯。

文命沉思之下，一个念头忽然冒出，不论自己是否能找到冯夷，他对河道都必须清楚。如果找不到冯夷及河图，他就必须自己画出一张河图。鲧临终前说得不错，若手中无河图，根本不会知晓河流之下掩藏什么神秘起伏。山川有路，河流有道，若无河图，如何能知晓河流的流淌方式和方向？更无法知道河流哪里深，哪里浅；哪里好冲堤，哪里易决口；哪里该挖，哪里该堵；哪里能断水，哪里可排洪等。所有这些问题，他都必须了然于胸，否则这般大水该如何平息？

想到此处，文命不禁双眉紧皱，看着眼前的大水感到忧急。很快他又告诫自己，大水肆虐十多年，不是短期内能够治好，究竟需要多少年呢？又一个九年吗？父亲九年未能治住洪水，其中当然有父亲玩忽之故，现在自己即使全力以赴，真的能在九年内治好吗？文命不禁缓缓摇头。中原地广，河道纵横，山川遍布，他抬头看看远处，极目处有青山隐隐，他真的只需要得到河图就行了吗？那些山川会不会和洪水也有关联？如果有，他还必须清楚中原各处的山川地貌。把这些搞清楚，消耗的时间恐怕也得多年。是的，文命忽然明白一点，他此刻受命治洪，不仅仅是面对这漫天洪水，其实还在面对万里山川。他必须带领这些人，走遍天下，然后才谈得上能否治好洪水。

文命在船舷处低头看着洪水拍打船只，此刻此地的洪水究竟有多深已经难以测算，那么整个天下呢？谁测算过天下究竟有多广？谁测算过最深的洪水在哪里，最浅的在哪里？刚才自己如此忧急。靠忧急就能治好洪水吗？显然不能。为洪水忧急者实在是太多了，尧帝忧急、虞舜忧急，此刻跟随自己的伯益忧急、后稷忧急，天下间的三千八百部落忧急，在水中挣扎的万民更是忧急。如此多的人在忧急，洪水什么时候因为这些人的忧急减退过半分？文命轻声叹息，感觉内心忽然在变得沉静。是的，这或许才是自己需要的。忧急不能击退洪水，能证明的就是在洪水面前，忧急是没有用处的。他不能因为一种无用处的情绪让自己不能自拔。他需要的，是自己站在所有情绪之上，用眼睛来面对看见的所有。

一个念头不自觉地涌将上来，那就是能否找到冯夷几乎是不那么重要的事了。冯夷能给他提供的不过是张河图，他现在觉得最需要的，是真正的走遍天下，让自己对天下间的所有都了然于胸。这种了解须得靠自己亲历。当他亲历所有，他内心自然便有河图，也有这天下之图。是的，他自己要知道的乃是天下。文命在自己纷至沓来的想法中越来越皱紧眉头，他知道他要去了解的实在太多。此刻他忽然惊异，他记得幼年所在的汶山，后来所在的尖山，两地相距如此遥远，他当年过来时，却毫无今天这些想法——他怎么不早些有如此想法呢？如果早些便有这些想法，恐怕他多年前就已经行动了，不需要等候尧帝下令才动身。文命不由想起这些年在尖山，不过就是守住一座孤山罢了！部落每个人明明知道中原洪水遍布，却每天不是狩猎就是习武。这些固然重要，对天下来说，这些的重要性忽然变得太过轻飘。以往，他只是知道父亲出去治水了，但既不知道父亲是如何治水的，更没想过自己应该早些动身寻父，和父亲一起治水。是的，如果他早些动身，父亲也不会惨死在自己怀中。

想到父亲，文命心中陡然一痛。却不仅是因为父亲死得太惨，而是自己居然白白浪费了那么多时间。他完全应该早日出来，早日面对这洪水，早日面对自己此刻涌上的种种念头。说不定，父亲到现在还会活着。

文命思绪狂涌，伯益忽走至他身边，手指右侧，说道："文命，你看那里，有一条船过来，会不会是冯夷？"

3

文命顺着伯益手指看去，右侧远处，果然驶过来一条大船。文命眯眼细看片刻，说道："那船不是冯夷的，他的船没有这么大。"

伯益点点头，也不再说话。后稷也走了过来，三人并排，一同凝视那条船。

不多久，船驶近了，三人都看得清清楚楚，那船上的舟客甚多，左右船舷都插有迎风舞动的黑色旗帜，那些舟客也个个玄衣。

后稷忽然说道："那船是有穷部落的船只，难道是后羿之船？"

文命朝后举举手，后稷即刻下令停船。过来的那条船也看见了文命之船。文命等人眼见那船船速放慢，船头却是向自己的船驶来。两船交叉停住。过来的果然是后羿之船。

船停之后，后羿从舱房走出，见对方船舷上插有标明"司空"二字的蓝色旗帜，不禁吃了一惊，紧步走至船舷，抬眼一看，更是惊讶，见对方船头站有文命、伯益、后稷三人。伯益与后稷他认识多年，文命却还是前不久才初次见到，被自己擒住后脱逃。此刻他身上的青衣已成白服，头上多了顶司空才配顶戴的朱色冠冕。

后羿一愣，还是双手抱拳，说道："伯益、后稷，很久不见了。这位……是司空了？"

伯益微笑道："后羿，这可太巧了。不错，今天子已任文命为司空，掌治水之职。"

后羿抱拳未放，移向文命，说道："后羿拜见。"

文命望着后羿，心情极为复杂，对方射死自己父亲，惨状尚历历在目，虽然他是奉命而行，却终究是自己的杀父仇人。文命不禁双掌握拳，目光冷淡。他终还是控制住自己，点了点头，没有说话。

伯益等人自然知道后羿箭杀妫鲧之事，此刻见文命不说话，伯益装作不知，仍是微笑说道："怎么你不在羽山了？"

后羿说道："我接虞舜传书，说是我有穷部落遭人屠戮，他已派夔已、姬龙替我，我得先回部落，没想到在此处遇见诸位。你们是去哪里？"

伯益说道："我们去寻冯夷。后羿可知他在何处？"

"冯夷？"后羿微愣一下，说道，"前几日我还见到他。"

"啊？"伯益惊讶一声，说道，"在哪里见到？"

"在羽山。"后羿说道，"数日前，他一个人闯山，伤了我几个属下。"

伯益等人闻言，不禁吃了一惊。伯益赶紧说道："他闯羽山作甚？他、他……他现在可还活着？"

伯益等人自然知道，擅闯羽山者必然死罪。后羿把守此处，他见冯夷闯山伤人，只怕已经一箭取其性命了。

后羿点头道："他还活着。我不想再杀人，所以，他还活着。"

伯益闻言，稍稍放心。文命心中不觉涌上一股恨意，心想你不想杀人，对我父却一箭穿胸取命。文命不知的是，后羿箭杀鲧鲧之后，颇为懊悔。倒不是他觉得鲧鲧不该杀，而是自己敬服文命气度，不欲与文命结仇，事实却是，自己终还是箭杀鲧鲧，所以，当冯夷闯山之时，后羿见他未伤属下性命，便也箭下留情，只一箭射伤冯夷，将其惊跑。他自然知道冯夷闯山缘由，不过是想找自己报射目之仇，其余的却是不想多言。

文命忍住怒火，说道："那他现在何处？"

后羿微一沉吟，说道："他应该在此去羽山途中的双头蛇山之上。我听闻他经常去那儿。"

"双头蛇山？"伯益惊讶接口。

后羿说道："那山上双头蛇不少，所以有此山名。"

文命忽然对伯益和后稷说道："我知山在何处，那里如今已经无蛇。"

他这句话虽不是对后羿所说，后羿还是听见了，遂说道："不可轻忽了，那山上双头蛇极是凶残，诸位多加小心。"

伯益和后稷看看后羿，又看看文命，不知谁说得准确。

文命说道："山上蛇兽，已经被我和九婴杀尽了。"

伯益和后稷齐声惊讶。后羿在船上也感意外，只见他抱拳说道："文命，你杀尽蛇兽，是为万民造福。我一直有心去山上除蛇，实难分身前往。天子果然

137

没看错人。"

文命抬头看看后羿，见后者斗篷拂身，长弓负肩，实在雄伟，听他说得诚恳，心中不禁升起一丝好感，慢慢抬手，朝后羿慢慢抱拳。

4

待后羿船只去远，伯益才掉转目光，缓缓说道："治水事大，什么样的人都需要，后羿若能跟我等前往，实是有力臂助。"后稷微笑说道："得后羿不难，他本虞舜之人，文命若要后羿，跟虞舜说与即可。"

文命听二人说话，也不回答，手扶船舷，凝望远处。伯益和后稷见他不言，不由交换一下眼色，均觉自己未免操之过急，毕竟文命与后羿之间，横亘的乃杀父之仇，哪有那么容易化解？只是对伯益和后稷来说，倒确是盼望后羿与众人一同治水。见文命不接话，两人也自不再去提。

文命望水良久，忽然说道："后羿的有穷部落距此多远？"

伯益和后稷颇感意外。伯益立即说道："有穷部落在北，距此有二十日路程。"

文命缓缓点头，说道："有穷在北，今后羿往南，是要何为？"

伯益和后稷同时一愣，两人面面相觑，不知如何回答。

文命转过身来，看着伯益后稷，缓缓说道："南方观兜夺位，邀请不少部落前往，如后羿是去三苗，会是如何？"

伯益后稷闻言，俱是一愣。他们尚未回答，文命继续说道："后羿若是去三苗，万不可使他与观兜结盟，否则观兜必乱，丹朱也一定有性命之危。"

伯益、后稷并未想过此节，此刻听文命一说，顿感实乃刻不容缓之事。

文命转身看向二人，慢慢说道："立刻飞鸟传书给平阳，告知天子和虞舜。如果后羿是去平阳倒也罢了，若是去三苗，他行程尚远，让平阳早作应对。"伯益闻言，肃颜躬身，说道："我即刻去传书。"说罢，转身匆匆往船尾而去。

文命又转身看向大水，似是自言自语地说道："我们去双头蛇山，尚有一夜路程，你去备好草药。冯夷受箭伤，定然不轻。后羿乃神力之人，寻常人受其一箭，未中要害，恐也有性命之虞。冯夷虽勇，伤势也不可轻忽。"

后稷站在文命身后，听他说完，心下敬佩，暗想："文命心思细密，果非常人。此人治水，必能功成。"文命虽是背对他，后稷仍双手一揖，说道："我即刻去准备。"

文命听见后稷脚步声离开，内心陡然沉重。尧舜二人虽只命他治水，文命却连日间感觉水淹中原，未尝也不是种种乱迹将横行中原。许多他之前不会去想之事，仿佛突然变得事事与己相关，不由感觉前路多折。他此刻身为司空，需思虑的可不是单纯的治水之事。天下间的各个部落他自然陌生者居多，那些熟悉和认识的都逐一在脑中闪过，何人可用，何人不可用；何部落可倚，何部落不可倚，都在文命内心翻腾。更有甚者，如果观兜当真作乱，哪些部落会随之一起作乱，哪些部落会奉命于平阳，都得仔细思虑。如今天下间最强部落当属东夷涂山部落。是的，涂山酋首大燧在虞舜婚间到了平阳。文命记得，大燧也是尧舜召至宫中的三十酋首之一，此刻他细细回想，不记得大燧当时是否开口说话。大燧的样子他此刻也只隐约记得，自己从未与之打过交道。

听到身后脚步声来，文命重又转身，后稷已到他身后，说道："我已将草药备好，冯夷之伤，不会有碍。"

文命点点头，说道："此去涂山，需要多久？"

后稷见他突转话题，虽感奇怪，还是屈起指头计算片刻，然后说道："估计需三十日。"

文命眉头动了一动，然后说："三十日，不长不短。我们去双头蛇山之后，不论冯夷是否有河图给我，我们都再去涂山。治水之事，非有大援不可。涂山部落，是我们一定不能放过的臂助。"

5

又一个前往双头蛇山的前夜来临。

文命如第一次那样，毫无睡意，船外黑沉沉的洪涛和之前无异，文命的内心却多了无穷思绪。那一次，是他和九婴同往羽山，他记得九婴曾说"洪水乃上天之意"。真是上天之意吗？当时文命就不觉得，此刻更加不觉得。洪水不是天意，而是人在活着时必然要面对的灾难之一。如果没有洪水，这人间难道就会没有灾难吗？当然不会。人活着，每天面对的难道不就是灾难吗？只是有些灾难人已经不觉得，譬如他们在部落时，日日和野兽周旋，没有人觉得这是灾难。人只是习惯了，便将习惯的当作正常的了，什么时候人可以没有灾难呢？文命又一次摇头。真的很难。尽管眼下是尧舜在治理天下，天下也未见得全部心服，三苗的观兜不就是显凸的例子？其他诸侯呢？即使那些到了平阳的，真的都服尧舜吗？只怕未必。文命想起共工，在宫中议事当中，他就可以面对尧舜大摇大摆地离去，这难道是对尧舜服从的体现吗？当然不是。而且，文命想起来了，共工离去时，扬言要在自己的领地治水。他能治好吗？文命觉得他可能治得好，也可能治不好。即使治好了，那也不过是他熟悉自己部落所在的尹水，要治这整个中原之水，哪里是可用一条河来做比对的？而且，文命想起共工，总觉得他将是比观兜更大的隐患。观兜无论怎样，夺位就夺位，哪怕是杀死自己的父亲，他既不拒认，也不害怕天下皆知。共工则不同，虞舜诧异他为什么要提出自己治水，文命也觉得诧异，洪水肆虐十多年了，共工若要治水，哪怕是自己部落所在的尹水，也早就可以动手而不必请命平阳，如今忽然提出要治理天下之水，总觉得他要去治水的背后隐藏着什么。

文命皱着眉，知道自己一时之间，难以判断共工背后隐藏的究竟是什么。

他刚才想起九婴，忽然有点懊悔，白日见到后羿时，怎么会忘记问他九婴的下落？九婴是在他面前堕下悬崖的，十有八九已殒命羽山。不管九婴是不是受丹朱之命随自己前往，他毕竟是为救自己之父而生死不明。文命忽然感到内心一股阵痛。九婴是强悍之人，也许他还活着。能够活着当然是好，现在却不知他是死是活，这才是最令人感觉受折磨的。是啊，怎么会忘记询问后羿呢？若是九婴活着，也许被后羿因于羽山了。那个死牢深入地下，九婴一个人是无法逃出来的，是不是见到冯夷之后，他该去羽山看看？

想到此处，文命又断然摇头。不错，九婴是跟随自己前往羽山的，无论如何，他们所做的乃罪不可赦之事。难道自己被赦免了，身为司空了，就能够让羽山释放因徒吗？不，当然不能。如果九婴真的被因，能够释放他的，只可能是尧、舜二人，他还没权力去做。他此刻的身份自然可号令天下，号令的目的

140

却只可能是率同他们前往治水，还不能命令诸侯们做其他事情。当然，他现在要做的也只是治水，没有其他之事。是的，治水，这茫茫大水，真不知何日能够治好。现在除了寻找河图的第一步和获取涂山部落为臂助之外，他还没有全盘的谋划。毕竟，治水不是一两年之事，需要多久呢？文命心中实在没底。也许，很多年都不可能再回尖山了，就如他幼时离开，至今都未重回汶山一样。

想到尖山，羲由的脸不由在文命脑中涌现出来。羲由对自己的种种情感，让他生平第一次体会到一个少女给他的感动。文命对情感真还模糊不已。他倒是觉得，羲由自幼多在自己家中，自己似乎始终把她当作亲妹看待，除了这一情感之外，他还真没想过和羲由会有其他什么情感。这些日子，羲由对自己的真情流露似乎不是他原以为的兄妹之情。还有其他的什么吗？文命说不上来，也不太愿意让自己沉浸在这一想法当中，只是无论如何，他是希望再次看见羲由的。什么时候能够再见呢？他找不到答案。此次受命出行，也许很多年里都看不到羲由了。当他治水成功，返回尖山时，羲由会变成什么样子呢？她现在的样子在他脑中异常清晰，也许，他再见到她时，羲由已经不再是自己脑中的模样了。甚至，他也不会是羲由此刻记住的样子。随着时间流逝，变化是必然的。当然也有可能，他今生再也见不到羲由。治水是危险之事，说不定自己哪天便出意外，羲由身边无人照顾，一切事都得靠她自己了——她可以吗？记得那日他和防风回去，如果不是恰恰被自己撞上，羲由恐已丧身熊掌了。往后这么多年，谁能说羲由会一直平安？文命想起她交给自己的那件熊衣，他此刻带在船上，恐怕这也是他们之间唯一的赠礼了——赠礼？自己给羲由什么了吗？什么也没有。而且，他最后跟羲由说的话也委实严厉。为什么自己不在分别——也许是最后的分别——时和她好好说话呢？文命嘴角苦笑一下，现在所想的都不可能再去补救了，不再去想也许才是最好的做法。

不过，不是每个人都能在见不到之后就不再去想，就像冯夷，他总说自己的女人被后羿抢走了。抢走了也就是见不到了。冯夷好像就不会不再去想。不过，冯夷和后羿之间究竟发生过什么，文命到目前还一无所知，他自然也不太想知道他们之间的事。他去见冯夷，只是想知道他手上是不是真有河图，如果有，那就一定要拿到手上。从冯夷当日的举动来看，是希望有人好好治水的，如果他手上真有河图，应该会立刻给文命。

文命整夜被这些思绪充满头脑，他时而也起身看看周围。在他身后，还有七条大船始终跟随。每条船上自然有彻夜划船之人。他们轮流划船，偶尔的说话声很小，在河风里根本听不清他们在说些什么。这些船就像水上晃动的巨大黑影，沉沉移动。

6

文命千头万绪地想了无数事情，有一件事却无论如何也无法想到，那就是他在想到羲由的时刻，羲由正和九婴一同前往南方了。

九婴身体本来强壮，得羲由救护数日，在他说的第二天果然就感觉没什么大碍。羲由以为文命已去南方，遂听信九婴之言，和他一起离开尖山，径往南方而去。在羲由眼里，她去南方，乃是去到文命身边。对九婴来说，绝非如此简单。当他得知丹朱和妠象已经前往南方征苗，心里便开始盘算，一定要汇合丹朱、妠象。撺掇羲由同往，自然有其想法。

羲由当日拿来一副弓箭交给九婴，箭囊也装满箭支，想想旅途甚远，为防意外，羲由为九婴备好的箭囊多达六个。羲由虽是少女，也给自己带上一副弓箭和两个箭囊。部落从来不缺弓箭马匹，所以，羲由除自己惯骑之马外，还给九婴牵来一匹高大良驹。九婴自是大喜，连声称赞羲由。羲由在部落，素来只受文命等人庇护，还没有谁如此当面称赞自己，此刻听九婴赞言，大为高兴，她更高兴的是，以为不久便可见到文命。留在部落的人已经不多，羲由还是不欲他人知道，牵来马匹之后，倒还催促九婴尽快动身。九婴自然不想在夏后部落多有停留，背弓上肩，六个箭囊在腰间挂了两个，其余四个均负于马鞍两侧。

两人并骑出来，守山门之人见是羲由，自然让其出去，看见九婴时，虽觉诧异，见其红衣赤羽，知是尖山部落之人，也未多言，让其出去。二人到得山门外大道，不由俱感兴奋，连骑向南纵马。

路上羲由问起九婴伤势原因。九婴便将自己和文命如何闯山、如何被虏、如何脱困之事说了一遍。羲由从未想过世间还有此事，既惊又佩，尤其九婴说到自己如何被后羿箭伤，掉落悬崖时，羲由像是听到从传说中来的故事，内心对九婴不觉暗暗佩服。每个部落人无不敬服勇士。男人尚且如此，何况羲由这样的少女？尤其他还是为救姒鲧，才和文命一起甘冒如此大险。在平阳之时，她虽听到九婴说过和文命一起毙虎之事，那时尚没觉得怎样，毕竟她心里总是充满文命身影，此刻和九婴单独一起，听他说起这些往事，不禁忽然觉得九婴原来也是和文命一样，实乃天下一等一的英雄。看着九婴的目光，不觉多了几分崇敬。

不觉间二人奔到午时，方觉腹中稍饥，羲由不由勒马说道："我们走得急了，忘记带上饮食了。"九婴脸上倒没有什么难色，左右看看，忽听到天空雁声长唳。九婴笑道："要不要用雁肉充饥？"

羲由抬头看看，说道："这大雁是很难射中的，我只见文命哥哥射中过。"

九婴傲然一笑，说道："那今天看我射！"说罢，取弓搭箭，瞄准片刻，"嗖"的一声朝天射去。羲由仰头去看。九婴之箭快若流星，立时射中一只，只见雁群大乱狂唳，被射中的那只从天空直直地掉下来。

九婴看羲由一眼，说道："我们去捡。"羲由心中佩服，说道："你果然好箭法！不比文命哥哥差。"说着，催马往雁掉落的地方奔去。九婴也策马过去。二人在密林中找到那只落雁。九婴这一箭居然直接射穿雁头，确乃神射。九婴提起雁，说道："我们去溪边把它羽毛剥了，可惜雁肉太少，我再射几只。"羲由抬头看看天空，见雁群乱飞飞远，不由轻声叹道："可惜它们飞得远了。"九婴笑道："无妨，它们只不过此刻惊慌，过一会儿就会重新列队。我射的不是雁首，所以，它们不会乱下去的。"羲由不禁继续看那雁群，果然，没过片刻，雁群重新恢复到刚才队形。尽管雁群飞得甚快，他们刚才催马也快。九婴目不转睛地凝视雁群，忽然再次上马，催马往高处奔去。羲由也赶紧跟上去。

九婴到得高地，再次拉弓。这次他瞄得稍久，弓弦拉得更满，又是一箭飞去。羲由惊叫一声，她看得清楚，九婴这一箭射中双雁，更没想到的是，九婴一箭甫射，二箭又出。第二箭也是射中两只。天空中四只雁往下直掉。九婴哈哈大笑，说道："足够我们吃了。"羲由也觉得兴奋，九婴箭法之好，真还是自己从未预料到的。她赶紧提缰催马，往雁落处奔去。九婴在后面紧紧跟上。

不料，因是下山，羲由马术本就不强，那马忽然被藤蔓所绊，蓦失前蹄，羲由连"哎呀"一声都来不及喊，连人带马摔在山坡之上。九婴不待勒马，飞身跃下，几步走到羲由身边，俯身将她抱起，说道："羲由姑娘，你没事吧？"

羲由在九婴怀里，颇觉羞涩，赶紧说："我没事，那马……"九婴侧头一看，羲由的马匹仍在地上挣扎。九婴说道："这马走不了了。"羲由从九婴怀中挣脱，走到马前，见那马仍自躺在地上，显是马蹄折断。羲由大急，不禁哭出声来，说道："我的马……我的马……"

九婴叹息一声，过来说道："羲由姑娘，这马不能再骑了，先放它在此，它自己会找草药吃的。它不会死，等腿好了，它会自己回去。"

羲由急道："可……可我们还有那么远的路要走，我没有了马，可怎么办？"

九婴说道："到明天，我们就用不上马了，这里过去，就是洪水了，我们以后的路都得乘船。"

羲由倒是愣了，说道："明天就要乘船？"

九婴说道："如今天下到处是洪水，恐怕再走半日，就都得乘船才行了。"

羲由呆了片刻，然后说："那……现在怎么办？"

九婴说道："我们不是还有一匹马？它可以驮我们两个。"

羲由一听，不由脸上发热，说道："我们……一匹马？"

九婴笑道："它驮得动。来，上马。"说罢，九婴先行上马，说道，"你也上来。"

在九婴之前，羲由从未这样和一个男人同骑过一匹马，前几日和九婴同骑，是九婴伤重，疲累到昏迷。当时羲由没去多想，只想能救他一命。此刻听九婴要她再同骑一马，感觉心跳得厉害，心里想："与你同乘一马，那岂不是坐你怀里去了？"

九婴倒像若无其事，微笑道："你坐后面。"

羲由听九婴要她坐其身后，稍微放心，犹豫了片刻，知道自己的马终究是不能骑了，走到九婴马后。九婴忽然弯腰，将羲由反臂抱起，如挂箭囊般将其放在身后，说道："你抱住我。"说罢，九婴缰绳一抖，那马立刻开始奔跑。

羲由感觉马速很快，只觉自己几乎往后仰去。终于一咬牙，双臂合上，抱住了九婴的腰部，心中直想："要是前面坐的是文命哥哥该有多好！"

7

两人来到溪边，九婴以箭作刃，将五只雁拔毛剖肚，生火烤上。对羲由来说，平日虽和部落里的人也在山前水后一起烤过食物，却还是平生第一次和一个外部落的人一起如此，她多么希望此刻是和文命在一起啊，但可惜不是。羲由一边吃着雁肉，一边痴痴遥想，不知道文命此刻怎么样了，最重要的是，文命此刻是不是也在想她呢？羲由不禁想起这么多年，自己和文命在一起的点点滴滴，文命对她虽有热情，却总觉得与自己暗自期待的相去甚远。或许她那时也不知自己在期待什么，现在人远了，才知道自己究竟在想着什么、期待着什么。意识到此处，羲由脸上不禁微微泛红。

九婴见她慢慢不吃，只看着溪水发呆，微笑道："羲由姑娘，你不吃了吗？"

羲由见问，才回过神来。见九婴凝视自己，忽然觉得自己的心思被他看了个透一样，不由低头，说道："我……吃饱了，我们走吧。"

九婴笑笑，说道："那好，我们走，这些没吃完的也带上。"说着，九婴起身将烤好的雁肉包入一个箭囊，里面的箭支分别装入其他几个箭囊当中。收拾停当，九婴翻身上马，朝羲由笑笑。羲由见他笑得沉稳，便也很自然地上马，坐在九婴身后。九婴提缰催马，二人继续往南而去。

事情果如九婴所言，尚未跑到天黑，眼前已是大水横亘，左右俱无人。羲由只幼时见过如此大水。当年洪涛卷走她父母的场景又一次历历在目，她心里不由涌上一些悲伤，心里忽然想起脩己。父母死了，疼爱自己的脩己也死了。父母死时她尚年幼，脩己倒是在她眼里如亲母一般，今生却是再也看不到了。悲伤中，羲由感觉她唯一的亲人就是文命了。她不由心急起来，说道："这么大的水，我们如何过去？"

九婴两边望望，说道："你在这等等，我去弄条船来。"

说罢，九婴让羲由下马，嘱咐她就在此地等候，他拨转马头，沿河一路狂奔而去。羲由凝望着九婴远去的背影，心里忽然为九婴担起心来。当九婴终于消失，羲由独自面对眼前茫茫大水，突觉一切迷茫，如同人在旷世天地，却只孤零零一人，当真孤独到极点、内心恐惧到极点、无依无靠到极点。文命说他奉命治水，便是要将这无边无际的大水化为乌有吗？这怎么可能？那些狂涛巨浪，怎么可能会消失？水天相接，天地如此之大，全部被无边无际的大水充满。在大水面前，人简直渺小如蚁，自己到哪里才能找到他啊？羲由内心不知从哪里涌上说不出的空洞和感伤，眼泪止不住流下来。

时间一点一点流逝，眼看天色渐暗，九婴一直没有回来。羲由始终看向九婴马去的方向，却哪里见得到九婴回来的影子？羲由从未独自面对过如此绝望的孤独空间，似乎除了大水，天地间再无一人一物，羲由又是害怕，又是孤独，更多的是从未体会过的恐惧随着太阳西沉来临。

天终于黑了，羲由再也看不清什么，只有黑沉沉的大水在耳边喧哗。月亮升得很高，却总被乌云遮住，时隐时现，更增荒凉。羲由愈加恐惧，此刻想起尖山，恨不能即刻回去，却是不可能之事了。她甚至感到大水涌到了脚边，不禁退了几步。大水再涌，她又退几步。九婴不是要她在原地等吗？可是原地呢？她刚才站着的地方已经被水占据了。她已经不在她下马的地方了，九婴会不会找不到她？如果真的找不到了，她会不会遇上非常恐怖的事情？她会不会被水给吞没掉？就像她死去的父母一样。

天地虽广，羲由听得最清的是自己的心跳，在胸腔几乎跳得疯狂而脆弱。

不知过了多久，她陡然听到"羲由姑娘！羲由姑娘！"的喊声传来。是九婴回来了。羲由不禁喜极而泣，却左右看不到九婴的影子，也听不到他奔驰的马蹄声。

她渐渐看清了，九婴不是策马回来，而是在水上驾着一条船过来，那匹马站在船头昂首低吼。羲由再也控制不住，往水中奔去。九婴见状，也跳下船，大步踏着滩涂过来。羲由实在是被恐惧折磨到极点，忍不住扑在九婴怀里哭起来。

九婴伸手抚摸她的头发，低声说道："羲由姑娘，我回来了。"

"你回来了！你回来了！"羲由边哭边说。

九婴说道："我去得久了，这船不好找。我们上船。"

他牵住羲由的手过去，先等羲由上船，再奋力将船从滩涂推至水中，然后纵身上去。

羲由见九婴在身边了，终于觉得安全了，哭声慢慢收住。

九婴温和一笑，说道："天晚了，你先去船房吃点东西，再好好睡上一觉，我来摇船。"

羲由此刻放下心来，还真觉得疲惫不已，依言进入船房，见里面只有一张木床，心下犹豫，转身看看，见九婴独自在船头划桨，像是要划上一个通宵似的。羲由又见床前桌上，已经摆有一碗之前未吃完的雁肉，不禁感动。她又累又饿，中午本也没吃多少，此刻也顾不得了，坐下先吃完雁肉，到床头坐着。她看看外面，九婴一人在奋力划船。羲由知道自己帮不上忙，心里没由来乱起来，坐在床头思绪如潮，隐隐有些后悔，不该和九婴一起出来，之前没有多少考虑，只想能尽快见到文命就好。此刻终于知道，这一路真是茫茫不知终点。

越想文命，仿佛文命真的已到身边。羲由几乎不相信自己的眼睛，喊了一声："文命哥哥！"文命对她微笑，却不说话，在她身边坐下，慢慢抚她的头发。羲由浑身再无力气，不由倒在文命身上。模糊间又觉文命将自己抱至床上，自己依顺着躺下，恍惚间感觉文命低低俯身，在自己脸上亲吻，又挪到唇上。羲由被幸福感充满，双眼沉沉闭上，不敢睁开，也不能睁开，说不上内心是惊是喜，只觉意乱情迷，任由文命亲吻，然后，感觉文命在给自己宽衣解带。羲由大是害羞，不敢睁眼，双手紧紧抱住文命，嘴里不断喃喃着："文命哥哥！文命哥哥！"她手触过去，似乎文命也未穿衣服。羲由模模糊糊地总觉得文命在自己身上做着什么，然后，一股从未有过的阵痛突然从体内迸发，依然是那种怕到极点的感受又一次涌将上来。

羲由又大喊一声："文命哥哥！"这一次，阵痛带来清醒，她眼睛睁开。没有文命。只见九婴压在自己身上，不断亲吻自己。羲由不由大喊一声，想奋力推开。九婴双臂将其环抱，紧如铁箍，羲由身小力弱，哪里推得开？她只双眼睁着，恐惧地喊道："你……你……"

九婴没有回答，只将羲由抱得更紧，在她身上蠕动，低低喘息。

羲由陡然爆发出一阵撕心裂肺的哭喊。那哭喊传到外面，便被黑沉沉的大水瞬间收了过去，没有半点回声。

第十章　河图

1

天亮了。文命彻夜站在船头，凝望远处。他听到身后脚步声传来，也未回头。伯益和后稷已经在他左右站定。伯益说道："你一夜没睡？"

文命微微点头，说道："那么多事，我如何睡得着？"

伯益和后稷闻言，不由微感惭愧。昨晚他们倒是都去睡了，见文命脸色，也知他不是在责备他们。伯益又说道："平阳传书回来，后羿乃是去平阳复命虞舜。"

文命吐出一口气，说道："如此甚好，观兜无强助，令人稍稍放心丹朱。"

后稷说话声很慢："三苗惯于征战，丹朱可还半分不能大意。"

文命沉思说道："你们随时和丹朱之人保持往来，三苗也乃大事，不可轻忽了。"

伯益和后稷同声应道："是，我们会的。"

三人沉默片刻，文命忽然抬手一指，说道："那就是双头蛇山。"

伯益和后稷抬头看去，果见水平线上，一座山开始出现。

后稷回头说道："加紧划船！我们快到了。"

后面的划船人齐齐答应，长桨入水，划得更猛。后面的七条大船见领航之舟加速，也纷纷开始加速，八条船排成一队，无一船落后。

文命三人紧紧盯视前方。文命此刻乘舟和上次乘冯夷之舟不同。那次是冯夷一个人划船，船速自然快不起来，此刻划船人甚众，船速极快，前方山影迅速在眼中扩大。

文命等三人目不转睛地凝视前方，三人几乎同时"咦"了一声，只见前面忽然出现一条船。有船倒不奇怪，奇就奇在那船上无人，乃一只空舟在水上摇晃。伯益和后稷只对空舟诧异，文命倒是猛然一惊，说道："奇怪！那是冯夷之船！"

伯益和后稷闻言更惊。在他们内心，后羿之言自然不虚，冯夷该是在双头蛇山，即使不在，也会是在自己船上，此刻听文命之言，冯夷竟然将船放至水上，自己却又不在。这的确是极为古怪之事。对身在洪水中的人来说，船乃性命之所，哪有人会让船在水上漂走？除非是人丧身大水了。也因此，他们想到此节，不禁都有些内心发紧，难道甫一出师，就撞上最不欲面对的意外？

意外真还出现了。

他们身后脚步声急响，只听一人说道："不好了！船漏水了！"

文命等人立即转身，见是一划手过来，那划手显得惊慌失措，见文命等人回头，单膝跪地，抱拳说道："船房漏水了！"

文命转身未停，抬步便走，一边说道："引我们去！"

那划手赶紧起身，急匆匆带文命三人往船房走去。

文命惊诧不已。这八条船乃是夏后部落全力打造。尖山此刻未被水淹，却是和天下任何部落一样，未雨绸缪地备好船只。这八条船造好虽有相当时日，却时时有人照拂，毕竟，人人皆知洪水势大，船只乃活命之本。此刻船只居然漏水，几乎是不可能之事，昨晚文命通宵未眠，没感觉船只何时撞上了什么水下之物，文命不由感到诧异。

他们刚刚走到船房，果见船房内水势上涌，竟然破开一个大洞。船上所有人都集中在房内奋力塞堵。

文命皱眉说道："是撞上什么东西了吗？"

有人回答："没有，看这洞口，怕是有人击穿船底。"

149

文命一愣："有人击穿船底？"

便在此时，忽听得船房外有人大喊："后羿！我看你今天还能跑到哪儿去？"

文命等人闻言，立时出来。见船尾已上来一人，上身赤裸，肌肉强壮，只肩头处缠绕一圈布料，里面隐隐渗血，手持一条巨大木桨，正恶狠狠地向船中舱室走来。

文命一见，伸手拦住他身后要冲过去的人众，对那人说道："冯夷，是你打破了我的船？"

2

那人果是冯夷。

他一见前面当头之人是文命，不由一愣，收住了脚步。

"后……后羿呢？他在哪里？"冯夷眼睛朝文命身后望来望去，说道。

文命眉头皱起，说道："看来你是把我的船当作后羿之船了，是吧？"

冯夷不由发愣，呆呆说道："这……这不是后羿之船？"

文命走上一步，说道："后羿早去得远了，你现在弄坏的是我的船，你可别让它沉了。"

冯夷一直看着文命众人，忽然仰天大叫道："我在水中潜了半夜，怎么会弄错了？怎么会弄错了？后羿你这畜生，你怎么跑得那样快？"

文命冷冷一笑，说道："你若真凿了后羿的船，你以为你就能对付得了后羿？我这船被你弄破了，你想我们都一齐沉下去吗？"文命知道冯夷虽然疯疯癫癫，但能在水中潜上半夜，委实不能小看。他虽凿破了自己之船，毕竟岸已可见，倒也说不上是到了性命攸关之时。

冯夷将木桨往船上一扔，说道："文命，我弄坏了你的船，这船也不会沉，现在岸边已近，你命人推了船房，先堵住缺口，我去把我的船驾来，你们都上我的船便是。"

他说完，返身便往船舷走去。

伯益在身后大声吼道："你弄坏了船就想跑吗？"

冯夷转身说道："谁想跑了？你当我是后羿那畜生，抢了别人的女人就跑？"他也不等伯益再说什么，纵身便往水下跳去。

伯益怒道："你……"他还没说完，冯夷已然跳下水去。

文命对伯益微笑道："他在后羿那里吃了亏，有时候虽胡乱说话，人却不是坏人。"说罢，文命转身对众人说道，"船房倒是不用拆，留下十人，用桌面堵住洞口，其余人到后面船上。"

当下便有十人留下。后面七船见首船不动，也都停下。文命船上之人俱是不惧，都走到船尾，将木板搭上后船，前后走过去。

后稷说道："文命，不如你和伯益也到后船，我在此督促。"文命微笑道："不妨，冯夷即刻就到，我们都去他船上便是。"说罢，当先走往船头，伯益后稷紧随其后。后稷抢上一步说道："那冯夷？会不会使诈？"

文命微笑道："冯夷乃性情如此，无妨。"

三人到得船头，果见冯夷已摇船过来。

文命几个属下拖来木板，从自己船头搭到冯夷船头，文命等人先后过去，上了冯夷之船。

文命转身对漏船上的人说道："你们都过来，让后面的船将它拖到岸上。"

冯夷咧开嘴，说道："这船已破，就让它沉了便是。"

文命侧头看他，微微一笑，说道："船破可修，我们八条船出来，还得八条船回去。"

冯夷眯着眼说道："文命，上次见你，你一条船都没有，这次在哪儿弄了八条船？"

文命说道："都是我部落之船，我今出行，不想回去时有任何损失。"

伯益在旁说道："冯夷，文命已被天子命为司空，率天下治水，你如今凿破一条船，可知该当何罪？"

冯夷闻言，瞟一眼伯益，又上上下下打量文命几眼，见他衣着装扮果然和上次不同，缓缓点头，蓦然仰天狂笑。伯益愠道："你笑什么？有什么好笑的？你不觉得你罪已难逃？"

冯夷狂笑良久，才收笑说道："这天子是不是发疯了？让你父治水治了九年，结果把他囚到羽山，如今你父已亡，天子又把治水之事交给你。哈哈，你就不怕九年后也会被虞舜囚到羽山？"他一说完，又狂笑起来，好像觉得遇上极为可笑之事。

文命一直面无表情地看着他。冯夷见文命始终不动声色，倒是忽然尴尬，笑声突止，走过一步，在文命耳边说道："你不去治水，到这里来干什么？想收你父的尸首吗？"

文命见他说起自己父亲，脸上仍是无任何流露，只凝视冯夷，缓缓说道："我今日不是去羽山。"

"那你要去哪儿？"

文命始终凝视冯夷，说道："我是来找你的！"

冯夷闻言一愣，继而又仰天狂笑。

文命一直凝视他，待冯夷笑毕，才缓缓说道："你笑够了？"

冯夷又打个哈哈，说道："我天生爱笑，关你什么事了？嘿嘿，你来找我？找我干什么？帮我去杀后羿？"他忽然像是想起了什么似的，接着说道，"对啊，我都差点忘记了，上次你坐我的船，不是亲口说过吗？说我带你和九婴去羽山，你们就帮我一起对付后羿。你没忘记吧？"

文命也如冯夷一样，仰天一笑，然后说道："我说的话你记得，你说的话就忘记了？"

冯夷脸上发怒，说道："我说过什么了？我说的话都不会忘记！"

文命微笑道："我是说过要帮你一起对付后羿，可你马上就说，不要我们帮，你忘记了？"

冯夷被这句话噎住了，半晌才"呸"了一声，朝船外吐口浓痰，说："我没忘记，哼！你以为我真要你帮我吗？"

文命见冯夷年岁虽大，说话行事仍和孩子无异，不禁又微笑一下，说道："你和后羿到底有什么仇恨？你说他抢了你的女人，我倒是奇怪，后羿有天下英雄之名，会去抢你的女人？"伯益和后稷等人见冯夷年老面丑，居然说后羿抢了他的女人，都不禁莞尔。

冯夷见他们俱在微笑，顿时大怒，忘了自己刚才狂笑不停，指着文命等人，气急败坏地叫道："你们笑什么？"他话音刚落，整条船陡然一震，却是靠岸了。

3

双头蛇山上的山人很远就看见有八条大船朝这里驶来，众人无不惊奇。虽说现在洪水遍布，船只却是不多，毕竟，到水上能找到什么呢？山上还有可食之物，住在山上的人都不免有终身将在山上度过之感。也因此，只要看见有船过来，无不觉得新奇，他们也自然想知道大水之外，还有一些什么生活。

当文命等人的船只靠岸之时，围过来的山人已经不少。他们有的还认识文命，不禁觉得讶异，尤其得知这些船竟然都是文命带领过来的，更是感觉奇异。最令他们不能忘记的，是文命和九婴将山上的双头蛇全部击毙，使他们免去了被蛇侵袭的恐惧和性命之忧。所以，当文命下得船来，还未来得及对众人说话，在众人之前的蠡牧便率先跪将下去，接着所有人都情不自禁地跪了下来，一片"拜谢恩人"之声不绝。

文命即刻扶起蠡牧，说道："万万不可！快请起来。"

蠡牧深陷的眼眶中浮出泪水，说道："文命，没想到还能再看见你。恩人这是……"说着，他看看文命身后，见伯益、后稷等人皆气宇不凡，料想不是寻常之人，又见从船上下来的人众个个精神抖擞，感觉有一件大事将要发生。

文命说道："我现已奉天子之命治水。"

蠡牧闻言，脸上露出狂喜之色，说道："啊，那……太好了！有你治水，水患一定可平。"

文命内心轻叹，眼见这无边大水，真不知如何才能平患。他转头对冯夷说："我这次是来找你，现在找到了，我们先去洞内说话。"

蠡牧见文命有话要与冯夷相谈，立刻说道："请这边过去。"

他们到来的山洞还是文命曾和九婴一起休歇过的山洞。洞内一切都没变化。洞穴内地上铺有茅草，另外一处的那块兽皮仍在地上。蠡牧先行进来，说道："就在此地了。"

文命点头道："多谢蠡牧。"

蠡牧说道："我就先出去了。"说罢，蠡牧返身出洞，洞内留下文命、伯益、后稷和冯夷四人。洞外紧跟走进一山人，给四人端进四碗米水。

冯夷径自在兽皮上坐下，抬头说道："文命，你们也坐，你找我有何事？还有，你们得告诉我，在船上，你们在笑什么？"

文命见他对刚才之事念念不忘，内心不由想笑，还是坐其对面，说道："那我先听你说说，后羿究竟是怎样抢了你的女人？"

冯夷脸色顿时一沉，端起面前的米水大喝一口，跟着就将碗狠狠摔在地上，抬右腕抹抹嘴，大声说道："你就想知道这个？"

后稷微笑道："你说后羿抢了你的女人，我们俱是有些不信，不如你说说。后羿若真做出此事，我也会帮你对付后羿。"

冯夷眼光转向后稷，又看看伯益，目光最后落到文命脸上。他还未说话，文命已缓缓开口："你说你杀光了有穷部落，这可是犯天子法度之事。我此刻不因你，你自己先说，你杀了有穷部落多少人？"

"哼！"冯夷冷笑一声，说道："杀了多少人？全被我杀光了！"

文命微微一笑，说道，"全被你杀光了？有穷部落在羽山就有百余人跟随后羿，你怎么说自己把他部落人全部杀光了？"

冯夷脸上一红，呆了片刻，才说道："我……我是说除了羽山的人。"

伯益哈哈一笑，说道："怎么我听着就觉得你是在说谎？一个杀人的人，从来不会说自己真的杀了人。你以为这天下真无法度吗？"

冯夷又立时大怒，说道："我是杀光了有穷部落！后羿抢了我的女人，我杀人可没有什么错。"

后稷也笑了起来，说道："杀人的事，我们都没看见，伯益说得不错，杀人的人，从不会说自己杀了人，更何况，杀的还是无辜之人。你不是那种会动手伤及无辜的人。"后稷声音陡沉，续道，"不过，有穷部落确是死了不少老弱。这件事除了平阳，外间无人知晓，你既然能说出自己去有穷部落杀了人，我倒觉得，你是知道谁才是真正杀人的人，你将别人的恶事揽到自己身上，是想吓唬后羿吗？你以为后羿是孩子，会是能让你这么轻易吓住的吗？你倒是可以告诉我们，是谁到有穷部落杀的人。"

"哼！"冯夷又"哼"了一声，这次却不是因为大怒，倒像是要掩饰自己的尴尬，然后说道，"我为什么要告诉你们？"

文命微微一笑，说道："你不说也无妨，后羿果真抢了你的女人吗？"

冯夷闻言，脸上青一阵白一阵，然后大声说道："他抢了！我就想杀了后羿那畜生！"

4

文命三人见冯夷始终咬定后羿抢了他女人一说，倒还真是奇怪起来。上次文命和九婴乘冯夷之船时，自己被救父念头困扰，对冯夷之言自然无法深入辨别。此刻和冯夷第二次见面说话，早觉冯夷不可能是滥杀无辜之人。伯益与后稷虽是第一次见到冯夷，他们心中无文命当时之乱，自然立时能分辨出来。只是，他们听冯夷仍然咬定后羿抢了他女人，不禁同时感到讶异。三人同时想，难不成后羿还真抢了他女人？

文命来找冯夷，原本是想问他河图之事，现在倒觉得，他与后羿之间的恩怨还真得介入一下。对自己身负的大任来说，可用之人最好彼此不要有所冲突。他对后羿杀父之事，虽难免耿耿，一夜长思后却又知道，父亲虽死在后羿箭下，后羿也只能说是奉命行事。他在治水中若得后羿相助，实乃非常之幸事；至于冯夷，他手中的河图是自己治水的最重要一步。第一步迈得怎样，对后事的影响不可估量。因此他一感觉冯夷与后羿之间似确有难以化解之事时，不由在刚才的轻松之后，感觉一丝沉重涌将上来。

文命凝视冯夷，冯夷在他的逼视之下，几乎不敢去迎他的目光。文命缓缓说道："你和后羿之间，到底发生了什么？你女人是谁？我不妨告诉你，如果后羿当真做出那等事情，不论你要不要我们相助，我们都不会站在一旁观望。如今洪水虽广，却还是在天子治下。谁敢违天子法度，谁就得受到惩治。"

冯夷初时垂头，听到后来，干脆头扭向一边，待文命说完，鼻孔里"哼"的一声："今天子虽受民拥护，可又哪管得了一人一事？你说此次出来是找我，难道就是为了问我和后羿之间的事？"

文命嘴角浮起一丝微笑，说道："冯夷果然还是聪明人，我就直接说了，我父临死之前告诉我，若要治水，必得有河伯手上之河图。天下间号称河伯的，唯有你冯夷，你手上是否真有河图？"说罢，文命紧紧盯住冯夷。

冯夷这次不躲文命目光，和他相视片刻，陡然又发出一阵狂笑："哈哈！你是来跟我要河图的？你父告诉你的，说我手上有河图？"

文命任其发笑，仍是不动声色，只缓缓说道："不错，是我父临终时所言，说河伯手上有治水所需的河图。你只告诉我，你手上有还是没有？"

冯夷始终狂笑，又突然一止，冷冷说道："我为什么要把河图给你？"

伯益已经说话了："现在我们受命治水，你手上的河图乃是重要之物，你献出河图，乃是建天下之功。你……你把河图给我们。"说到后来，伯益的声音控制不住发颤。从冯夷的话中听出，河图必是在他手上。

冯夷忽然站了起来，面向嶙峋墙壁，伸开双臂，对壁大声吼道："不！河图是我的！尚宓也是我的！我都不会交出去！后羿你这畜生，还我的尚宓来！"

文命等人互相望望，文命缓缓站起，伯益后稷也跟着站起。文命走到冯夷身后，冷冷说道："你女人叫尚宓？果真被后羿抢了？"冯夷转身过来，龇牙咧嘴地吼道："你怎么知道尚宓？你怎么知道的？"

文命冷冷看着他，说道："你刚才自己说的。冯夷，我真还有点儿瞧不起你！你说尚宓被后羿抢了，你对着墙壁发火干什么？我看你什么事都说不清楚，你这样胡乱发火，难道后羿就把尚宓给你送回来？"冯夷听文命声色俱厉，瞪目望着他。待文命说完，冯夷突然往地下一蹲，竟然哭起来，说道："尚宓已经死了！尚宓已经死了！"

伯益和后稷见冯夷说话前言不搭后语，简直疯疯癫癫，搞不清他哪句是真话，哪句是假话，不由互相一笑，也不搭言。

文命还是脸色不变，说道："原来尚宓死了？那么后羿抢去的是一具尸首？他抢尸首干什么？"冯夷抽抽噎噎，总算收了泪，抬头说了句令文命也终于脸色一变的话来："后羿抢了尚宓，是想换我手上的河图。"

5

伯益和后稷同时一惊，不由走上几步。文命手臂抬起，示意二人不要说话。

他虽然也是吃惊，还是很快镇定下来，皱着眉，说话却是更缓："后羿想拿到河图？他要河图干什么？"

冯夷不哭了。似乎他笑起来和哭起来都只是转眼工夫。他站起说道："鬼知道他要河图干什么？他要河图就要河图，为什么要抢走尚宓的尸首？"

文命暗想，原来他说后羿抢了他女人，竟是抢了一具尸首，这也确是古怪，后羿拿人家尸首有什么用？而且，居然要用尸首换河图，后羿的想法和做法都委实透着古怪。文命倒是感觉，若是后羿在此，自能把事情因果说得清清楚楚，冯夷虽是经历该事之人，说起话来总颠三倒四，没哪件简单的事能几句话说清。

"你交换了没有？"文命已知问他和后羿的情感纷争怕是问不出结果，便径直问向河图。

"哼！"冯夷冷笑一声，"我怎么会交换？"

文命微微一笑，说道："这么说，河图还是在你手上？"

"当然在我手上。"

"那么，"文命走上一步，说道，"我今受命治水，你能否赐我河图？"

冯夷翻着独眼，从文命身上看过去，看到伯益，看到后稷，然后又蓦然一声狂笑，说道："你想要我的河图？嘿嘿，你知道我为了这张图，耗费了多少心血？"

文命肃颜说道："我自然知道你心血耗费不少，可你画这河图，又是为了什么？难道不是为了能够治水？"

冯夷闻言，半晌不答。他慢慢在洞内踱步，一边走，一边喃喃自语："十多年前，洪水初起，我便知水将祸及天下。我走遍九曲之河，以六年之工，终于画下这张河图，本欲交给天子，可我万万没想到，待我画成之日，尚宓居然不肯让我回家。我知道我为了画图，六年未归，也确实对她不起，可是，她怎么可以趁我不在的时候，喜欢上了后羿？嘿嘿，他们想逃到山里，被我追到，那后羿竟然射瞎我的左眼，他为什么不干脆一箭取我性命？尚宓见后羿射伤了我，才肯跟我回去。嘿嘿，我是那么好说话的吗？回去后，我只消几拳，就打死了尚宓。后羿居然偷走她的尸首，留言说，要我将河图与之交换。"他说到此处，头脑倒显得异常清晰，站住了，目光凶狠地瞪视文命，厉声说道，"你说我怎么会拿河图去换？我为了河图，耗尽了心血，尚宓也因为它死了。后羿居然想要它，他以为我会拿河图去交换一具尸首吗？"

文命等三人越听越惊。对他们而言，实在无法想象他和后羿之间竟是如此仇恨。三人互相望望彼此，不知冯夷所言是否属实，一时都不作声。

冯夷声音凶恶，继续说道："哼哼！尚宓是我打死的，可真正杀死她的，难道不是后羿那畜生？虞舜居然如此信他，我看你们也信他。好啊，你们信他便是，可你们休想从我手上拿到河图！为了这张图，我什么都没有了。你问我为什么画这张图？嘿嘿，我就想能遇到治水之人，好把图给他，让他能够平息这中原洪水。天子是不是该奖赏我？哈哈！你说你现在受命治水，我是要给你才是啊，哈哈！可我不想给任何人了！这图让我这辈子都伤心，如此不祥之物，我非亲手毁了它不可！"

伯益和后稷不由一惊，后稷抬手道："不可……"

文命似没听见后稷之言，只看着冯夷，冷冷说道："那你为什么还留着它？"

冯夷独眼再翻，龇牙咧嘴地面对文命，恶狠狠地高声说道："你想要河图？好！我可以给你！你先帮我做一件事，做成了我就双手给你！"

文命声音始终冷峻："你要我帮你杀了后羿报仇？"

"不错！"冯夷怒声道，"我就想你帮我杀了后羿！你杀了他，我就把河图给你。"

文命冷冷一笑，说道："那我告诉你，第一，我不会帮你去杀后羿；第二，我一定要拿到河图！"

冯夷闻言，初时一愣，继而又狂笑起来，说道："你不杀后羿，你就得不到河图。我今天就把它毁了！"

文命忽然仰天一笑，说道："你先坐下来。"说着伸手一指冯夷刚才之位，自己也走过去，在兽皮上坐下，伯益和后稷也跟着坐下。他们二人见冯夷近乎发狂，真还担心他会亲手毁了河图，见文命镇定如常，心下均是敬服。后稷想起自己刚才对冯夷说出"后羿若真做出此事，我也会帮你对付后羿"之言时，不禁又有些忐忑，感觉自己还真是过于冒失了。

6

冯夷见文命声色不动地坐下，不由走过去，也在他对面坐下。

文命凝视着冯夷，说道："你很爱尚宓，是吗？"

冯夷闻言，突然死死盯住文命，那只独眼泛起又凶狠又憎恨的光芒。文命不再说话，冷冷回视对方。一股泪水突然从冯夷的眼中涌出。冯夷像是又发起狂来，双手狠狠击向面前兽皮，狂喊道："我怎么不爱？我怎么不爱？尚宓！尚宓！"他一连吼出好几声后，又突然停下疯狂，看着文命说道，"你有爱的女人吗？"

他这句话一问，文命脑中晃过羲由的影子。文命眉头一皱，让羲由的影子一晃而过，望着冯夷说道："你如此爱尚宓，可你还是打死了她。"

冯夷狂吼道："是后羿那畜生！是他！是他才让尚宓死的！"

文命愈加冷静，说道："你说得明白，尚宓是被你几拳打死的。你居然说你爱她，你打死了人，自己不敢承认，反怪到别人头上。我倒是觉得，后羿连尸首都要抢去，是不是后羿比你更爱她？"

冯夷顿时怒不可遏，厉声吼道："后羿怎么可能比我更爱尚宓？我和尚宓在一起差不多十年了，后羿才认识她多久？他怎么能和我相比？"

冯夷越是发狂，文命越是冷静。当下冷冷说道："不能和你相比？你告诉我们的是，后羿连尚宓的尸首都想要，你想了什么办法夺回尸首？是，你说了，后羿要你用河图交换，你偏偏不肯，这是不是说，在你心中，河图比尚宓重要？你能说尚宓比你的河图重要？"

冯夷闻言，更是生气，说道："后羿不过就是想要我的河图。他想出这等诡计，以为我会上当？我为了河图，耗费了六年，怎么可以说给他就给他？他以为他是治水的人吗？"

"哦？"文命眉头一动，说道，"你刚才也说了，河图是要交给治水的人，现在我受天子之命治水，你为什么又不肯拿出河图了？"

冯夷忽然仰头一天，说道："你说了这么半天，不就是想要我的河图吗？我

159

说过了，你帮我杀了后羿，我就双手奉上，其他的，嘿嘿，你休想！"

文命缓缓说道："我也说了，我不会帮你去杀后羿。你为了河图，也不肯再见一眼尚宓，我只是觉得，河图在你心里，比尚宓更加重要。"

冯夷脸色发红，显是激动起来，大声说道："文命，你少跟我说这些。你去不去杀后羿？"

文命冷冷道："你要报仇，尽可一个人去，要我帮你杀人？绝无可能！"

"好啊，"冯夷说道，"那你也别想得到河图。"

文命轻声一笑，身子对冯夷趋近了些，一个字一个字地说道："其实你自己知道，你会给我的，你耗费如此心力，画出河图，你是想解除这天下水患。你不会完成了河图，反而将它毁掉的。你不会那么做。"

文命紧紧盯住冯夷，见他动嘴欲答，手一抬，续道："你和后羿的恩怨，是你和他之间的恩怨，和这水患没有任何关系。要说有，那也是尚宓爱上了后羿。她这么做，是你没有在她身边。你和后羿之间的事我管不了，我想连天子也管不了。你知道得很清楚，尚宓已经死了，可这洪水还在。哪怕你今天不给我，我也会亲自画出河图，不过耽误几年时间。可你一定知道，这几年里会有多少人死在水中，你就不会愧疚吗？尚宓是你打死的，你已经在愧疚了，你承受不了，所以每天要告诉自己，尚宓其实死在后羿手上。我要再说一遍，尚宓是死在你的手上！"

不仅冯夷，在一旁的伯益和后稷听了文命这番话，也不禁感到震动。他们本已经有些着急，见冯夷有被说动之象，伯益便跟上说道："文命说得不错，尚宓已经死了，你何不把河图给我们，天下会有多少人可以活下去。你不想再看见还有人死在水中吧？"

冯夷嘴唇哆嗦，看着文命，又看看伯益和后稷，又一次慢慢站起，终于像是下定决心了一样，忽然说道："好！我把河图给你。你们随我来。"

伯益和后稷俱各大喜，转头见文命脸上依然不动声色，他二人也不禁收住喜色。只听文命缓缓说道："如此，我替天下人谢你。"

冯夷脸上肌肉一阵颤抖，说一句："你们跟我来。"看着文命等人起身，他又像失魂落魄一样地对文命说道，"文命，你离开了尖山，你在部落有女人没有？要是有的话，可得小心一点，别等你治水成功了，回去部落时，她已经不是你的女人了。"

文命凝视他，微微一笑，不接此话，说道："我们这就随你去取图。"

7

冯夷当先出洞，后面文命等三人紧随其后。

洞外，蠹牧等一群人都在等候。他们不敢进去，对洞内的说话也不敢偷听。对蠹牧等人来说，都是心中颇感喜悦。在他们看来，文命受命治水，一定不会如鲧鲧那样尽弃职守。如今洪水虽然凶猛，在他们眼里，文命却是定能治好洪水，还天下太平之人。冯夷虽然长居水上，却总把双头蛇山当自己休歇之地，与众人自然皆识；他们唯一不知的是，冯夷手上有张河图。他们只是知道，冯夷对后羿有着切齿痛恨，具体是什么仇恨却不甚了了。如今见文命特意找冯夷说话，他们也不知会说些什么。只是在他们眼里，冯夷也是非凡之人，至少他们亲眼见过，大水无论多么猛烈，冯夷总可以在水下待上很长时间。住在山上的人，年纪虽或老或幼，因久住水旁，水性俱是不错，却没有一个及得上冯夷。如今文命要治水，冯夷说不定能帮上他。

当冯夷率先出洞，蠹牧见冯夷脸上颇有些激动之色，像是刚刚有个什么决定。他们再去瞧文命。文命脸上除了镇定与坚决，其他什么也看不出，跟在他身后的伯益和后稷均是露出喜色。蠹牧自能猜测，刚才在洞内发生的，应是大好之事。

蠹牧见他们出来，赶紧迎上去，拱手说道："时近正午，是否需要饮食了？"

冯夷手一抬，说道："待会儿再说，我先带他们做件治水所需的大事。"

蠹牧喜道："那我先在这里准备了。"

文命走上来，双手一拱，说道："有劳诸位，我们即刻回来。"

说罢，文命跟在冯夷身后，大步走去。伯益和后稷也在后对蠹牧等人拱手，也只道声"有劳"，不多言，脸上只是微笑，紧跟在文命身后。

冯夷一路也不回头，只是往岸边走去。

他们离岸边本就不远，片刻即到。文命的八条大船皆靠在岸上，冯夷那条船也在岸边用粗绳紧系住一块岩石。那些部落之人皆已下船，一些人正在全力修补文命所乘船只，更多人则从船上搬下食物。船上食物装得甚多，他们出发时便知，沿路食物不可缺少，所以每船皆备。如今到得山旁，自然便将食物搬运下来，数百人都需饮食，不是那些山人能够解决的。

文命看了看他们，人声虽喧，还是秩序不乱，心下颇慰，转眼又见茫茫一片大水，真不知何年能平，内心又不禁叹息。

冯夷忽然回过头来，说道："看你准备得倒是不错。"

文命淡淡一笑，说道："我父九年未果，我也不知何年能成。"

冯夷斜着眼打量文命，片刻后才又说道："我走遍中原，九曲之河无处不至，你要治好这水，九年都怕是不够。"

文命凝望大水，叹息一声，说道："我难以去管何年能成，我们每日都做，总有平息之日。"

冯夷又斜眼看他一下，说道："天下人都在看你。文命，你可不要辜负了。"

文命闻言，心中一动。尧舜委任他时，也有"不要辜负"一说。这话字从天子嘴里道来正常不过，如今从冯夷嘴中说出，意味大是不同。文命将双手置于身后，朝水边再走几步，沉声说道："这水，系之我命！"

冯夷说道："好，随我去往船上。"

文命转身点头，冯夷已大步朝自己船上走去。文命等三人跟在身后。到得船旁，冯夷先行上去，文命等人也先后跟上。

"图在船上？"文命忍不住一问。

"正是！"冯夷说道，"我去取来。"

文命等三人站在船上，见冯夷走进舱房，出来时手里提着一把模样怪异的什物。那物全系青铜打就，杆身长逾六尺，尾部套一尺长宽刃。刃底平平整整，从底部镂出一道三指宽裂口，整个宽刃便是一"凹"字形状。

文命微微一愣，迎上去说道："这是何物？"

冯夷将它横在双手，说道："我给它取名叫作'耒锸'，你治水必有器具，耒锸可入水挡石、撬石、挥石、碎石，还可分泥水，你缺不了它。它乃我耗九月之工做成，便是欲交给治水之人。你接好它。"

文命内心不由涌起激荡，感觉冯夷实乃为治洪殚精竭虑，事事都有想法。

他伸手接过耒锸，在手中旋过，持之而立。伯益与后稷见他如此模样，不由赞道："好器具！"后稷上前一步，对冯夷拱手道："不知图在何处？"

冯夷哈哈一笑，说道："河图我已给你了。"

文命微微一笑，将耒锸提起，说道："它是河图？"

冯夷伸手接过耒锸，说道："河图便在此处。"说罢，将耒锸倒过，拔开杆身顶端，再反手一倒，一块卷好的蚕布从里面倒出，说道："这就是河图。"他一边说，一边将它递给文命。

文命心情激动，接过蚕布，抖开来。伯益与后稷也神情激动，同时走上来观看。

只见蚕布上密密麻麻布满黑点，另外一些黑点不实，只勾勒出圆圈。他们眼前所见，便是一些黑点和白点，纵横交叉。

文命抬头看向冯夷，说道："这些图是何意？"

冯夷又哈哈一笑，走上来说道："我沿九曲河一路行走，几乎日日都在水下，就为了能清楚水底究竟。这张河图便是水底之状，我以黑白分之，也乃万物生存之数，表阴阳、示五行。天一生水，地六成之；地二生火，天七成之；天三生木，地八成之；地四生金，天九成之；天五生土，地十成之。所以，一为水之生数，二为火之生数，三为木之生数，四为金之生数，五为土之生数。六为水之成数，七为火之成数，八为木之成数，九为金之成数，十为土之成数。"冯夷一边说，一边手指图上圆点。

文命越看越惊，说道："怎么我感觉它实乃天象？"

冯夷微笑道："在天为象，在地成形。天之象为风为气，地之形为龙为水。所以，这图既是天星之运，也乃地形之气。你好好看它。我图已给你，我也该去了。"

文命抬眼说道："你去哪里？我倒是希望你能和我一起治水。"

冯夷独眼一翻，说道："我得去找后羿。嘿嘿，你不帮我报仇，难道我自己就不报了吗？"

第十一章　洪涌

1

文命等人看着冯夷的船只在天际消失后才缓缓转身。文命将手中耒锸横在双手之上，细细打量，见耒锸之身布满凹凸颗粒，显是在打造时虑及使用之人不至在水中滑脱而有意为之，那个"凹"字形前端也精致异常。伯益与后稷一左一右，同时上前观看，二人对此器具大是称奇。冯夷说制作它耗时九个月。不论耗时多久，能最终制作出如此一件器具，足以令人惊叹。

文命将耒锸双手横托，对伯益后稷说道："河图已有，耒锸也有，人力亦备，若我治不住这洪水，别说天子和万民，连冯夷我都觉得无颜再见。"

伯益拱手说道："下一步该当如何？"

文命抬眼看向水天之处，说道："下一步，我们前往涂山。"

伯益微微一愣，后稷已经微笑说道："伯益，你在船上传书之时，文命就已说过，我们今日治水，必须得涂山酋首大燧相助。"

"没错，"文命接着说道，"涂山乃三千八百部落中最强部落，它所属的东夷乃四岳诸侯之首，东夷酋首息慎也对大燧避让三分。我虽蒙天子信任，不服者恐也不少，我若得涂山相助，天下其他部落，自可奉我号令。治水首要者，需

164

天下齐心，心若不齐，仅有我们，终究难以成事。"

伯益点头道："确是如此，我们何日动身？"

文命说道："此去涂山，需三十日行程，我们明日动身。"

伯益后稷齐齐拱手，回答一个"是"字。

当日，文命等数百人皆在双头蛇山住下。蠡牧等人见文命能在此处休歇一日，俱是大喜。文命与九婴曾于此消除的数十条大蛇及一些虎豹早被蠡牧等人剖肚晾晒，于山洞藏起。此刻将所藏肉食取出给文命等人晚食。众人都习惯吃刚刚猎杀之物，还是第一次吃经过晾晒后的肉食，均觉口味极不一般，众口称赞。后稷咀嚼几口，心思微动，对文命说道："治水乃万难之事，水中除了鱼类，难有陆上肉食，蠡牧此法甚妙，不如我们也依法而行，多制备晾晒食物，可解决众人饮食。"文命也顿时心头一开。人无食不能行事。以后常年在水上的日子甚多，能得此法，食物一事，真还可解决大半。当下后稷向蠡牧请教晾晒收藏之法。蠡牧倒是意外。当日他率众晾晒收藏，原是死物太多，一时吃不完。众人自然不会去吃腐食，若无水患，往日在陆上之时，随猎随食，食不完的肉类自有其他动物食尽。此刻在山中，食物本来就少，能得如此多死物，又一时无法吃尽，蠡牧便想法将其进行晾晒收藏。这一无心之举，竟给中原大地留下再也不可替代的藏食之法。此刻后稷相询，蠡牧自是将肉类如何晾晒、如何收藏等法倾囊相授。

当夜，伯益和后稷指挥众人将船只准备停当。被冯夷凿坏的主船也修补完毕。文命眼望一切，心潮起伏，暗思前路，仍免不了感觉艰难。他久视水边火光闪耀，见所率之人皆同心协力准备明日出行之事，不禁喃喃说道："水退之日，功不在我，在今日每人。"

从水上吹来的风将文命衣襟吹乱，文命右手握着耒锸，左手不自觉握成一个拳头。

2

翌日一早，文命率同伯益、后稷前往岸边。他们部下人众都已在船边候命。

重黎带领的护宫之队也早列队船旁。他见到文命，也只双手一拱，不上来多言。文命见众人俱各当先，心下安慰。蠡牧等山人半路迎上，齐齐到船边道别。文命对蠡牧等人团团作揖，说道："文命此去，也不知何年能再见众位，只盼早日退水，还能相见。"

蠡牧拱手说道："我们多年不知陆地何状，若能活着离开此山，不敢再有他念了。"

文命环顾一下送行之人，将手中耒锸横起，说道："此刻不多言了，文命发誓退水，还万民以安居。"说罢，文命转身往船上走去，不再回头。伯益与后稷紧随其后，上了当先那条大船。其余人众也纷纷上船。蠡牧等人站在岸上，看着八条大船缓缓离岸，船舷插满的各色旗帜迎风乱飘，蠡牧喃喃说道："有退水之人，水终究会退了。"

船离岸后，文命走到船头，望着无尽大水，只觉胸口涌上一股热血。

伯益和后稷站其身侧。伯益开口说道："此去涂山，三十日行程不短……"

文命将耒锸微举，接口说道："我们趁这时日，好好辨认河道，冯夷虽把河图给我，还是得沿途辨其真假。"

后稷诧声道："难道冯夷会给我们假图？"

文命嘴角一动，微笑道："假不会假，只是他这河图乃多年前所制，我怕河道有变，若稍有差池，水患岂不更甚？"说完，文命转头看看伯益，又看看后稷。二人同时拱手，说道："确实如此！"

文命伸手入怀，将河图取出，说道："我们今日就来展读。"

三人转身，往船舱走去。

舱内桌椅已然摆好。文命将河图铺在桌上，只见上面黑白圆点满布。文命抬头凝视伯益说道："伯益，你掌山泽多年，如此图形，隐天象，含地气。你是何看法？"

伯益不答，双目注视河图，过了良久才缓缓说道："二位可看，冯夷所绘，乃异常复杂之图，非一日能解。我倒是觉得，我们不妨先牢牢记住图形，这一路行船，可逐步察之。这水十多载不退，也非我们骤然能伏。"说到这里，伯益抬头看着文命，续道，"你父九年治水，若说他皆事未顾，也不尽然。毕竟，姒鲧走了三州，我想他也终是找不到办法，才放手不顾……"

伯益未说完，文命挥手打断道："我父之事，不必再寻理由，他……他终是未将天下放在心里。我倒是觉得，我们不妨如你所言，先牢记此图，一路观之，另外一点，我想好好回顾我父所采筑堤之法。在天子面前，共工想到的也是筑堤挡水，此点和我父一致，断不可取。我父临终时说，依河道可试。我当日也如此说与天子，我此刻有点担心，依河道确是无人试过之法，如何行事，我们也不可轻率。"

后稷接口道："文命此言甚是，河图我们先行记住。治水非短时内可伏，依我看，再有九年也未必能成，不如先行细思何法可行。那共工说要在尹水筑堤，不知会是何种后果。"

他话音一落，文命眉头紧皱，说道："你这话倒是提醒了我，共工要在尹水筑堤，事情非小，我们不如先去尹水。"

伯益和后稷同时一惊。伯益说道："我们不去涂山了？"

文命伸手指点在河图之上，说道："涂山自然要去，我们这一路西行，可先往尹水。刚才后稷提醒了我，共工在天子前请命治水不成，宣称要治理尹水。我担心他会治水不成，反出大事。我这些天还真忘记了共工。后稷说得不错，我们不清楚共工治水的后果，万一伤害民众，岂不也是我这受命治水人的过失？"

伯益说道："那好，我先去下令，让船队先往尹水方向，我们去看看共工如何治水，如果需要帮助，我们也可帮他，如果他做法伤民，我们也可阻止。"

文命挥手道："确实如此！伯益，你先去下令，船队往尹水方向。"

伯益拱手答应，转身出去下令。

文命凝视后稷说道："我担心共工会出状况。他采用我父之法，千万别祸及人众。"

3

涂山和尹水俱在双头蛇山西边，涂山在西南，尹水在西北。文命船队辨明方向之后，整支船队往西北方向而行。此刻文命虽然不动声色，内心却颇有些焦急。这段时间发生的事太多太快，总是无法沉下心来思索一些转瞬即逝之事。就像共工在尧帝面前请命治水，文命当时在场，却因自己刚从羽山回来，逢上母亡，正值内心最为混乱之际，他虽然当时反对共工之法，尧舜也支持他的说法，共工却是拂袖而去，留下了要在领地治理尹水的狂言。这件事当时令人始料不及，也措手不及。文命随后几乎忘记了此事。现在想起，内心不禁感到极大忧虑。共工扬言要筑堤挡水，这恰恰是鲧当年试过的失败之法。文命自然知道，对尧舜二人来说，心忧洪水，实已无力阻挡远处部落的自行其是和自以为是。自洪水肆虐以来，随着时间一年年流逝，平阳都对稍远部落已渐失控制。不少部落趁尧帝无暇他顾，借机扩大自己势力，共工便是其中一个。他敢在尧舜面前拂袖而去，倚仗的便是自己势力已日渐庞大和稳固。近五年来，虞舜虽代尧帝巡视各州，毕竟洪水四处，巡视艰难，将十二州逐一巡视下来，都得好几年时间。对不少部落酋首来说，如何将势力扩大和维持，才是最重要之事。不论他们愿不愿遵平阳号令，事实却是，得尧舜支持，不如得部落人支持。共工要得部落支持和稳住个人酋长之位，治水乃最便捷之途。他治水若成，自然能得部落人心，若是不成，也可将原因推给尧舜对他的反对。部落人的怨怼情绪，便不会发泄到共工身上。对共工来说，既然自己在率众治水，那么自然已得部落之心。文命倒是不惧共工治水成败与否，他若成，文命会觉共工造福部落，若是不成，文命不禁担心后果难料。

此刻文命仔细回想共工在平阳之言，暗暗感到共工心机深沉。表面上看，他当时说要在尹水治水是负气之言，实则乃深思熟虑之举。这一深思熟虑，连尧舜也瞒过了。文命只感此刻犹如在高空俯视，将一切看得清清楚楚。不过，他内心自然希望共工的尝试能够成功，毕竟，成功对万民乃福事，共工若要从中捞得好处，也是他应得之利。

伯益和后稷见文命在船头沉思，都不上前打扰。二人均年长于文命，随尧帝多年，自然不是无自己主意之人。文命在想些什么，他们不知。接下来要做的事，二人不敢掉以轻心，更不会坐等命令。文命思绪若狂，根本没发现伯益、后稷已然回舱。在他们面前，展开的河图摆在桌上，二人均低头看图。越看，越觉河图玄机无穷，简直不知冯夷是如何将其绘下的，冯夷为这张图耗费的精力委实不可想象。他如此轻易交给文命，在伯益、后稷此刻来看，几乎是将天下地势交与文命。哪怕尧舜手上，也未必有如此天下图形。二人边看边在心中牢记。二人这些天早已目睹大地皆成汪洋，究竟何日能清除水患，实是心中无底，唯一能确定的，便是治水乃旷日持久之事，绝不能指望三年五载间完成。

伯益看得半晌，叹道："有如此河图，实乃天助成功。"

后稷凝思片刻，说道："若是再得龟书，便是一切可迎。"

文命抬头看着后稷，说道："龟书？"

后稷道："没错，龟书乃黄帝时所有，据说黄帝曾于水中获一神龟，其背上有图，后来再也不见。据称，该书乃阴阳五行术数之源，在一龟背之上。黄帝得之，便是得天下之源。"

三人谈起黄帝时奇事奇书，却是谁也没见过。

文命下令将船队转向西北，船行只能在白日，可根据太阳判定方向。入夜后便在船上休歇。船队很少在沿路再遇高山，偶尔遇见时，便下船休养气力。毕竟陆地安稳，在船上日复一日航行，逐渐令人难以忍受。船上人虽体格强壮，还是受不了累日行舟，如遇见一山，文命便下令在山中歇息两日，决不能再多。对文命来说，尹水路遥，生怕共工一意孤行的后果不妙，那便是给整个中原水势雪上加霜了。文命自与伯益后稷日日议事，所带之人尽服号令。文命自然发觉，重黎所领的护宫之队最为严整。重黎言语极少，他与文命之前并不相识，伯益与后稷倒是认得重黎，只是和他交道不多。重黎也似乎不愿意多与文命等人交谈，只将护宫之队管束得极是听命。在水上时，重黎与部下人众分坐最后两只大船，和文命等人自然见面也少。对文命等人来说，重黎乃尧帝亲派，自是可加信任，文命心思也很少放在最后两条船上。

船行得二十多日后，天气逐渐变凉。某日遇一高山，众人也不知此为何山，率众下船歇息。山上自然无房屋可住，众人倒也习惯风餐露宿，各自拣平地躺下就睡。夜风吹来，文命渐感凉意，遂起身巡视众人歇息处一遍，见众人皆备寒衣，不少人住进山洞避风。文命心下颇慰。回到自己躺卧之地，不禁想起羲由所赠熊衣，将其从行囊中取出，盖在身上。他手抚熊皮，不自觉地想起羲由。很长一段时间了，文命似乎不再记得羲由，此刻手触熊衣，那些在尖山的日子不由一个个闪现，脩己、羲由，还有许许多多和自己上山打猎的族人。那些族人现在多半跟自己出来了。脩己已经死了，羲由呢？一定还在尖山。她不是说过吗？要在尖山等自己回去。唉，面对这无穷大水，谁知道回去将在何年何月？那些尖山时光逐渐凝固成羲由之脸，在文命面前出现。文命仰视长空，内心不由感到一股温暖。他睡不着，索性披衣起身，独自走至半峰，朝茫茫大水和已隔千里之外的尖山方向看去。

羲由、羲由，你现在怎么样了？尖山可也冷了吗？

4

半夜时分，文命忽然惊醒。一阵滚雷似的声音在耳边激荡。文命心里一惊，立刻起来，睡卧他身边的人也纷纷惊醒，都不知出了什么事。文命手持耒锸，循声打量。声音像是来自四面八方。文命眉头一皱，迈步朝岸边走去。伯益和后稷的睡卧之地和文命不远。他们也已惊醒，见文命朝岸边走去，二人也走至文命身边。已经醒来的人众也全部跟在三人身后，同时往岸边走去。

未到岸边，他们便感觉震骇。只见黑沉沉的天边，一道雪白的水线滚滚而来，伴随巨大而低沉的吼声。水线亮得极其耀眼，不停颤抖，一根水线后是另一根水线，每根水线都在狂呼，似乎吼声连着吼声，从远处飞快涌来。文命曾在和九婴去羽山途中遇到过大水，那时便感水势惊人，此刻觉得，从天边排山倒海般涌来的大水疯狂肆虐，好像整个水面陡然竖立而起，惊天动地地扑来。

伯益大喊一声："不好！全部退回去！"

他喊声未歇，一股大浪已经扑将过来。其实也不等伯益发声，众人早已发觉面前的大水疾如奔雷，各自疯狂后跑。文命也不等伯益喊声停止，急速后退。但大水来得太快，文命只觉一股水浪恍如从半空扑下，巨石般砸向自己。文命转眼间看不见身边任何人，此刻避无可避，文命情急之下，将耒锸奋力往地下插去，双手紧紧握住锸杆。那巨石般的大水在半空碎裂，砸在身上，只觉浑身如被千万颗碎石击中，头部、肩膀、胸口、后背同时剧痛。那些碎石触身便落，又是一轮巨浪涌向天边，狠狠砸下。文命哪里还看得到身边是否有人，只将耒锸牢牢固定。他知道只要自己松手，顷刻间便会被激流带走。

一连扛过几波大浪，水势挟带的滚雷之声又沉沉远去。文命知道刻不容缓，奋力拔出末锸，转身朝后狂奔。只跑得几步，身后的雷声又铺天盖地地追来。转眼间，文命只觉雷声已到脚跟。他知此刻乃生死关头，再次奋力，将末锸再往地下插去。锸未入地，陡然间觉得腰身一紧，似乎被什么紧紧箍住。文命连半点思考的时间也没有，只觉自己已腾空而起，整个人横着飞到半空，急速脱开了巨浪扑来的范围。

身在半空的文命不知发生了何事，只见身下一股股白浪从刚才他奔跑的地方席卷而过。他什么也来不及想，已觉自己腰身被缚，横飞数丈后，竟落到一匹马上。文命熟知马性，反应敏捷，立刻双腿紧夹，手转缰绳，往后奔去。

此刻他才看见，自己腰身上缠着根原是用来猎物的百丈绳索。文命抬头看去，绳索的另一头拿在重黎手上。知道自己在刚才间不容发的关头，被重黎救了一命。他只稍稍点头，跑出十余步后，勒住缰绳，回头看去。

眼前景象令人吃惊。那些巨浪来得快，去得也快。原本算是平坦的岸边已充满被巨浪带来的鱼和碎石，另外还有十余个趴在地上的族人。文命暗暗吃惊，没料到刚才的巨浪如此惊人，破坏力如此之大。他转头再看，只见伯益和后稷也先他被重黎以同样的手法救出。三人相距不远，同时在彼此眼中看到吃惊之意。

文命厉声大喊："所有人都上山去！"那些巨浪轰隆，几乎无人能听见他的喊声，但也不需他来下令，所有人都往山上奔去。文命拨转马头，和伯益后稷汇合。重黎也策马过来收绳。他脸无表情，看着三人，说一句："此处不可留，立刻上山！"说罢，重黎已然纵马往山上奔去，文命等三人也紧跟其后。

到得半山，文命勒马朝山下看去，只见一股股巨浪仍然势不可挡地扑向岸边，每朵白浪犹如巨兽之齿，疯狂地咬住岸边岩石，又轰隆隆退去，然后再一次扑过来。

文命目不转睛地凝视，说道："这里怎么会有如此大浪？"

后稷仰头看天，观察片刻，说道："这水从西北方位而来。很有可能，西北方洪水暴虐。"

文命眉头紧皱，说道："我们船行了二十余日，已经快到尹水，难道这洪水是从尹水而来？"

伯益说道："应该是从尹水而来！共工说是治水，很可能掘开了大水！"

文命将末锸在手中一紧，说道："我们到得晚了。"

重黎在他们身边，忽然冷冷说道："共工该杀！"文命转头看向重黎，后者脸上仍无半分表情，眼内却是涌出一股寒意。

5

待天亮之后，洪水几乎淹没了整个山麓。巨浪没有了，水位线增高不少。文命等数百人都站在山腰观看。只见四下泽国无边，一群乌鸦扑棱棱乱飞，寻找死物。伯益和几个人从山下绕山路走上山。文命迎上去说道："有多少人被洪水卷走了？"伯益上前一步，说道："昨晚被卷走了五十三人，水势太猛，连尸首都找不到。"声音颇为哀痛。

文命双拳互击，沉声说道："我们即刻往尹水出发。"

众人下得山来，到昨日的系船之所，才发现那些大船有两条被水冲毁，还有一条居然踪影皆无，料是系缆的石头不稳，整条船也不知被大水冲到了何处。八条大船只剩下五条。文命看着剩下的船只，不禁暗想，自己才刚刚率队出来，就遭遇船毁人亡之事，治水之途，委实艰难。他知自己乃此刻首领，绝不可慌乱。当下沉住气，将众人扫视一眼，说道："船虽然少了，我们还是可以上这五条船只。伯益和后稷重新列队，重黎与护宫之队继续断后，我们往尹水去，好好见识一下共工的治水之法！"

伯益、后稷、重黎三人分别将众人列队，然后登上剩下的五条大船。船少人多，使每条船都十分拥挤。文命对人多倒是未加在意。他和伯益后稷站立船头，仔细观察船下水势。果然和前些时日不同，尽管都是洪水，此刻越往西北方向行驶，越感觉一股洪水之力正迎面冲来。伯益不禁叹息道："共工果然是用筑堤之法！"

一路上再无高山陆地。又是数日过去，人人都觉水势愈加汹涌，无法断定尹水出事究竟到了一个什么样的程度。

文命日日站立船头，观察水势。这日临近正午，文命忽然一愣，抬手一指前方，对身边的伯益、后稷说道："有船过来！"

伯益、后稷也同时望去，后稷说道："果然是船！这会是何处船只？"

文命目不稍瞬，只说一句："迎上去！"

这时船上其他人也看见有船迎面而来，众人都在文命身边围住，都想看清楚过来的船只。

对面的船只渐渐靠近，已经能看见几面巨大的褐色旗帜在随风飘摇。

伯益说道："水正部落，共工的船只。"

文命微微冷笑，说道："我要去见他，他就自己过来了。好！我们迎过去。"

后稷忽然喊一声："不好！大家快躲！"

后稷话音未落，所有人都已经发现，从对面船只上已经射来密密箭支。那些弓手俱是朝上倾斜射去，射出的箭支便如雨点般朝文命船只倾射下来。

这一番箭雨令人始料不及，文命眼疾手快，伸末锸拨开落到自己头上的箭支。他刚刚拨开，伯益与后稷已同时按住文命肩膀，三人蹲在船舷之后，再也无箭可以射中他们。一些不及防护的中箭不少，当即被射伤。文命转头看去，见船中插立的司空旗帜也已被射倒。文命再看自己船上部下都取弓想要回射，立刻吼道："不许射箭！众人避开！"那些人听得文命下令，收弓不射，却也有一些箭支射将出去。

但文命只能制止自己这条船，在他身后的船只上，已经射出一排箭雨。文命瞧着破空而去的箭支不由吃惊。这些船是他部落之船，人也是他部落之人，射出什么箭他自然知晓，但此刻从他身后射出的箭支尖头带火，绝非他部落之箭。文命和伯益互相一看，伯益低声说道："这是重黎的护宫之队所射。"

文命从未见过护宫之队的器械，此刻见他们射出的乃是火箭，不禁吃惊，说道："重黎手下如此厉害！"

重黎的带火之箭威力非凡，箭入对方船头，有几处引起火焰。文命起身看去，见对方船只近。文命尚未发话，便听身后传出喧哗。文命等人回头再看，只见重黎带领护宫之队已经从身后船上架上巨大板块，携弓而至。文命暗想，不愧是天子的护宫之队，当真迅速。

重黎已经走到文命身后，说道："无碍否？"

文命朝他点点头，手一挥，说道："不要再射！"

重黎将手中长弓举起示意，他部下人便不再引弓。

对面的船只被火箭射中，却未停下，径直朝文命船只撞来。

重黎吼一声："挡住！"

他手下人早挥戈持矛，从船头伸将出去，将对方船只抵住。

此刻已看清对方船上之人。那些人个个身着褐色短褂，头上飘扬黑色羽毛。还能看清的是，船上有不少人被火箭射中，正自满地打滚，想熄灭火焰。还有一些人手忙脚乱，将射在船舷的火箭拔下，扔入水中。

更多的人却是同样持矛，恶狠狠地看向文命船只。

6

文命眉头微微一皱，双手伸开，对自己船上人做了个不要动武的手势，然后朝对面船上人扬声说道："看见我船，为何忽然射箭？这船上可有头领？"

"当然有。"一个低沉的声音在对面传来。

文命等人只见对面船上的持矛人分开，后面走上一人。文命不动声色地凝视对方。见那人上身赤膊，皮肤泛青，远远一望，犹如一条盘绕一团的青蛇巨蟒。那人一步步走到船舷之前，看着文命说道："用火烧我船只，我看你是想找死不成！"

伯益怒声吼道："大胆！你可知他是何人？"

那青肤人冷冷说道："不管何人，胆敢到我水正部落捣乱的，必死！"

文命眉头一皱，说道："我来找你们酋首共工的。你带我去见他。"

青肤人仰头哈哈一笑，说道："想见我们酋首？好啊，我就带你的头去见！"

伯益等人无不大怒。伯益手指文命，眼望青肤人，厉声说道："这是天子亲命的司空大人，你是何人？胆敢如此狂妄？"

"司空？"青肤人侧眼看着文命，上上下下打量几眼，说道："我不认识什么司空，你想见我们酋首容易，你把头砍下来，我会让你见到我们酋首的。"

"简直大胆！"后稷也厉声喝道，"你是谁？"

"我？"青肤人狂笑一声，说道，"想记住我的名字？嘿嘿，告诉你也无妨，相柳便是。"

重黎忽然冷冷说道："我在平阳就听闻，相柳乃天下大害，我今日就除了你。"说罢，将手中长弓举起，搭箭上弦。没有人看到重黎的箭尖怎么会忽然冒出一朵火焰。

相柳见状，也将自己手中弓箭张开。

文命手一伸，说道："重黎，把弓放下，我们不是来和共工打仗的，我们是来治水的。"

重黎冷冷凝视相柳，还是徐徐放下弓箭。

相柳却是将弓弦拉得更满，箭尖瞄准文命，说道："你是来治水的？哈哈，这尹水怕是不会听你的号令！"

文命冷冷望着相柳。重黎担心相柳果真射箭，再一次举起弓来。

便在此时，相柳船后又一条船飞快驶来。船上有人大叫："相柳！不得对司空大人无礼！"

文命和相柳两条船上的人都同时看向那条驶来的船只。

那船甚小，划得极快。船头站立一褐衫大汉。

相柳回头，手中弓箭也放下来。待那船驶近，扬声说道："浮游，你刚才说什么？"

被称作浮游的人怪模怪样地一笑，待两船靠近，浮游飞身到了相柳船上，几步走到他身边，对文命等人拱手说道："司空大人，我乃浮游，奉共工酋首之命，前来接你们。"

文命微微点头，说道："共工酋首知道我来了？"

浮游哈哈一笑，说道："司空大人的船队进入水正部落之后，共工酋首就已得悉。他命我和相柳前来迎接。我稍稍来迟，不知大人怎么和相柳发生了冲突？"

文命见对方说话滴水不漏，说道："我和相柳没有冲突，彼此有点儿误会。"

浮游继续笑道："是误会就再好不过，现请司空大人随我们一起去见共工酋首吧。"他一边说，一边将目光逐个扫向伯益、后稷，然后停在重黎身上，仔细瞅了重黎片刻才收回目光。

相柳恨恨放下弓箭，对浮游说道："酋首知道他们差点用火烧死我们吗？"

浮游对他眉头挑动，不阴不阳地说道："哎唷，相柳，这个酋首就不知道了，不过，司空大人刚才说了，也就是一点儿小小误会。既然是误会，就别放在心上了。酉首忙着治水，也没精力来管这样的小事，你还是把这些弟兄的伤势好好看一下，可别让酉首知道。你知道酉首脾气不好，让他知道这么多手下受伤，反而不妙。你说对吧？"

相柳怒眼圆睁，狠狠看了看文命等人一眼，将弓用力摔在船板之上，转身到了船尾。

浮游也不上前相劝，转身对文命等人说道："我这就带路，请诸位跟我一起去见我们酉首。"说罢，浮游对自己船上众人挥手道，"掉转船头，都跟我回去！"

见对方船只倒转，文命也对重黎说道："都回自己船上，我们跟上去。"

重黎答一句"是"，率自己手下往后面船只而去。文命看看自己船上，兀自四处插着相柳命人射来的箭支，己方受伤之人不比对方少，最可恶的是，那面表示司空职位的蓝旗也被射倒在船板之上，不禁眉头一皱，对后稷说道："命人收拾一下，马上就要见到共工了，看来他对我们毫无善意。现在在他的领地，都多加留心。"

<h2 style="text-align:center">7</h2>

文命率领的五条船跟在相柳船只之后前行。伯益说道："相柳恶名，无人不知，我们此刻跟他前往，会不会有诈？"文命凝视前面的相柳之船，缓缓道："我们见到共工再说。我料相柳也不敢再行造次。"

后稷微笑道："我们船多人众，相柳只有一船，倒也不必担心。"

文命沉思片刻，说道："你们看看这水，激流涌动，不似那夜大水之前，我担心共工此刻所在之地会不会危险。"

伯益拱手道："文命，你时时念及他人，也得想想自己了。我总觉得相柳刚才所做，乃是受共工指令，他虽不是非得和我们交锋，应该也是想试试我们的应对之法。"

文命微微一笑，说道："我为天下治水，不必去多想共工如何。相柳刚才所做，是不是受共工指令，倒不重要。记住我刚才说的，我们到此的目的，是治水而不是打仗。一切等见了共工再说。"

伯益、后稷同时应声"是"。二人分站文命两侧，应声之后，不由互相看看彼此。

文命转身走向船中。那面代表司空的蓝色旗帜已经重新插好，另外一些受伤之人也在接受敷药包扎。文命见那些伤者靠着船舷，伤重者痛苦出声，不由心情沉重，今番来尹水，没料到会在数日前遭遇洪水，折损五十三人和三条大船，眼见抵临目的地了，又无故被相柳箭伤一些人。文命走到伤者面前，蹲下询问伤势，抚慰伤者。那些伤者和未受伤之人都愤愤不平，觉得相柳缘无故伤人，实在欺人太甚。这些部落之人均每日习武，不是与人斗，便是与兽斗。死伤倒怎么不放在心上，只是觉得相柳实在过分，不少人要求文命下令攻击相柳之船。

文命岂能不知众人心意。他对相柳之举也颇为恼怒，此刻见众人激愤，遂站起左右环顾一周，慢慢说道："我知大家对相柳不满，我和大家一样。只不过，我们此来目的是为了汇合共工，一同治水。尹水水势很急，前几天，因为一场大水，我们失去不少人。相柳是共工部下，对他所做之事，共工不会不管。待我见到共工，会要他给我一个解释，我也可以给大家一个解释。在我见到共工之前，谁也不要提动武之事。天下事，不是动武可以解决的，就像这洪水，能够用箭把它射退吗？一切都先听我令。"说罢，文命目光扫视左右，众人都不接他目光，有些人脸上的愤愤之色并未消失。

文命眉头微皱，起身说道："我受天子之命治水，乃千难万难之事，你们跟我出来，难道是出来打仗的吗？你们不服，我也不服。但有一点必须知道，我们才刚刚出来多久，如果每到一个地方，不是治水而是打仗，最后这水能治好吗？我们在这里遇到一个共工，说不定明天还会在另外一个地方遇到比共工更恶之人，那时怎么办？继续打？我们没有时间打，也没有必要打。刚才相柳无故伤人，是不是共工的指令我们并不清楚，所以，一切等我见到共工之后再说。你们记住，我也不是任人欺到头上之人！"说罢，文命再次轮番扫视众人。这一次，似乎没有人再脸有不平色。众人不自觉地齐声说道："我们遵司空之命！"

文命点点头，见已说服众人，便重回船头。

当他双手按住船舷之后，抬头却是一愣，只见前面已出现一座山峰。文命凝视过去，那座山颇为奇特，只一个高高主峰，远处看显得极为细长，山顶白得耀眼，应是白雪覆盖。整座山峰仿佛一根擎天之柱，直上云天。

文命问道："那是何山？"

伯益和后稷也早就看见此山。伯益说道："共工所在的部落虽名'水正'，但我们倒是知道他的领地有座奇山，叫作不周山。"

"不周山？"文命手搭凉棚远望，说道，"看它样子，真乃奇特。"

伯益手指过去，微笑道："据说它的主峰是到达天界的路径，凡夫俗子没办法走上去。山上长年飘雪，靠两条腿是走不上去的。"

文命微笑道："想不到共工这里居然有如此景况！"

后稷接口说道："相柳正带我们前往不周山，那共工难道是住在山上？"

伯益道："一定如此，这四方大水，只有山上才是陆地，我们就等着相柳带我们上去。"

相柳船只果然破浪前往山边。文命这里的五条船上的人和护宫之队也看见了远处出现的不周山。众人俱各兴奋，连受箭伤的人也感觉振奋起来，毕竟，他们在水上又已航行多日，均有筋疲力尽之感。若到得山上，自能好好休养。

眼看到得岸边，文命等人已看见岸上站立无数人。人虽多，却是一片静默，好像没人愿意说话。相柳的船只首先靠岸，有人过来接住船上抛下的缆绳，系在岸边石头之上。第二船便是文命乘坐之船，同样有人过来接住船上抛下的缆绳。文命细看岸上之人，都目光冷冷，似乎极不愿意看见文命等人来此。那些人都穿褐色背心，头插黑色羽毛。文命一眼扫过，已看见共工在人群后面站着。伯益和后稷见共工并不出来，心中不禁有气，说道："别说文命现已是司空，就算还在夏后部落，也和你共工一样，同为酋首之尊。共工怎能不上前迎接？"

文命微一摆手，缓缓说道："都不要说，这里毕竟是共工领地。我们先下船再说。"

这时已有共工部落之人将并排绑缚一处的几棵树架上文命船舷。文命脸上不露声色，抬步下来，伯益和后稷等人跟着下船，其他几条船上的人也纷纷下船。

文命下得船来，他面对的水正部落之人便自动让开一条通道。共工从中走了过来，他看着文命，在半路停下，仰天大笑数声，继续抬步，边走边说道："果然是司空大人，好兴致啊！怎么到我不周山来了？来来来，我已摆好饮食，伯益和后稷也来了？哈哈，好好好！诸位别客气，快请过来，快请过来。"言辞间充满文命等人没料到的亲热。

他周围部落的人却没一个脸有笑意，均冷冷看着文命一行。

第十二章　山崩

1

共工端起桌前米水，哈哈笑道："司空大人，难得你率众来此，我先敬你！"说罢，仰头将一碗米水喝尽。文命端着碗，缓缓说道："共工酋首，我就陪你这一碗，我部下都已疲乏，不便多饮，让他们多歇息一会儿，我有事想单独和你商谈。"

共工仰天一笑，说道："司空大人此话何意？早闻夏后部落，都乃猎虎擒豹之人，何来疲乏一说？再说了，难道司空大人带这么多人来不周山，就是想着歇息的吗？哈哈！你有事和我商谈？先等吃饱了再说。"

文命眉头一皱，仍是缓缓说道："共工酋首，我千里来此，可不是为了来吃饱饭的。"

共工尚未回答，坐他身边的相柳霍地站起，不阴不阳地说道："我们这里让你们吃，让你们喝，你还有什么不满吗？司空大人？嘿嘿，我可没听说过有什么司空大人。"

文命旁边的伯益立时站起。他还未说话，文命手一摆，说道："伯益，先坐下。"

伯益对相柳瞪一眼，不说话，重新落座。

文命将手中米水搁在桌上，似没听见相柳之言，对共工说道："共工酋首，这里只该你说话吧？"

共工扭头对相柳喝道："坐下！你怎么对司空大人如此无礼！坐下！"

他一连两声"坐下"，相柳嘿嘿一笑，坐了回去。

共工对文命看几眼，说道："怎么？司空大人不喝我不周山的米水？"

文命总显得不急不躁，说道："我不是说了吗？我陪你喝这一碗，待食完之后，我有事和你相商。"说完，文命将桌上的米水端起，仰脖喝尽，将空碗对共工一举，说道，"这一碗我已喝完，可以不再喝了。"

共工似没听见，对身边站着伺候的人说道："给司空大人再倒上。"然后又对文命哈哈笑道，"司空大人这么着急干什么？我们多喝几碗，有什么事也不要单独和我说，就这里说也是一样。我这些手下个个都是我信得过的人，难道司空大人不信自己手下吗？素闻司空大人胸怀万民，也没什么不可当众说的事吧？"

文命手一抬，制止那端米水之人过来斟满，眼睛却是望向共工，说道："这不是信与不信之事，而是事关水正部落每人的性命，还是我们单独来说要好一点。"

共工脸色蓦然一沉，冷冷说道："司空大人在吓唬谁？有我在，我部落人的性命自然安全。不知司空大人此言究是何意？"

文命凝目注视共工，后者也目光冰冷地迎视。

文命缓缓说道："那我就在这里说了。"

共工又忽然狂笑一声，说道："这就对了！司空大人有话就在这里言明便是。"

文命极力抑制，缓缓说道："数日前，我们在一山上休歇，从西北方涌来大水，我想问问你，这水是不是从尹水而来？你是在这里治水吗？"

共工哈哈一笑，说道："不错，我是在这里治水，你没看见我这不周山周围的堤岸筑得有多高吗？水到不了这里，司空大人放心便是！"

文命声音开始冷峻："那依此说法，你就只管这不周山，就不管尹水决堤，对中原将造成何等水患？尹水决堤，水势之猛，我已亲眼所见，我想问问，你治水是为谁人？难道就不管那天下万民？"

共工冷眼看着文命，听他说完后，沉默了片刻，才又忽然一声冷笑，说道："文命，你是到我这里问罪吗？你是天子不成？"

文命双手按桌，缓缓道："我受天子之命，要治理中原水患，你如此一来，水患更甚，你远在西北，可曾想过中原？"

"中原？"共工狞笑一声，说道，"我只要这不周山无事，中原与我何干？"

"共工！"文命再也按捺不住，喝道，"你如此胡来，不怕天子降罪吗？"

"哈哈，"共工仰头大笑，起身离桌，走到中间空地，双手张开，大声说道，"我乃水正酋首，你有什么资格在我这里发脾气？我叫你一声司空大人，已经是看得起你了。我告诉你，别在我这里搅事端，你不喝我这里的米水，就请离开！你该去哪儿就去哪儿，别说你只是个司空，就是天子来此，我也要请他回他的平阳！"

文命缓缓站起，一个字一个字地说道："这么说，你是不听平阳号令？"

"平阳号令？"共工侧过身，面对文命说道，"平阳给过我什么号令？我当日在平阳请命治水，天子不是不允吗？他既然不允，我就只能在这里治水了，别跟我说什么天下，我眼里只有这不周山。"他走上一步，续道，"你是给我带天子号令来的吗？说说看，天子给我什么号令了？"

"共工，"文命威严说道，"你当日在平阳时也听到了，我受命天子治水，三千八百部落，都得听我号令，以治水为先！"

"听你号令？"共工扬声冷笑，手朝自己部落人一指，说道，"那你命令他们试试？看他们是听你的还是听我的？"

文命目欲喷火，还是极力忍住，说道："共工，如今天下被洪水淹没，你身为部落之首，果真不想万民？"

"少跟我说什么万民！"共工继续冷笑道，"只要我这不周山无水，你要我去想天下，难道你是要劝天子将帝位传于我吗？"

"大胆！"伯益终于忍不住了，站起喝道，"共工，你说此话，乃觊觎帝位之言，可知乃死罪？"

相柳也跟着站起，对伯益龇牙说道："那你就先死！"说罢，反手从后面武士手上抢过长矛，作势欲出。伯益身边的重黎早已站起，也不发一言，手中弓箭搭起，箭尖一团火苗燃起，瞄向相柳。

2

"哈哈！"共工又是仰天大笑，走到相柳身边，说道，"我不是说了吗？对司空大人不得无礼！放下！"相柳恨恨地将长矛朝身后武士递过去，双眼始终对重黎冷冷而视。文命摆摆手，说道："重黎，你也放下。"重黎依言垂下弓箭。

共工似乎没觉得刚才发生了冲突，原本倨傲的脸上忽然堆起笑意，对文命说道："司空大人，你看见了，我这部落的人就只听我的，就像夏后部落也只听你的一样。不过，刚才伯益之言，我可不敢那样去想。哈哈，我随口说句笑话你也当真了？天子之位嘛，我们都知道虞舜将接，就连丹朱也不要去妄想。"他转身走向自己座位，落座后续道，"司空大人，我知你想治水，我也想治，所以，我觉得我们的想法没有任何差别，干吗要动矛舞箭？其实你想说什么，我都知道，这样吧，你不喝我这不周山的米水就不喝，先好好吃点东西，休歇一下，你看怎样？"

文命见共工转眼间说话语气转换，也慢慢落座，说道："如此最好，我们先用食。"

共工哈哈笑道："不错不错，我这不周山的猎物和其他部落食物可不一样，我想司空大人也早已看见，不周山乃终年积雪之山，山上猎物多为阴寒，肉质与中原之地不同。我今天特意为司空大人准备的都是最美之味，大人和各位尝尝，觉得滋味如何？"

文命嘴角一动，说道："多谢共工酋首。"

"难得司空大人远来，有什么用得上我的，稍晚再说，我们先吃。"共工说罢，伸手将自己桌上的一块肉挟入嘴内大嚼。

伯益和后稷等人见共工态度居然陡然转变，一时诧异。二人都看看文命，见他脸上声色不动，也在伸筷挟食，二人交换一下眼色，不再多言，也吃了起来。这一幕天席地的饮食之地竟然忽然间阒无声息，数百人在层层围住的桌前低头进食，没有人再说话。相柳吃得几口便朝重黎狠狠看去。重黎自然见到相柳目光，他也冷冷回视过去。文命和共工都好像没觉得气氛肃杀，两人时不时对望一眼。每次一望，共工便哈哈一笑，说一句："司空大人，多吃一点！"文命嘴角笑笑，也不答话。

一顿饭在数百人的沉默中吃完。共工命人撤下杯盘，起身对文命说道："司空大人，我已命人收拾好房间，请伯益、后稷，哈哈，还有重黎，带你们的人去休歇休歇。一个时辰够不够？"

文命答道："如此甚好，那我们一个时辰之后再见。"

共工扬声说道："来人，带司空大人去休歇！"

文命等人起身，跟随共工手下前往休歇之所。

见他们全部走后，相柳和浮游走到共工身边。相柳恨声说道："酉首，你为什么这样对待文命？我真想一矛把那个重黎给杀了！"

共工脸色沉下来，冷冷说道："你不明白吗？"

浮游不紧不慢地接口说道："相柳，你怎么就不知酉首所想？你没看见吗？那重黎所带之人乃平阳的护宫之队。素闻护宫之队骁勇非常，他们人数也不少，我看了看，连同夏后部落之人，他们来了有三百人之多，如果刚才动起手来，我们可没有必胜把握。酉首是想先稳住他们再说了。"

共工转脸看着浮游，忽然哈哈一笑，笑容又顿敛，冷冷说道："浮游之言甚是！相柳，你得像浮游一样，动动脑子。文命来此，并非和我水正打仗，我命你们去接文命，谁要你射箭的？"说到这里，共工眼神冰冷，直直地看向相柳。

相柳眉头竖起，低沉着声音说道："到我们这里放肆。哼！他以为天子封他为司空，就可以到处下令了？我迟早要收拾他们！那个重黎看上去很健壮，哪天我掏出他的心脏来吃，一定味道不错！"

共工斜眼看相柳一眼，说道："重黎乃天子的人，你要吃他的心脏，等他离开不周山再说，你那时要怎么做，我都看不见。"

浮游凑上一步，说道："酉首，一个时辰之后，我们该如何？"

共工来回走得几步，说道："文命虽然年轻，但比他父亲可强多了，你们没看见吗？我不管说什么，他都忍得下去，你们可别轻视了他。没有过人之处，天子也不会把治水的事交他来做。"他顿了顿，又冷笑一声道，"可他在我这不周山，就不是他想怎样就怎样的，一个时辰后，你们都随我带文命四处看看。

至于这时辰之内，"他转向浮游，冷冷道，"你知道你该去做些什么吗？"

浮游双手一拱，说道："我自然知道。"说完，浮游从共工身边离开。共工转身看着浮游离去，对相柳说："你看看浮游，别动不动就靠武力，有些事，是用脑子的！"

相柳也看着浮游，他真还不知浮游要去做什么，此刻听共工不满自己，咬牙说道："好！我知道了，等他们离开不周山后，我再去杀了重黎！"

共工眉头一皱，仔细看着相柳，然后伸手在他肩膀拍拍，说道："一个时辰之后，再到此处。"说罢，共工双手负在背后，大步走开。相柳转身看着共工，只一个片刻，扭头看向文命等人走去的房间方向，露出恨恨的眼色。

3

文命被带到休歇之屋后，也无睡意，坐下没多久，伯益与后稷便走了进来。

"我正想去找你们。"文命走上去说道，"今日听共工之言，难不成他想不遵平阳号令？"

伯益手捻长须，皱眉说道："不错，这也是我和后稷找你之因。今日我观共工，不似在平阳之日。这不周山乃他部落之地，我看我们在这里得小心才是。"

文命来回走了几步，停下说道："依我来看，共工也未必敢对我们怎样。我回思他在平阳之言，虽对天子有不敬之词，也不过是想治理大水。今天有句话他说得不错，我和他的想法没什么不同，既然都是想治好水患，我们待会儿不妨看他究竟是如何治理。"

后稷说道："我们这一路行来，越到此处，洪水越猛，共工要我们休歇一个时辰，我倒是觉得，我们应该尽快去尹水岸边，看看他究竟是何方法。"

文命凝目微思，抬头道："不错，我只想这一路行程，众人皆疲，不如让他们都先休歇，我们先且去岸边察看。"

伯益也点头道："那我们即刻出去，"他又补充一句，"要不要重黎同往？"

文命摇手道："不必叫他，我们三人就行。"

后稷打开门，三人先后而出。

门外站一共工部下，他见文命等人出来，赶紧过来，弯腰说道："司空大人，你们这是去哪里？"

文命停步说道："我们想去尹水岸边。"

那人不禁有点慌乱，期期艾艾地说道："你们……你们要去尹水岸边？这……"

伯益皱眉道："怎么？我们不能去吗？"

那人赶紧说："我们酋首……嘱咐过，让你们……休歇一个时辰。"

文命微笑道："我们不休歇了，想马上去岸边。"说罢，文命双目炯炯，凝视对方。那人被文命目光盯得心下更乱，像是没了主意。他没想到文命居然会不休歇，他未接到共工其他指令，不禁手足无措，不知如何是好。文命眉头一皱，对伯益后稷说道："我们走！"这三字说得坚决无比，那人不禁吓一跳，忽然说道："要不这样？我带几位大人过去可好？免得……免得我们酋首追问起来，我……我……"

文命点头道："好，你愿意去，就跟我们一起去。"

那人连声答应，下石阶而行，文命等三人紧跟其后。

沿路自然少不了遇见共工部落之人。他们见文命等三人，俱是装作不见，赶紧绕路。文命等人不禁眉头皆皱。伯益低声说道："我总觉此处透着怪异，小心为好。"

文命扫视几眼，说道："无妨，我们先去岸边看了再说。"

后稷倒是忍不住，对带路之人说道："你们部落是怎么回事？好像每个人都怕见到我们？"

那人左右看看，说道："没……没有吧？"

伯益冷冷说道："没有？你装作没看见，还以为我们也没看见？"

文命抬手说道："不必说这些。我们的船就在河边，只是下船时这里人多，不及细看堤岸，我们快走便是。"

文命等人加快脚步，那共工手下也时时抢在前头带路。

离开住处，一路已俱是山路，几人刚刚拐得一个弯，只见有几人面无表情地站在前面。当先之人正是相柳。

见到文命等人，相柳嘴角一动，冷冰冰地说道："司空大人，这是要去哪里？"

伯益、后稷听他出言不逊，心中不禁有气。后稷踏上一步说道："我们要去岸边。"

"去岸边？"相柳冷冷说道，"这里不是平阳，是不周山，我们酋首要你们休歇一个时辰，你们不去休歇，在这里瞎走乱撞，想干什么？"他转头看见文命身边站着的自己部落人，脸色沉下来，续道，"还有你，好大胆子！竟敢带他们瞎撞！"

那人赶紧上前说道："我……我……"

他还没说出"我"什么，相柳已经挥拳将其打倒在地，吼道："还不快给我滚！"那人立刻爬起，狂奔而去。

伯益也上前想说什么，文命已经先上前一步了，皱眉说道："相柳，你对部落下属历来如此吗？"

相柳双手背在身后，冷冷道："这是我不周山的事，司空大人好像管不到这些吧？"

文命缓缓说道："不周山乃天子治下，今天子广推五德，你不知道吗？"说到后来，文命声音已然严厉。

"哈哈，"相柳仰天一笑，说道，"什么是五德？我从来没听说过！司空大人，你最好还是去休歇，不要在不周山瞎走乱撞！"

后稷上前喝道："相柳！你不过共工手下，竟然如此对司空说话！"

相柳冷笑道："我早就说过，我没听说过什么司空大人，你们既然来了不周山，就得听不周山的安排。"

文命冷眼看着相柳，说道："我现在要去河边。伯益、后稷，我们走！"

说罢，文命大步往前走去。

相柳立刻将身子往文命身前一拦，说道："在不周山瞎走乱撞，可别出什么事才好。"

文命停步，忽地一笑，说道："我倒想看看会出什么事。"

相柳对身边几人大喝一声："给我拦下！"

那几人顿时站成一排，将文命等人拦住。

文命眼挟寒光，说道："让路！"伸手将面前之人推开。相柳喝道："你想动手？给我打！"话音一落，自己率先朝文命发拳打去。

4

相柳虽铁臂虬筋，文命也丝毫不惧，往日在尖山，搏狮猎豹乃寻常之事。自在船上见到相柳之后，后者始终咄咄逼人，文命自也心中不快。此刻见他一言不合就动手，不禁恼怒。文命毕竟年轻，血气方刚，虽不欲在此地与共工交恶，但相柳实在步步紧逼，文命当下将相柳拳头接住，怒声道："你住手！"相柳挣了几下，却无法挣脱文命，他知自己不是文命对手，却是不甘，另一只手也握拳打来，文命又将他那只手也捉住。

相柳本来皮肤发青，此刻被文命握住双手，一张脸涨得红中泛黑，想用力挣脱，却被文命牢牢握住。便在此时，又一阵脚步声过来，众人转头去看，见是共工带着数人过来。

共工一见此状，大声喝道："相柳！快松手！"随着喊声，共工几步上前。文命见共工亲到，双手松开。相柳一得自由，狂喊一声，朝文命冲将过去。共工已然伸手，将相柳右臂抓在手里。相柳立时动弹不得。共工吼道："相柳！你怎可对司空大人动手！"说着，将手臂一甩，相柳踉跄几步，退到一棵树旁，方扶住站稳。

文命冷冷看着共工，又看向相柳，说道："相柳对我们何来如此敌意？"

共工显得十分气恼，手指相柳，喝道："你给我滚回去！"

相柳凶狠地看了文命一眼，说声"我们走"，带着他几个手下恨恨走开。

共工对文命拱手说道："司空大人勿怪，相柳自来爱武，我也很难管束。他没有伤到大人吧？"

伯益上前说道："相柳伤不到我们。共工，我们想去河边看看。"

"要去河边？"共工脸露笑意，说道，"我明白司空大人所想，是想看看我如何治水是吧？请大人放心，我会让众位前往，不过，我还是想司空大人先去休歇休歇，大人这一路行程疲惫。岸边此刻正在涨水，我部落人皆在，大人这时候过去，恐会让他们做事分心，大人不如先回，我已经说过，过一个时辰，我会命人带诸位大人过来。这刚刚涨起的大水很是猛烈，大人虽不惧水，我却不能让大人在不周山有什么意外。三位大人，还是先请回去。"说罢，共工将手一摆，眼睛紧紧盯住文命，口却未停地继续说下去，"来人，带三位大人回去休歇！"

文命眉头一皱，伯益已经说话了："如此，那我们就等共工酋首派人来唤。"

文命嘴唇动了动，见伯益已经说话，便说道："如此也好，我们候酋首派人来唤。"

共工拱手说道："请三位大人先行休歇。"

看着文命等人折身回返之后，共工脸色显得极为恼怒，带着随从转身便走。

他们转过几道弯后，见相柳带人在前等候。共工几步走上去，沉声说道："谁让你和文命动手的？文命乃一酋之首，勇武非常人可比。你不会是他的对手。"

相柳脸色更青，说道："我就不信我打不过文命！一定得试试。"

"试试？"共工冷笑一声，沉声说道，"会有你试的机会。现在最重要的是什么，你不知道吗？"他也不等相柳回答，又说下去，"文命亲来不周山，正是我最好的机会，待这洪水遍满中原，我们正可把此事推与文命身上，我看他这个司空还能做多久！浮游还在岸边吗？"

他话音刚落，只见浮游带着人正绕山而来。见到共工，浮游上前拱手说道："酋首，一切我都已做好。下一步怎么办？"

"好！"共工赞一句，转身走了几步，抬眼望天，说道，"自我先祖炎帝在阪泉败于黄帝之手，这天下就不再是我族天下，如今洪水四起，正是我们夺回帝位的大好时机。尧不是以为自己已得天下之心吗？嘿嘿！这洪水就可将天下之心淹死！尧先信鲧，现信禹，正好让他们父子将尧的根基给淹掉。"他转身看着相柳和浮游，续道，"文命来此，是我们将黄帝一族彻底击败的机会。我们要好好利用，相柳，你可别再让他们起疑心了。"

相柳像是忍住气，拱手说道："我知道了！"

浮游忽然上前一步，说道："酋首，妸象有传书至此！"说着，他将手上一块小木板递过去。共工接过木板，抽出佩刀，将木板从中割开。共工细细看过之后，仰天哈哈一笑，说道："妸象真是我从未见过的蠢人！哈哈，这真是天来助我也!"

5

文命等人进屋之后,伯益说道:"共工不欲我们此刻去岸边,强行要去,恐怕他还有其他方式阻拦,所以……"文命点头道:"我知道你的考虑。我只是觉得奇怪,共工为什么一再阻拦我们去岸边?"

"岸边一定有什么事,"后稷说道,"共工说过一个时辰后让我们过去,可见这一个时辰对他非常重要。"

文命点点头,沉思一下,说道:"不管他有什么,我们就等这一个时辰!"

后稷拱拱手说道:"我们也不妨休歇片刻。我和伯益先行告退。"

看着伯益反手将门关上后,文命慢慢踱步到床前坐下。他与共工并不熟稔,夏后部落不论在汶山还是在尖山时,都因与不周山相距甚遥,素无来往,他与共工更是从来没有见过。他第一次看见共工还真就是虞舜大婚期间。对文命来说,前来贺婚的三千多部落酋首,除了寥寥无几的数人如妘象、防风等外,都是首次遇见。又因当时事发甚多,不及逐一结识。对共工印象深刻,还是自己从羽山回来之后,共工请命治水。他虽反对共工当时提出的筑堤堵水之法,对共工倒也无任何私人之见。今日是第二次与共工面对面交往,总觉得对方对己抱有对抗之意。文命此刻乃尧帝亲命司空,仅稍逊于虞舜的司徒之位,已远超三千八百部落酋首,不料离开平阳之后见到的第一位酋首共工明显未将他放在眼里。虽然刚才共工当面斥退了相柳,也谈不上是对文命前倨后恭。从共工的眼神来看,自然是独霸一方惯了,不允许任何人前来对他下令。文命当然也不是想来命令共工,只是和共工稍一接触,觉其敌意颇浓。尤其现在回思相柳无故朝自己船队射箭,随后竟然冲船来撞的架势来看,水正部落在此地横行已久,任何人都难染指其内。文命倒从未想过要在这里对水正部落来一番指手画脚。他不觉得自己可以指挥甚至命令其他部落做什么,哪怕司空的头衔完全允许他这么做。在文命眼里,一切称谓其实都可以忽略,哪怕天子名号,也一定是为了万民才可以存在。不错,天子可以发号施令,不是因为他占据了天子尊号,而是所有的命令都因为万民能够在那些号令下安居乐业。他现在虽被尧帝命为司空，他倒是觉得，共工在这点上说得不错，难道因为他是司空了，就可以来命令水正部落的人吗？不会的。这不是水正部落属不属于共工的问题，是因为他若要下令，必定是为了整个部落免除水难灾祸的问题。也因为这一想法，相柳虽对他出言不逊，文命倒是没像伯益和后稷那样气恼，他对相柳产生不快，仅仅是因为相柳对他的敌意已经到想动武的地步。这是他不能容忍，也没想过要退让的问题。

共工呢？

他手下如此跋扈，难道和他就没有一点关系吗？能够看出，共工对部落掌控极严。就他目前所见的水正部落，每个人都似乎被共工灌输了一种独霸一方的主宰感。既可以说众人皆服从于共工，也可以说共工压制力非凡。自然是在共工的心理暗示下，整个不周山的人对自己一行充满对立情绪。共工可以在尧帝面前拂袖而去，自然没把天下人放在眼内，但自己对共工从无敌意，此次千里行船，为的不就是想看看他如何治水？共工的方式在平阳就已经说了，他要采用的是自己父亲失败过的方式。一路向西北过来，洪水眼见势大，难道共工就不知道那是压根行不通的方式？既然知道行不通，他为什么还要那么做？甚至不想让自己去岸边看看？文命想到此处，心里陡然涌上不祥之感。这是他事先从未有过的感觉，哪怕他知道共工乃专横之人，但他就不会去顾虑自己部落人的生死吗？如果他的方式引起灾祸，首当其冲的受难者不是自己的部落人吗？

文命不由站了起来。对他来说，每个部落酋首都必然爱护自己部落之人，即使是他有点瞧不起的妢象，也未听说他不顾部落人生死，现在共工所为，对其部落必将造成难以想象的后果。共工身为酋首，会不考虑这点吗？

文命感觉无法再在房间待下去了，立时去开门。

他刚刚打开门，只见伯益和后稷正在门外想推门。他们脸上神色颇为惊慌。一见文命开门，伯益开口便道："不好了！"

6

文命手提耒锸，发足狂奔，伯益和后稷两人在后面一路跟上。

此时的不周山上，四处人群惊慌，连马匹也开始乱跑。文命三人一边跑，他们带来的夏后部落人也一边跟上来。迎面忽见一群水正部落的人跑来。文命伸耒锸拦住一人，喝道："现在状况怎样？"那人脸色惊慌，说道："司空大……大人，洪水涨得太快了！"文命又喝道："你们酋首在哪儿？"

那人仍是惊慌失色，说道："不……我不知道，不……知道。"

文命收回耒锸，那人赶紧从文命等人跑开。文命扭头对身后的伯益后稷等人说道："我们快去看！重黎呢？"他忽然发现身后的人没有重黎和他的护宫之队，全部都是自己从尖山带来的人。

后稷说道："我们先去岸边，我吩咐重黎办其他事去了。"

文命不再追问。一是洪水之事刻不容缓，二是后稷是他目前堪称臂膀之人，自然无需多问，当下加快脚步，往岸边跑去。

其实他们上岸之处早已被水淹没。文命知道自己这么率人奔往岸边无异奔向死途，瞧见旁边山路逶迤，升起一座不算高的山峰，便说一句："我们上去！"他率先往山峰奔去，身后的伯益后稷等人也跟着奔上去。

山峰不高，转眼就至。文命眼望前面，暗暗吃惊，只见一片汪洋似的大水正形成一层层巨浪扑来向不周山脚。水正部落的无数人都在水中挣扎，他们惊悸的狂呼声竟然无法从巨浪的轰隆声中透出。文命双眼吃惊地看着一切，似乎不肯相信就在这短短的一个时辰内，周围的水势竟然如此猛涨。几乎用不着细看，居高临下，能清清楚楚地看见沿着山脚，一道堤坝正被大水击垮。共工说得不错，水涨时，他部落人大半都在。文命料想他们正在筑堤挡水，只是来水太猛，应是冲垮了堤坝，大水从缺口陡然涌进，岂是人能挡住的？

文命脸色苍白地看着一切，只感手足冰凉。

这时也有不少水正部落的人逃至此峰。文命扭头对其中一个说道："你们酋首何在？"

那人结结巴巴地说道:"我……我……不知酉首何在。"

文命按捺不住,伸手将其衣领揪住,厉声喝道:"你们酉首是如何命你们治水的?"

那人抹一把头上的水,像是从惊慌中恢复过来,定定神说道:"我们酉首就是命我们筑堤,说是可以将水堵在外围。"

"堵?"文命喝道,"现在你们看见了,水是堵得住的吗?你们筑堤一尺,水涨一丈,拿什么去堵?"他环顾周围越聚越多的水正部落人,说道,"这里有谁知道你们酉首和相柳、浮游的去处?"文命此刻目光逼人,逐一从那些人脸上看过去。那些人不敢去接文命目光,有的避开目光,有的垂下头。文命见众人不答,又厉声问一句:"有谁知道?"

还是无人作答。文命回头再看峰下,巨浪涌得更急。文命厉声喝道:"你们不想这不周山被淹没,就听我令!现在全部下峰,沿山脚排开石头,让水沿石而过。不要以为我们站在这里就会无事,看这水来势猛烈,迟早会淹到此处,我们只有让水沿山脚过去,才可解除祸患,立刻下峰!"他说这些话的声势不容分说,令人不敢违抗。他就是不说,众人也知道,大水迟早会涨到此处,人人都逃不脱被水淹的命运。文命看向伯益,说道:"你先带人下去,万不可再堵。我先去找共工!"

伯益拱手答应,喊道:"都随我来!"说罢,伯益率先下峰,在他身后,夏后部落人和水正部落人都跟随下峰。文命这才看向后稷,说道:"你吩咐重黎去了哪里?"

7

后稷侧头看向他们刚才的休歇之所,说道:"请看,重黎便在那里。"

文命依言看去,不禁吃了一惊,只见刚才他们的休歇之所火光辉映,无数人影在其中闪动。文命上前一步,说道:"山下涨水,山上竟然失火?"他转头凝视后稷,说道,"重黎在纵火不成?"

后稷拱手说道:"文命,你乃重义之人,事事往好处想。没见共工自我们上岸开始就采取对立之态?那日他在平阳,对天子也十分不恭,我担心出乱,就擅自嘱咐重黎多加留意相柳。我和伯益前往你居室之前，重黎已发现相柳在命人决堤。所以，这场大水并非突然，而是相柳命人所为。"

文命吃惊不小，说道："相柳命人决堤，那就是他分明知道大水将涌，难道他们不顾及整个部落？"

后稷说道："我料其中必有诡计。"

文命凝望火起之处，又问道："那这火怎么会是重黎所纵？"

后稷微笑道："你已见到，重黎所率护宫之队，人人箭上有火。他必是和相柳交锋，我们不如快去。"

文命点头道："料想共工也会在那儿。走！"

二人立时下峰，峰下仍是慌乱一片，连同一些马匹也在惊跑。文命和后稷迅速抓住两匹马，各自翻身而上，策马往火起之地奔去。

那里果然是重黎与相柳交锋至此。重黎所率护宫之队平时练习严格，人人骁勇，相柳和其部下不是对手，水正部落武士越打越少。重黎箭尖带火，其箭法虽不如后羿乃至九婴，却是每箭射出，令人心惊胆战。相柳素来自负勇力，如今撞上重黎，只能嘴里哇哇大叫，哪里是其对手？

文命和后稷策马奔来之时，相柳身边早已再无部下，就一个人与重黎相斗。

文命喝一句："住手！"

重黎和相柳都停手不斗。相柳看着文命，咬牙切齿，恨不得上前将文命一矛捅死。

文命跳下马，手持耒锸，对相柳厉声说道："相柳！你竟敢决堤放水，可知你们这不周山也会横遭大祸？"

相柳见身边都是文命之人，一阵绝望后反而哈哈大笑，说道："文命，我就是要决堤放水，将整个中原淹掉！"

文命闻此言，不禁心头震怒，喝道："你为何要如此，这天下人的性命你从来不想吗？"

"哈哈，"相柳继续狂笑，"天下？这天下本来是炎帝的，被黄帝夺去。你知道为什么会有如此大水吗？我告诉你，乃天罚你黄帝一族！"

文命痛苦地摇头，说道："原来你们不顾天下，是觉得天下不是你们的。像你们这种恶人，也配有天下？共工呢？"说到后面，文命已声色俱厉。

"哈哈，"相柳大笑一声，笑声突敛，说道，"你想问我们酋首？嘿嘿，你们就等着在这里被淹死吧，我看你们谁还逃得出不周山！"

文命心内一震，知道相柳之言大有深意，他不敢想象共工此刻在什么地方和正在做什么。他转头看向重黎，说道："可知共工在何处？"

重黎双手抱拳，说道："不知，我只先到岸边，见浮游凿沉我们船只，相柳在决堤放水，我先射杀了浮游，与相柳相斗起来。"

文命左右看去，心里感觉某件祸事已到刻不容缓的地步，却是无法知道将发生什么。共工命浮游凿船，相柳决堤，明显是不欲自己及所带之人活着离开。文命想不起共工对自己何来如此深仇大恨。此刻共工踪影全无，他不可能离开此地，一定是在做难以预测的灾难之举。相柳之言已清清楚楚。文命与后稷等人都未虑及共工乃炎帝后裔，即使他们知道，也并未将其当成值得注意和防范之事。毕竟从黄帝以来，帝位已传数百年，在洪水出现之前，太平已久，几乎无人觉得天下还有何变。

此刻文命等人却是知道，天下之危，岂止这一场大水？

便在此时，众人差不多同时听到一阵咔喇喇之声，从半空竟然飞进下无数碎石。那些石块不似人投，却是从半空落下。好几块砸在人身上，石头虽小，飞落之力却是极为巨大，顿时将好几人击伤在地。

文命等人吃了一惊，众人抬头看去，不禁全部失色。只见不周山中央那根天柱样的巨石在一层层下陷，眼看着要横倒下来了。更多的石块随着石柱的倒陷飞下，竟如一场猝不及防的石雨。

"山崩了！山崩了！"

无数人狂声大喊，声音中充满强烈的恐惧。

似乎随着山崩，四面的水声更是大作，文命等人虽未在岸边，仍是看见远处竟然有丈余的浪花喷溅而起，无法判断这场大水究竟多大。令人不敢想象的，还有这根擎天石柱倒下之后，水势会如何变得暴烈。

文命此刻无法去想太多，他见那擎天石柱倒向南面，虽不会直接压向此刻在西面的自己，碎石却是乱溅，已成极为厉害的杀人之器。

相柳被一块落石打伤肩膀，他似不觉疼痛，反而哈哈狂笑。

文命大喊一声："重黎，先把相柳捆起来，我们先行躲避。"

第十三章　泽国

1

文命说先行躲避，其实已经无处可避。他们身边的庐屋在重黎及其部下的火箭之下已然烧起。此刻人心俱惶，听着越来越猛的水声，连扑火的心思都没有。文命也没想着要去灭火。那些火势不大，引不起众人注意。现在每个人都凝望着垮下来的石柱。

眼见石柱倾斜到一定程度之后，蓦然加快倾斜，似乎整根石柱根基震断，宛如一座尖长的山峰横着倒向大水之中，这一瞬间当真惊心动魄，石柱倒下时似乎将空气划破，所有人耳中只听得尖锐的呼啸之声，声音之大，连大水的激荡声也被暂时盖住。只一个转眼，石柱倒入大水，便如整座山峰横着扑入水中，一声巨响之下，紧接着便见大水冲天而起，似乎刚才的石柱有多高，这股激起的大水便冲得多高。巨浪冲上高空，立时化作倾盆大雨落向地面。范围之广，连文命等人的所在地也全部被落下的水浪覆盖。那些着火的茅庐顿时熄灭，众人不仅觉得人在雨中，同时还在一阵立足不稳的狂风当中。风助雨，雨借风，一时狂风骤雨大作，从天而降的大水冷得刺骨。此刻本已是初冬来临，这场雨是大水冲击而成，不比原本从云中降落的雨水，此刻那些大水直如碎石，连同石柱倒塌时迸溅的石块也一齐横飞。

文命等人见石雨猛烈乱飞，俱伏身躲过。

石柱彻底入水之后，便听得四处哭喊。对水正部落的人来说，这根石柱乃部落神柱，无人想过它会倒塌，此刻见其居然横着倒下，都不禁觉得到了部落覆亡之日，人人惊惧，哭喊一片。

待石雨渐熄，文命走到相柳身边，后者已被重黎部下反手捆缚。文命厉声喝道："相柳！你自己看看，你说天下不是你们的，可以不管，这水正部落难道不是你们的？你睁开眼看看，现在是你们部落在遭大难，你不管吗？"

相柳眼望一切，脸带狞笑说道："文命，是你来了，才给我们部落带来大灾大难，你们还逃得出去吗？你们的船都已被凿毁，周围全部是水，你就是杀了我，你们也活不久。哈哈！你也很快会死了，不周山天柱倒塌，没有谁可以活着出去。你问我们酋首在哪里？哈哈，我告诉你，是我们酋首推倒石柱的。他会活下来，你们会死，我告诉你，尧也会死，舜也会死，只有我们酋首不会死，他会夺回被黄帝抢走的帝位，我们酋首才是天子！不是尧，不是舜，更不会是你！哈哈，你也想登天子之位吧？你登不上去，就像天柱倒了，你扶不起来一样！你以为治好水就能做天子？哈哈，你做不了，这天下是我们酋首的，你杀不了我，你不敢杀！哈哈，我现在在你手上，你敢杀我吗？你杀了我，你就会立刻死！"相柳一边说，一边向伯益、后稷、重黎一个个看过去，狂笑道，"你们也不敢杀我，我是天子手下，你们一个个都会死在这里，我们酋首不会死，我也不会。哈哈，这石柱一倒，整个中原全部会淹掉，哈哈，我看尧还能做多久的天子！他根本就不是天子，我们酋首才是……"

语无伦次中，相柳脸上眼中全部是疯狂之色。文命一直冷冷看他，忽然喝一句："来人！"重黎身边走出二人，应一声"是"，手中长矛已然挺起。相柳犹在疯狂乱喊："你杀不了我！你也不敢杀我！不敢……"他没有说完，就见两支长矛刺进自己胸口。相柳低头看着一股血从胸口蓦地涌出，刚才的狂乱立刻变成了惊骇。他低头看着胸口，血从矛杆上涌出，又见两支矛杆从胸口抽离回去，胸口血如箭一般往外射出。相柳眼神惊骇，似乎不相信自己将立刻死去。他缓缓抬头看着文命，见后者始终冷冷注视自己。相柳喉咙"嗬嗬"两声，像是还想再说什么，却是一个字也说不出，身子陡然倒下，仆倒在自己的血泊中。

2

聚集在文命身边的人越来越多，其中大半是水正部落之人。他们都听见相柳临死前的话，不由惊骇，有人说道："怎么是酉首推倒了天柱？他……他这不是要部落覆亡吗？"

文命抬起头，对不自觉挤成一团的水正部落人说道："此处不可再留，你们有谁知道共工在哪里？我们得赶紧找到他，不周山很快会被淹掉。"

他见有人嘴唇一动，欲言又止，立刻望着那人说道："你知道？带我们去找！"这句话说得极是威严，那人不觉答道："我知道酉首在哪里。他在天柱旁。"

"立刻带我们去！"文命厉声喝道，"大水很快会来，不能等了。"

那些水正部落的人多半无法反应，在他们眼里，天柱已倒，大水进逼，部落将彻底覆亡，不禁都心中大乱，眼下见文命下令，不觉都想服从，似乎觉得在服从中自己能求得一命。文命转头对后稷说道："你带些人去助伯益，记住，现在大水疯涨，所有的石头树木都不可去堵，沿河道铺开。"他又看向重黎说道，"我们一起去找共工！"

两人分别应声"是"。文命和重黎等人各自上马，命水正部落人带路。天柱之地人人可见，文命自然知道，看见只是看见，走到近旁，若不熟悉道路，难以在最短时间内走到近旁。

当先众人分为两路，后稷带一路人前往岸边，文命和重黎带一路人前往倒塌的天柱之地。重黎忍不住说道："司空大人，天柱旁十分危险，我带人前去即可。"

文命眼望石柱倒塌之处，只对水正部落人喝道："前面带路！"

众人听得号令，立刻前行。

一路果然难走，尤其石柱倒塌，碎石遍地，耳闻大水就在不远处轰隆，狂风不息。此刻虽在未时，却是天空转黑，乌云遍布。那些水正部落人似乎此刻方才明白，他们酉首根本就没把他们性命放在眼里，只是个人服从酉首已久，此刻未感悲伤和恼怒，只觉心下乱成一片。

山路弯折，众人踏石或上或下而行，却是很快就到石柱倒塌之处。文命等人见整座石柱大半落入水中，激流狂涌，形成一个个巨大漩涡，尚有一截数丈高的石柱未倒，到近旁才发现，石柱中心乃空。相柳说石柱乃被共工推倒，文命自然不信，任何人膂力再狠，也无法推倒一座山峰。此刻见石柱内部皆空，方知这石柱原是部落隐秘。从那些部落人眼中来看，自然是除共工之外，无人知晓石柱的秘密。

文命微一沉吟，便知共工推倒石柱，原本是想引水横漫中原，自己船只被凿沉，自然无以脱身，只是共工没料到后稷安排重黎盯住相柳，此一失算，方被自己抓住先机。文命知己方虽暂时无虞，却难脱洪水淹没，此时若找到共工，或能得离开之途。当下命道："众人散开，先寻共工！"

重黎忽然说道："不必如此，我有擒共工之法。"

文命"哦"一声，问道："何法可擒？"

重黎将缰绳一勒，其胯下马前蹄高扬。重黎大声喝道："护宫之队，各往八方射出十箭！"

那两百护宫之队同声大喝，各自张弓。文命见他们强弓一举，弦上箭尖陡然便起火焰。众人各站方位，同时射出带火之箭。四周俱是山木，此刻狂风虽劲，却暂时无法熄掉箭头之火。但见护宫之队圆形而立，射出的火箭各入林中，适才石柱倒塌激起的大水在半空四散，竟然就这石柱之旁尚且干燥。树林着火即燃，周围立刻便是一片大火。

旁边水正部落之人见此威势，无不暗惊，知道共工想消除文命等人的不由地想，幸好没有与他们直面交锋，否则非吃大亏不可。他们不知这护宫之队能守帝宫，岂是一般部落可比。

随着火势一起，文命等人果见一人狂吼道："文命！共工在此！"

重黎手一扬，众人均收弓不射。只见不远处的一丛密林内，共工手提一把巨斧，大步走了出来，在他左肩、右臂、肋部和左腿之上，都插着一支箭，显是被刚才护宫之队的乱箭射中。共工甚是凶悍，扔掉斧头，一边走，一边将四支箭从身上拔下。每拔下一支，便顺手折断一支。旁人倒也罢了，重黎却是暗吃一惊，他知部下所射之箭，和一般部落树竹所削的不同，帝室箭外表看也是树竹所制，却均在树竹中混入少许青铜，极为刚硬，这么被共工随手折断，足见共工气力非凡。重黎虽感暗惊，却是不惧共工，见他现身，纵马奔去，到共工近前，挺矛喝道："你身为酋首，竟荼害生灵，不顾他人生死，可知罪大？"

共工虽看似轻描淡写折箭，却是忍住剧痛，尤其箭尖带火，射入肌骨，流血还可忍受，只感肉如炙烤，他扔掉巨斧，实则是无力再提。此刻强行忍住阵痛，傲声答道："我败于上天，岂是败于你手？"重黎闻言大怒，挺矛便刺。共工挥斧劈山，刚才折箭，几乎耗尽所有气力，他说完那句话，突觉眼前一阵晕眩，恍见重黎长矛刺来，本能挥手去挡，他手与矛尚未相触，脚下已然一软，跪在地上。

文命缓步走过去，弯腰从共工身边拾起从他怀中掉落的一块木板。看模样便知是青鸟所传之书。文命拿在手中，略一犹豫，还是展开一读，不由脸色闪过一道怒色，回头对重黎沉声说道："先把共工看守起来！"

3

一阵脚步传来。文命等人循声看去，见是伯益和后稷带着人过来了。所有人都显得疲惫不堪，浑身皆湿，多半人手里还提着样式不同的器具。

文命即刻迎上去，说道："水势如何了？"

伯益和后稷互相看看，两人脸色均有些沮丧。伯益说道："根本阻挡不住。我们沿河放下石头树木，水来得太猛，无法沿着石头流下去。"

后稷补充说道："不周山很快会被淹掉了，我们得赶紧想法子离开这里。"

文命看看周围，对二人说道："共工将我们的船只全部凿沉，这石柱也倒，我们现在没地方可去。"他刚说这句话，心念甫动，转头对水正部落人说道，"你们不周山四面是水，你们部落的船只呢？一定有的，在哪里？"

那些水正部落的人你看看我，我看看你，终于有人走出来说道："司空大人，我们部落的船只在山之东岸。"

文命点头道："好！我们速去东岸，离开这里。"他又补充一句，"把共工带上！"

说罢，文命翻身上马，其余或骑马或步行的人都纷纷往东岸而去。

水正部落的船只果然集中在东岸。众人到得岸边，文命等人没有料到，水正部落船只之多，几乎不敢想象，随便数一数，竟然都有二十多条。尽管每条的大小比不上文命等人过来时乘坐的那五条，却足以容纳连同活着的水正部落之人了。

伯益、后稷和重黎立刻分开指挥，让所有人陆续上船。在他们身后，巨浪的轰鸣已经愈加轰响。文命回头去看，只见大水狂乱冲上原本的石柱之地。若是众人离开得稍缓，只怕此刻都已被大水卷走。他重新再看船只，所有人几乎都已上船。最后上船的仍是重黎所率的护宫之队，心里不由暗赞，果然是尧帝身边之人，从来不肯率先离险。他策马走到重黎身边，说道："共工我就交给你了，你亲自将其押往距此最近的幽州，然后传书平阳，看天子如何处置。他毕竟乃酋首，我们不可擅取其命。"

重黎望着文命，脸上并无表情，只双手抱拳答道："好！我将他押往幽州之后，如何来找你？"

文命说道："我现取道涂山，最迟十五日可至。"

重黎始终抱拳，说道："那我随后来涂山找你。"说着，命人将共工押往船上，他看着共工上去，才弃马登船。文命见全部人都已上船，这才策马奔至第一条船头，跳下马，踏板而上，走到船中。舟中划手齐声吆喝，将船划动。文命和伯益、后稷站立一起，三人眼望渐渐离开的不周山似乎在水中缩小，原本被重黎等人射燃的树木此刻渐渐熄灭，大水正疯狂地冲将上去。待他们船行一段距离之后，一日前还巍峨挺立的不周山竟已荡然无存，天地间重新回复为茫茫大水。

文命叹息一声，转头看向重黎船只。那船和他们的船队已经渐远。文命不觉朝那船只挥手。他与重黎在一起时日不长不短，重黎又不喜多言，文命似猛然发现，自己和重黎间几乎没怎么说话，只是毕竟经此生死一役，内心已不觉将重黎视为亲近之人，自然盼他能顺利行至幽州。共工将如何处置，文命此刻不知，平阳自会给出指令。他不觉希望，重黎能够带人真的和自己在涂山再见。他目前面对大水，真一时确定不了治水之法。治水事关天下，伯益、后稷虽全力以赴，但治水之人愈多愈好，尤其是身怀各种本事之人。

4

文命在船头看看身后，在首船之后，跟随的是大大小小十七条船。此次不周山之行，虽然历经凶险，结局却是给自己增加了不少部属。原来的水正部落人此刻都自然视文命为首。共工推倒石柱，实则推倒部落人心。大水卷走的人不少，此刻活下来的皆是捡回一条性命。不周山已经不在，他们无处可去，只可随文命而行。对他们来说，性命乃文命所救，自然开始遵其号令。

船行半个时辰之后，水势依旧凶猛。文命手扶船舷，不自觉长叹一声。这叹息既有摆脱危险之幸，也有前路茫茫之慨。文命眼观激流，不仅在他眼中，便是所有人都能感到，不周山天柱被共工推倒后，仿佛天都塌下半边，天空忽明忽暗。地面被天柱砸下，裂开一条深沟，水底陡经剧变，必然引起水面震荡。此刻去看，委实有天崩地裂之势。众人拼命划船，想尽快划远。文命心中一动，只觉船下沧流虽激，却在形成东去之势。他记起和九婴去羽山途中之时，已觉水在东流，但那时毕竟濒临大海，海在东面，自然将引水而往。此刻明明在深陆之腹，水亦东流，难不成是地势使然？或者是不周山天柱填水之后，导致水流方向朝东？

想到此处，文命即刻拿出河图，细察冯夷所标圆点。伯益和后稷随文命已有时日，知其心思，两人互望一眼，走到文命身边。伯益拱手说道："文命，不周山天柱倒塌，乃天地变色之事，此刻看图，不如证图。我们俱已看见，水道原有方位，河图亦然。"文命闻言，沉思片刻，缓缓收图，轻叹道："此去涂山，非十五日不可达，且一路观之。"说罢，文命转身凝望大水，久久无语。

后稷微一沉吟，说道："文命是否还有他事？"

文命不答，远望半晌，才答道："共工虽被囚缚，我担心南方。"

说罢，文命仍是不转身，只单手入怀，掏出一物，反手递出，说道："你们看看便知。"

后稷赶紧伸手接过，乃是传书木板。他和伯益均感诧异，此次出行，唯独在见到后羿之后，伯益曾奉命给平阳传书，未见文命亲自有过此举。后稷不敢打开，说道：“这是……”

文命缓缓说道：“这是重黎擒共工之时，从共工怀中所落，它乃妫象奉丹朱之命，给共工之传书，你们看看。”

文命第二次要他们打开去看，后稷不再多言，将木板打开，一读之下，不禁吃了一惊，立刻交给伯益，说道：“伯益请看。”

伯益急忙接过，也展开慢读，读完后不由脸色苍白，抬眼看着文命，说道：“丹朱竟然……”

文命这才缓缓转身，面对他们说道：“丹朱奉天子命征苗，竟然想联手共工，从南北方共抗天子，一水一武。这丹朱怎么会想到对抗自己父亲?”

伯益镇定一下自己，说道：“依我之见，未必是丹朱本意，妫象素来狡诈，我看会不会是他私下与共工勾连……”

后稷眉头皱起，说道：“妫象? 他无此必要，丹朱与共工结合方有理由。数年来，天下皆知，今天子必传位虞舜，丹朱不忿，想从父亲手中登位无望，才会有勾连共工之举。”

伯益拂须长叹，说道：“我是不愿相信丹朱会借征苗夺位，他……他怎可如此?”说罢不禁顿足。

后稷拱手说道：“文命，我们是否要将此事传书平阳?”

文命又转身凝望大水，沉默了片刻，缓缓举手摇了摇，说道：“不必了。今共工已囚，丹朱无外应，料也不敢轻动。再说，丹朱军权已获，即便有反心，未必有反事，若是得知平阳知晓，我担心他会真的举事，反而铸成大错。”

伯益甚是恼怒，来回走得几步，停下说道：“那我们就任天子不知此事? 那岂不是有欺瞒大罪?”

文命又一次转身，凝视伯益说道：“我细思过了，待重黎从幽州回转，与我们涂山汇合之后，我便命他率队前往南方，说是给丹朱以援助，实则乃督视。丹朱若是一心平苗，自乃天下之幸，若真心有夺位之念，让重黎对付丹朱，应也无碍。”说到这里，文命双手负在身后，来回缓走几步，沉思续道，“重黎所率护宫之队，勇武非常，我们都已亲见。我料丹朱见到重黎，也不敢轻动。他们皆是平阳之人，重黎之勇，丹朱不会不知。只是……唉，丹朱毕竟乃天子血肉，这欺瞒之罪，就让我来承下便是。”说罢，文命双目炯炯，凝视伯益和后稷二人。

伯益叹息一声，说道："文命，你肩上的担子太重了。"

文命微微一笑，说道："我只求治好这大水，还天下以太平，能将丹朱之事就此消弭，不至天下动荡，已是最轻之担，何来一个重字？"

伯益、后稷不禁同时拱手，说道："我等敬服。"

文命叹息道："水淹中原，万民流离，且不管丹朱谋划，有二位助我，一定得治水成功！"

伯益、后稷又同声说道："必当尊令效命！"

二人说这话时，船外巨浪突涌，船只被大水蓦地托起，又顺势落到浪谷。众人感觉无法站稳，赶紧各自扶住船舷。巨浪阵阵，所有船只都无法控制，在狂吼的巨浪中上下起伏，船只随时将被大浪掀翻。文命等人牢牢抓住船舷，任由一股股大水劈面打来，众人浑身湿淋淋一片。当文命船只再一次推到浪峰之时，只觉整条船似乎已经被高高抛起，文命眼见后面船只中有数条较小船只被波浪冲翻，船上人落入水中，转眼间便被大水吞没得无影无踪。

5

船队终于驶过这场风浪之后，已是天色渐晚，无人不筋疲力尽。

文命见风浪稍敛，立刻带同伯益和后稷前往船中船后，只见满船人无不周身尽湿，这也罢了，还有不少人在巨浪冲击时受伤不轻。文命将众人逐一看过，眉头紧锁。船上人众见文命亲来看视，都默然站起。文命将站起之人安抚坐下，不发一言。

看过一圈后，文命和伯益后稷进入船舱。三人围桌而坐，船只仍在微微摇晃。

文命蓦地手握拳头，在桌上狠狠一顿，说道："不周山天柱倒塌，水淹中原，眼前只有泽国，未见陆地，又南方欲乱，此三重大患，我等不可不除。"

伯益说道："水往东流，便是西面地高，涂山于东南，那边水患当是不烈，我们至涂山后，先得大燧相助，一路东去，水患可逐步解除。"

文命眉头紧锁，看着伯益，缓缓说道："此言甚是。"然后起身站起，续道，

"我终是识浅，适才风浪，实乃平生首见。"

后稷跟着说道："不仅是你，我也如此。船到浪峰之时，我也以为将遇覆舟之命，上天放过我们，也是天意使然，命我们先看看大水之力，能祸害到何等地步。文命，你不要说你识浅，我们都无治水经历，走到今天，更不可弃之。"

伯益微笑一下，说道："水乃无生命之体，共工如此凶悍，我们尚且能伏，只是水本无情，延续时日亦久，非一朝能成。这句话，我记得你也说过。"

文命叹息一声，说道："我确实说过，只是适才所见，过于惊心。能得二位相助，是我之幸，也是天下之福。"

伯益和后稷同时起身，说道："这实乃我们之福，能随你一起治水，此生幸事！"

文命闻言，心中感动，说道："适才心有微乱，往后必不如此。"

后稷也微笑一下，说道："我们不妨再去船头，外面水势似已平稳。"

三人重新出来，船两边划手仍在奋力划船。

文命见众人齐心，心中安慰。三人走到船头，远望船外。此时天色已晚，明月东升。水面一片粼粼之光，竟无法将此刻之水与白日狂涌之涛视为一体。凉风从水面吹来，竟然令人有心旷神怡之感。文命见此刻风平浪静，胸口一股慨然之气又油然而生，暗想，他日治水成功，只盼水如此刻。他看了片刻，又走向船尾。伯益和后稷心意相通，二人都跟随文命。

到船尾再看，后面船只隐隐，文命不禁想起白日亲见船翻时刻，也不知有多少人被大水吞没性命，心情立又沉重，想起刚才伯益所说的"水本无情"之言，内心感触颇多。文命有心让船只停下，以便清点生者与死者，但终未下令，是知清点出结果又能如何，死者不可复生。只觉至今寸水未治，以后日日在水中，更不知会有多少人为之丧命。船外泽国汪洋，只怕比共工更为可怕。伯益说得不错，共工如此凶悍，尚能擒服，但水也同样如伯益所说，本乃无生命之体。听起来无生命轻于有生命，实际上无生命的更为可怕，它一旦肆虐，不会将生命当作生命。自己呢？虽将每个人视为生命，却只能让每一个生命去征服无生命之体。这场较量，真不知是何结局。

文命又不由想起父亲姒鲧。姒鲧虽是辜负天下被诛，他难道就不知水性如何？人性又如何？想起父亲，文命更不欲多言。伯益和后稷见他不说话，两人也不多言。他们知文命沉默是被思绪占领。毕竟重责在其身上，思想更多，也不可打断。

待三人都去休息之时，谁也不知是在哪个时分。他们更不会知道，和往后将遇到的狂风巨浪相比，今日所见，简直算不上什么。

6

一路再也没遇到离开不周山时遇到的狂风巨浪。沿途也果如伯益所言，船行得十余日后，高山陆地时不时可见。当这些被风浪折磨得筋疲力尽的人再次看见陆地之时，全部都忍不住大喊大叫。漂流久了，多少总让人感到绝望，尤其四面只见茫茫大水之时，会有终生不会再到陆地之感。对船上这些人来说，都知道如今洪水滔天，本身就意味着陆地难见。他们平素虽也出船下水，不过是短时捕鱼，完成后即回。不是非如此不可，更不是有强烈的水陆感受。此次上船，在水上一待就是十余日，饶是他们身体强壮，也感到吃不消。尤其船上准备的食物并不充足，众人又疲又饿，幸好水下鱼类繁多，还能每天吃到食物，否则这十余日下来，只怕还会出现更预料不到的险情。

他们第一次看见陆地时，几乎不敢相信自己的眼睛。那一刻几乎像是感觉性命将要得救一般兴奋。连没吃上多少食物的人也觉得力量在恢复，十几条船先后抵岸。他们登上的乃一座无人之山，山上果树和兽类俱是不少，众人首先吃果子吃到精力恢复，然后就上山射猎了。众人猎到不少野兔麋鹿，饱餐之后，终于算是彻底恢复了体力。

文命见众人疲乏，嘱咐先在此地休息一日。对文命自己来说，在水上漂荡倒是不惧，见到这丛丛果树仍忍不住感到喜悦，尤其此山不高，甚是连绵，文命总觉得它和尖山有相似之处，不由又想起以往在尖山的日子。只是令他自己感到惊异的是，此刻想起尖山，和在半月前想起尖山的感受已大不相同。他记得那一夜想起了脩己和羲由，当时的想念令他内心感觉一种留恋，此刻虽然在脑中也闪过脩己和羲由的影子，却是不再有那夜之感。脩己和羲由在心里淡去。也许，经历如此多的事后，文命知道，很多事已经不能占据自己过多心神，他在船上的日子不少，所见都是汪洋似的大水，哪里还能分开心思去想其他之事？所以这次，脩己和羲由的样子只是从脑中闪过，他也不再抓住。

到第三日，众人重新上船。如今所有人都心中有底，不会再如数日前那样。经过两日休息，众人精力体力已复，文命也查了人数，原本所带之人加上不周山剩余的跟随者，已达三百四十七人之多。所有人无不服从于文命的号令。原来的夏后部落和后来加入的水正部落，都在文命的吩咐之下，分成每船一组，每船上的人均由两个部落人交叉组成，没有彼此之分。文命知道前路茫茫，所有人不得有二心。如果让两个部落人截然分开，难免造成一些对立。这是文命决不愿看到之事。伯益和后稷见文命将人安排得体，每道命令都大刀阔斧，都不禁心中暗赞，既觉文命事事无私，又觉他心开万仞，非寻常人可比。

这次行船不再时时在水上，一路逐渐山多，每遇一山，文命便令人下船休息。逐渐能在山上见到人烟。打听之下，涂山已经不远。众人颇感振奋，文命早已告知，此次目标便是涂山，眼见目标在望，自然都有喜悦之情。

文命却是不似众人那样喜悦。他记得自然清楚，当他们前往不周山时，遇到的是何境况。他与大燧素无往来，岂知他会不会是第二个共工？文命最后一次召集数百人分别登船之前，嘱咐每船头目严加注意，涂山已近，不能再出不周山之事了。

上船之后，文命与伯益、后稷站立船头，船行半日，面前已能看见一座高山。

"那就是涂山了。"伯益抬手说道。

文命睁眼细看，见涂山山顶如盖，山体呈圆。此处的水流不再如前些日那么浑浊，似乎船下之水已经不是洪水，而是原本的清流。

文命远看片刻，对身边的伯益说道："命人注意，现在我们即到涂山，不可再出他事。"

伯益拱手道："我立刻吩咐下去。"

伯益还未转身离开，忽听得涂山之中有歌声传来。

众人都是历经险境，内心未有一刻松弛，此刻居然听到歌声隐隐，不由都站住细听。只听那歌声唱道：

绥绥白狐，九尾痝痝。

我家嘉夷，来宾为王。

成家成室，我造彼昌。

天人之际，于兹则行。

伯益不由笑道："听这歌，涂山好像很欢迎我们啊。"

他话音未落，前面水上又响起一阵刺耳石哨之声。伯益微愣，不再离开，和文命等人细看前面。

只见几条船舷插满深紫色旗帜的小船纵横交错而出，船头站着手持长矛之人，在其身后，每船各有十名张弓武士。他们手中的武器全部对准了文命之船，就只待一声令下，便要松弦发箭了。

7

见到对方阵势，伯益和后稷都吃了一惊，伯益脱口说道："难道涂山也要对我们动手？"

文命手一抬，眼望对面，说道："我们在涂山领地，对方此举，实乃防备。伯益，你去命后船暂行，我们先行过去。"

伯益说道："暂行乃对，只是你不可亲去，待我和后稷过去。"

文命摇摇手，说道："我们一起过去，看看对方究是何意。"

伯益和后稷见文命脸色坚决，知再劝无用。伯益便道："那我先去传令。"说罢，伯益转身往船尾走去。他朝后船下令停桨，后船再传后船，文命身后的十余条船很快都停在水中。

文命又对后稷说道："命船行！"

后稷也不多言，右手朝后一招，两边船侧的划手同时桨入江流，缓缓扳动。文命这条船徐徐朝对方船只划去。

文命身为酋首，自然识得对方何为首船。只是看首船上所站之人，额上发箍只插两根羽毛，已知来人并非涂山酋首大矬。船渐近时，已能看清对方面容。

208

只见其身材八尺有余，脸宽耳阔，一手持矛，一手叉腰，显得威风凛凛，只是面颊上竖着涂过黑白二色，不知究竟是何模样。他见文命身后船只俱已不动，只一条船前来。对方虽表明无敌意，他防备却未松懈。涂山其他船只排其船后，继续张弓待射。

文命船只划到距其丈余后停桨，再顺势前行数尺后停住。

后稷在船头开口说道："来者可是涂山大燧部下？"

那人将长矛换手而立，答道："我们正是涂山，你们是何人？"

后稷伸手向文命横过，说道："他乃天子所命司空，夏后酉首文命，称禹者便是。"

"司空文命？"那人眼睛往文命身上看去。此刻文命已不似从尖山出发之时，衣裳早已脏乱，那面原本插于船心的司空之旗也在狂涛中被卷去。那人上下打量几眼，冷冷说道："司空之旗何在？"

后稷见对方出言不逊，心下不满，说道："我们从不周山而来，途遇大浪，旗帜尽失。"

那人冷冷哼一声，喝道："那我如何信你？你们带如此多船只来我涂山，究竟是何用意？"

后稷闻言，不禁有气，心想就算是大燧在此，也断不会如此狂言，他脸色不禁一沉。

文命挥手让后稷不要再言，自己说道："我便是文命，来涂山想与大燧一见。"

那人哈哈一笑，说道："见我们酋首？谁知道你们是谁？可知入我境者，死乃自取？"说罢，将手中长矛缓缓举起。文命等人自然知道，只待他长矛往下再落，他身后船上的箭支便将如雨射至。文命等人虽然不惧，但毕竟己方之人连日行舟，困顿不堪，对方轻舟而出，更是以逸待劳，上风已然占据。

文命不等他长矛下落，冷冷说道："涂山比平阳如何？天子之都，尚能诸侯前往，怎么涂山却是如此迎客？"

那人长矛不动，似是愣了片刻，才又说道："我不管什么平阳，我若不知你是何方之人，绝不允你擅来涂山！"说罢，又一次将长矛举起。

便在此时，又一声石哨响起。那人回身去望。文命等人也张眼看去。只见一条小舟从远处急速而来。那船上只有三人。两人手上划船，嘴中吹哨。船头站立之人，着一身火似的红衣，长发飞扬，手中端把弓箭。只听那人声音清脆地说道："何方来者？先看箭！"手中弓弦一松，一支箭破空而出，朝文命射来。

文命早有戒备，手中耒锸抬起，迎箭挡去。只听"叮"的一声，箭在耒锸上撞击，闪出一星火光，箭羽随之堕入水中。文命觉来箭势沉，心中却是惊讶，刚才射箭人声音他听得清清楚楚，是一女子之声。讶然中抬头望去，果然来船上站立之人乃一女子，浓眉大眼，长发裹身。那船已飞快驶到眼前。

第十四章　女娇

1

那女子之船甫停，刚才那举矛之人立时收矛拱手，说道："女娇，你怎么来了？"

被唤作女娇的人不答，只上下打量文命。

文命见她见人便射箭，若不是自己早有戒备，岂不是立时受箭？心下不快，只冷冷回视对方。

女娇见文命衣服虽脏，却是站立沉稳，颇有凛然之气，只是脸色冷淡。她当即双眉上扬，说道："你是什么人？"又转头对那持矛人说道，"封豕，你问了没有？"

封豕拱手说道："他说他是夏后酉首文命。"

女娇"哦"了一声，继续打量文命，说道："你是夏后酉首？你到我涂山来干什么？"

后稷接过去说道："文命现乃天子亲命司空，你们如此迎接是何道理？"

女娇看了封豕一眼，后者说道："女娇，夏后在尖山，离我们千里之遥，谁知道他们是不是假借文命之名？"

文命眉头微皱，说道："你们要如何才信？"

"如何才信？"女娇展颜一笑，说道："你刚才挡我一箭，算你赢我一次，我本事还没拿出来，你再挡我三箭，我就信你了。"

后稷不禁怒道："姑娘，你胆子也忒大，敢对司空如此说话。"

女娇脸色顿时一沉，说道："谁知道你们是谁？司空大人不是该在平阳吗？你又是谁？这么长的胡子也不洗干净。"

文命见她说话强词夺理，忽然想笑，便接口说道："姑娘，那我就看看你的本事。这是涂山，你是主，想怎样就怎样。"

女娇脸上微笑，说道："那你可得当心了，万一你是真的司空，我可当不起杀司空之罪。"

文命哈哈一笑，说道："司空那么容易被杀吗？"

女娇左右一望，伸手对封豕说道："你的矛给我。"说着，隔船伸手过去，封豕依言将手中长矛递出。女娇接矛在手，说道："你就先接住我第一支最沉之箭。"她没等文命再又反应，手臂一抬，将手中长矛"呼"地掷出。文命双脚不动，见长矛劈面而来，随手伸出，五指紧紧抓在矛尖之后，然后说道："这也是你的箭？"又看着封豕，说道，"你接住了。"扬臂将长矛抛向封豕。封豕见来矛是往空飞起落下，知对方未使武力，顺手抄住。

女娇轻轻一笑，说道："好！我第二箭来了。"说着，她手中弓箭早已举起，却只听弓弦一响，并无箭出。文命站立船头，一动不动，笑道："这也是射箭？"女娇脸上露出钦佩之色，说道："听见弦响者，无人不闪，你果然有胆色！这第三箭嘛，你到封豕船上，随我来。"说罢，对自己船上的两人喝道，"划过去。"手往水深处一指。那两人答应一声，手中扳桨，整条小船原地一圈，然后飞快地往水心划去。

文命微微一愣，纵身跳到封豕船上。后稷刚说一句"不可……"文命已然跳将过去。

封豕脸色十分难看，但女娇之命又不敢不从，当下沉脸下令道："划出去！"他手下人同时吆喝扳桨，这条船也飞快划出。后稷不禁着急，对船上人喝道："跟上去！"他这条船也划出去，跟着封豕之船，往水心划去。

封豕自然知女娇心意，他的船与女娇之船不是同一方向，二船分开而行。

后稷指挥的船只紧紧跟住封豕。

女娇船只划出去数丈后停下来。封豕也命人停桨。

后稷在船头空自着急，这时伯益从船尾走来，问道："他们这是怎么了？"

后稷说道："涂山那姑娘要文命挡住她的箭，不然不认文命是司空。"

伯益闻言，倒是一笑，说道："这姑娘心性，且让她试试无妨。"

后稷见伯益不以为然，说道："你看，这、这……"

伯益笑道："无妨，我瞧那姑娘，本事是有本事，要试文命，恐还差得甚远。"

女娇在船头站立。这一次，她从箭囊中抽出两支长箭，同时搭上弦，说道："你可得小心了，挡得住我这一箭，我就认你是司空。"

文命微笑不语，将耒锸握在手中。

便在此时，又一条船从女娇身后划出。这条船速度快得惊人。转眼便到女娇船后。船头站立一长发乱肩、虬髯如针的大汉。只听他厉声喊道："女娇！住手！"

2

女娇闻言回头，见到来人，赶紧将弓箭入囊，头往下垂，斜眼嗔道："哥哥，你这个时候过来干什么？"

那人说道："干什么？我来得晚一步，你这箭就射向司空了，你真是越来越胆大了！"说罢，那人双手抱拳，对文命扬声说道，"文命司空，大燧在此相迎！"

文命远远看见大燧，恍惚记得在平阳宫殿内时见过，只是未和他直接说话，大燧的模样却是一眼过后非常难忘。此刻见他稳站船头，长发飘舞，发箍上的三根羽毛火红如焰，甚是威武，便也在封豕船头抱拳，说道："有劳了！"然后对封豕说道，"划船过去。"封豕脸色始终难看，此刻见文命居然对其下令，内心更是不忿，但自己酋首在前，哪敢违抗，只得命人将船划过去。

女娇犹自对大燧嬉皮笑脸地说道："哥哥，你怎么知道他就是司空？你没认错？看他那样子，好像连衣服都没换过，司空怎么会是他这样子？"

大燧脸色一沉，说道："司空名号，天下谁敢僭称？那不是想被天子砍头吗？"

女娇凝视文命过来，嘴角撇道："总之啊，我觉得他根本就没什么本事，天子封他为司空，哼，还不如封哥哥。"

大燧眉头一皱，喝道："大胆！这种话岂可乱说！"

女娇赶紧吐吐舌头，说道："谁乱说了？我是觉得他没什么本事嘛。"

大燧不再回答妹妹之言，见文命船只已到眼前，又抱拳说道："我这妹妹被我宠得厉害，总是给我惹祸，哈哈。"

文命微笑还礼，说道："素闻涂山乃三千八百部落之魁，连女娇也箭术不凡，涂山果然越过其他部落。"

大燧哈哈一笑，说道："司空远来，一定累得很了，先请随我上山。"

文命说道："叫我文命即可，司空不过一封号。"

大燧手一挥，说道："请随我来。"

文命转头看看身后，见自己的船队俱在身后未过来，当下手一挥，伯益和后稷船只率先过来。文命重新跃上自己船头。上船后再转身，见女娇偷偷朝自己看来。文命微微一笑，女娇脸上立刻露出不屑之色，指指自己腰上弓箭，似是要告诉文命，她最后一箭还没射。文命见女娇好胜之心颇强，不由对她稍稍点头。女娇嘴唇一撇，扭头不看文命。

大燧说过"请随我来"之后，见文命船只过来，伯益与后稷都在船上。大燧自然认识二人，赶紧抱拳，说道："伯益、后稷，想不到你们二位也随文命一起，能来涂山，真乃天大喜事。"

伯益和后稷也抱拳行礼，双方互相客气几句，大燧才命船重新划动，自己率先朝涂山行去。

伯益走到文命身边，低声说道："文命，大燧对我们怀有善意，乃好事，我们得多小心一下封豕。"

文命闻言，抬头看向封豕。见后者目光冷淡，正冷冷看向自己。见文命目光过来，封豕即刻扭转头去，手中的长矛却是握得更紧。他眼望女娇，女娇却时不时偷眼朝文命看过去来。封豕不由更为气恼，忽地将长矛在船板一顿，厉

214

声喝道："你们没饮食吗？快点划！"

他船上的划手动作加大，船行极快，转眼便超过女娇之船，紧随在大燧船后。

女娇似乎没觉得封豕有何异样，又看过文命一眼之后，转过头来，脸上露出微笑。

此刻从山中又继续传来歌声，仍是刚才那歌：

绥绥白狐，九尾痝痝。
......

文命颇为好奇，问大燧道："这是何人所唱？"

大燧微笑道："乃山中孩童，这歌也不知何时开始，总是有人在唱。"

3

当夜，大燧为文命等人大摆宴席。

文命所带有三百多人，涂山部落人也差不多将近五百。八百余人不可能坐在房间饮食。文命极为吃惊地看到，涂山半山上竟然有一巨大平地，足可容纳千余人用食之桌。文命自然记得虞舜大婚之时，尧帝宫殿前面平地能坐万人，自是最大之地了，没料到小小一个涂山，居然也有如此大的地面可供数百人围坐。看四周空出之地，便是坐下千余人也绰绰有余。

在众人落座身后，围有一圈火焰。此刻天气渐冷，半山上自然更冷，这一圈火焰都是几株巨树交错形成，烈焰冲天，整块饮食之地被照得如同白昼。在整个场地的中心位置，同样架起一堆大火，使得所有人身前身后俱有热度，不致在夜间感到寒冷。

大燧和文命坐于首位。所谓首位，也便是面对大燧酋首室前之位。大燧本欲让伯益与后稷和文命同坐，二人坚持不允，大燧便与文命同坐，旁边坐下伯益和后稷，女娇和涂山众女一桌，已排得甚远。

与大燧刚一说话，文命便得知大燧在离开平阳之时，将自己心意告知虞舜，称治水若由文命率人，涂山部落便任其遣使。文命闻言，不由心中大喜，立刻端起面前米水，站起与大燧同饮。他们离平阳之时，虞舜忘记告知此事，此刻得知，比虞舜告知更为喜悦。伯益和后稷也意外惊喜，他们经过共工之事后，对其他部落不免有些戒备之意，此刻听大燧出言斩钉截铁，俱觉大事将成一半。

　　文命倒是想起一事，便问道："我们千里而来，酉首是如何得知？"

　　大燧笑道："半月之前，冯夷到我涂山，告知你们将至，我便日日派人恭候，没想到今日果然候到。"

　　文命闻言，不禁惊讶，说道："冯夷来过涂山？他现在何处？"

　　大燧说道："我本留他候你，但他说是要找后羿报仇，只在涂山待得两日便往南方去了。"

　　"去了南方？"文命更是讶然。

　　"他说后羿去赶丹朱，将至南方，所以他便去了。"

　　文命不由沉思，心想，后羿本在平阳，如今去往南方，那自是征苗之事有了变故。念头至此，不禁微感焦急。

　　伯益忽然低声说道："丹朱之事，我们不必心忧，后羿前往，料来无事。"

　　文命点点头，也放下心来，对大燧说道："我先谢过酉首等候。"

　　大燧哈哈一笑，起身站起，提声说道："封豕何在？"

　　封豕落座之席在女娇桌旁。当时人声喧哗，封豕并未听见，女娇却是一直留心文命等人，见哥哥站起说话，竖耳听到，便对旁桌封豕说道："我哥哥叫你。"

　　封豕赶紧站起，见自己酉首站在桌前，眼朝自己望来，立刻起身，大步走至大燧之前，双手抱拳，说道："酉首何事？"

　　大燧笑道："今日你接到司空，乃立下首功。"他又抬头看向女娇，说道，"你也过来。"

　　女娇也离桌走来。

　　大燧哈哈大笑，说道："妹妹，你和封豕接到司空，我要与你们饮一碗。"文命等人也跟着站起，文命微笑道："得涂山三位相迎，我们也敬二位。"说罢端起碗来。伯益和后稷也跟着端碗站起。

封豕见文命脸上微笑，心里不知怎的忽感恼怒，沉脸说道："司空大人来此，我迎候不恭了。"

文命笑道："有劳你出迎，何来不恭？"将碗举起。

女娇忽然说道："哥哥，你从平阳回来之后，每日都说夏后酉首如何如何，他可还欠我一箭。"话虽如此，脸上却微笑起来。

大燧将碗中米水喝尽，对女娇说道："女孩子家，怎么那么喜欢舞拳射箭？"

女娇说道："你每日都说夏后酉首厉害，能徒手杀虎，我就是想看看他如何厉害嘛。"她转头又问文命，"你是不是徒手杀死过老虎？"

文命笑笑不答。

封豕忽然插口道："女娇想见夏后酉首本事，不如让我和夏后酉首舞拳助兴如何？"

伯益和后稷一听，心下立时不满，心想，你不过乃涂山一小小首领，岂能说出和司空舞拳的狂妄之言？就算是大燧，也断无此资格。而且，听封豕口口声声只称文命为酉首，似乎没把他的司空之位放在眼里。

大燧心情本是极好，此刻一听，不禁脸色陡沉，将碗放回桌上，说道："封豕，你坐回去！文命乃天子亲命司空，岂能和你舞拳？"

封豕见酉首呵斥，手一拱，说道："如此，我回转了。"说罢，转身便往自己桌前走去。

大燧见其出言不逊，此刻竟是没将自己放在眼里一样，不禁怒起，喝道："司空大人胸襟，不究你过，你真当我不知你是如何迎司空大人的吗？"

女娇忽然一笑，说道："哥哥，你发什么火啊？今天无人不兴奋，要不这样，我来独自舞趟拳，给司空大人助兴？"说罢，眼望文命，脸上乃跃跃欲试之状。

伯益不等其他人说话，迅速接话说道："哈哈，司空累日奔波，早已疲乏，女娇姑娘有舞拳之兴，不如留待他日，今日我们好好饮食，也可早去休歇。"

大燧说道："如此也好。"

他还来不及对妹妹说话，女娇却是凝视文命，脸上狡黠一笑，说道："我不听我哥哥的，也不听伯益的。文命，你愿不愿意看我舞拳？"

4

大燧说道:"妹妹,他乃司空大人。"

女娇嘴唇一撇,说道:"哥哥,他不是要我们只叫他文命嘛。是不是文命?"她又看着文命,满脸狡黠。

文命微笑起来,说道:"叫我文命即可。女娇姑娘既有舞拳之兴,我们不妨看看。"

女娇脸上兴奋,对大燧说:"你听见啦?文命要我舞拳,可不是我自己要舞的。"

大燧一愣,随即哈哈一笑,食指点着女娇,说道:"你,你,哈哈。"文命等人也俱是一笑,众人落座。

女娇走到场地中央的火堆旁,拉开架势,开始舞拳。涂山部落之人素知酋首妹妹武艺甚高,骑马射箭,无一不精。此刻见她舞拳,尽皆叫好。她舞到一半,封豕忽然离座,说道:"女娇一人舞拳,不如两人共舞。"说罢,也不待大燧等人说话,跳入场中,和女娇对舞起来。女娇见有人和自己一起舞拳,更是兴奋。二人此刻确是舞拳,非性命相搏,一招一式都花拳绣腿,煞是好看,旁人都有眼花缭乱之感。交手中封豕忽然喊一声:"小心了!"抬腿踢向火堆,一根碗口粗的树枝被他一脚踢飞,树木正自燃烧,在半空变成一根巨大火棒,直直飞出。女娇见来势甚快,翻身后跃,避开火棒,那根火棒却是突然速度加快,直向文命飞去。

大燧和文命正自边看边说,陡见火棒飞来。大燧手上动作极快,拔出腰间长刀,迎火棒接去。那火棒到了大燧刀上,去势立消,大燧随手舞动,将火棒往身后一拨,火棒立时掉至身后。大燧勃然色变,喝道:"封豕!你是如何舞拳的?"

女娇也吃了一惊,站稳身子,说道:"你这是想干什么?"

封豕脸孔涨红,拱手说道:"我……我刚才没收住手脚。"

女娇脸色很不好看,说道:"你没收住手脚,差点闯下大祸。"

封豕垂头站立，也不答话。

文命已然站起，微笑道："武功高强者，往往有性起之时。无碍。"说完这句，又看着女娇说道，"没坏女娇姑娘兴致就可，好像刚才还未舞完？我们继续看姑娘舞拳。"又对大燧说道，"酋首之妹，不比旁人。小小意外，千万不要怪罪。"然后坐下。

女娇对封豕说道："我们再舞，可别胡乱来了。"

说罢发拳打去，封豕伸手格开，两人转眼交手一处。

伯益和后稷自然看出封豕刚才举动并非意外，二人不明封豕缘何对文命如此仇视。有不周山之鉴，二人不禁担心他是受大燧暗使，不禁拿眼去看大燧，见后者脸上不悦，似是对刚才封豕举动不满。二人稍稍放心，还是不由内心戒备。他们久在平阳，只道天下同心，如今前往部落之地，能感觉部落酋首势力不小，不知平阳还能将这三千八百部落控制多久，也无怪尧帝会命虞舜代其巡视十二州，自是为加强平阳掌控之力，同时也增强虞舜在部落间的威信。刚才大燧言及后羿前往南方，必是丹朱征三苗之事未能顺利。伯益适才说后羿前往南方相助丹朱，南方不必心忧，此时却突想，水患人乱，都是天下动荡之象，不由暗自担心。他再偷眼看向文命之时，见后者面容沉着，再次稍稍放心。他与后稷目光交接，俱见出彼此忧虑之意。

此时女娇和封豕舞拳正酣，中央大火也火星缭乱，只近旁数人才看得清清楚楚，女娇让开封豕一拳之后，转身发掌。这一掌也不如何精奇，封豕却是没能避开。近旁观拳人总觉封豕非但不避，反而挺胸相迎。女娇一掌结结实实打在封豕胸口。封豕受掌，"哎呀"一声，仰天倒地。只见他手抚胸口，嘴中竟然吐出一口血来。

女娇吃了一惊，赶紧上前，蹲下扶住封豕道："你……你怎么没避？伤得重不重？"

封豕在她耳旁恨恨说道："你高兴了？"

女娇一呆，心想：你乃我部落中人，我打伤了你，怎么会觉得高兴？

5

大燧等人见场地突出变故，不由都站起身来。

"怎么了？"大燧厉声问道，然后离桌过来。

文命也起身想要过去，伯益伸手将其拉住。文命侧头看他，伯益微微摇手，低声说道："这乃他部落之事，我们先且看看。"文命"嗯"一声，还是说道："不妨，我们都过去看看。"说罢，跟着大燧过去。伯益和后稷见文命如此，也跟随上去。

封豕已然站起，他两个手下扶着他离开。

大燧走到女娇面前，问道："你出手怎么如此之重？"

女娇看着封豕被人搀扶落座，扭身说道："我怎么知道他不避啊。"

大燧眉头皱起，又走到封豕身前，问道："胸口怎样？"

封豕抹去嘴角血迹，艰难说道："当下我脚下打滑，没能避开女娇那掌，不碍事。"

大燧心中极为不满，他本是招待文命一行，不料却出了妹妹伤人之事。

文命走到封豕身前，凝视他道："伤得可重？要不要传巫师看看？"

封豕见文命站立面前，脸色难看，哼了一声，冷冷道："无碍！"

文命似未见封豕脸色，对他身旁说道："你们先扶封豕下去，好好照看。"

封豕继续冷冷道："我说了不碍事。"

文命眉头微动，转身离开。

大燧犹自在对妹妹发火，女娇却是觉得委屈，扭身不理。

伯益上前哈哈笑道："大燧，我看今晚到此即可，不如都先去休歇，我们明日再谈要事。"

大燧"唔"了一声。现在场面虽然不乱，却也是无人还有心思继续。大燧见妹妹满脸不高兴地站在一侧，心里不由一软，上前说道："好了，以后你可得多加小心，出手也得看看。"女娇见哥哥口气虽软，却还是在责备，不高兴地说："我又不是要故意打他，谁叫他不闪？再说了，这一掌我知道不重，真是搞不清他怎么就吐血了。"她一双眼睛乌溜溜直转,似是没把封豕受伤的事放在心上。

大燧眉头皱了皱,继续说道:"给几位大人的住室打扫没有?你带他们先去休歇。其他的人都自会有人安排。"女娇脸上笑意又浮上来,说道:"他们的房间我早已派人打扫了。"说着望向文命,说道,"我带你们去。"

文命、伯益和后稷同时拱手,说道:"有劳女娇姑娘。"

女娇说道:"什么劳不劳的,我带你们去。"

文命等人又与大燧拱手道别,随女娇而行。

女娇带路,一路说个不停,给文命等人介绍涂山状况。时已黑夜,山上四处都火把明亮,显是大燧将涂山守护严密,任何部落想冲击涂山,不可能隐秘而行。不过,眼下除三苗之外,其他地方几无战事,若说有,也不过发生在人与水之间。涂山未被水淹,算是太平之地,大燧夜燃火把,自是防患于未然。

文命久为酋首,自是将大燧之意看得分明,不由称赞。女娇见文命赞哥哥,更是高兴,一点儿不觉刚才封豕受伤之事有多么严重。

文命等人居室都已安排在山顶,这里可见整座涂山和远处淮水。

有迎面前来的部落属下,女娇便命人先带伯益和后稷入房休歇,自己亲自带文命前往他的居室。三人相距不远,互喊可闻。

文命跟随女娇至自己房间。进去见室内颇为整洁,内心触动,如此长的时间,很少在整洁房内安睡了。房内只一张床、一张桌,几把椅子,四壁皆插火把,桌前有个铜鼎火炉,火焰不大,室内显得异常温暖。

文命转身对女娇拱手道:"女娇姑娘……"

他还未说话,女娇就抢先说道:"怎么啦?你一进来,就想把我赶走?我偏不走。我们先说说话。"

文命倒是一愣,随即微笑道:"我没说要赶你走,只是想说谢你。"

"谢就不要了,"女娇笑道,把房间打量几眼,走了一圈后在桌边坐下,说道,"你也坐,我给你倒水。"说罢,将桌上木壶端起,倒满桌上两只木碗,说道,"你要不要换米水?"

文命坐下,微笑道:"不必了。女娇姑娘,你们照顾甚周,我心中感谢。我敬你吧。"

女娇斜着眼看文命一下，说道："我哥哥从平阳回来后，每日都说你。我就想看看，那个文命到底是什么样子。"

文命微微一笑，说道："现在你看见了？和所有人一样。"

女娇头侧了侧，想了一下，说道："还是不一样。"

"哪里不一样？"

女娇又想了想，说："我也不知道，就是觉得不一样。"

文命顿了顿，说道："封豕不要紧吧？"

"不会要紧的，"女娇说道，"我那一掌又没用力，真是不知他怎么不闪不避，还吐血了。"

文命笑道："你那一掌自己觉得没用力，说不定力气很大。封豕不会有什么事吧？"

女娇眉头一动，说道："他强壮得很，能有什么事。再说，我打得真的不重，就像这样。"

她忽然劈掌打向文命胸口。文命本能让过。

女娇收掌，将文命看了几眼，嘴角含笑说道："你果然厉害啊，我哥哥说你在尖山打死过老虎，是不是真的？"

文命不欲再谈，说道："事情都是很久以前的了。女娇姑娘，不早了，你还是先去休歇吧。"

女娇眉头皱起说道："就知道你会赶我走，好，我走了。"

说罢，女娇起身离桌，径自出门。文命上前将房门关上，刚刚转身，房间窗子忽然朝外被拉开。文命侧头一望，见是女娇站在窗外，手扶窗框。女娇迎这文命目光，露齿一笑，又是狡黠满脸地说道："我们涂山也有老虎，你明天去不去打它？"

文命不禁哑然，挥手说道："先去休歇了。"

6

文命慢步走到桌前坐下，此刻心事倒是不多，他能感觉大燧对自己的善意，尤其是他愿意将涂山部落供其遣派。他回思从受命出发以来，诸事纷繁，尤其不周山共工之祸，心里清楚如共工这样的酋首自然不止一个，不禁叹息一声，心念动处，又将河图取出细看。

未看多久，房外有人敲门。文命眉头微皱，以为又是女娇过来。他也不好抗拒，说道："进来。"

房门一开，进来之人却是伯益。

文命起身走过去，诧道："怎么未去休歇？"

伯益脸上微笑，和文命在桌旁坐下，然后说道："今日终于安定，有点睡不着，想过来和你说几句话。"

文命便道："好，不知伯益想说何事？"

伯益凝视文命，微微笑道："女娇对你格外留心，你未察觉？"

文命微愣，说道："格外留心？这是何意？"

伯益哈哈一笑，说道："你未曾有过妻室，自然也难懂女儿心思。我和后稷可是看得清清楚楚，女娇对你，可不是看他人的眼神。"

文命闻言，不禁有些尴尬，说道："伯益，你们是不是想多了一点，怎的我自己没丝毫其他之感？"

伯益笑意未敛，说道："你尚未经男女之事，也未刻意观察，自然便无其他之感。"

文命站起来，来回走得几步，沉思说道："此事也不必再说了，今日我们都第一次见到女娇，她是何人我们都不知道。另外，我们在此也待不了多长时间，不必惹出其他事来。"

伯益还未回答，房门一响。二人回头去看，见是后稷走了进来。

后稷一见伯益也在，哈哈笑了起来，边走边说："看房门未紧，我便进来了，想不到伯益也在。你们在说何事？"

伯益站起，笑道："看你模样，似有好事相告，快快说来。"

后稷微笑坐下，说道："今日二位可见女娇所为？"

伯益看了文命一眼，说道："哈哈，我也正和文命说起此事。你以为女娇有何所为？"

后稷眼看文命，微笑道："我看今日女娇看文命目光不同，恐怕是对文命有所动心啊，哈哈。"

伯益微笑道："我也如此感觉。"

后稷对文命说道："文命，你感觉女娇如何？"

文命见他们二人不约而同地先后说起同一话题，有点始料不及，坐下说道："我们刚到涂山，不可胡乱猜测。"

后稷和伯益对望一眼，两人同时微笑。后稷说道："我们年纪一大把了，何事未经？我看女娇今日行事，处处想让你看见，或许连她也不知何故。"

文命说道："既然她也不知何故，那便是绝无此事了。"

伯益见文命始终推托，心念一动，说道："文命，是不是你在尖山已有女人？"

文命不答，起身站起，羲由的影子在他面前闪过。

后稷忽道："是啊，我记得我们离开尖山时，有位姑娘想跟你一起出行，被伯益劝阻。伯益可还记得此事？"

伯益捻须说道："我自然记得。文命，你和那位姑娘……"

文命走回桌前站定，说道："羲由自小便在我部落，我一直把她当亲妹看待。"

伯益微笑道："当亲妹看待，那就只是兄妹情分了。我们确实觉女娇姑娘对你十分心动。她乃大燧之妹，与你恰好相当，依我之见，最好是……"

伯益话未说完，陡听外面有人冷冷说道："最好怎样？"

三人一齐往门外看去，只见女娇站在门外，满脸怒色。

7

伯益等人万没料女娇会忽然出现，不由都心下尴尬，立时站起。

文命走过去，微笑道："女娇姑娘，你还没休歇？"

"哼，"女娇身子一侧，说道，"我看他们两个半夜到你房间，要谈些什么。"她转向伯益，续道，"喂！你把刚才的话说完，最好什么？"

伯益哈哈一笑，走过来说道："女娇姑娘深夜未歇，可是来找文命有什么事么？如果有，那我和后稷就先告退了，你们先聊。"

女娇立刻急了，说道："我有什么事？你们刚才在说什么?"

伯益笑笑说道："我们也没说什么，只是今天刚到涂山，得你们兄妹迎接，我们都心中感谢，哪还能说些别的什么。"

女娇的腮帮气鼓鼓地一凸，说道："哼！你年纪这么大了，一点儿也不老实，以为我没听见?"

伯益装作一惊，说道："姑娘说对了，我年纪大了，什么事都忘记得快，姑娘听见我们说什么了?"

女娇顿足道："你……"脸上却随即红了，啐道，"我不和你说。"

"哈哈，"伯益说道，"姑娘不和我说，那是想和文命说了，那我们就先告退了。"说着，看后稷一眼。后稷也哈哈一笑，说道："那我们就先行告退了。女娇姑娘和文命好好说一说。"

他和伯益打着哈哈，从女娇身边抢步出去。

女娇急了，喊道："喂！你们站住!"

伯益和后稷转过身，两人同时拱手，伯益说道："我们甚是疲累，先去休歇了。"

说罢，和后稷转身，径直走了。

女娇看着文命，说也不是，不说也不是。文命微笑道："女娇姑娘，你是有什么事要告诉我吗?"

女娇方才从文命处离开后，真还有点儿睡不着，也不想上床，出得门后，不知不觉竟是往文命居室而来。她本来想既然来了，就看看文命是不是睡了，不意却见伯益前往文命房间，她犹豫得片刻，又见后稷也进了文命房间，心想看看他们会说些什么。不料门外一听，伯益和后稷都是在说自己对文命动心，不禁又羞又急，听伯益提到羲由时更是竖起了耳朵，紧接着听文命说对羲由只是兄妹之情，自己也不知为何竟然心中感到一丝喜悦，伯益接着要说的话她却是觉得听不下去了，赶紧打断他。结果却是伯益和后稷即刻离开，只留下她和文命彼此相对，心中竟感从未有过的慌乱。

此刻听文命说话，只觉不要让他将伯益他们的话信以为真才好，便说道："是啊，就是有事情，我才来找你。"

"哦?"文命说道,"请姑娘直言便是。"

女娇又感语塞,不知说什么好,只好东拉西扯,说道:"你、你、你来的时候,手上一直拿着个东西,那是什么?"

文命仍是微笑,说道:"那是耒锸,是河伯冯夷送给我的。"

这时山风吹来,女娇那几乎将全身都要裹住的长发不由飘起,拂到文命身上。文命伸手将长发拉开,说道:"女娇姑娘,你头发可真长。"

女娇说道:"是啊,我从出生开始就没有剪过。你喜不喜欢?"她不自觉地说完后句,立感不妥,脸上一热,赶紧转身,背对文命说道,"你现在要休歇了吗?"

文命说道:"还没听姑娘想说什么事情。或者,请姑娘进来说话?"

"好啊,"女娇说道,"那我进来再说了。"说罢,迈步而入。

文命跟着她进来。女娇也不落座,在房间绕桌子走来走去,说道:"其实啊,也没有什么事。是我哥哥问我知不知道你们为什么会来涂山?"

文命也不落座,只站在门内三步之处,说道:"姑娘问这事?我正想明日和大燧相商,天下水患,我一直想筹得解除之法。"

女娇转身面对文命,说道:"啊,你是奉天子之命治水?"

文命微笑点头,说道:"正是。"他见女娇不说话,又继续说道,"明日我和你哥哥要谈的便是此事,也是我来涂山之因。"女娇手中揽着头发,说道:"嗯,那我明日就和哥哥等你。我……"她看文命一眼,仍感害羞,说道,"没别的事了,我先走了,你休歇吧。"说罢便往外走。文命拱手道:"我就不送姑娘了。"

女娇走到门外,感觉自己浑身微微冒汗,心中不觉诧异。自己在涂山,素来未觉男女有何区别,尤其身为哥哥臂膀,更是从未有过慌乱,此刻竟然觉得内心忽而空荡,忽而塞满什么,莫名有点忐忑不安。她忽觉身后有些动静,不由站住,回头喝道:"谁在那里?"山风吹过,只有树叶乱摇。女娇看了片刻,未见有人,心想自己是怎么了?居然变得如此心神不定。

待她走过之后,刚才树叶摇动之处,慢慢走出一个人来。那人正是封�豕,他看了女娇消失的方向片刻,又转头看向文命房间,眼睛里直欲喷出火来。

第十五章 信约

1

翌日，天刚刚亮，文命就听见门外有人敲门。经过长途船行，这一夜睡得虽是沉稳，却早已起来，推开面淮水之窗，凝望远处。听到敲门声后，立时过去开门。外面站的是嘴角含笑的女娇。

"女娇姑娘，这么早？"

"还早啊？"女娇说道，"没看天都亮了。你准备好了没？我哥哥已经在等你们了。"

文命微笑道："岂敢有劳姑娘？派人过来叫我便是了。"

女娇"哼"一声，说道："我怕别人请不动司空大人哪。你这么不喜欢我来叫你？"说着，脸色微微一阴。

文命笑道："怎么会？只是觉得太劳烦姑娘了。"

"你说话怎么老是喜欢弯来弯去？什么劳不劳的，准备好了就快走。"

"伯益和后稷呢？"

"我已派人去叫他们了。"女娇说这句话时，忽然感到不好意思。这明明就是自己特意来叫文命，至于伯益和后稷，就没亲自去叫了。

文命似没看见女娇脸色，便道："我们即刻去。"说完，回身拿起耒锸，跟女娇一起往外走。没走出几步，便撞见伯益和后稷也随涂山人过来。他们见文命和女娇在一起，不禁脸上一笑，拱手问安。女娇见他们发笑，脸一板，说道："你们笑什么？"

　　伯益哈哈一笑，说道："没笑什么。"

　　"哼！"女娇说道，"我就知道你们没怀好心。"

　　"没怀好心？"后稷也跟着一笑，说道，"我们可都是怀着和女娇姑娘一样的心啊。"

　　女娇说道："一样的心？你的心是你的，我的心是我的，我的怎么会和你的一样？"

　　后稷笑道："我们很关心文命，这难道不是和你一样？"

　　女娇闻言，不禁脸上发热，知道自己说不过他们，"哼"了一声，转头说道："我不理你们了，我们快点去我哥哥那里。他一大早就在等了。"

　　几人跟随女娇前往。

　　大燧的酋首室便在昨夜的饮食坪地。

　　女娇带着文命等人沿山路弯下，没走多久便从山顶下至山腰。昨晚他们在这里饮食之时，天色已晚，此刻见这块坪地大得惊人，四处都站着持矛的涂山武士。文命抬眼看大燧的酋首室，倒是十分简单，不过是一宽大茅庐。如今尧帝的居室乃是茅庐，其他部落酋首也自然追随帝后。不过，大燧的涂山部落毕竟乃三千八百部落最强盛部落，其酋首室比起文命的夏后酋首室，占地宽广不少。

　　文命等人转弯至酋首室时，大燧已经率人在门前等候。他一见文命过来，立刻哈哈大笑着上来迎接。大燧虽一再坚持，文命仍是跟在他身后进来。到得室内，大燧就说什么也得让文命坐首席之位了，毕竟，文命职位司空，远在部落酋首之上。文命犹自谦让，伯益在旁说道："我看就不必互相推让了，我们远来是客，还是请大燧首席而坐，我们就一起坐这边。今日是谈要事，可别让这些小事给耽误了时间。"

　　大燧见伯益如此一说，也就不再坚持，便道："那就请文命、伯益、后稷三位坐此，我妹妹坐你们对面。"他话音刚落，女娇便道："好啊，我就坐他们

228

对面。"

伯益不禁微笑。众人落座之后，大燧居中，文命等人坐左，女娇和封豕等涂山部落头领坐右。女娇一坐下去，便凝目看向文命。文命感觉女娇眼神，并不去接，只是看着封豕问道："不知封豕之伤可愈？"

封豕硬邦邦地答道："早已无碍。"

女娇侧头看他，嗔道："以后你不要再和我舞拳了。"

封豕重重地"哼"了一声，却是不答。

大燧眉头微皱，说道："昨日之事，谁也不要再提。封豕无碍便好。"他转头朝文命等人双手一拱，说道，"昨日未能相谈更细之事，我觉一奇事，如今天下洪水，我涂山虽未遭水淹，可这淮水也涨起不少，尤其近些日子，从西北方有大水涌进，也不知西北方发生了何事？"

文命拱手还礼，说道："西北水涨，是共工推倒不周山，他水正部落未亡之人都已随我来此。"

大燧不禁吃了一惊，就连一直观看文命的女娇也不由脸色有变，不自禁朝哥哥看去。大燧惊讶说道："共工推倒不周山？这、这说法是何人所传？"

文命微笑道："是我们亲眼所见。"当下便将自己船队如何从双头蛇山出发至不周山，共工在不周山又如何作乱之事细说了一遍。大燧越听越感不可思议，只是文命毕竟亲历不周山之乱，自然没有假话。大燧听到最后，叹息说道："共工二心，也不是今日才有。他本炎帝之后，想夺取祖上江山，却不知尧舜乃得人心之人。人心即天下，靠一己蛮力，如何能强得？"

文命抚掌道："说得好！人心即天下！岂是蛮力可为！"

大燧顿了顿，续道："我昨日已说，你若治水，涂山愿供驱策，只是不知你现有何良策？"

文命闻言，目露深思之色站起，缓步缓言地说道："不周山天柱倒塌，引起大水往南而漫，昨夜我久观涂山，恐难阻南漫之水，我想第一步，我们就在涂山引水导淮！"

2

文命此言一出，不仅大燹和女娇，连伯益和后稷都吃了一惊。在座人你看我一眼，我看你一眼，均是诧异。大燹率先说道："先在涂山引水？这涂山不是好好的？"

文命转过身来，面对大燹，微微一笑，随即肃容说道："涂山今日看上去的确无事，可我昨夜看淮水，对照河图，这涂山来日之祸已然不远。"

大燹和女娇不由都吃了一惊。大燹站了起来，说道："此话怎讲？"

文命还未回答，封豕已然站起，戟指喝道："你在说什么鬼话？我们涂山乃天工化物，千载不易之地，你刚到这里，说这些胡乱之言，是想惑众吗？"他转向大燹，说道，"酉首，我以为我们应该将他们赶下涂山，免得部落人心恐慌！"

大燹对封豕微微摇手，示意他不要说话，眼望文命，重复说道："此话怎讲？"

文命看都不看封豕，就如他刚才并未说话一样，只凝视大燹说道："酉首也已看到，眼下淮水渐涨，此乃北水南涌，我们一路前来，只觉水追船尾，从颍至淮，看似大水被颍水吞没，实则颍水涨，淮水才涨，所以，我们得先行导淮，才可保涂山无恙。"

"导淮？"大燹脸色惊异，说道，"如何导淮？"

文命继续来回走，边走边说："涂山算不得高山，就我昨夜所观，巨洪迟早将从颍水冲来，颍水入淮，淮水必然大涨，涂山即使不会被水全部淹没，恐也会淹到此处。不周山天柱倒塌，整座山随即被水所淹。如果涂山要避开此祸，便得将水引往东面。"

"那依你之见，如何引水？"大燹见文命说得在理，便问，"涂山果真会遭此难？"

文命目光深思，想了片刻才又说道："你已亲眼淮水正涨。我父治水之时，乃筑堤挡水，却无一处可挡。涂山乃山，可在大水面前，也不过是一横截堤岸，我们都不知水来之时，将是何种猛烈。说水将淹到此处，是我此刻推想，如果

230

水势超过预想，恐怕就不只是淹到此处，而是淹没整座涂山。不周山如何被淹，我乃亲见，不想见涂山也会如此，所以引水往东，乃唯一之策。"

他话音刚落，封豕再一次站起，喝道："你父治水不成，乃他淫乱所致，与堤岸何关？你在此口吐惑人之言，比洪水更甚！"

文命见他说起父亲，终于色变。他还未说话，女娇已经站起，对封豕说道："你在说什么？文命为我们涂山着想，我哥哥还没说话，你来说什么？"

封豕大怒，对女娇提声说道："我说的难道不是事实？他父亲难道不是因为淫乱被虞舜囚至羽山？他在为涂山着想？嘿嘿，我看他是想我涂山人心慌乱。"

大燧眉头一皱，站起喝道："封豕！在司空大人面前，休得胡言！"

封豕感觉无力控制自己，对大燧抱拳说道："我久在涂山，岂不知涂山之事？文命在此胡言，你就任由他去？"

文命抑制住自己，缓缓说道："封豕，你乃涂山之人，自然应管涂山之事，可你从未离开涂山，可知如今中原水淹，万民不得安身？我一路出行，日日亲见惨状，你知有多少山毁便是因未料水势猛烈所致？我受命天子治水，如今涂山有来日之难，我岂能坐视！"

大燧也走上前来，对封豕说道："今日我们都且听司空大人之言。"

封豕将头恨恨一扭。

大燧素来将妹妹和封豕视为臂膀，今见封豕行事大异，虽觉诧异，也不便立刻启问，只对文命说道："那如何将水东引？"

封豕虽不再说话，文命内心终究震怒，此刻听大燧询问，缓一口气，沉声说道，"将水东引之法，必得劈开涂山！"

"什么？"大燧只觉浑身一震，不可思议地说道，"你要将涂山劈开？"

坐在两旁边的女娇、封豕、伯益和后稷几人也感到惊讶不已，就连封豕也陡然忘记了对文命的恨意，几人全都怔怔地看着文命。

3

午食之后，文命等人皆回各自房间。文命坐不住，重新出门。刚才的午食吃得颇为压抑。大燧听文命竟然要将涂山劈开,心下难以接受。自他在平阳觉得治水人非文命不可之后,每日所想,便是如何将部落人众交与文命驱遣治水。涂山未遭水患,他自是从未想过涂山将会如何。万没料文命甫到,就提出将涂山劈开。大燧诧异万分,在他眼里,山乃天然之物,岂能由人去劈开?最不可接受的是,涂山若是一分为二,将变成如何模样,委实心中无底。这自然也是他和部落所有人从未想过之事。自己身为涂山酋首,更不能妄自动山。封豕说话措辞虽尖刻,意思却让大燧感觉赞可,他虽不至于听封豕之言,将文命等人赶下涂山,心中也颇为不喜。他自然看出封豕对文命颇有敌意,虽不知封豕敌意何来,但能肯定的是,封豕历来便在涂山,乃自己臂膀之人。文命虽是司空,也是自己敬服之人,毕竟不会久在此处,自己能为文命派出部落之人随同治水,已是慷慨之举,他怎么提出要将涂山劈开?那岂不是让自己这个酋首无颜?所以,到午食之时,几人都无说话之意,文命也不吭声,沉思来日之事。女娇看看大燧,又看看文命,想说些什么,终究没有说出来。

文命刚刚出门,伯益和后稷正走至门前。

文命停步说道:"你们来得正好,我们先至山顶看看。"

伯益和后稷心思一般,两人同时拱手说道:"好,我们且去山顶。"

三人居室原本就可算是山顶。从此处上山,几乎转眼便至。涂山山顶无树,皆是圆形巨石,似乎乃远古之神将这些石头一块块抱来,垒成山峰。石与石之间缝隙很小,从中长出一些细微草叶,那自是从来没人理睬过,任其自生自灭了。

文命三人登至最高一块圆石之上。见此石颇为粗糙,乃是平顶,料想大燧等人经常立于此处。此刻他们三人远望淮水,能感觉浩浩远处,大水正自奔来。

"文命,"伯益在旁开口说道,"你想劈开涂山?我看此举难行。"

文命垂头凝思,然后转身面对伯益,说道:"你们也觉劈山之举不可接受?"

伯益不答,瞅了后稷一眼。后稷拱手道:"此刻只有我等三人,我有话便说了。我和伯益是觉此举令人惊骇。眼下淮水虽涨,但也似不至需要劈山。"

文命叹息一声,说道:"昨晚我细对河图,回思从不周山来此之路,三日内,涂山必遭水患!"

伯益和后稷同时吃惊,伯益道:"事体太大,能如此肯定?"

文命又转身面淮，说道："我们都已看到，中原之地，西高东低，可你们看，如今颖水竟然东涌，淮水西流，正在涂山汇合。涂山不高，如何受得了两条大水合力？我们只能将涂山从此处劈开，让两山成峡，西来北下之水自然同往东流。"

伯益和后稷闻言，更是吃惊，二人从未想过如此治水，竟然让两山成峡。后稷忍不住道："两山成峡？这便可导水？"文命缓缓点头，说道："让两山成峡，也便是让两山相对成堤，让大水从中穿过，东流入海，水方可止。"

文命此话一说，伯益和后稷突觉眼前出现一片从未想过的场景，不禁有些激动。

伯益又道："可大燧若不肯劈开涂山，我们只怕也没有办法。"

文命缓缓点头。

他们身后忽然有人冷冷说道："他自然不会肯！你要劈开涂山，与灭掉整个部族何异？"

4

三人闻声回头，只见女娇站在圆石之后。山头风大，女娇长逾过膝的头发如一件衣服裹在身上飘荡。

后稷拱手说道："女娇姑娘……"

他没有说完。女娇竖起眉头，对文命说道："劈开涂山？你最好打消这个念头，我哥哥不会同意，我也不会同意。"

文命转身站定，沉声说道："女娇姑娘，我知道你们很难同意，可你看这淮水，和昨天都不再一样。水涨迅速，你们不愿劈山，等着的就是被大水淹没。"

女娇气呼呼走过来，在文命身边站住，说道："我们都看见涨水了，你是受命天子的治水之人，就想不出别的办法吗？一定要劈开涂山？"

文命轻声一叹，说道："女娇姑娘，这不是我一定和不一定的问题，我是想挽救整个涂山部落，也想挽救整个中原万民。劈山是我们现在唯一的选择。"说罢，文命目光凝视女娇。

女娇在文命凝视之下，心里一阵跳动，但紧跟着仍被文命要劈山的念头控制住了。对女娇来说，想法和大燧一样，涂山乃他们部落世代居住之山，涂山即家，谁愿意自己的家被人强行劈倒？在他们眼里，劈山是做梦都不会想到之事。如今文命竟然开口便是要将涂山劈为两半，他们如何肯接受？

　　"如果我和哥哥不答应呢？"女娇仍是愤然说道。

　　文命转头再看一眼淮水，说道："你们可以不答应，我也自然不能强行劈山。如果那样，涂山部落势必和我对立，我根本治不了水，难道我要和你们重演在不周山发生的事吗？你哥哥不是共工，他也想中原水息。你哥哥有此想法，便是天下之幸。可我必须告诉你，看这水势，不需三日，涂山便危。"

　　女娇微微一愣，她也将目光转向淮水，只见淮水轰隆隆涌涨。涂山在山脚原本有山门，她此刻登高下视，感觉山门都将被淹没。只是水淹山门倒不是一次两次，女娇也并不如何惊慌。她将吹到脸上的长发拂开，说道："我不信你说的。"

　　文命颔首道："我知道你不会信，涂山部落任何人都不会信。可我毕竟已横越整个中原，水势一涨，万分凶险，我比你们经历得太多。女娇姑娘，你不信我，对我并无大碍，可你和你哥哥一样，不愿涂山遭遇大灾吧？你知道中原现有多少山已经完全消失在水里？有多少人如今只能在山顶过活？难道你想涂山也如此？"

　　女娇微微一愣，脸上神情瞬息万变。她咬住嘴唇，想了片刻，终于抬头看着文命说道："果然会像你说的那样吗？"

　　文命缓缓点头，说道："此乃生死之事，岂敢胡言。"

　　女娇看着文命，后者也迎着她的目光。

　　女娇慢慢将目光从文命脸上移开，再一次远看淮水。女娇忽然一咬牙，说道："我去找我哥哥！"她刚转身，又回头对文命说道，"你和我一起去。"

　　文命点点头，说道："好，我们一起去。"

　　伯益和后稷说道："那你们去见大燧，我们人去多了，反而不好。"

　　文命微微颔首，说道："你们不去也好。女娇姑娘，我们走。"

　　他和女娇一前一后下山。

　　看着他们下去后，伯益对后稷说道："你觉得大燧会同意吗？"

后稷手捻长须，慢慢说道："很难说，就看女娇姑娘会不会坚持她刚才的想法。"

伯益凝视文命和女娇背影在几块石头后消失，缓缓说道："应该会的，应该会的。"他又转向淮水，说道，"这水果然涨得厉害！"

5

女娇初时对文命提出的劈山说法和大燧一样觉得不可思议，方才见文命说得坚决和肯定，内心不禁倾向文命说法。她带着文命下山，直奔酋首室。还未走到，她又停步说道："你、你真的那么肯定？涂山真的会被水淹？"

文命凝视女娇，缓缓说道："如果你不信，可以等三日再看。"

女娇看着文命，心里甚乱，她犹豫了片刻，还是说道："我们先去酋首室找我哥哥。"

说罢，她又重新起步，文命紧跟其后。

大燧果然还在酋首室内。

文命和女娇走至门前，尚未进去，就听见里面传出封豕激烈的话音："酋首，我们不能让文命几人在这里惑众！他要劈开涂山，那才是我们部落将遭遇的前所未有大灾！淮水是在涨，可这水势也不是今日涨。现天下哪条水不涨？今日涨，明日退，不都一贯如此？十多年了，涂山什么时候被水淹过？他说得如此厉害，哪句话可以证实是对的？依我看，他们来涂山，根本就没安好心。"

"没安好心？"大燧似被封豕说动，问道，"你如何看？"

"依我看，"封豕狠狠说道，"文命此来，目的乃是为得我们部落之力。他受命为司空治水，此职位可遣天下诸侯。可水逾十载，平阳之令，拱手去听的究竟还有多少？我们涂山乃数千部落之首，他以恐吓施威，得其力量。我们都看得清楚，涂山若助他，天下部落皆会助他。我担心哪，他是不是想趁天子尚未传位，有谋帝之想！酋首你不是说了吗？得人心便得天下，文命此举，不仅是想得人心，还想趁治水之机，得各部落支持。此人野心不小，首先在这里，想以惑众之言得部落大权。酋首试想，如果你事事依了文命，这部落人心，不都

235

转入文命之处吗？"

文命和女娇在外听得此言，不禁都脸色发白。对女娇来说，封豕之言真还不无道理，对文命来说，则是内心感觉震怒。

过了片刻，只听大燧说道："我觉文命不当如此。"

"酉首！"封豕的声音提高了，"此事关部落生死，你不可迟疑，要么我将文命赶下涂山，要么就索性将他们斩于此地，免得我们涂山落入文命之手！我们今日杀了他，我料平阳也不敢对我们怎样，三苗已经让天子头痛，哪里还有暇管涂山之事？他今带三百多人来此，真的只是随他治水之人吗？还有，不周山究竟发生何事？我们只是听文命所言，如果当时文命是想夺不周山部落，共工起来反击，也不是没有这个可能。"

女娇见文命眉皱目怒，赶紧将他拉住，做个离开的手势。

文命也知道此刻进去，绝非最好之时。

他还是定定心神，对女娇摆摆手，然后又听大燧说道："你说得也有道理，不过，文命毕竟乃天子所命司空，我们不可妄动。我看不如这样，文命说涂山三日内将遭水难，不如我们先等三日，看看文命说得对还是另有其心。"

"酉首，我觉得不可，我们应该立即……"

"你不要说了，"大燧打断他道，"我想一切等三日后再说。三日能识其人，已经很短了。"

文命听到此处，看女娇一眼，见后者一直就在凝视自己。文命缓缓点头，女娇和他轻声手脚，慢慢走出。

二人到空旷地后，文命走到一株树前，狠狠一拳打在树上。

女娇走到他身边，慢慢说道："我真不知道封豕怎么突然变了一个人一样，他对你怎么会这样？"

文命不语，呆了片刻，才缓缓说道："他对我如何，我自然不需理睬，只是你哥哥要等三日，我担心三日后大水来临，我们该如何抵挡？"

女娇嘴角一动，犹豫着说道："其实……我也不太信三日后会出现你说的那种大水。"

文命回头道："女娇姑娘，现在涂山很是危险，我需要你的帮助。"

女娇愣道："你要我帮你什么？"

236

文命抬头说道："首先，我需要你信我！"然后凝视女娇。女娇在文命凝视之下，内心忽觉一阵涌动，不由脱口说道："我信你！"

"好！"文命面对女娇，将双手放在对方肩头，看着她说道："你就信我三日！若三日后一切仍如此刻，你可从此不再信我！"

"好！"女娇听文命如此说话，心里陡然坚定起来。文命双手按在她肩上，只觉肩头酸麻，这酸麻感竟然从肩头蔓延全身，不由微微颤抖，既想挣脱开来，又希望这种酸麻不要消失。

文命双手却是按得更为有力，继续说道："这三日内，我需要我的人每人备一把铁锹，这件事只能你去准备。此外，你这几日带我熟悉涂山，记住！我要熟悉涂山每一条山路，尤其是通往淮水之路，不管如何难行，你都要带我把每条路走遍。我得让整座涂山都在我心里有完整模样。"

也不知怎的，女娇听最后那句时，浑身颤抖得更加厉害，内心竟然涌上一缕隐秘的喜悦。

她看着文命轻轻点头，声音也轻了："好……我带你熟悉，我……带你走这里的每条路，我……我让整座涂山在你心里。"

文命凝视着她，慢慢说道："这件事乃整个涂山之事，也是我必须要做之事，我会从涂山开始，治好这天下之水。我不可以失败。女娇，你一定要帮我！"

女娇用力点头，说："我帮你！"

文命脸上一笑，然后收回双手。女娇只觉浑身的颤抖感立刻消失，脸上不禁涌上一层红晕，赶紧低下头去。

文命似没见她女儿娇态，眼望远处，补充道："还要记住，这件事不可让封豕和你哥哥知晓。封豕如此视我，我担心他弄出状况。"

女娇恢复了镇定，说道："我知道的，我真的不明白，以前他不是这样的。"

文命叹息一声，说道："以前他是怎样，我知不知道根本不要紧。但这件事他若阻挠，我怕对涂山不利。女娇姑娘，只要三日，你答应了，你信我三日！"

女娇抬眼望着文命，说道："我信你。"她心里还在说，我想这一生都信你。

文命凝视她说道："先去准备铁锹，记住，我带有三百四十七人，你得准备好至少三百把铁锹，其他的也可替代。我已将这三百多人分为三十队列，伯益会带你认识每个队首，铁锹和其他工具都交给队首，此事万万不可疏忽了。"

6

和女娇分开后，文命尚未回到房间，伯益与后稷早在他门前徘徊。见文命过来，二人立刻迎上。文命道："我们进去再说。"

三人进门后，文命让他二人先至桌边，自己朝外看看无人后才将门关上。

伯益和后稷见文命脸色端凝，二人知道定有大事。

伯益开口说道："可见到大燧？他如何说？"

文命摇摇手，坐下说道："我和女娇没有去见他，只听到他和封豕说话。"然后便将他和女娇在门外听到的一句句说出。伯益和后稷越听越惊。伯益说道："封豕如此，恐怕大燧也不会听你之言。"

文命缓缓点头，说道："我们有三天时间，我刚才已和女娇说好，她替我们准备好铁锹等工具。伯益，你稍后去寻女娇，今夜之前，带她认识我们的三十队首，让她分下工具。我说三日后水至，也担心未到三日，大祸已来，我们得准备在前，切记一点，万不可让封豕知晓，他久在涂山，耳目甚多，你多多留意。后稷，你也先去一个个找到那些队首，吩咐他们准备好劈山之举。"

伯益和后稷同时站起，拱手说道："我们即刻前往！"

文命跟着站起，看着他们说道："这是我们离开平阳之后，所做的第一件真正的治水之事，不可失败！今日我不能去等女娇带我识山，我先自己去看看。"

伯益说道："封豕如此敌意，你可得多加小心。这里毕竟是涂山之地，他也是涂山队首，手下人多，我担心……"

文命微笑道："我会留意的，我料封豕眼下还不敢对我怎样。时间不多，都立刻去做。"

伯益和后稷再次向文命拜揖，两人转身出去。文命走至临淮水窗前，推窗看一眼下面水势，喃喃道："三日，恐怕等不到三日！"他到房间拿起耒锸，也开门出去。

门外无人。文命暗想，水从低处涨起，现淮水正涨，不知山下究竟如何了。

想到此处，不再停步，径自往山下而去。

沿路只觉涂山守卫不少，俱各持矛而立，他们见文命过来，知是司空，均弯腰行礼。文命颔首作答，也不多言，往山门而去。

快到山门之时，内心已越来越惊，听水声不大，却是低沉声涌，与昨日抵岸时又有不同。文命加快脚步，转过一道弯，人不由站住了。只见山门差不多被淹一半，大概有二十来人在山门处奋力搬石挡水。

文命走到一块石上，俯视水流与搬石之人。那些人自然都是涂山部落之人，他们站成弯曲一线，将石头一块块递过去，铺入水中。从远处涌来的水势倒还不迅猛，但一浪接一浪扑过来，不知道何时会消停。

文命紧看水势，然后抬头看身后之山，涂山乃一块块巨石垒成，石与石之间夹缝或宽或窄，从缝隙中直接望见天空。文命心中一动，将耒锸伸过去，敲打石头，觉石块坚硬，很难敲下。文命又跃至另一块石上，继续敲打。耒锸极固，凹进去的顶端吃住一块石头，文命奋力一拔，一块石头竟然被生生拔下。文命对下面喝道："留心了！"跟着臂膀甩出，夹在凹口处的一块大石横空飞过。在山门处搬石的涂山人众都抬头去望，只见文命甩出的石头虽然不大，飞行却是极远，在距他们足有五丈远的水中落下，激起颇高水花。

那些人不由同时吃惊，眼望文命。他们自然认出文命是谁，一个个眼露惊讶之色。事实上，不仅涂山人众，连文命自己也吃惊不小。这是他第一次用耒锸甩石，不意竟有如此威力。文命素来力大，但通过耒锸甩石能到如此之远，足见耒锸作用不小。所以，涂山人吃惊于文命膂力，文命却吃惊于耒锸之威。

过得片刻，下面的涂山人众才喝彩道："司空真乃神力！"

文命只脸上笑笑，说道："你们觉今日水势如何？"

一人仰脸答道："今日水势甚烈，和往日相比，从未有过。"

文命闻言暗惊，知自己预料不错，还是追问一句："有何不同？"

那人继续仰脸答道："今日涨水，比往日要久，水势也颇为剧烈。"

他此言一落，另外七八人也纷纷说今日之水激流暗涌，来势惊人。

文命闻言，暗暗担心，然后手指身后两块石头间的夹缝，问道："这石缝始自何时？"

那人说道："这我可不知道了，那是一直就有的。"

文命不再问话，抬头仔细看那缝隙，然后看看远处大水。回想昨日在此处下船时，整个山门尚在，此刻竟然已淹大半，知道事不宜迟了，又不知伯益此刻是否找到女娇。后稷在吩咐各队首，但自己所带三百来人如今怎样？文命觉时间实在紧迫，当下倒提耒耜，重新往山上而去。

他还未走至半山，就见女娇从一山弯往下急冲，她一看见文命，就大喊道："你去哪里了？"文命见她神色似有慌张，不禁一愣。

7

文命收住脚步。女娇跑到他面前，气喘吁吁。文命道："女娇姑娘，怎么回事？"

女娇大口喘气，然后看看左右，便说："我们去那里说话。"她一指右边小树林。

文命和女娇前后走到林中。文命再次问道："出什么事了吗？"在他心里，一种不祥的预感弥漫而上。

女娇点点头，又赶紧摇头，说道："我也不知是不是出事了，刚才伯益找到我，我带他去取铁锹，没想到封豕带人过来了。他问我想干什么？我懒得理他。他又问伯益到这里干什么。伯益也不想理会他，只说来找我说话。我没想到，封豕竟然命人将伯益抓了起来。我当时非常生气，命令他们放人，没想到，封豕所带之人，都是他的手下，不肯听我的。最重要的，是那些人都信了封豕之言，认为你们到涂山是为了毁灭部落，所以，封豕手下那些人就将伯益抓走了。"

文命闻言，吃惊不小，说道："你哥哥呢？他知不知道？"

女娇说道："我哥哥现在不知去了哪里，我没找到他，就赶紧来找你，有人说看见你去了山下，我就赶紧下来了。"

文命稍稍放心，说道："伯益乃天子之人，封豕如此大胆，竟敢囚禁伯益。我们先找到你哥哥要紧！他没在酋首室？"

"没在，"女娇说道，"真的很怪，我哥哥平时都会在酋首室的，今天怎么会不在的？"

文命原本跨出一步了，听女娇之言，不禁一愣，说道："他平时都在酉首室，偏偏今天不在，你还能想到他可能的去处吗？"

　　女娇说道："我……我不知道，我只想赶紧找到你，我担心封豕会对你不利。"

　　文命微微冷笑，说道："封豕不过涂山一队首，竟敢囚禁天子之人，已是罪大难恕。我倒想看看，他如何对我不利。女娇姑娘，不如我们现在先去封豕那里，他必须先放了伯益！他如此大胆，即使你哥哥愿意饶他，我也饶不了他！"

　　女娇"嗯"了一声，说："那我们快去。"

　　二人加快脚步，文命紧随女娇，到得半山之时，女娇见酉首室外忽然多站了一些人，不禁一愣，低声对文命说道："封豕囚伯益之地在酉首室后面山中，我哥哥这里怎么突然多了这么多人？我先去看看，或许我哥哥已经在里面了。"

　　文命点头称是。

　　女娇当先，二人径往酉首室走去。

　　不料，二人刚走至昨晚饮食坪地，一武士已忽然上前，说道："你们不可去酉首室。"

　　女娇一怔，继而脸色一沉，喝道："你是谁？竟敢阻拦我？"

　　那武士脸色凝重，说道："酉首已经吩咐，不准任何人进去。"

　　文命眉头一皱，说道："我呢？能不能进去？"

　　那武士矛托肘上，双手一拱，说道："司空大人，你也不行。"

　　女娇不禁勃然色变。她在涂山身份非同一般，哥哥又极为宠爱自己，自是位高，平时哪里有人敢在自己面前说半个"不"字。此刻见这武士居然敢如此冒犯，不由拳头一握，就想冲上去动手。文命见女娇有动武之意，立刻伸手将她手臂捉住，说道："既然是酉首对他下令，我们不妨等等。"他使个眼色，女娇对那武士怒道："等我哥哥出来，我看你有什么本事！我们走！"说着，她带同文命，离开此处，绕路往酉首室后面走去。

　　文命毕竟初来涂山，尚不明涂山之事。女娇却是愈加心惊，只见酉首室前后俱是持矛武士，宛如大敌当前。文命从其脸色也知，涂山似出突发事况。他见女娇不言，也不便发问，只是随她前往押囚之地。

　　二人刚走至酉首室后，又是三名持矛武士忽从树后闪出，上前说道："女娇姑娘，酋首有令，你和司空大人都暂回自己居室。"女娇大怒，喝道："我哥哥什么时候会下如此之令？你们再不让开，别怪我动手！"

她一说完，本以为那三人会继续阻挠，不料，那三人同时单膝下跪，中间之人说道："我们哪有胆子敢拦姑娘？只是我们都是涂山之人，姑娘不可被外人所控，请暂听酋首之令，我们实在不愿和姑娘动手。"

女娇怒道："你们还敢对我动手？"说罢，女娇怒上眉心，拉开架势便欲动手。文命又一次将她手臂捉住，说道："既然如此，我们都暂先回房，再听你哥哥有何说法。"

女娇回头说道："文命，你看见了，不是我要动手，是他们逼我。"

那人继续答道："我们不敢与姑娘动手，只是涂山势危，恳请姑娘暂且回房，等酋首之令。"

女娇听他左一个酋首之令，右一个酋首之令，不禁怒不可遏。文命不欲女娇生事，往她身前一站，缓缓对那三人说道："伯益是否被你们所囚？你们可知他乃天子之人？这犯上之罪，恐无人能恕！"

那三人仍是单膝跪地。说话的始终是中间之人："请司空大人放心，伯益在此处，一切无虞，我们只是在等酋首号令。请司空大人恕过我等。"

文命微微点头，转身对女娇说道："我们先回。"

女娇还想继续发恼，文命微一摇手，沉声说道："我们先回。"

女娇跟着文命气冲冲回转。文命见已到无人之地，立刻说道："女娇姑娘，你手下可有武士？"女娇一愣，说："我手下有五十人，他们都在聚器室候我。"

文命点头道："那最好不过，你听着，我料事情已急，其他事暂且别管，你速他们取铁锹等工具。我料那些工具到不了我手下那里，你先备好，我随时来取。我先去看看后稷是否出事。快去！"

女娇看着文命，见他脸色凝重，心里忽然涌上慌乱，说道："你觉涂山事急，会是什么事？"

文命摇头道："你我此刻都还不知。看此情形，我担心你哥哥被封豕说动，以为我们要对涂山不利。你记住一点，我来涂山是治水的，不是来对涂山不利的。事况未明之前，我不可命人去做什么。我现在需要铁器劈山，你去备好，其他任何事都不可妄动！"

第十六章　劈涂

1

和文命分开之后，女娇急匆匆便往部落的聚器室。涂山能成三千八百部落之冠，非止武力强盛，平日垦土拓荒，粮草囤积也为部落之首。铁器甚多，不用之时，都置聚器室内。女娇一路奔去，心中自也惊异万分。大燧对封豕说等文命三日后再观，怎的忽然就下出如此之令，竟然将伯益也囚了起来。她一路行走，一路只觉涂山空气中恍惚布满迷雾，自己睁大眼也看不清究竟发生了何事。在她此刻心中，不知不觉，已觉文命行事，乃为涂山解难，怎么她知道这点，哥哥竟然会不知道？

她绕过酉首室时，见外面仍是武士站立，与往日大不相同。女娇暗想，即使哥哥将文命视为来敌，似乎也不需要在酉首室前增加如此多的武士。看那酉首室大门紧闭，真不知哥哥在里面干什么。在涂山，除哥哥为酉首之外，余人从未有过阻拦自己之举。那间酉首室一直就任由自己出入，怎么今天忽然变得连自己也不能进去了？女娇想到这里，不禁心头有气，她刚要起步再往酉首室走去，又想起文命刚才说其他任何事都不可妄动之言，还是忍了忍，转道往聚器室走去。

看看要到聚器室了，一旁边的树后忽然闪出一个人来。女娇停步一看，站在面前是封豕。

封豕脸色低沉，说道："你要去哪里？"

女娇对封豕极为不满，尤其此刻对自己说话的语气几乎像是斥问一样，刚才在内心累积的怒火不由一下子发作出来。

"我去哪里，关你什么事？"

封豕双手背在身后，眼睛死死盯着女娇，忽然叹息一声，来回几步，缓缓说道："你还记不记得我们小时候在这山上比试登山之事？"

女娇不禁一呆，不明白封豕怎么忽然说起这个，说道："你怎么了？说小时候干吗？你知不知道你这两天像变了个人？"

封豕脸色阴沉下来，说道："你真不知道我为什么这样？"

女娇气道："我当然不知道！"

封豕又来回走了几步，说道："女娇，我问你记不记得我们小时候的事。你不说，那我来说。就在这座山上，我们每日都登到山顶，"他眼睛望山顶处看去，续道，"你五六岁的时候，走得还很慢，总是最后我牵你上去。"

女娇又是一呆，说道："你说这些干什么？"

"不干什么，"封豕口吻忽然像是有点感伤，继续说道，"你哥哥总是第一个上去，我牵着你上去，你那时总是说，长大了会成为第一个上去的。"

女娇眉头一皱，说道："你到底要干什么？"

封豕像是没听见女娇之言，自顾自地说下去："后来等你长大了，你真的成为第一个登上去的人了。你哥哥是让你，我呢？我也不知道是不是让你。一来，你确实登得很快；二来，我喜欢看见你第一个登上去后笑起来的样子。我也不记得什么时候开始，心里就总是在想，一定要你每天都那样笑，你开心了，我也会很开心。"

女娇闻言，内心不禁一紧。她从未听封豕如此说话，总觉得他在对自己吐露什么，心里有点抗拒，赶紧说道："你别说这些了，我不想听。"

"你听一听比较好，"封豕说道，"我也不知以后还有没有机会跟你说这些。一直以来，我都是这么想的，我就想每天看见你笑。你也真的每天在笑。你知道吗？你笑起来的样子非常好看。"

244

女娇脸上不禁一红，说道："你别说了。"

"为什么不要我说！"封豕的声音从感伤突然变成厉声大喝，"你从来没注意过我！那个文命一来，你看看你，就变成什么样子了！"女娇只觉对方语气转换太快，脑中一乱，随即宁定下来，说道："我看见文命又怎样了？你不也看见了他？"

封豕冷冷说道："我是看见了他，但我先看见的是你。"他说完这句，忽然走上几步，双手按住女娇肩膀，沉声说道，"女娇，我一直就喜欢你，难道你不知道？我一直觉得，我终究是要娶你做妻子的，你真不知道吗？"

女娇心中又乱又怒，双臂一抖，甩开封豕之手，说道："你知道你在说什么吗？我从来就没那样想过。你在我心里，和我哥哥没什么两样。"

"你只把我当哥哥？"封豕脸色开始阴沉。

"是的，"女娇说道，"我从来就没想过嫁给你。你怎么会有这样的想法？"

封豕脸色渐渐狂怒，但还是抑制住自己，吐出口长气，说道："那我现在说，你嫁给我做我的妻子，我们马上成亲。女娇，我从来没想过要娶别人，我一直就想娶你。"

女娇此刻感觉内心有了怒意，说道："你不要这样想，我没想过要嫁你。"

"可你才刚刚看见文命，怎么就想嫁他？"封豕已经怒不可遏。

"我没那么说过！"女娇气道，"现在涂山马上要发生大事，你怎么跑到这里和我说这个？我说了我要嫁文命吗？"

封豕狂怒道："你没说，可我第一眼就看出来了，你很想嫁给文命。我告诉你，你不要去想会嫁给他！"

女娇一怔，说道："他怎么了？"

封豕冷冷说道："文命待不过今天了！"

2

女娇闻言一愣，说道："你说什么？文命待不过今天？他不是好好的？"她刚说完这句，一种不祥的念头忽然涌将上来，脸色陡然苍白，说道，"你、你是不是在干什么事？"

封豕冷冷看着女娇，沉默了片刻，慢慢说道："我再问你一次，女娇，你愿不愿意嫁给我？"

女娇心中越来越急，说道："你现在别说这些。你告诉我，你做什么事了？文命怎么会待不过今天？"

封豕抬眼望天，说道："他想劈断涂山，岂不是要灭我们部族？"

女娇上前两步，急声道："他是来救涂山的！你怎么可以如此看待别人？你没看见淮水已经涨成何种模样了？"

封豕冷冷说道："既然如此，那就别说我没有给你机会。"说罢，封豕脸上露出一丝狞笑，不等女娇再说什么，转身便走。

女娇的第一个念头是想追上问个清楚，转念想起文命嘱咐她准备工具的事来。心想，他刚刚和我分开，怎么可能会待不到明天？有我哥哥在，封豕能做出什么事来？想到这里，还是折身往聚器室走去。

到得聚器室门外，却见门外站着四个持矛武士，聚器室大门紧闭。女娇微微一愣，怎么忽然成了有人看守之地？而且她手下的那五十人竟然都人影皆无。

女娇刚才被封豕拦住说话，本已着恼，此刻见自己人不见，居然还有人看守这里，更是心头火气，不等那几人上前说话，女娇便冲上去喝道："你们是谁命令过来的？在这里干什么？"

那四人见女娇怒火不小，都不禁有些胆怯。毕竟，女娇乃酉首亲妹，一直以来，涂山人众都对女娇言听计从。众人也很少见女娇发火。那四人互相看看，其中一人还是上前说道："女娇姑娘，我们……我们……"

女娇怒声喝道："你们什么？谁要你们过来的？"

那人终是慌张，说道："是……是酉首之令。"

"酉首之令？"女娇柳眉倒竖，厉声道，"我哥哥何时下的令？我的人呢？他们去哪了？"

女娇越说越怒，手从腰间抽出佩刀，喝道："你们快说！我哥哥何时下的令？"

那人见女娇动了真怒，哪敢和她对峙？赶紧说道："酉首何时下令我等不知，是封豕命我等过来。"

"封豕？"女娇感觉大脑微震，继续喝道，"这么说，是封豕对你们说，是我哥哥下的令？"

"是，"那人回答，"是这样。是封豕说，酋首所下，乃是死令，命我等看守这里。"

女娇不由一惊，她知大燧死令一下，任何人都不敢以性命相抗，无怪今天的好几个武士对自己都不似往日。她感觉已发生某种不祥之事，当下收住怒气，沉声说道："我手下的人呢？他们去哪里了？"

那人不答，看向其他三人。另外三人也目光闪躲，不敢去接女娇目光。女娇不由怒气再起，提刀压在那人脖下，喝道："你怕我哥哥死令，就不怕我这一刀割下你的头？"

那人脸色苍白，说道："你手下人都被封豕以酋首之令带走了。"

女娇内心一震，喝道："去哪里了？快说！"说罢，刀刃微微用力，那人不禁头往后偏，说道，"别、别杀我，封豕将他们带往囚室了。"

女娇不禁狂怒，她知眼下必出大事，难道哥哥真的如此听信封豕之言？她将刀撤下，说道："好，既然是我哥哥之令，我现在去找他。我回头再来找你们！"

便在此时，只听身后传来封豕冷冷的声音："你不要去找你哥哥了，他也进了囚室！"

3

女娇闻声回头，见封豕双手抱胸，傲慢地站在身后。

女娇转身喝道："你说什么！我哥哥也进了囚室？"她刚一说完，即刻醒悟过来，"是你！你胆敢囚酋首？"

封豕慢慢走上几步，冷冷说道："女娇，事情要害，我都与你说得清清楚楚。酋首想依从文命之言，劈我涂山。你哥哥是酋首不错，但他身为酋首，岂能不为涂山着想？你问问他们，难道他真想背叛酋首吗？没有一个人愿意！我也不想，可我们涂山千余部众，哪个会愿意劈开涂山？那不是劈掉我们的生存之地？你说我背叛酉首？嘿嘿，是因为酉首自己背叛了涂山！你问问他们，是酉首重要，还是涂山重要？"他目光冷冷看着女娇，续道，"酉首不听我言，非要让文命劈山，我们都乃涂山部族，不许任何人毁灭涂山！你放心，你哥哥现在只是在囚室，性命无虞，我也不会杀他，他若是遵从所有涂山人心意，我们自然会奉他为首。他若只听外人之言，对涂山做下不利之事，我们每个人都不会遵他为首！"

女娇只觉浑身大震，她万没料封豕竟然如此胆大，居然将大燧也囚了起来。

她转身对聚器室门前四人说道："我哥哥平时是怎样待你们的？你们居然和封豕一起犯上作乱？"

那四人忽然手扶长矛，单膝跪地，其中一人说道："姑娘，我们不敢犯乱，只是酉首不该欲毁涂山，我们都是涂山之人，不能见涂山被毁。"

女娇气得手足冰凉，喝道："你们简直不知自己在干什么事！"她转向封豕，说道，"我明白了，是你想夺酉首之位，所以想出此法，煽动这些部族。"

"我想夺位？"封豕仰头哈哈一笑，说道，"你根本就错了，我不想夺位，我也当不了酉首，我只希望酉首能顺从部族之心，我豁出这条命，是为了涂山！"

"你为涂山？你为涂山竟敢囚酉首？"女娇说道，"你下一步想要囚我吗？"说着，女娇将手中佩刀横胸而立。

封豕忽然叹息一声，说道："女娇，我刚才说得很清楚，我只盼能够娶你，怎会囚你？你答应我，我不会对你哥哥怎样的。"

女娇冷冷道："你也不敢怎样。"她知此刻处地险恶，说完这句话后，移步便走。

"你是去找文命吗？"封豕见女娇移步，也不阻拦，只冷冷说道。

"我是去找他。"女娇已怒不可遏，索性承认。

封豕手一挥，说道："你回房去吧，你也不要想着去找文命。"

女娇脸色一变，说道："你将他怎样了？"

封豕嘴角冷笑，说道："你这么担心他？嘿！告诉你，我不想夺位，也不想背负杀司空之名，我若杀了他，平阳难免会来征伐。我要他趁早离开涂山！他走了，你也就再也看不到他了。"

"你要赶他走？"

"不是我赶，"封豕凝视着女娇说道，"他自己会走的。"

女娇嘴唇咬住，狠狠看他一眼，迈步就走。

封豕嘴角一动，侧开身子，说道："我只盼能对你好，你哥哥若顺从涂山，我也不会囚他。你不懂我也就罢了，你去吧，他在这里也待不了多久。"

4

女娇离开封豕，立刻发足狂奔。她知道自己势单力薄，不可能前往囚室救人。封豕作乱，理由竟然是为保涂山，也难怪会有如此多人跟随。不过，女娇也隐隐感到，跟随封豕之人，似乎都不过是封豕部下，其他人眼下群龙无首，谁也不敢轻举妄动。

一路上，女娇见涂山四处都是武士。封豕在涂山，素得大燧信任，乃被视为左膀右臂之人，所以封豕手下人数颇众。这些路上各处武士皆是受命于封豕的部下。他们见到女娇，都还是持矛行礼。女娇知道自己无法去说服众人。封豕的理由的确易让部属听命。女娇尚不能想到之事是，封豕尽管以护涂山之口行事，内心却知道，自己实因是嫉恨文命所致，他未顾后果，做下囚大燧之事，也不知如何收场，毕竟，他手下人是听闻他为护涂山而跟随，却无人胆敢去杀大燧。封豕只是希望文命尽快离开，至于文命离开之后，大燧将如何对付自己，封豕内心也是空荡没底，但既然做了，也就只能走一步看一步，见机行事了。

女娇一路跑至山顶茅庐。那里也自然是武士增加，就在文命门外，也站有四个持矛武士，显是看管文命，不让其再行外出。他们见到女娇过来，还是赶紧上前行礼。

"我要见文命！"女娇对他们冷冷说道。

那些武士有点面面相觑，他们只是接到看管文命之令，也不知该不该让女娇进去。

女娇见他们犹豫，伸手按住刀柄，喝道："你们没听见我说的话吗？"

那几人见女娇发怒，平素也听命女娇已惯，只想得片刻，便说道："好，你进去，不要做出让我等为难之事。"

女娇怒道："你们敢管我了？"

说罢，抬步走到门前。

文命在内早已听到女娇之声，此时立即开门，让女娇进来，再随手关门。

女娇一进门，刚才心里所有的委屈与担心都一下子释放出来，陡然奔过去，扑在文命怀里。她一把抱住文命，忍不住泪水跟着流下。文命没料到女娇会突然投入自己怀中，双手提到半空，抱也不是，不抱也不是，终于还是叹息一声，将双手轻轻抱住女娇，低声说道："不哭了，女娇不是一直很坚强吗？"女娇抬头看着文命，见他脸容沉着，稍稍放心。陡然意识到自己居然是在文命怀中，不由突感害羞，又赶紧挣脱，眼泪也顿时收了。文命顺势松开手臂，立刻说："女娇姑娘，外面现在怎样了？"

女娇回头看看房门，见门虽关上，也知门外必然有人在听。她拉着文命，走到临淮水窗前，推开窗子，将自己刚才经历之事说了一遍。文命看着窗外，沉思说道："封豕敢囚自己酋首，不过暂得一时上风，你们兄妹久在涂山，素得人心，现在那些跟封豕之人也不过被他暂时蛊惑，我料他们也不会跟随多久，只要封豕接下去还有顾虑，他就成不了事，若没有顾虑，更成不了事，毕竟涂山这么多人，不会每个人都听他的。如果每个人都真的在一夜间都死心追随封豕，你哥哥也不会掌涂山如此之久，刚才门外之人也更不会让你进来。他们都是涂山民众，一时被封豕迷惑，也说明他们每人都愿涂山无虞，你不可忽视这点。"

女娇见文命如此冷静，心下佩服，说道："嗯，你说得也对，我哥哥在涂山，一直深得人心，我真的就是奇怪，他们怎么会一下子如此糊涂。"

文命凝思片刻，转身说道："我回转之后，没看见后稷，不知道他是否也是被囚。我现在无法出去，也不知我手下那些人是否也被封豕所困。"

女娇说道："要不我去看看？他们不敢对我怎样。"

文命微微点头，凝视她说道："女娇姑娘，你得多多留心，封豕敢囚大燧，难保就不敢囚你。"女娇"嗯"了一声，想起封豕对她之言，抬头说道："他不会对我怎样。我现在就去。你……你看护好自己。"

女娇还未挪步，房门便已推开，只听封豕的声音在身后冷冷响起："真是有情有义的一对人哪！女娇，别说我不敢对你怎样，你倒是提醒了我，我还真非把你囚起来不可！"

文命和女娇同时朝门看去，只见封豕带几个人已经走进。女娇齿咬下唇，从腰间拔出佩刀，厉声说道："我看你们哪个不要命！"她手中刀指向封豕和站在封豕身后几人。文命眉头微皱，缓步走到女娇前面，伸手拦住女娇，说道："不要动手。"然后看着封豕说道，"你囚酉首，可知乃死罪？"封豕哈哈一笑，说道："我敢做，就没想什么死罪不死罪。司空大人，你还是听我一言，就此下山，从今以后，不要再踏足涂山。"

文命原本站于桌旁，此刻索性坐下，沉声说道："涂山治水不成，我决不离开。"

"治水？"封豕又是哈哈一笑，说道，"涂山乃千载之山，岂会受困于这区区之水？你在这里出言惑众，我留你一命，乃是想让天子知晓，我非篡逆之人，只想护住涂山部族。你今日就下山回转平阳，涂山非你尖山，你若敢再来此，休怪我不留你命！"

文命冷冷看他说完，伸手按住桌面，缓缓站起，说道："你还知道有天子、有平阳？你可还知还有天子法度？"

封豕冷笑一声，说道："天子法度，从来未许有人劈山灭族！"

他这句话一说，他身后几个武士都不由对文命露出憎恨之色，似乎只等封豕一声令下，便要上前捆绑文命。

文命仍是凝视封豕，说道："你阻我治水，已是大罪，囚自己酉首，也乃大罪。这天下已无人可救你一命，居然还嘴硬如此。封豕，你当真只是心忧涂山被劈吗？还是你觊觎酉首之位，惑人犯乱？"

封豕眼睛看向女娇，见她冷冷看着自己，内心不禁嫉恨翻涌，实难再抑。当下厉声喝道："好！你既然说无人可再救我，那我就只能先取你性命！来人！把文命先带入囚室！明日斩首！"

5

文命所待囚室与羽山囚室不同。涂山囚室乃砖石所建，四面皆壁，入室处也乃一石门，关闭后无丝毫缝隙。唯北面墙上开有一窗，窗口虽然不小，却终是在墙高之处，无物可攀。文命知因于此地，决难脱身。万没料受命治水，来涂山便遭此等变故，心中叹息，暗想，难道我尚未开始治水，便将殒命于此？心中陡觉悲伤。自涂山变故甫出，文命便知自己绝不可慌乱，封豕未囚女娇时，总觉还有希望，如今封豕连女娇也一并囚起，这是最后的希望也泯灭了。

　　文命在牢室绕墙踱步，苦思对策，却是四壁森严，哪里可以脱困？在羽山囚室时，尚有九婴与己合力，如今却是在此喊破嗓子也无人能闻。文命自然不知九婴已骗得羲由前往南方，还认为他已在羽山殒命，此刻想起，心中颇自感伤。

　　绕得半响，抬头看窗外已然天黑，天空星斗闪烁。文命忽然心中一动，从怀中取出河图。这河图他早烂熟于心，此刻忽觉天空星象正可对应图示。河伯画下河图，历时十余载，通地理者，自通天象。文命首次面对河图时便觉图隐天象，只是一直奔走，也未想过将初时感觉付诸深思。此刻人在囚室，头脑异常清明，看着天空星象方陡然心动。对文命来说，自知明日封豕必将要己性命。到此关头，不觉将一切杂念抛下，细看星象如何对应河图。只看得片刻，只觉脑中灵光频闪，似乎将河图隐秘全部洞悉清晰，山川星空，无不对应，星流河道，无不相连。此刻犹见正北之星明亮，恍如正对涂山之尖。文命不禁暗思淮水涌涨之状，竟然与星云形成对应。他内心一阵狂喜，暗想这河图之秘，终究是被自己破了。他目光一动不动凝视北星，见星光忽明忽暗，他内心也上下起伏。也不知凝望多久，只见一片乌云自北星下端而升，遮住星光。

　　文命暗暗吃惊，又见星光似要穿过乌云，终还是乌云愈加增厚，逐渐更多乌云从下端升发，呈四方弥漫。文命内心不禁一沉，没过多久，见窗外渐渐沥沥地下起雨来。文命暗道不好，走到石门之前，用力捶打，大喊开门。却是自己声音在屋内回荡，根本无法传出。料想这石牢严密，外面也不一定有看守之人。

　　逐渐风雨加大，雷轰电射，文命睁圆眼凝视，这小小一方窗口，对文命而言，委实惊心动魄。他不禁焦急异常，来回走动，时不时又站立望窗，见天空已星光全无，忍不住奋起一拳，狠狠砸在墙上。那墙纹丝不动，只扑簌簌掉下一些灰尘。

文命终是无法可想，在墙角挺腰跪坐，双眼微阖，只等天亮。

当旁边石门微微一响，文命立刻睁开眼。见窗外透进光线，已是天亮，那光线却无比阴沉，外面骤雨滂沱，似是大雨下了整夜。

文命站起身，那石门已然打开，进来四名持矛武士，他们进得门来，便左右分站，封豕从外慢慢走了进来。

他在门口站定，看着文命，冷冷说道："司空大人，今日是你毙命之期，不是我非要你命，而是你让涂山遭难，我不得不以你人头祭天！"

文命冷冷一笑，说道："你名为护涂山，实则祸天下，你今日杀我，天子不会饶你。"

封豕哈的一笑，说道："这时候了，你就不要去想什么天子了。把他带走！"

那四人吆喝一声，矛尖对准文命。

封豕喝一句："走！"

文命站起身来，随封豕走出。走到门外，却是不禁一惊，只见伯益和他们部下的三十队首，尽被封豕押解于此。大燧和女娇却是不在。此刻骤雨倾盆，众人浑身皆被淋湿。旁边是数十个涂山部众，他们都披蓑衣，持矛指向伯益等人。伯益等人一见文命出来，都不禁发出一阵纷乱之声。他们没想到文命居然也被封豕囚住。

伯益上前一步，说道："文命……"

文命微微摇手，说道："今日被囚，乃天命所在，只是如此大雨，涂山恐怕不保。"

封豕厉声喝道："快死的人了，还敢说这等惑众之言，走！押往半山斩台！"

那些涂山部众齐声吆喝，欲将文命等人赶往半山。

一群人没走得多久，几个披蓑衣的持矛人拼命从上山之路奔来，大声喊道："队首！队首！"

封豕转头一看，迎上去喝道："什么事？"

那几人奔到封豕面前，神色惊慌，说道："大水猛涨，已将山门尽淹！"

包括封豕，所有人都闻言大惊。近十多年水患，涂山从未被淹过山门。此刻竟然山门都被水淹，足见水势非比寻常。封豕脸色苍白，喝道："快去再看！"

其中一人应一声"是"，转身奔往山下。刚才上来其人能看出惊慌至极，眼望封豕，说道："今日水势，太过猛烈，已经有几十人被水卷走，请队首亲往查看。"

文命冷冷说道："封豕，现在水势猛烈，转眼便是数丈巨浪卷来，涂山今日遭危，你还不放了我们，一起应对？"

封豕对文命狂喊道："你们不来，涂山十载无危，就是你们来了，才有这涂山之危！带往斩台！"

此处持矛武士皆是封豕心腹，只觉封豕句句是真，他们人人都盼涂山无虞，此刻听封豕之言，均觉涂山遭危，尽是文命等人带来，当即横起长矛，将文命等人推搡。便在此时，陡闻水声轰隆，众人转头一看，竟见大水排山倒海，涌到众人数丈开外。文命厉声喝道："往山上去！"众人惊骇之下，被文命吼声震慑，尽往山上奔逃。封豕大喝道："将他们看住！不要逃了一个！往斩台去！"

涂山部众虽然惊骇，却是训练有素，虽惊不乱，各自横矛推赶文命等人。

那股大浪眨眼间涌到他们脚下，像是已然衰竭，又轰隆一声回转。有几个跑得稍慢之人已被水卷走。封豕见水势下落，连连大喝，命部下将文命等人赶往半山斩台。

众人没跑得几步，身后水声又剧烈而至。封豕回头一看，只见大水腾空数丈，铺天盖地而下，心中震骇，吼声连连，发足狂奔。那股水势追在身后，落地后再次退去。封豕咬牙切齿，又一次狂喊："快至斩台！"

他喊声方落，谁也没看见一排利箭从大水处蓦然射来。那些箭准头无比，全部射在那些涂山部众身上，此刻水声轰隆，无人听见弓弦之响，那些人应箭倒地。封豕大吃一惊，尚未回头，只觉后心一阵剧痛，低头见一支长箭透胸而过，一股鲜血从胸口猛然冒出。

封豕极为强悍，眼瞧着自己胸口透出寸许箭尖，反手至背心，抓住箭尾，硬生生拔出，转身再看。

只见身后大水汹涌，远处竟然出现一条大船，船上人看不清容貌，只见船头站立一些弯弓之人。封豕眼睛睁圆，喉咙里沙哑出声："你们……你们……"

文命转头只看一眼，对伯益等人喊道："跑不过水，速速抱树！是重黎来了！"

6

待这股大水稍退，重黎等人已经将文命带往半山无水之地。封豕及刚才押解部众中箭之后，尽数被大水卷走。众人回首适才之险，不禁都有后怕之感。只见后稷忽然走了过来，对文命拱手说道："我奉命去找三十队首之时，封豕已命人拦路，也不准我回转，我知不可停留，料重黎应该将至，便于山门处盗得一船，赶往去迎重黎，幸好及时赶到，不然真是危矣。"

文命点头道："我回转没见你，也料到你已从涂山脱身，我们应有此刻。"

文命见骤雨正歇，招手将几个涂山部众叫来。那些人见封豕被大水卷走，顿时六神无主，见文命手招，赶紧过来。文命说道："你们即刻打开石牢，将大燧酋首和女娇姑娘放出。"

那几人此时猛然醒悟，方想起大燧和女娇尚在牢内未出，赶紧答应。

文命等人随他们前往石牢。在伯益等人眼里，文命素来镇定，此刻却见他走路甚快，知道危事迫近，也都加快脚步。石牢转眼即至，只见牢门外已经积有寸许之水。

文命走到门前，喝道："开门！"

其实也无需他再下此令，那些涂山部众已经哆哆嗦嗦地打开囚门。里面囚室不少，大燧和女娇都在里面关押。文命等站在门外，片刻间便见大燧和女娇从内走出。大燧一见文命等人在外，抢上来说道："司空大人，大燧这条命是你所救，从今日开始，涂山部落便是司空大人属下了！"女娇看见文命，还是咬着牙说道："封豕呢？你把他抓住没有？"

文命对大燧说道："酋首不必言谢。"又眼望女娇说道，"女娇姑娘，封豕等人已经被大水卷走，这里很快便有水至，我们速速离开！先往酋首室。"文命说话，已自有一股超越酋首之威严。众人立刻一声"遵命"，纷纷前往半山。

大燧被囚了一日，虽显狼狈，却是震怒不息。一到酋首室，便站台阶上喝道："把那些随封豕犯乱的全部都绑了！"涂山犯乱之人都是封豕手下，那些犯乱之人早被重黎所带的护宫之队全部赶至外面大坪。大燧一句"全部绑了"之

255

后，其他部众立刻上前，将那百余人全部绑缚。大燧见他们都跪在坪地，又厉声喝道："全部给我砍了！"

"是！"这字来自无数人之口。那些跪地被缚之人身后，立刻站上一持刀之人。

文命手一伸，对大燧说道："酋首且住，他们不过被封豕蛊惑，并非反你，眼下大水转眼便至，我们需要立刻在水中劈山，引开大水，多一人便多一点辅助，不如先且恕过他们。"

大燧一愣，对文命说道："犯乱乃死罪，岂能恕过？"

文命低声道："劈山需人，越多越好！更何况，他们不过是惧怕涂山被劈遭难，如今水势涨起，到非劈不可之地，他们都是涂山民众，封豕已亡，无须他们再行送命。"

大燧怒目瞪视那些跪地之人，终于吐出一口呼吸，说道："司空大人，涂山部落已是你属下，你怎么说，我便怎么做了。"然后步下台阶，走到那些人面前，高声喝道，"你们听着！随封豕犯乱，乃难恕之罪。司空大人为你等求情，我免你们一死，如今大水将至，都听司空大人之令！"

那些部众都自知死罪难逃，此刻一听文命竟然向大燧求情，饶过他们死罪，不禁有死里逃生的狂喜之感，纷纷磕头，齐声说道："谢司空大人不杀之恩！"

文命也走过来，抬头看看天，此刻骤雨虽停，乌云仍是密布，他说了一句"都起来"。众人齐声拜谢，起身而立，脸色仍是栗栗而惧。文命缓缓说道："你们都是涂山部族，不想涂山遭危，才听信封豕乱言，如今山门已淹，大水将至，方才山门处涌起之水，不过洪涌之初，此刻暂退，转眼便重来，现都速去取铁器，即刻劈山！"

那些人随封豕犯乱，原是听信封豕之言，以为涂山被劈，便遭灭族之祸。此刻听文命之令，都经方才大水狂势，哪里还觉文命是抱灭族之心？此刻经文命留得一命，尽皆感激。他们又齐声答声"是"字。

众人还未散开，只听一马奔来之声。文命等人循声望去，却是女娇策马从酋首室后奔来，她一马跑到文命面前，跳下马，脸色兴奋地说道："不用他们去了，我刚已带你部落将聚器室之物全部搬来了。"她双手托起一物，说道，"你的耒锸，我也带过来了。"

文命大喜，说道："女娇，难怪忽然不见你了，事在人先，果然不凡！"

女娇听文命称赞自己，大是高兴，脸庞涨起红晕，凝视文命，眼中万语千言。

文命看着女娇眼神，不禁心中感觉一阵莫名狂涌，忽想伸手将女娇抱在怀里，只觉这念头太过大胆，赶紧将耒锸接过，对她微微一笑。

7

这时大燧也走上前来，说道："司空大人，有何命令，告诉我们便是，你先去室内休歇。"

文命将耒锸横过胸前，说道："治水乃我性命之事，怎可休歇？"

这时，文命所带的三百余人皆从酋首室后走来，每人手上左右都提着各一铁器。文命当即迎上去，说道："将它们分发与众人。"他转身见女娇也跟上来，不禁又是心中一动，凝视她道，"原本要你带我熟悉涂山，此刻却是来不及了，你就带我们前往山顶，往下劈山！"

女娇眼中露出喜悦，说道："你们都跟我来。"

文命又走至大燧面前，说道："你被囚一日一夜，难阻水势，可先在此命人至水涨之处，堆石成堤，暂且引开大水，我带人上山，从山顶开始劈下，待山成两处，大水自然从中涌过。"大燧双手抱拳道："我亲率人至山下，无须忧虑。"文命看看大燧，后者虽经被囚，身子却是强壮，便点点头说道："山下水危，多多留意。若见水涨厉害，必暂避水势，不可强行。"然后对身前站立的伯益、后稷、重黎等人说道，"我们都随女娇姑娘上山。"

众人齐声答应，当下分成两队，大燧率人前往山下，文命率人前往山上。

山顶之势，文命已然观察到，却自然还是比不得女娇熟悉山间每条缝隙。当下文命紧随女娇，听她说涂山山势。重黎等人眼望山下，只过得片刻，重黎说道："山下水势已烈！"

文命虽然吃惊，脸上却是不动声色，以眼色示意女娇将话说完。女娇见文命镇定，也不知不觉，觉得内心不再恐慌，将山势详细说完。文命立刻命人将自己腰身捆绑。伯益急了，抢上前说道："文命，你不可亲为，我们如此多人，可命人凿山。"

文命微微一笑，说道："我若不亲为，岂能命他人行事？且勿多言。"说罢，将腰身绳索试试已紧，持耒锸望缝隙而下。众人见文命如此亲为，无不情绪涌动，尤其随封豕犯乱之人，立刻人人争先，有七八人往缝隙而下。

说是缝隙，却是石与石之间裂开的未合之口，宽可容人。文命腰间绳索紧绑，以耒锸奋力凿石。耒锸极其坚固，文命也不知冯夷究竟是以何物铸成。只觉耒锸砍壁，石头紧跟粉碎而下，在他上面，逐渐增人，那些部落之众手持各种铁器，奋力凿壁。

女娇站上面看着文命渐渐下坠，忽然将一根绳索往腰间捆绑，身后说道："将绳稳固！"然后也跟着下去。

女娇先前已指出四五条并排缝隙。此刻每条缝隙都有人携铁器而下。在女娇嘴里，这些缝隙并排而立，每条缝隙都可凿开，将它们凿空成一体之后，自然便有宽大裂口出现。重黎等人也纷纷沿其他缝隙而下，伯益自命人在山顶拉住绳索。只半日工夫，涂山山顶已出现三尺宽裂口。此时山下大水涨得厉害。虽然未到半山，却已超过山门之顶丈余。大燧率人在山下搬石筑堤，与山顶文命等人呼应。

伯益与后稷都未下去。他们在山顶指令拉绳之人，委实怕出差错。若有人从缝隙掉下，虽掉不至山底，在缝隙中也非撞得头破殒命不可。

待文命等人被重新拉上之后，已是黄昏天色。从缝隙间上来之人，尽皆满身泥尘。

伯益、后稷接上文命，见他疲惫不堪，不禁叹息道："你不可再亲往。"

文命摇摇头，说道："此事我必亲往，你们在上面安置好拉绳之事即可。"他也不等伯益再回答，扭头见女娇泥尘满身，几欲委顿在地，立刻几步过去，扶住女娇说道："你怎么也下去了？再也不可下去了。"女娇眼望文命，似有泪水在眼眶之内滚动，说道："你去哪里，我也去哪里，我怎可让你一人肩承如此险事？"

文命闻言，心中大动，凝望女娇，不知说什么才好。

伯益忽然咳嗽一声，说道："今日众人都已疲累，不如先且休歇，明日再续。"

文命转头看看，不论是下去凿石之人还是山顶拉绳之人，俱是疲态。当下说道："好！"他又几步走到崖前，见山下洪水涨得凶猛，转身对重黎说道，"看今日水势，原来部落居地不可再住，你可下山，让大燧带人上来，我与他再做计议。"

重黎拱手说声"是"，转身下山。

山顶居室甚少，文命命适才凿山受伤之人入室休歇，自己与众人都在空旷地幕天席地。不论女娇还是伯益等人，尽劝文命入室休歇，文命只缓缓答道："我受命治水，不是受命藏身，都不可再劝。"他说得坚定，见周围数百人都眼望自己，又当即下令，命人沿路支起可挡雨之茅顶。数百人一齐动手，沿山路搭起数百米长庐，庐下生起数十火堆。

做完此事，文命方忽觉重黎下山接大燧，久久未归，不觉诧异。他刚欲亲自下山，却见大燧和重黎等人赶上大批兽类。方自一愣，随即明白，此刻山下大水，人都在山上，岂能无食？大燧和重黎此举乃为众人果腹着想，不禁哈哈一笑，迎将上去。

是夜，文命、伯益、后稷、重黎、大燧、女娇等人围拢一处火堆。大燧问道："依司空大人之见，我们何时方可劈开涂山？"

文命沉思片刻说道："水势汹涌，今颍淮两河汇聚，我们劈山导水，恐一年方可。"

众人闻言，都是一惊，唯女娇脸上不自禁露出一丝喜色，眼中柔情难抑，瞧向文命。

第十七章　台桑

1

从第二天开始，文命每日带人至涂山山顶劈山，大燧则带涂山部众下山筑堤。骤雨一连下了七日，淮水和颍水同时猛涨。涂山几乎被淹去一半。淮水原本南流之河，不周山天柱倒塌之后，西北大水尽往东南而流，中原水势陡然涨得可怕。淮水和颍水在涂山交合，将大水往南方带去。文命依河图所定，欲将涂山一分为二，将淮水反向而引，往北导去，直接引入黄河。中原水势，原本是黄河所起，将淮水导入黄河，便可随黄河东流入海，如此可使南方水患不至更重。

七日里，文命日日悬绳而下，裂口开得渐宽。文命慢慢意识到绳子可做测量之物，每日开掘多少，便以绳长为准，如此一来，便知何日可到山底。跟随他悬绳而下的其他部众尽皆习会量绳而掘。令文命唯一感到惊诧的，是手中耒锸居然从未有过损坏，其他器具都用不上数日便在山石上崩断。不到七日，工具毁坏严重，幸好涂山铁器甚多，伯益命部众匠人架火制器，亲守一旁督视。后稷每日量绳计算。文命自知悬绳凿壁乃万分危险之事，不再许女娇也同样如此，女娇不应，非和文命一起，文命索性令女娇随大燧下山筑堤，毕竟山下之人都乃涂山部众，文命不欲自己之人指令涂山。女娇听文命说到哥哥，知他一人也难指挥，遂下山筑堤。

至于重黎，到第三日时，文命见大雨不停，心中难耐，牵系三苗之事，便命他带手下南去，查看丹朱与观兜之事。临行前文命嘱咐，若是三苗无事，可回来相助，若三苗果真欲反，可助丹朱平乱后再归。重黎不愿离开，说天子之命便是助文命治水。文命说道："南方不稳，我亦不稳，如今唯你可遣，不要我为他事忧心。"

重黎见文命如此一说，便接令而去。

经过七日冒雨凿山，文命终于病重一场。他睁开眼时，见女娇在前，心中不禁温暖，只低低说得一声："女娇……"不禁吃惊自己声音怎的发不出来。女娇见文命睁眼，立刻往文命身边坐近一些，伸手将文命手握住，说道："你终于醒了。"

文命环视房间，见是自己初到涂山时所住之房，吃力说道："我……我躺了多久？"他瞬间甚至记不起自己是如何进入房间，进入房间前又在干什么。

女娇眼中含泪，说道："你睡了整整一天。"

文命心中一惊，心想我这是怎么了？便说道："伯益呢？大燧他们何在？"

女娇眼泪终于流下来，说道："你现在别去问这些事，你病得厉害，先养好身子。"

文命不答，只侧头看看窗外，说道："雨已经停了。"

女娇点头道："昨日就停了。"

"山掘得怎样了？"文命仍是声音嘶哑。

女娇凝视文命，忽然倒在文命身上，啜泣道："你现在别管这些好不好？你身体病成这样，先不要去想掘山，他们都在外面做，你不要担心。"

文命见女娇俯在自己身上，心中狂动，伸手抚摸女娇长发，说道："你什么时候来的？"

女娇说道："昨天我来看你，伯益就说你病在床上，早上没起来，额头烫得厉害。我……我就一直在这里陪你。"

文命又是一惊，说道："你……你在这里守了一日？"

女娇抬起眼，把眼泪擦擦，说道："他们要做事，没人知道照顾你，所以我……我……"她没说完，又重新俯在文命身上，双臂抱住他，说道，"我就想你快点好起来，我……我怕你不醒来了。我……我……"

文命勉力一笑，低声道："我怎么会不醒来呢？大水还没治好，我怎么可以不醒来。"

女娇又抬眼看他，说道："你答应我，你就一定要好起来。"

文命心中感动，不禁将女娇的手握住，说道："我答应你，我会好起来。他们呢？没有其他生病的人吗？"

女娇听文命之言，又想笑，又想哭，说道："其他人都好，我听伯益说，这七天来，你每天都第一个下到悬崖。这么大的雨，很容易掉下去的，你……你……你要是死了，我还能活下去吗？"

文命闻言，一直看着女娇。两人久久凝视，文命陡觉内心一股热血上涌，似乎双臂忽然有了力量，伸臂将女娇抱在怀中。

女娇紧闭着眼，也紧紧抱住文命。

却听房间一响，大燧的声音跟着进来，"司空大人身子……"他还未说完，见妹妹和文命紧紧抱在一起，不由站住了。跟在他身后的后稷收足不及，差点撞在大燧身上。

2

女娇忙不迭从文命身上起来，满脸通红，站起扭捏说道："哥哥，你……你进来也不说一声。"

大燧性格历来粗豪，哪里注意过妹妹的心事？此刻一见，似恍然大悟，手一指，瞪圆眼说道："你……你……哈哈！"

后稷在大燧身后咳嗽一声，说道："大燧，女娇姑娘在照顾文命，你也放心了。"

大燧转身哈哈一笑，说道："放心！放心！我哪有不放心之理！"

文命在床上坐起，说道："酉首，后稷，外面此刻怎样？"

"外面？"大燧哈哈笑道，"外面很好！今天雨停了，他们都在掘山，你先休息，养好身体，外面有伯益和后稷两位大人看管，出不了事。至于山下，这些天我们也筑堤颇高，按你的吩咐，引水往北。我看这雨一停，水也会消退不少。"

文命说话的声音仍是沙哑："雨可停，人不可懈，我……我起来。"

后稷紧步过来，说道："你身体未恢复，先不要起来，好好安歇一日，外面之事，我和伯益会安置妥当的。"大燧也跟着后稷走过来说道："是啊，你不可起来，生病了就得养好，"他转头看向女娇，说道，"妹妹，今日你就不要下峰了，在此好好照顾文命。"这似乎是他第一次主动称文命而不再说司空大人。

女娇初时害羞，此刻已平复下来，说道："哥哥，你不要管这里了，他说得不错，雨可停，人不可懈。我们都先出去。"

大燧又是哈哈一笑，说道："我自然知道人不可懈，只是刚刚听说文命病重，我岂可不上来看看？我们就先出去了，你不要走，在此好好照顾。"说罢，认真看女娇一眼，又看文命一眼，再次哈哈一笑，说道，"后稷，我们先出去。"

后稷微笑，对文命拱拱手，和大燧转身便往外走。

文命手一抬，说道："你们……"

女娇已经过来说道："你不要说话，先躺下，我……我也出去了。"

大燧转身，奇道："妹妹，你出去做什么？不在这里照顾？"

女娇嗔道："他……他醒来了，也不用我照顾了，我还是和你一起下山。"说着，几步走到哥哥身后，将他衣襟一拉，眉头耸动。大燧一明事由，自然也看出妹妹女儿心态，哈哈一笑，说道，"这事我可就随你了。"

三人出去之后，文命在床上半躺，回思女娇对己神态和说话，心中只觉涌起从未涌上过的纷乱感念，不由仔细回思和女娇的每一次见面。想到她说自己还欠她一箭时，不禁微笑，又想到自己来涂山当夜，她舞拳之态，七日前随自己悬绳凿山，种种事件，不禁感到内心被某种东西充满，一丝柔情油然而生。

自文命成为夏后部落酋首之后，直至尧帝命为司空，率众治水，一直颇感忙碌，很少去想儿女之情。他和女娇认识时间不长，却一起经历封豕犯乱，已有生死与共之感。这也是文命从未经历之事。他回思一切，心里不知不觉又涌上羲由的影子。文命对羲由，总觉是自己家中小妹，情感混沌，颇有不明之感。此刻心灵一开，想起自己要离尖山之时，羲由的种种表示已经清楚，对自己确怀儿女深情。文命间或想起羲由，却绝非如此刻想起女娇之感。他不禁轻声一叹，知道无论羲由如何对己，自己终究是无以回应的了，心情又不觉有些黯淡。

这时房门又被推开，文命侧头一看，是女娇端碗药水走了进来。文命脸上浮起微笑。女娇却是一直凝视他，慢步走过来，在文命床头坐下，问道："你怎么啦？"文命微愣，说道："没什么啊，你为什么这么问？"女娇还是凝视他，说道："你在想另外的人。"

文命吃惊不小，不料女娇竟敏感如斯，脸上勉力一笑，说道："我还是觉有些虚弱。"

女娇收回目光，一手端药，一手慢慢握住文命的手，说道："我不管你在想什么，也不管你在想谁，我只想你快些好起来，我……我想能好好陪你。"

文命不由感动，将自己另一只手压在女娇握住自己之手的那只手上，低声说道："我这不是已经好起来了吗？"

女娇不再说话，看文命将药水喝完，将碗搁到桌上，又走到床边坐下，认真凝视了文命几眼，心中柔情涌动，又慢慢俯身在文命身上。文命伸手抚摸她的头发，内心感到一种从未有过的安宁。

3

文命第二日虽未痊愈，感觉自己能够起床了，心牵凿山之事，起床出门。

到得山顶，不禁吃了一惊。见山上伯益正督视器具打造，后稷则在指挥拉绳之事。这倒罢了，令他感到不可思议的是，涂山山顶已被劈开丈余距离，两边的峭壁上，密密麻麻的人悬绳而下，用各种器具敲打石壁。

文命见此，不由一阵惊喜，没料到自己仅仅两日没有亲临，山顶居然就凿开如此大的豁口。他再往山下看去，只见淮水涨起不少，那股南流之势似被阻碍。自然，淮水一直南流，不可能在几天间就变其方向，这倒真还是文命在希望涌起之下的错觉。在流水旁边，人小如蚁，密集成线，尽皆都奋力筑堤。文命暗想，自己父亲当日只命筑堤，结果大水更甚，倒不是筑堤就一定不对，关键是如何在筑堤前判断出水的流势。文命呆呆看着山下之水，脑子里又不觉涌上父亲临终前的样子。

众人见文命出来，不少人上前，站其身后同看淮水。

文命回头，见身后诸人都脸露笑意，一时不明其意，却见好几个涂山部落的人笑得颇为诡秘，忽然间明白，昨日女娇和自己在房内之事怕已众人皆知，不禁心内一动，脸上也露出笑意。

伯益这时走上前来，说道："你身子感觉如何？"

文命答道："好多了。没料数日工夫，有如此进展。"

伯益微笑道："你如此奋勇，谁人还敢居后？哈哈！"

文命凝视眼前豁口，说道："要劈开涂山，还需费日，我身子已好，也可下去了。我的耒锸何在？"

伯益说道："不可！你身子刚有好转，元气未复，先休歇几日。"

文命转头凝视他，说道："我的耒锸呢？"

伯益尚未回答，身后女娇的声音已经传来："你今日还未喝药，不可下去，你的耒锸在我这里。"

文命回头去看，见女娇正走至身后。文命见女娇对自己微笑，禁不住心中一动，走过去说道："他们都在凿山，我怎可在一旁观看？"

女娇叹息一声，说道："可你身子没好，你听我的，先去喝了药再说。"说罢，女娇伸手将文命的手拉住，将他往房间带去。伯益微笑着赶紧让开。文命被女娇一牵，不觉跟着迈步。

二人到得房间，女娇将桌上药碗端起，说道："我到这里没见你，就知道你去山顶了，其实那里有伯益和后稷督视，出不了事，每个人都在为劈山而行，你是司空，不能冒那样的风险。"文命把药喝掉，皱眉说道："司空只一名号，难道就真比其他任何人多一些什么吗？天子既命我治水，我岂可落于人后？"

女娇看着文命，柔声说道："我知道你的想法，可你也要想到另外一点，天子既命你为司空，如果你万一出什么事，你要他们去听谁的号令？"

文命微愣，继续说道："山下现在如何？"

女娇微笑一下，说道："你不要挂心山下，那里有我和哥哥，部落人都在搬石筑堤，雨停之后，水也退下去不少，山门已经可以看见了。"女娇笑容渐敛，又接着说道，"我就是担心你的身子，你要快点都好了，才可不负天子给你的重令。我知道你心怀万民，可万民也需要你身子好起来。你听我的，再喝几天药，你就没什么事了。你看，我还给你做好了饮食，你先吃点。"

文命看桌上果然还有两盆肉食，大是感动，说道："好，我听你的，等我身子好了，你可不要再劝我不要凿山。我会时时留意的。"

"你是为我留意吗？"女娇仰起脸看着文命。

文命内心涌动，凝视着女娇，缓缓点头。

女娇忍不住，又扑在文命怀里，说道："我知道你会的，知道你会为我留意的。"

文命不由将女娇紧紧抱在怀里。

女娇闭着眼，嘴里喃喃说道："很久以来，我就想，我一定要把自己托付给一个值得托付的人。"她慢慢抬头，凝视文命说道，"我终于见到他了。"

文命不由轻喊一句："女娇，你……"

女娇脸上忽然一红，说道："让我做你妻子好吗？我也好时时刻刻照顾你。"

文命内心一阵激动，说道："女娇，你、你愿意嫁我？"

"除了你，"女娇说道，"我没想过要嫁别人。"

4

文命与女娇结婚那日，天气极怪，太阳到正午时还如初生般鲜红，一点也不刺目。涂山被大水四面围困，那天的整座涂山却几乎被鸟鸣占据。百鸟齐鸣，令人精神为之一振。文命几乎没想过自己竟然会在涂山娶亲，大燧也没想过妹妹居然会如此快地嫁给文命，女娇也没想过自己果真会嫁给自己心仪之人，伯益与后稷更没料到他们跟随的司空会在涂山撞见他们可能最希望看到的喜事。文命并未想到的事被伯益和后稷看了出来，那就是文命与女娇成亲，文命将不再是仅仅因平息封豕犯乱而得大燧帮助，而是从这一天开始，三千八百部落之最强部落将成为文命日后的不二支撑。他们久在平阳，自能一眼看出其中还无法显露的益处。

文命自然不会有伯益、后稷等人的想法，在他看来，女娇给了自己从未体

266

会过的感受，尽管羲由也表露过如女娇的情感，文命却是无法给予回应。此刻面对女娇则是不同。女娇总不知不觉唤起文命内心最需要的某种感受。文命一点也没想过自己和女娇成亲，会对涂山部落产生怎样的影响，他娶女娇，只是因为喜爱女娇。就像女娇想嫁给他，也只是喜爱他一样。旁人有什么想法，他们真还没法去想。文命之所以如此快地娶女娇，是觉得自己既然喜爱女娇，女娇也喜欢自己，那他就自然要娶她做妻子，另外很重要的是，他眼下身体尚未痊愈，女娇又日日来照顾自己，不想给他人说闲话的借口。

文命和女娇成亲是涂山所有人的大事。大燧喜不自禁，立刻在涂山南坡的被称作台桑的地方收拾出一间婚房。在婚房的门楣之上，大燧特意命人打造一只三足金乌。其中寓意着大水之后，将是太阳普照的天下盛况。

自然，涂山不会因为文命与女娇结婚而停下劈山筑堤之事。文命也绝不想因为自己结婚而对眼下的事情造成松懈，只晚上在文命第一天到来的空阔地上饮食一场。千余人场面比不得当日虞舜大婚之时，更不会有其他部落前来庆贺。

文命一手执碗，一手牵着女娇。二人走到中间燃火之地，将碗举起，说道："今日我和女娇成亲，不敢有误太多时间。自我来涂山，诸事多发，如今只剩一事，便是劈山导淮，此夜有三个部落的人众在此，都万万不可懈怠！"说罢，文命率先将碗中米水饮尽。千余人都差不多同时站起，齐声说道："恭贺司空大人成亲！"文命喝完，手一摆，继续说道："今夜可多喝数碗，明日劈山者都随我上山。"

伯益未坐，等文命说完，拱手说道："我们都知劈山事急，只是你今日成亲，倒是不可明日就上山，新婚之日，还是得多伴女娇啊！哈哈！你且宽心，我们都会全力投入导淮之事。"

后稷也跟着站起，说道："伯益说得不错，尤其你身体尚未痊愈，正需多多休歇。今日百鸟齐鸣，定是为你们而贺。上天尚且以鸟为福，怎可辜负？"

大燧也哈哈笑道："文命，你今日与我妹妹成亲，治水之事，暂且交给我们，你难道以为我们都是不能干活的人？哈哈！"

文命听他们之言，不觉看看女娇，见女娇脸色在火光下映出羞颜，心中涌上一股疼爱之情，当下低声道："你意如何？"女娇抬头看他，说道："我觉得他们说得对，你今日已是我夫君，我当以你身体为重，导淮非数月能成，你身子好了，才可继续。"

文命不由微笑，说道："那我依你。"

当夜涂山人喧，众人经过封豕犯乱之后，尚未有如此能纵情之事，饮食至深夜方散。

众人送文命与女娇至台桑之房。文命抬头凝视门楣上的三足金乌。金乌双翅打开，浑身似被一片金光围绕。在上古人眼中，金乌乃神鸟，庇护八方，尤其在水患之日，更增水退陆现之意。文命此刻觉自己娶亲成家，一股洪水不过尔尔的豪情陡然升起。

5

不论女娇曾经多么希望自己日后能嫁给有英雄之名的人物，还是没想到能与文命成亲。在她第一眼看见文命之时，就不知不觉地被他吸引，此刻成为文命妻子，便觉今生再无憾事。文命病体未愈，女娇精心调养文命身体，到第三日，文命便想要去山上看看劈山之况。女娇坚持不允。这几天来，女娇也未去山下看哥哥率众筑堤之事。她心里早已明白，自己虽与文命成亲，丈夫却是迟早要离开涂山。毕竟水患不止涂山一处，她自然很想能多和丈夫在一起厮磨。文命正值新婚，哪里不想和妻子在一起？只是想到洪水，总是无法安宁，被女娇多劝得在家中一日，到第四日就说什么也得上山察看了。

伯益等人见文命在婚后第四日便上得山来，心中又惊又佩。他们也不多言。伯益将这几日山上状况逐一告知文命。文命见劈山之况进展颇快，心下安慰。此刻涂山，已经有百余米深的豁口，文命看向山壁，悬绳而下的有数百人之多，人人皆奋力凿山。文命说道："众人如此奋力，这一年之期，可提前凿完。"

伯益在他身边微笑道："愿而共，治而敬，此刻真乃无人不感。"

文命闻言，微笑说道："我再往山下看看。你可随我同去。"

伯益双手一拱，说道："是，我们下去。"随即命人牵来马匹。

二人跨马而上，挥鞭便往山下疾驰。

涂山并非高山，从山顶策马而下，不多时便至。

文命一直未得下山亲见水流，此刻见涂山山门已全然露出水面，一是大水正自消退，二是筑堤已有成效。文命心中一喜，下马往人群中去。大燧早见文命和伯益下山，他立刻放下手中器具，几步上来说道："今日你怎么下来了？"

文命脸色颇喜，说道："我必得亲见，方可知水流。"

大燧手指水流，说道："眼下堤岸筑得已高，依你之说，引水北去。这淮水千载南流，竟然可让我们将之北往，乃无人想过之事。"

文命面水流走上一步，说道："自黄帝之日，也无人料过会有如此大水。我们便必做无人想过之事。"说罢，扭头看着大燧。大燧哈哈笑道："若非你治水，他人岂可想到？"文命又重新眼望大水，肃颜说道："这水与我初来之日，未见有何消退。如今可趁雨息水缓，将堤岸延长。"

大燧说道："我会命人如此！"

文命再次转身看着大燧，说道："得涂山相助，万民之幸！"

大燧眉头一皱，说道："你这是从何说来？你如今不也是涂山之人？"说罢，又哈哈一笑。

伯益忽然将手一指，说道："远处有船过来。"

文命和大燧也立刻朝远处观看，果然几条大船正从远处过来。

文命眯眼细看，忽然拊掌说道："是重黎之船！"他刚刚说完，又不禁讶然继续道，"我命他前往南方，怎么会如此快便回转？"三人前后跨步上堤，继续遥望。

来船果然是重黎船队。

无须多时，重黎船队靠岸。文命急忙走至船边，见重黎率先下船，便迎上去说道："重黎，怎么如此快便回转了？你没去南方？"

重黎拱手说道："回复大人，我尚未到南方，便见到后羿之船。"

"哦？"文命有点意外，说道，"后羿不是受天子之命，前往南方助丹朱吗？"

重黎说道："不错，后羿确从南方而来。相遇之后，他告知南方无虞，眼下丹朱和妙象在三苗，与观兜无仗。所以，后羿便想回转有穷，我想大人处能用重黎，闻南方无仗，便中途回转了。"

文命脸现喜色，说道："如果三苗无虞，那天子也可安心。你回来得正好，那后羿……未和你一起来涂山？"

重黎稍稍犹豫一下，还是抱拳说道："他说崇伯死于他箭下，不欲来涂山，况且，他久不回部落，也想回转看看。后羿离南方之前，已得天子传书首肯。"

文命闻言，心里不禁有点惆怅。"崇伯"乃妶鲧受命治水时尧帝亲封的名号。文命并非不思父亡之状，心里早知非后羿个人之仇，实不欲后羿如此待己。当先微微点头，说道："若得后羿，也是大助。不过有你回转，已是大喜之事。你先率人休歇，可明日再听伯益之令。"

重黎说道："我率众回转，无半分休歇之念，请大人告知何为。"他说到最后，转眼望向伯益。伯益微笑道："重黎如此请命，那我们即刻上山。"

<h1 style="text-align:center">6</h1>

当下文命、伯益、重黎别过大燧，带着护宫之队往山上而去。三人路过台桑时，伯益缰绳一勒，对文命微笑说道："要不要先回去看看女娇？"文命和重黎也跟着勒马。伯益又转头对重黎说道："我们的司空大人已经和女娇成亲了。"重黎闻言，脸上惊喜，说道："那可真乃喜事！路过家门，当进去看看。"

文命微一思索，说道："我与女娇已经说得清楚，如今众人皆在劈山导淮，我怎可独自沉浸家室？今日起，我也便居山顶了。我们上峰去。"说罢提缰便走。伯益和重黎互相看看彼此，眼露惊讶。伯益说道："这……不可啊，你们正在婚期，岂可过家门不入？"重黎也道："大人回家看看也自无妨的。"文命微微一笑，说道："涂山千余人众，有妻室者寡，未见有人回转，我又岂可羁恋温柔？我数日未亲往凿山，已是心中难耐，不必再言，再者，我身在涂山，女娇也可上山见我。她为我妻，自当懂我。走！"说罢，文命吆喝一声，纵马上山。伯益与重黎见状，心中虽觉不妥，也自感佩，二人带着人马紧跟上山。

两百多人上山之后，后稷紧步相迎，山上人众也尽皆鼓舞。这一次，文命严令不许阻止自己亲往凿山，他腰上悬绳，手中末锸，悬身而下。众人见文命如此，比前些日更为尽力。伯益与后稷年岁究高，仍在山头各自指挥，重黎及所带之人也全部悬身凿山。

到午时，女娇上得山来。她此刻身为文命之妻，对丈夫自是时时挂念，亲给文命做好饮食送上。她见丈夫又亲身凿山，不觉眼中含泪。后稷见状，也不知如何劝说，只敲响山顶所设大鼓。这鼓自众人凿山之日起便已设置，到饮食时敲响，让凿山人众上来。

女娇一直站在崖边，见文命满身灰尘上来，忍不住一把将文命抱住，眼泪跟着流下，说道："夫君……"只说得两字，声音竟哽咽起来。文命轻轻拍拍女娇后背，微笑说道："哭什么？我不是好好的？"女娇泣声说道："你太累，也太危险了。"文命笑道："做任何事都是会累，也是会有危险的。这好几百人，他们哪个不累！又哪个不危险！"说着，文命不欲在众人面前流露缠绵，松开女娇，说道："先去一起饮食。"

自这天开始，女娇每日中午上山，下午便依旧去山下。文命与女娇算是只过四日婚期，便一直居在山上。对文命来说，凿山之事实在太过紧要，即使他虽已成婚，若是每晚回转台桑，也会觉自己未与众人同苦。即便如此，也只过得半月，女娇某日上山之时，忽然狂吐不止，后稷毕竟过来之人，询问之下，知女娇并无任何微疾，更何况女娇身子素来健壮，忽然如此，定是身已有孕了。事情传开，所有人皆是喜悦，文命更是大喜若狂，自父母死后，自己便是孤独之人，如今娶了女娇，便是重有家室之人了，忽然得知妻子怀孕，那更是血脉有了嗣承，狂喜之下，居然第一次当众抱起女娇亲吻。

文命虽然狂喜，冷静却快，立刻命人将女娇送回台桑。大燹得知妹妹怀孕，也是喜难自禁，即刻命一部落老妇搬至台桑伺候。女娇性格本来豪气，以往见有身孕之女被人照料，很是不以为然，如今自己怀孕，被哥哥命人伺候，本想抗拒，却想到所怀之人乃文命骨血，哪里还敢逞性？便不再下山入水，初时还隔数日上山看看文命，待身腹日渐隆起之后，终觉不妥，也就不再上山，每日都在台桑不出。文命心虽挂念，眼见凿山愈来愈险，每日便如山下筑堤人一样，都有受伤甚或殒命事发生。文命虽知治水乃凶险之事，那些伤亡在自己眼前出现，仍觉苦痛不堪。现山体渐宽，危险加剧，悬绳而下之后，已是很难回转，变成每日下山时携带肉食。后稷也早命人以蠡牧所授晾晒收藏之法将兽肉制成干熟之食，携带自也方便。

数月工夫，涂山竟然被劈过半。如今山下堤岸筑成，水已改道，大燹所率的涂山部众也全部投入劈山。此刻已是深冬，崖壁光滑，危险已然大增。文命再次严令，任何人不得劝阻自己亲自下崖凿石。有文命率先，其他人不觉勇气倍增。某日终有一人在文命身边掉下崖壁。文命正自凿壁，听得身边惨声长呼，停末锸去望，乃一涂山部落之人掉了下去。文命双眼圆睁，直直地看着那人在崖壁上摔下又弹起，再落到一处石上，眼见是不能活了。

文命仔细再看，见一根绳悬空晃荡，知是他未能在腰间捆好，当下他什么也顾不得，立刻解开自己腰间绳结，以末锸为钎，下一步，以末锸插一处。旁边见到文命如此行事的人不由惊叫："司空大人！不可解绳！回来！"这些声音一传十、十传百，整个山壁上的人全部都听到和看见了。所有人都停下手中工具，凝目看向文命。刚才还喧哗一片的涂山陡然间无比安静。

文命什么声音也听不到，只小心翼翼地挪动脚步，石多路滑，文命一步一步，下得半个多时辰，才下到那坠崖者身边。那人躺在一块石上，浑身是血，颈脖折断，早已死去。文命内心剧痛，他知道，这不是第一个坠下崖壁之人，也不会是最后一个，在山下筑堤时，被大水卷走的也不止一个两个。他却是在文命眼皮底下掉下去，文命无法思想，只觉得不应让他暴尸荒野。

文命在其身边蹲下，不觉眼中涌泪。此处差不多已在山底，文命站起，将他往自己肩上一扛，一手扶尸，一手倒提末锸，寻路外出。此处从未有人走过，幸好时已深冬，蛇是看不见的。文命慢慢沿山走了半圈，竟然发现一条通台桑之路。他扛着尸体，一步步走出。刚到台桑坡上，竟见到伺候女娇的那个老妇出来。她一见文命，不禁吓一跳，赶紧上前说道："司空大人，你这是、你这是……"她转眼发觉文命扛的乃一具尸首，更是惊吓出声。文命对她摇摇头，低沉声音说道："他死了，从山上掉下去的。"

老妇一惊，说道："死了？"

文命不答，扛着尸首往山上走去。那老妇像是想起了什么，对文命说道："司空大人，你不进去看看女娇？孩子在她腹中已经在动弹了……那孩子，时时都在踢，像是要早点出来看见他父啊。"文命站住了，回头凝视她，缓缓说道："我早已告诉女娇，我先得治水。很多人在这山上死了，我得去葬好他。你多照顾好女娇。"说罢，文命不再多言，转过身，扛着尸首，大步往山上走去。

7

文命劈山导淮，绝不会因为有些伤亡就停住。对他来说，如果水患不除，十二州的部落都会逐渐被水全部淹没。因为死伤，反而更坚定了文命的决心。至于如何避免伤亡，除了命人各自留心之外，也找不出别的有效办法。转眼又是几个月过去，涂山已被劈百余丈深，逐渐分开的部分成为两座山峰，相距已有十丈来宽。不到一年时间，文命已不复来涂山时的青年模样，皮肤粗糙了，胡须也长了，衣裳也早已百孔千疮了。淮水如今渐往北走，还是绕山而过。

文命站在夕阳已落的山头说道："涂山终于要被劈开，只等淮水从两山间北流，这里便可消除很多大水。"伯益在他身旁说道："差不多还有三个月时间，这里的工作就将结束了，只是涂山虽一分为二，中间峡谷可承西来之水吗？"

文命转头微笑，说道："这也正是我想之事，大水西来，我们导淮之后，便当东去。"

后稷忍不住说道："可是，女娇临产在即，你如何能走？"

文命眉头一皱，看着远处，缓缓说道："女娇知道我会离开。这是无法之事，水患不除，天下人都将难有居室，我若在此恋家，天子和万民，岂不都被我辜负？"

伯益和后稷不禁叹息，却也不知再说什么。

又是数月过去，整座涂山终于劈至山底，大燧早尽遣部落人众，将原来所筑之堤引往两山中间，一股大水遽然从中穿过。文命等人站于山顶，一座涂山竟已成相对而望的两座高山。伯益不禁说道："涂山一分为二，我们此处叫涂山，对面该叫何山？"文命喃喃道："为劈涂山，我们历艰险，砍荆棘，不如就称它为荆山吧。"众人闻言，尽皆叫好。文命凝神看得半晌，忽然转身走至身后茅庐。伯益等人微感诧异，立时跟上。进得茅庐之后，后稷问道："今日导淮事成，你反而不甚喜悦？"文命叹息一声，从怀中取出河图，展开说道："你们看，涂山被劈，淮水北去，但一水改道，其他水流震动，依这河图所示，我们必西南两方皆导。我们西去，东南荆州不知何人能往？"

文命话音一落，重黎拱手说道："司空大人勿虑，我愿往东南。"文命闻言一喜，说道："荆州镇山乃衡山，你可率人去衡山。记住一点，不是筑堤便了，而是如何疏通水道，让水东去。"

重黎微笑道："跟随大人已近一年，重黎能够知晓。"

文命道："那你明天就可动身，此处事已不多，我们留下处理完。"

第二日，文命、伯益、后稷、大燧等人下山相送重黎船队。

重黎所带之人，除平阳护宫之队外，文命将原本属水正部落的人全部拨与重黎。不论护宫之队还是水正部落，都在这一年中伤亡不少，此刻将剩下的两处人众合并，方能又疏东南衡山大水的力量。

文命等人远望重黎率船队消失，才回身上山。众人经过台桑之时，忽见伺候女娇的老妇怀中抱一婴儿站于路旁。文命大吃一惊，几步上前，他内心明明已经知道，却还是不敢相信地说道："这……这是我的孩子？"那老妇凝视文命，说道："是啊，恭喜司空大人，女娇昨日方生，是一男孩。"文命心神震动，万没料自己如此长时间未曾回家，竟然已经有了儿子，不禁双眼发热。那老妇说道："大人，这里风大，孩子不能吹风，适才女娇在窗口见你们经过，嘱我抱出来让你看看。"

文命大为感动，女娇如此下令，自是知道自己曾对女娇说过导淮不成，便决不回家之言。女娇命她抱孩子出来，也只是让他看上一眼。文命见女娇对己如此深情，不禁泪水入眶。他赶紧说道："那你赶紧抱孩子进去，我还有最后一日，明日便可来看女娇了。"

大燧在旁说道："文命，你这一年已两过家门不入，这乃第三次过家门，不如就回去看看也可。导淮之事，不是已经完成了？"文命抬眼看向山路，说道："今日尚有最后一日，我恐见到女娇，便看不到我在涂山的最后一耒锸。都先上去，我明日便回了。"说罢，文命狠狠心，对众人说道，"我们都且上山。"自己迈开大步，往坡路走去。大燧等人知劝亦无用，不由叹息一声，都随文命往山上而去。

这一日，文命再次沿新凿开的山体斜坡下到山下，如今的整条淮河浩浩北去，河水将汇入黄河后再东流入海。文命凝视滚滚淮水，觉得这一年之功没有白费，大是欣慰。暗思这一年中不知有多少人为劈山而亡。随着劈山深入，四面八方来了无数流离民众，他们与部落一同劈山。山体被劈，自然影响极大，尤其食物。后稷虽教人以兽肉晾晒而制，山上兽类再多，也是有限，此刻兽类

274

几乎吃尽，如此下去，涂山来年极难有食，更何况，两山劈成后，拥来之人只增不减。文命此时便是要在淮河边画出五谷之地。后稷在平阳时，原本是掌尊祖配天之事，如今便教民稼穑艺谷，让涂山避免饥荒之灾。

过得数日，后稷将各种耕种之法授予涂山部众。文命西去之心迫切，想与女娇道别，却感不忍，他将一切收拾停当，便只与大燧在水边告辞。大燧知文命治水艰难，索性将涂山精壮部众拨大半给文命。涂山之树，也早砍伐成舟。

文命对大燧说道："我这一去，不知几时能回，女娇和孩子，都先托大燧照料了。"大燧内心比任何人复杂。妹妹嫁与文命，几乎未尝享受家欢，如今文命一走，真如他所说的不知何日能返。但天下水患岂止涂山？大燧也只得说道："你且宽心而去，我自会照料他们母子，涂山已是你家，盼早日回转。治水之途，若有哪个部落不服，尽管传书于我，我将亲往征伐！"

文命微笑道："这个不必，我是治水，不是与人交锋。"

大燧说道："我担心万一有不听令者，就只有征伐一途了。"

文命对其拱手，然后环顾周围每一张脸庞。他们都是这一年随自己劈山筑堤之人。在文命眼里，每个人已与亲人无异，心中感慨，想着这一分别，有些人恐怕就再也看不见了，不禁心头酸楚。他想说些什么，还未开言，只见大燧身后部众忽然分来一条通道。文命抬眼去看，是女娇抱着婴儿过来。文命见到妻子，心神震动，赶紧几步上来，说道："女娇，我……我这治水之路漫长，你在此照顾好孩子，大水治成之日，我便回来陪你。"

女娇性格原本如男，如今嫁人生子，不觉回复到女人天性。她凝视丈夫，心想便是在涂山，丈夫也几乎不在身边，如今万里将行，更不知何日能见，眼泪终是忍不住流下。她咽声说道："夫君，每到一处，一定记得传书回来，我也好知道夫君所在。"文命伸手过去，将孩子抱在怀中，仔细看他，心中怜爱横生。只听女娇又说道："夫君，等你回来，孩子恐已长大，你现给这孩子取个名吧。"文命心头一震，抬头再看女娇时，觉自己眼中也是模糊有泪。他将孩子递给女娇，转头看看岸边之船，重新回头说道："这孩子刚刚出生，他父便要启行，就给他取名为'启'吧。"女娇眼泪终于流下来，说道："等他长大，我会告知他此名来由。千里万里，夫君一定保重。"

旁边众人无不洒泪。

第十八章　汶穴

1

众人启程之后，文命只令船队西行，自己久久站在船头不语。伯益和后稷知他心事满腹，更知劝也无从劝起，二人和文命不觉保持距离，让他独自安静。

文命此刻所想，尽是女娇和儿子。也许直到此刻，他才陡然感觉自己对妻子是不是太过残忍。从他们初见到婚典，然后便是自己离开女娇，率众劈山，一年来三次经过家门都没有进去看看女娇，他此刻将自己放在女娇的位置上，难道那时女娇会不渴望他进去看看自己吗？难道女娇就愿意作为已嫁之身而独守空房吗？难道在她生孩子的时候，不希望丈夫在她身边吗？所有这些答案，都是个"是"字。那么文命身为丈夫，为妻子做过什么呢？只不过在四天婚期内，给了她一个孩子。这个孩子自己竟然也只在临行前匆匆看过一眼。就这短暂的一眼，文命知道自己将永远不可能忘记那张红扑扑的圆脸。孩子在他怀中的片刻，文命感觉到自己内心绝不同于以往的任何一种激动。那是他的血肉啊，是他血脉的延续，更是他生命的延续，文命真是很想抱住他再也不放下来。但他究竟又抱了他多久？不过一个片刻而已，这个片刻在他心里，不料会是如此心酸和阵痛。他甚至没有在那一刻亲吻一下孩子。文命知道，如果他当时亲吻了一下孩子，也许就再也无法挪开脚步，也许会就此放下一切而留在涂山，陪伴着女娇母子，每天看着儿子生长，陪他嬉闹，等他长大了，便教他骑马射箭，也许二十年后，看着他也娶亲生子，自己的一生也就这么过去了。这难道不是所有人该过的一生吗？

文命抬起头看着面前的滚滚洪水，心头又猝然一惊。是的，他可以留在涂山，可以留在女娇母子身边，可这洪水呢？天子和虞舜的指令呢？天下人的期许呢？文命只觉得自己仿佛被硬生生地撕裂。伯益和后稷一直担心文命，故始终在一旁看他。只见文命忽然又几次握拳想挥，却又终于忍住。他们不知文命在想什么，文命自己却知道，他那几次握拳想下令让船队返回，自己回涂山陪伴妻儿，这天下洪水终究和自己有多大的关系？但他转眼想起父亲，父亲在临死前嘱咐自己找到河伯和河图，父亲不也是希望自己消除水患？尧舜如此信任自己，他这漫长行程中遇到的每个人如蠡牧等，哪个不是希望自己治好洪水，哪个不是将天下重新安宁的愿望寄托在自己身上？不错，他虽只匆匆见了儿子一面，将他在怀中抱了片刻，但天下间有多少婴儿的父母被洪水卷走，他们难道不更是孤苦？也许，更多的孩子连父母都不知道是谁，就注定了一生的孤独。他知道孩子在涂山，他知道孩子有女娇和大燧，他们都会疼爱那个孩子，都会保护着那个孩子一天天长大。他是父亲不错，但天下有多少孩子在渴望父亲而永远不可再见。想到这里，文命握拳的手不禁松开。他知道自己此刻心潮翻滚，便如船外洪水一般。是的，只有彻底清除了水患，他才可回到女娇和儿子身边。

文命不禁仰天一声长叹。这声叹息似乎将他淤积内心的苦痛消除了出去。他回头看见伯益和后稷在凝视自己，才猛然意识到他们一直在忧心自己，便定定神，说道："你们过来吧。"

伯益和后稷同时走到文命身边。文命左看看伯益，右看看后稷，不由想到，他们在平阳不是也有妻儿老小？却未尝见他们何时左右为难。是的，在他们决意跟随自己治水之际，所有的一切就已经想好乃至放下，自己既然出来了，就不可再回头。他并未想到自己会在涂山娶亲，但娶也娶了，他此刻忽然觉得，正因为他知道自己生命里有了女娇和孩子，自己所做的这一切才更有价值。他以往可以说自己是为天下治水，此刻却可以说是为自己妻儿治水，他一定要让自己妻儿不再受洪水逼迫。

伯益、后稷一直看着他。

文命胸中一口长气吐出，缓缓说道："看河图所示，中原洪水，多半起于九曲之河。我们往西边而去，我想先至汶山。"

"先至汶山？"后稷不觉重复一句。

"不错，"文命抬眼看看长空，仍是凝视他们说道，"汶山是我故土，我总记得离开时它被水淹之状。西处地高，河水自泻，汶山地低，我们从彼处导水，乃可解源头之患。"

伯益和后稷彼此望望，同声说道："不错！我们且往汶山。"

2

从涂山往汶山，路程近千里之遥，文命船队一路绝少看见陆地，偶尔见到，也不过是一些荒山。山上自然住有山人，有时还会遇见一些部落。对他们来说，洪水历时十余年，几乎是在水中挣扎度日。每当这时，文命便会在部落停下，教他们如何导水筑堤。文命与当年父亲所做不同，在妠鲧那里，筑堤无非是见水而堵，无任何方位可言，以为堵住便可阻水，殊不知洪水一旦冲垮堤坝，水势将肆虐更猛。文命此时只在高处培土，低处疏浚，让大水流往东去。文命每日亲往水中，雨淋身，风梳发，所有人都不由被感动，几乎无人不投入治水。

整支船队行一程，停一程，停一程，治一程，一路耗日颇多。不论到何处，文命始终记得女娇嘱咐，每到一处，便往涂山青鸟传书，女娇也同样传书过来。文命每次看到女娇的传书，总会忍不住又格外苦念。文命不愿意如此，所以越到后来，就越不再给女娇回书，有一次传书就够了，让女娇知道自己在哪里就够了。儿女情长对人内心能产生最强烈的冲撞，文命自是领会这点，也就不使它对自己有更多杂念上的阻碍。他率人一路疏导，让不少部落开始逐渐摆脱水淹，每次离去，总有不少人跟随前往。千里路程说远不远，说近不近，却是走了差不多一年，才终于看见汶山。

文命接近故土，心绪不由激动。在其记忆里，汶山乃一座高山。他离开汶山时年岁尚小，只知日日在部落游玩。后来也说不出究竟是哪天，一天比一天迅猛的大水逐渐淹上山坡。眼见汶山有被水全淹之险。整个夏后部落开始随尧帝前往平阳。那一路的风雨长途在文命记忆里谈不上多么强烈，却也不能说可以被遗忘。毕竟，那是一个孩子已经具有记忆的年龄段，他总记得一路行船，每日面对的就是浑黄洪水，大水最猛之时，有些船都被大水冲翻，究竟有多少人丧命洪峰，几乎无法统计。文命小小的心灵，对洪水不由充满恐惧。后来终于到了尖山，尖山无洪，不等于他见过的洪水就已经消失了。他记得最清楚的是，到尖山之后，他很长时间内都无法将尖山当作汶山。尽管都是山，唯汶山才是自己之家，是父母陪伴自己最久的地方，也是自己最熟悉的地方。汶山的每个地方无需他去记忆，都自然而然地记得清清楚楚，他知晓汶山的每个角度、每处山峰、每一个人迹罕至的地方，似乎无论在什么山洼角落，他都可以不假思索地走回家去，哪怕那时候他年纪还小，整座汶山已在他内心自然地矗立，他与汶山是融为一体的，不需要任何证明，也不需要任何解释。他熟悉汶山就像熟悉家中的每一个地方，汶山就是他的家。父亲是酋首，他是酋首之子，也会是日后的酋首，如何会不熟悉汶山？

文命看着汶山越来越近，内心也越来越激动，尽管他表面上始终像路程中那样冷静。没有人能看出他的内心。他已经历如此多的变化，走过如此长的行程，经历了苦与痛，经历了悲与喜，还经历了生与死，没有什么再可以动摇内心的某种东西。那种东西无以名状，却足可以充当一个人强硬的支撑。现在故土在望，他既不是衣锦还乡，也不是天涯亡命，而是扛着自己之所以活着的命运。不错，是命运让他终于回到故土。

但故土不再是他记忆中的故土了，尽管他当年离开时已逢大水，留在记忆中的始终是没有大水之前的情景，那时他和父母一起，和部落人结伴狩猎。他那时虽然小，却很早就开始跟人学习狩猎。那时他打不了虎豹，只能猎些野兔小鹿，每次猎到，已足令一个孩子兴奋上整整一天。他记忆里的姒鲧对他们母子温柔，偹己对自己充满慈爱，似乎日子就将那样下去，没想到洪水来临，一切都改变了。

船靠岸时，文命双眼呆呆地凝望眼前出现的汶山。山峰依旧挺拔，山上的植被依旧茂密，只是山下四处都被大水冲荡。待下船的木板搭好之后，文命才稍稍回过神来，眼望一船船人下去，自己却很久未动。伯益和后稷都走过来。

伯益说道："我们已经到汶山了。"

文命微微点头，似乎要在一个短暂的时刻将整座汶山收入眼底。他竭力回想当年离开之时，也似乎是一些船在岸边停靠，几乎所有人都慌乱甚至哭喊着上船。那时的水有多大？文命有点儿想不起来，他只记得山下除了水，已经无路。此刻依然如此，山下只有水，没有他曾经熟悉的山路，他曾经的家在哪里？文命抬头看着汶山，似乎还能在群峰间一眼认出曾经的茅庐住处。

汶山绵延九岭，远看群峰错落，走近则百鸟皆鸣。文命看看伯益和后稷，也不说话，缓缓踏上木板，一步步走到岸上。抬眼看去，原来部落的山门早已朽烂，在大水之中，那山门只露出它的顶端。文命看了良久，他身边的人也全部不出声，每个人都知道，带领他们治水的司空文命，此刻是站在任何人都无法从血脉里割断的故土面前。随文命一起到达的夏后部落之人也都情绪激动。他们离开汶山如此之久，现在终于回来了。

3

文命带着人，径直往山高处走。汶山峰峰笔立，又座座相连。当年水涨之时，姒鲧已命部落迁至山上，如今文命带人上山，见当年的茅庐仍在，只是经过这么多年的风吹雨打，那些茅庐已破烂不堪。那些年龄稍大的夏后部落族人还能认出当年自己的茅庐，都禁不住悲喜交加。文命此刻重回汶山，所带之人已经逾千，仅饮食之事，便是一大难题。他们虽一路携带食物甚多，毕竟有限。文命知在汶山时日非短，立刻下令，命伯益督视，重修茅庐，又命后稷查看可畎亩之地，晾晒兽肉，发放种子，教众稼穑。跟随文命等人时日久的，自然有已熟稼穑之道者，半途追随的，后稷或亲授，或由已会之人相授。

文命也和那些夏后部众一样，心跳激烈。他按捺住急切之情，缓步走进当年夏后部落酋首室。里面已是器具朽烂，又因常年水逼，整个室内虽尘封蛛结，却透出一股发霉之气，四处灰尘发黑。文命在房间久立，眼前所现，无不是当年父母俱在时的场景。如今姒鲧与脩己都已亡故。世上最爱己者，莫过于父母，现跟随他的人数虽众，却只是敬其品，仰其德，才追其人，即便伯益和后稷都年长于他，断断不会产生当年姒鲧脩己对他的情感。文命想起尧帝如今以孝治天下，自己却是不能为父母尽孝，不禁感伤欲泪。

伯益和后稷已受命各自行事，屋外无人敢进。文命在酋首室内，独自一间间房走去。形单影只中不由想起父母亡时之景，不由从感伤变为大恸。文命日日率众治水，已久不有此情感，此刻大恸一起，竟是难以断绝，不觉间想起女娇和儿子，心内叹息一声，在房内低头沉吟片刻，忽然走出外室，命人拿来青鸟，自己取过一支用来传书的树杆，在上面刻下"已抵汶"三字，放鸟衔之，东去涂山。他一年来已绝少像此刻一般，竟然一直凝视青鸟飞走，待看不见了才收回视线，也不知女娇会传来何言，内心忽然充满一种焦急的渴盼。

他在外站了半晌，还是折身进屋，一声不响地收拾房间。当年姒鲧在汶山所建的酋首室不小，文命也不叫人进来，自己一间间收拾。将当年父母之室收拾干净后，心知该室不可让人再进，在门边凝视半晌，才缓缓关门。自己原来的所居之室便在父母居室旁边，转身去当年自己居室，里面一切俱是熟悉，连姒鲧当年给自己手刻的木头小虎小狗等物都还在。他一件件拿在手中摩挲，终于动手收拾房间，然后再收拾打算给伯益和后稷的所居之室。

待伯益与后稷进来之时，已是黄昏，千余人同时修庐，耗时不多，当日内便将原来的茅庐收拾的收拾，重搭的重搭。他们一路治水西来，都习惯随手搭建居室，完成甚快。伯益和后稷没料到他们的居室竟然是文命亲自收拾出来，内心既惊讶又感动，二人竟然不知说什么话好。文命看他们脸色便知他们心思，挥手说道："这里乃夏后在汶山时的酋首室，也是我父母所居之地。我不想让他人接触先人，就自己收拾了。今日初到，都很困乏，都且先去饮食，我们明日再商要事。"

伯益和后稷拱手而应。

文命带着二人走出尚显荒凉的酋首室。汶山无涂山那样的空阔坪地，众人都是三三两两，相聚而食。文命三人缓缓走过部落人众。那些人见文命亲来，都不由站起，文命也不说话，抬手示意众人落座。见他们手中饮食俱是简陋，心中不由刺痛，转头问后稷道："饮食之事，当迅速一点。"后稷拱手说道："我已查看地点，有几处山腰可种谷物，我已命人明日多加狩猎。此山久已无人，兽类倒是极多。"

文命点头道："野兽甚猛，狩猎者须当留心。"继续前行，将众人全部看完之后，才与伯益后稷用食。

当夜回转后，文命命他们先去休歇，自己点起火把，细看河图。这河图他早已熟悉，却还是每到一处皆看。他知治水之途，非用河道不可。每每看图，都不由惊讶河伯当初绘图之艰，只是不知河伯现在究竟何处，更不知他是否还欲寻后羿报仇。想到后羿，文命总盼他能与自己一起，又想起重黎说过，后羿已从南方回转有穷部落，料也早应到了。至于南方，文命这一年想得甚少，料丹朱带队亲往，观兜也不敢如何，哪怕丹朱与共工有过图谋，如今共工已亡，丹朱也不应还有他想。至少文命已有一年多未听到南方三苗的信息了。其实岂止三苗，连平阳有何讯息，文命也是很久都不知道了。

4

第二天一早，伯益和后稷出房间时，文命早已在酋首室外间，手中仍拿河图在看。见他们出来，文命站起说道："起来得好早！"伯益二人哈哈一笑，说道："你起得更早。又在看河图了？"

文命微微一笑，说道："不看河图，如何知下一步何往？"

后稷说道："看来，我们的下一步你已经有了决定？"

文命微微点头，说道："不错，我已经有了决定。"

"哦？"伯益说道，"请快快说来。"

文命说道："我们在此，只需将围山之水导入东北处岷江。在那里，我们才称得上是真正开始治水了。"

伯益和后稷不由惊讶，后稷说道："这么说，我们这几年还不算治水？"

文命又微微一笑，说道："不是不算，而是中原大水，必然从西往东，导入大海。我们劈涂山，是使淮水不至南流，将汶山之水导入岷江，待水稍稍南下，再折往东流。这一路与各部落治水，不过只做出雏形，从岷江开始，将与我们这一路所做连成一片。等我们去往岷江之后，便可号令沿河所有部落，同时导水，以我们在涂山的进程，十年之内，治水必成。"文命说到这里，抬头看着面前二人，脸庞竟微微发红。他又补充一句，"你们觉得如何？"

伯益拱手道："此法自可。只是……"他没说完，眉头却皱了起来。

文命说道："只是什么？你是否有更良之策？"

伯益微笑一下，说道："倒不是有更良之策，我只是觉得，我们这一路过来，虽然进入不少部落，可也有一些并不愿遵令而行，我怕到时沿河部落不一定都会同时开始导水。"

后稷说道："我也有此感觉，对一些部落来说，涂山虽然有助威名，毕竟大燧不在，不如我们请大燧亲出？"

文命来回走了几步，说道："三千多部落，自有不服之人。依大燧性情，对不遵令者，只会武力相逼，若果真如此，实非我所愿。况且，涂山新劈，又乃入水峡口，大燧非亲在不可。我昨夜心中所想，便是后羿若能助我，实乃最良之法。"

伯益说道："那我们传书后羿如何？"

文命微微摇手，说道："不必如此，或许会有天意安排。后羿箭杀我父，我能知他心中难以释然。我们先且不管往后，只将汶山之水导入岷江，对不遵号令者，到时再看如何解决。"他看看二人，挥手续道，"我们到山头先观水势。"

三人一同出门，往山头走去。

他们所走之路极是危险，当年鲧鲧在汶山时所修的吊桥大都已经腐烂，三人沿着桥边小心翼翼走过，连过数处桥后，俯身见西面有两块巨石相抱。这两块石头十分巨大，如两人拥抱一般，不可分开。伯益和后稷着实惊讶。伯益说道："这里如何会有如此石头？"

文命凝视一眼，微笑道："此处山洼名为石纽，便是有此两块天然巨石得名。"说罢，文命久久凝视它，过了一会儿，忽然说道，"我们寻路下去。"这句话极为简单，对伯益和后稷来说，却大是意外。他们跟追文命数年，从未见文命会因他事耽误察堤看水。他带他们上来，原是要去山头观水，此刻忽然说要寻路下去，这是数年中从未有过的奇事。不过，伯益和后稷倒是在意外中觉得必有重要之事。这里毕竟是文命故土，他说要寻路下去，一定是有什么触动他的事情。

后稷抬眼环视周围，见眼前山势嶙峋，起伏如龙，还是忍不住说道："我们不上去了？"

文命脸色凝重，说道："我先下去看看，你们在此等我。"

伯益说道："此处山野无人，我们还是一起下去。"

三人离开吊桥，在山峰间觅路而行，见身边巨岩耸立，三人如同在一深沟行走。此处久已无人，树木茂密，文命手持耒锸，左右拨开树枝，脚下却是水已过踝。三人常年入水，自是不觉水下有何难行之处。走得不久，地势渐开，文命站住了。伯益和后稷也在他身边站住。他们二人旋首四顾，见这里无丝毫人迹，四下里都是看起来平静的水面。他们不知文命到这里是何缘故。文命脸上神色凝重，一直在凝视水面，似乎想在水下找到什么。

"文命，"伯益终于开口说道，"这是何处？"

文命身子不动，只缓缓答道："此处叫剐儿坪，是我母生我之地。"伯益和后稷吃了一惊，没想到文命会将他们带到此处，也即刻体会文命缘何要忽然下来。文命继续低沉声音说道，"很小之时，便听我父言说，我母怀我十四个月才背剖生下我，就在此处。"伯益和后稷更感意外，万没料文命竟是如此离奇出生的。

5

文命说完，也不等他们回答，续道："我父当时不在，我母在此痛了三天三夜才生下我。我母……为我受如此痛苦，我却再也不可见她……"文命声音渐渐低沉，像是没有说完，径直往一处山壁走去。伯益二人只觉空气凝重，不由跟上。

到山壁前时，见山壁不高，从上流下山泉。伯益不由说道："若非大水，此处应有一水塘。"后稷忽然吃惊说道："这水怎会冒出鲜红？难道下面有血？"伯益低头看去，果见从水中丝丝缕缕地冒出血迹，仿佛有人刚刚被砍死在水下。

伯益和后稷两人吃惊不小，二人几乎同时就想看个究竟。文命叹息一声，说道："它不是血，又是血。"伯益和后稷见文命冷静如常，说的话却如此古怪，不由都看着他。文命眉头微皱，缓缓说道："这是我的血。"此言一出，伯益、后稷二人更觉古怪，不明白文命此言何意。文命在水中蹲下，说道："小时候我经常到这里来。我母说，她当年生下我，就将我抱在这水塘洗身，我身上的血把这个水塘都染红了，很奇怪的是，这里的水就再也没有消失过这股血色，"文命站起来，指指水流的低处，续道，"而且，那些血从这里流下去后，把沟里的石头都染红了。我们过去看看，那些石头至今都是红的。我们部落一直把那些石头叫作血石。"

伯益和后稷越听越惊，感觉像听一个不可思议的神话。文命说过去看看，他们也已经情不自禁迈步，朝低处走去。走不多远，果然见水下一片石头血光闪耀。地面虽遍布大水，还是能够看出，他们此刻面对的乃是众多小石潭，中间有一其状如盆的巨石，似乎脩己当年就是在此产下文命。围绕巨石，周围水色竟然全然是金色闪耀。伯益和后稷惊讶不已，同声说道："果然是血石！"文命也走过来，此地水清见底，他弯腰从水中捡起一块石头，在手中慢慢摩挲，伯益和后稷越想越奇，伯益忍不住说道："你真乃非凡人，这天下大水，也只有你才能治！"文命将石头重新放回水中，说道："我哪是什么非凡人，和所有人不过一样，这里的石头说是说因我母洗我所致，我实在不敢相信，或许过得若干年，这些石头也就成普通之石了。"

文命说这句话时，伯益与后稷自然不信，二人均想："自你出生至今，也差不多三十年了，怎的一直未见石头褪色？只怕再过如许年，依然如此。"伯益和后稷虽然如此暗思，却还是料不到，岂止再过数十年，便是四千多年后，石纽刳儿坪石潭中的石头仍是血色殷然，不论何时去闻，尚能隐隐嗅出一股腥味。今人若往该地，能见血石距今唤洗儿池的水塘一里左右尚存，稍远处便再无一颗，委实令人惊奇难解。

文命到此处一走，实是返回故土，抑制不住想念亡母。此刻睹物思人，心中自然怆痛，他沉默半晌，终还是说道："离开此处，我们且去山头！"说完这句，文命倒提耒锸，转身便走。伯益和后稷无法说些什么，紧跟其后。文命一路行去，再也不回头看上一眼。似乎有此片刻，便是了却一桩大事，剩下便是不知何日才能完成的治水之事了。

6

自那日开始，文命与伯益、后稷连日登山，对汶山水势都心中有数之后，下令众人齐往岷江方向导水。汶山与涂山不同，此处无须劈山而行。文命等人俱是依照河图，勘察地形走势。对文命来说，每到一处，绝不可失败，更不可妄为。他虽熟悉汶山，还是重新和伯益等人走遍每处山岭。汶山九岭连绵，气势内敛，尤其植被繁茂，远观如画。对文命来说，景色丝毫不是用于玩赏的，而是看如何从这片群山中筑出通往岷江之路。这条路筑成，便是真正的治水开始了。

文命等人一日不敢懈怠，在对地形的勘察上下足了功夫。再将所率之人分成好几个队伍，哪队是最前的，哪队是连接的，哪队是压阵的，另外还集中起精壮之人，不仅安排筑堤，还决不停止习武练阵。文命始终记得当年在丹朱茅庐看见的围棋之道。丹朱不一定有所思考，文命却是将围棋之道用于练阵之上。伯益和后稷的提醒并不多余，如此多的部落，不是每一个部落都遵其号令。文命自然不愿和任何一个部落发生武力冲撞，但他也十分清楚，自己若无一支能够上阵的力量，恐怕治水之事，仍有相当阻力。许多部落愿意听令，一是因为他乃天子亲命司空，二是他身后的大燧力量不无震慑。文命并不希望将某种决定性因素寄托在大燧身上，哪怕他最初有过此念想，如今走遍中原后才发现，部落之间，往往充满力量的对抗。如果自己手上缺乏决定性力量，终究无法以司空身份来号令天下。尧帝能制约天下部落，靠的不也是年轻时四方征伐？以力量制服各个部落之后，再以尊位品德收服部落之心。文命并未有自己日后要登天子位的想法，在他眼里，手中握有一支力量，是保证治水能够顺利的前提。毕竟，有人治水是被水淹的部落之愿，但那些水淹不太严重的部落，未必会倾力相助。至少，在他面对共工和封豕犯乱时，依靠的是重黎，如今重黎远去衡山，如何让自己的号令通行，没有一支可以执行自己命令的武力，恐怕终是难行。所以，在白日率众筑堤之后，每晚饮食之后，文命还亲自依围棋之道练阵。伯益与后稷从未上过阵，这方面无从帮助。文命便命伯益在筑堤导水上多加督视，后稷则在稼穑耕种上用上心思。

某日夜间，文命练阵完毕，与伯益后稷在酉首室说话。三人都对日后治水颇觉有信心。

几人还没说多少话，外面有人进来，说道："涂山有青鸟飞至。"

文命"哦"了一声，即刻站起，这些日子倒是很少去想女娇了，此刻听涂山有青鸟飞来，才记起自己曾给女娇传书，便说道："快送进来。"

那人应一声出去，随后再次进来，在他手臂上，站立一只青鸟。

文命紧步过去，将青鸟拿到手上，从鸟嘴上取下树杆，然后走至桌边，执刀切开合并之处，他只看得一眼，不禁呆住了。看着上面的字，良久不动。伯益和后稷站起来，走过来问道："女娇没什么事吧？"

文命轻声叹息，将树杆递给伯益，说道："你们看看。"

伯益和后稷从未看过文命家书，此刻见文命递来，稍加犹豫，还是伸手接过。后稷也在伯益身边侧头同看，只见木片上只刻有四字："候人兮猗。"伯益和后稷心中恻然，女娇虽只四字，却将对文命刻入骨髓的思念说得淋漓尽致，无怪文命只看得一眼，便呆立良久。伯益和后稷心中暗叹。二人互相望上一眼。后稷忽然上前说道："女娇如此思念，不如让女娇前来汶山。"伯益也上前说道："不错，女娇虽是一女子，却非寻常之人，你此刻练阵，不正是缺少领队之人？女娇在涂山，率人已久，自己也身负武艺，正是不二人选。"

文命仍是呆立，过了半晌方才回过神来，转身看着二人，缓缓点头。女娇这四字令文命内心翻涌，想着自己与她新婚四日便离开，三过家门不入，连孩子也只抱得片刻，女娇在涂山，日日思念，自己诸事缠身，平时想念女娇甚少，也便不敢多想，此刻见女娇四字，心中思念再也无可抑制，当下然后转身对报讯人说道："取树杆过来，我传书涂山，让女娇来此。"

7

自文命受命治水之日始，总觉得女性随行多有不便。在出行时拒绝羲由同行便是因此，其更深缘由还是他对羲由之情，自己尚且懵懂。在涂山与女娇相遇之后，却是忍不住内心欢喜，女娇性格本是他之所喜，能与之成婚，只感肩上重任又增加一分。待得女娇生子，哪有不狂喜之理？只是自己治水未成，不敢多恋家室之温。此刻被女娇四字掀起内心狂涛。按他预测，治好中原大水非十年不可，难道自己就真的十年不见妻子？他的眼睛不由又看向伯益。后者说得不错，女娇善武，来汶山后不也正可为练阵之首？女娇虽是女性，却在涂山已习惯发号施令，已具领队之风。文命原本暗盼后羿能当此任，没想过女娇也足可当起。当下以刀在树杆上刻下回书，命人将青鸟连夜放去涂山。

知妻子将来，文命极为惊讶地发现，自己不论在筑堤还是练阵方面，都像是忽然注入了极大精力。每日都不知疲倦地率人白日筑堤导水，夜间练阵。他每晚只练阵一个时辰，不是因为自己疲累，而是受练之人终究乃血肉之躯，白日筑堤本已劳累，若是夜间练阵时间过长，实是过度消耗体力与精力。他个人虽能承受，练阵之人却非人人皆能承受，所以，每晚练阵一个时辰是其严格规定。文命做酉首之时，已能命人服从，此刻率众日久，不知不觉，已权威更具，竟是无人不敢从令。

沿汶山九岭，一道长提已经越来越朝岷江方向延伸。文命始终紧扣一个"疏"字引水。汶山周围大水渐渐消退。筑堤再远，文命仍是每日率众回转汶山，先饮食，后练阵。内心却是恐怕自己离开汶山之后，若是女娇到来，岂不是见不到自己？时间晃眼便是数月过去，女娇仍是未见到来。文命内心不禁焦急，此事却是无人能见出他内心所想，即便伯益和后稷，也从其脸上看不出他任何心中所想。

女娇终于出现的那天，文命正率众筑堤到了汶山与岷江中间。有人远远看见一支船队过来。文命得报之后，走上堤岸观看，从船头终于能看见的一面迎风黄旗，文命不禁大喜，那面黄旗乃涂山部落之旗，文命心中狂跳，知是女娇到了。

文命即刻命人拉出一只小舟，自己跃上舟内，两个原本涂山之人紧跟上船。文命无须招手，那两人已经奋力划船。对他们来说，离开涂山数年，如今看见自己部落之旗，内心比文命更是感到激动。

来船果然是女娇率的。

文命轻舟过去，女娇在首船便已看见。她命划手加大力度，船只走得更快。不多时，两船已然相遇。女娇在船头呆呆看着文命，眼中泪水已经忍不住流下来，禁不住泣声大叫："夫君！夫君！"

文命也感到激动，仰头大喊一声："女娇！"

两船交错。女娇船只甚大，从她船头即刻悬下一条长索，文命将耒锸交与自己船上之人，伸手拉住长索，登船身而上。女娇在船头紧紧看着文命。文命翻身上船，女娇再也控制不住，又喊一声"夫君"后，扑入文命怀抱，也顾不得船上还有他人，眼泪径自流下。文命双手环抱妻子，伸手摸她头发，只觉心口一股热流往喉头涌去。

女娇终于松开手臂，抬眼看着文命，伸出手摸着文命脸庞，哽咽说道："夫君，你瘦了很多。"文命收敛住情感，对妻子微笑一下，说道："瘦是瘦了一点，但精力未懈。"女娇凝视丈夫，心中大是伤痛。她与文命分开数年，记得在涂山初见时，文命尚脸如少年，此刻却是双鬓已然发白，胡须也长至喉结，满脸风霜之色竟是无法掩盖。看他此刻衣着，也是斑驳百结，知他这数年治水，日日经风历雨，比自己在涂山思念更苦，刚刚收住的泪水又一次流下来，轻声说道："夫君，我来了，我不要你如此劳累。"

文命眉头微微一皱，叹息说道："如何能不劳累？女娇，从汶山开始的长堤已经过半，到岷江后，我便要天下部落同时导水，等万民安居了，我们也就可以一家团聚了。"

女娇伸手抹向文命眉头，说道："夫君不要皱眉，我会好好照顾你。"

文命脸上微笑，微微摇头，说道："你来了，不是要照顾我，我每日导水，也每日练阵，你可助我练阵。"

"练阵？"女娇微感惊诧。

文命知她不解，也不多说，只道："我们先且回转，你带来了多少人？"说着，文命掉头看向女娇身后。只见女娇首船之后，尚跟着四条大船。上面俱是涂山武士。料想是大燧担心女娇路上状况，遣人护送。女娇微笑道："夫君忘记了，在涂山时，我便说过，我手下有五十名武士，我把他们都带来了。"

文命脸现喜色，说道："如此甚好！我们且去堤岸，先筑堤再说，回汶山后我再说与你全部。"女娇看见丈夫，只觉激动，当下令船队前行。

载文命过来的那只小舟上的二人虽不能上船，却也是激情迸发，他们船只虽小，划行速度却是一点儿也不慢于女娇的大船。快到堤岸之时，文命等人已然看见，伯益带着筑堤之人均站于堤上，人人皆在挥臂狂呼。

第十九章　冰封

1

　　当日至黄昏时分，文命下令全部回归汶山。女娇紧紧跟在丈夫身边。虽然已见到丈夫，女娇却更心疼，她整整一下午亲眼见到丈夫如何率众筑堤。她看得清楚，在涂山时尚且身体强壮的丈夫此刻当真瘦多了，腿肚子上竟然看不见多少肉。她无法知道丈夫这几年是如何治水的，只今天来看，时时都站在水中，手中那把耒锸无时无刻不在挥动。女娇不敢劝说丈夫停歇，他能够在涂山三过家门不入，足见在丈夫心里，治水乃是超越一切的大事。她能做的，便是带同自己手下之人，也迅速地投入筑堤导水。只是在清理河道时，时不时望向丈夫。文命见到妻子眼光，只是温柔地笑笑，女娇不由心头温暖，也大是心安。

　　回转汶山后，文命带上女娇，依然和伯益、后稷一起，先是巡视所有饮食之人，然后才围坐用餐。女娇端着碗，看着菲薄之食，想起自己在涂山时，虽说思念丈夫极苦，却是吃穿不坏，如今见丈夫衣服粗劣，饮食简陋，只觉心中剧痛，怎么也吃不下。文命瞧在眼里，知妻子所想，也不多言，只伸手将妻子手背轻拍，微笑说道："盼早日治好大水，万民都可安居多食。"然后又问道，"启儿现在如何？"女娇眼泪终于流下，说道："启儿很好，早已会说话，现在每

290

天都满山跑。"

文命微笑，出神凝想儿子在涂山之况，终还是叹息一声，说道："我只能等天下水患解除，才可去涂山看他了，你说他会不会认出我？"

女娇擦擦泪，说道："你是他父，他怎么会不认识？我日日跟他说你，启儿虽小，我能感觉他内心骄傲得很，觉得他父是个英雄。"

文命又微笑一下，却想起自己年少之时，父亲鲧鲧外出治水，脩己便如女娇一般，日日跟自己说起父亲，他也在心中将父亲看作天下最了不起的英雄。不料父亲终是辜负天下，命殒羽山。想到此处，文命心中一痛，突感自己决不可让儿子失望。他并不以为自己是什么英雄，但既然儿子将他当作英雄，他如何能步己父后尘，让儿子如自己一般，想起鲧鲧时复杂而心痛？

文命放下碗，对女娇说道："今日起，你助我练阵。"

伯益和后稷已然起身，拱手齐声说道："我们先去办理他事。"脸上都是微笑。

文命抬头说道："好，练阵之事，有女娇助我，实乃天意。"

待伯益与后稷离开，女娇不解问道："夫君，你练阵为何？"

文命凝视将临夜幕，说道："这数年来，我们沿河走遍中原，不是所有部落都遵号令，而且，部落与部落间争斗甚烈，我若手上无可用之兵，怕是日后有为难之处。你来了，正好助我练阵。你所带之人，都可编入练阵之中。"

女娇闻言，不禁眉头一动，说道："谁人敢不遵令，我要哥哥率人征伐。"

文命举手轻摇，微笑道："我不想征伐，只是不想异日多事。天下非我在平阳时所以为的那样，现天子尚在，各部落不敢生端，我怕万一天子不在，无人遵我号令，这天下之水，恐怕无可再治。"

女娇闻言，点头道："那我来助夫君。"

文命大喜，当下带女娇及女娇手下之人，前往练阵之处。女娇见文命练阵一动，不由吃惊。她在涂山时，自负涂山力量中原无敌，此刻见文命所练之人，个个雄壮，人人听命，不止个人显出武艺，更令女娇吃惊的是，文命所练之阵，总觉得内藏无穷玄机，真非一般部落可比。即便是涂山，恐也无此内敛锋芒。文命见女娇在一旁观看神色，停住阵法，将自己从石子棋之道所悟告知女娇。女娇极是聪明，领会极快。文命让她来下令。女娇面对众人，不觉恢复在涂山之威，她素来指挥他人，气势早具，尤其她所带之人也立刻加入练习，整个练习之场，腾出一股赳赳之气。

2

文命将练阵之事交与妻子之后，更加专心治水。眼见四方过来之人越来越多，治水力量增强不少，索性便让女娇一心练阵，那些练阵之人不再跟随治水。文命当初练阵，人员固定，自女娇接手练阵之后，她所带的五十人加入。女娇悟得阵道，比文命更进一步，下令队分十列，每日苦练，只盼为丈夫心愿完成助上自己之力。

文命因妻子接手练阵，自己便全力投入治水，如今长堤越筑越远，自己便不再回转汶山，筑堤到哪里，便住在哪里。有时他也觉得对妻子有愧，事实却是，堤岸越来越远离汶山，每日回转已是不可能之事，他现在的目标便是抵达岷江，这样才可真正地进入想要的起点。

对女娇来说，人在丈夫身边，却还是无法日日聚首。女娇虽理解丈夫，终究是女性，哪会不渴盼丈夫相陪？每每过得数日，便忍不住驾轻舟，沿堤水，前往文命所在之地。好在堤岸便是文命率众所筑，不至失了方向。文命每次见妻子前来，自是喜悦，但极少愿意让妻子留下，在他看来，练阵之事，与筑堤导水同样重要。直待开始导水岷江，以后之事便很难预测。他已经看得清楚，尧帝虽为天子，实则不过是数千部落联盟之首。只是他在位日久，自有威严，各部落尚能从命，若是尧帝不在，虞舜接位，要想得到尧帝此刻威严，非旦夕可至。文命虽尊虞舜，其他部落却是难言。虞舜自代尧帝巡视天下，固然得大半部落之心，文命总觉或有变化。在他此刻眼里，练阵既为治水，也为等虞舜日后登位或将出现的变化提供应对之策。

他这些心中所想，并未告诉妻子。或许他也知道，即便说与女娇，女娇对这些倒不一定能够体会。文命能够看出，女娇愿意为自己付出所有，却不是说她愿意付出了，便等于她对自己内心有透彻把握。谁知道？也许在女娇看来，丈夫竟有如此之想，是不是有些古怪？那些事难道会真的发生吗？这是女娇不可想到之事，也是她觉得不会发生之事。文命自然不愿发生一些横来之事，他却不得不有所预防。

时间流逝，转眼又是从春到冬。女娇日日练阵，这日晚食之后，天空竟然下起雪来。女娇想起文命，不由有些心乱。文命衣着始终单薄，一年中，女娇已经数次为丈夫缝衣，却总是过不了多久，衣服便又破烂变旧。看看入夜之后，大雪渐紧，女娇愈来愈感慌乱，她无心练阵，只命他们自行练习，自己匆匆回房，想给文命缝上一件厚衣送去。

雪夜孤房，本就令人倍感凄凉。女娇进房间后，反手掩门，只觉一阵寒意难挡。房内所见，不过一张孤床，墙上一豆孤火，房中一张孤桌。她从涂山带来的布料早已用尽，女娇似是第一次看看自己衣着，也早不是初来汶山之时，如今斑驳百结，只是自己毕竟在山中，不必足入凉水，更没有风雨袭身。此刻房中虽然凄冷，终究比丈夫在水旁好上许多。

女娇稍稍定下心神，环顾房间，总希望能在哪个地方看见一些布料。其实她早已知道，如今哪里还有布料可给丈夫缝衣？女娇心中酸楚，慢慢挪至床边坐下，眼睛还是四处打量。她看了半晌，心中忽然一动，想起后稷留在山中教众稼穑，并未跟随文命前往治水。如今冬至，虽不需稼穑，却还是留在山中相助女娇。

想起后稷，女娇便即刻起身，前往后稷居室。后稷尚未安歇，他正四处巡查，看看众人是否各司其位。女娇未到后稷门前，便见后稷身披蓑衣，正冒雪过来。他见到女娇，微感诧异，上前问道：“如此大雪，怎么未去休歇？”

女娇说道：“天寒了，我想给我夫君缝件厚衣，却已无布料，不知你处可有？”

后稷微微叹息，说道：“我们都早无布料，若是有，文命早命给众人增衣了。”

女娇不由急了，说道：“可我现在他身边，怎能让他受如此风雪？真的没有吗？”

后稷皱眉想了想，忽然说道：“布料没有，文命倒是有一冬衣。”

“哦？”女娇不由喜悦，说道，“冬衣在何处？”

后稷想了想，说道：“我们到汶山之时，他有些包裹尚在我处，或在其中。”

女娇极为高兴，便和后稷走入其房内。后稷在床下拖出一个包裹，说道：
"这便是文命之物，打开看看。"

女娇依言打开，眼前所见，乃是一件熊衣。

3

女娇微微一怔，伸手抚摸，说道："这是我夫君之物？我倒是从未见过。"

后稷笑笑说道："这件熊衣，文命确实很少使用，也就冬天最冷几日，才偶尔穿上。"

女娇拿起细看，说道："这件熊衣缝制细密，是谁给他缝的？"

后稷一时不知如何回答，不禁犹豫。

女娇仔细看衣，继续说道："除了女子，不会有人缝出如此针线。"她抬头看着后稷，说道，"这是女子所缝，对不对？"

后稷不禁讶然，更不知如何回答。

女娇见后稷无异默认，颇为伤感，说道："缝衣之人，定是很恋我夫君之人，难道我不在之时，我夫君另有他人了？"说到这里，女娇声音不禁微微发抖，眼神哀伤。

后稷见女娇竟如此想，便赶紧说道："文命心怀万民，你们虽然聚少，他却是从无任何他人。"

女娇稍稍放心，还是将熊衣拿在手上，问道："那这衣究竟是何人所缝，你告诉我。"

后稷已经暗暗后悔，此刻却不愿女娇误会，便说道："这件衣服，我亲眼所见，是文命离开尖山之时，他部落的羲由姑娘所送。"

"羲由？"女娇喃喃一句，她始终记得，当日在涂山之时，她听见文命和伯益后稷在房内提到羲由。女人对此类事天生记忆深刻。只是她没见过羲由，更知羲由不在文命身边，也就忘了，此刻熊衣在手，便如羲由在眼前一般，不由身子一晃，说，"我记得你们说过。我夫君当日说只把羲由当作妹妹，可是羲由，却是没将我夫君视为哥哥。"她说完这句，抬头重新看着后稷，补充道，

"是不是这样？"

后稷说道："女娇，我和伯益对羲由都不熟悉，与她未有过任何交往。我只是记得，在我们离开尖山时，那位羲由姑娘前来相送，这件熊衣便是羲由在那时所给。文命将她视为亲妹，羲由如何看待文命，那便是我等不知的了。"

女娇沉思片刻，喃喃说道："不是的、不是的，我夫君心里也是爱那位羲由姑娘的，不然不会如此舍不得穿上此衣，难怪他总是不愿我在他身边相伴。他、他心里是有羲由的，只是他自己不知道罢了。"

后稷闻言，很是奇怪。他在平阳虽有妻室，却仍对女人心思不甚了了，只觉女娇突作如此之想，实在令他感到不可思议，一时不知如何作答。女娇拿着熊衣，眼里竟然涌上泪水。后稷只觉惊异，见女娇颇为伤心，便说道："文命乃天下英雄，儿女之事，或许没那么重视，可我们知道，自文命与你在涂山相遇，台桑成亲，他可是从来没有过其他女人。我们日日都在一起，这点你可放心。"

女娇却是越想越伤心，说道："他身边无人，可他心里有啊。"

后稷闻言，更不知如何作答，想了片刻才说："要说文命心里有羲由，我看也不尽然，我们从来没听他说过羲由。他心里只有水患，所想也是如何消除水患。"

女娇似乎没听见后稷所言，只将熊衣在手中越抓越紧，喃喃说道："我是他妻子，他心里怎么可以还有他人？"

后稷见女娇始终认定文命心藏羲由，委实不知该如何替文命分辩。对后稷来说，他当年成亲，也不过是年龄已至，父母命其成亲，自己和妻子似乎从未经历此等状况。妻子素来以他言行而动，所以他也不觉得女人还会有何种心思。此刻被女娇如此一说，除了张口结舌，真还不知如何劝说。只是在他眼里，文命自然心无羲由，女娇认定文命如此，后稷很想说个清楚，却不知从何说起。

女娇转头看向后稷，眼中泪水盈盈，说道："他心里若没有羲由，怎么会将她缝的熊衣保存得如此完好？这么冷的雪天，还舍不得穿上？"

后稷哭笑不得，说道："女娇这样想，真是想得岔了，羲由是他部属，给他缝件衣服，也不是什么了不起的大事，怎么你就会这样来想呢？"

"那你要我如何想？"女娇紧接就问。

后稷又是语塞，然后说道："我觉得你不需要如此去想，可能这根本就是没有的事。你怎么可以为没有的事如此伤心？"

"怎么会没有？"女娇说道，"衣服都在这里，你还说没有？"

后稷此刻觉女娇有点不可理喻，看她脸色，却又极为认真，不由笑了，说道："你看这样可好？天气转冷，我想文命也会回转数日，你见了他之后再问他本人不迟。"

女娇将熊衣放在桌上，说道："我……我先回去了。"

说罢，女娇转身便走，后稷赶紧说道："这衣服你不拿走？"

"我不拿！"女娇也不回头，径直开门出去。后稷看着女娇出去，仍是满头雾水，却只能摇摇头，无法追出去说上什么。

4

天气越来越冷，过得半月，河水陡然一夜成冰。女娇在汶山，几无心思再行练阵。后稷见女娇心中颇乱，自己又不知该如何劝说，便勉力自己召人练阵。后稷弓马不熟，原本无法授人，却见练阵之人都已熟知，他们只需有人下令而已。后稷见女娇不出，他也不便入女娇之室，不觉间自己成了练阵之人。

女娇虽然心乱，毕竟担心文命，眼见一日冷甚一日，想着上次看见文命，文命尚只单衣在身，此刻严寒到来，哪能抵挡？后稷则数年与文命一起，知他们筑堤导水，冷热都是不惧不畏。只是如此寒冷，他也不禁担心，但现在河道结冰，无法行舟，更不知文命率众到了何地。女娇也终于着急起来，忍不住又去找后稷。

"你知不知道我夫君他们现在到哪里了？"

后稷也是忧虑，说道："这个我实是不知。河水结冰，我们无法前往寻找。"

"那……这么冷的天，他们能承受得了？"

后稷说道："天冷倒是不惧，就是不知他们现在何处。看样子，他们现在也无法回转。"

女娇不禁顿足，心中颇是后悔，不该无故和一件熊衣计较，如果当时自己送衣过去，至少文命不会受如此风雪寒凉。在汶山的人俱是无法可想。女娇终于派出数人，想寻找到文命一行。派出去的人却在数日后回来，言说河道结冰，四下雪原，方向难觅，委实不知该如何找寻。女娇不禁大急。后稷只得劝道："如今着急无用，料过得几日，文命便会回来。"女娇无法可想，也只得耐心等待。

又过了几日，还是见不到文命率人回转。

女娇终于说道："我自己去找。"

后稷倒是急了，赶紧说道："你出去和他人出去也是一样，黄帝所造的指南针在文命处，你贸然出去，仍是方向难辨，这茫茫雪原，如何分得清方向？再说，如果文命回来，你却不在，那他会如何着急？"

女娇听后稷如此一说，终于打消念头，对自己与衣服生气之事，更为懊悔。

后稷又说道："文命让你留此，是让你助他练阵，此事不可耽搁了。"

女娇心神一定，想起丈夫临行嘱咐，方觉自己已误不少时日，当下打起精神，命人在雪地练阵。她此番一投入，竟然不分白天黑夜。石子棋之道，原本千变万化，女娇投入练阵，不觉放下羲由之事。她听后稷说指南针在文命处，心中不觉就想，黄帝能造出指南针，在大雾中击败蚩尤，眼前只有雪原，八方可见，难道我就造不出？她投入练阵，也便是想从练阵中确方位，明指向。对女娇来说，只要所做之事能让自己看见丈夫，便什么都顾不得了。后稷见女娇突然疯狂练阵，不禁惊讶。尤其是，女娇此刻带人已逐渐脱离原本空旷之地，而是将连绵山岭看成巨大场地，几乎无处不去。女娇自然也知道，不仅自己，便是随她练阵之人，无人穿有厚衣，却无人觉得寒冷。女娇也明白，自己只是牵挂丈夫，才会觉丈夫承受不了如此天气。

一日午食之后，女娇带人进入九岭。此刻女娇所想，便是要将这些人练得中原无敌。她往日在涂山，该事自是大燧所做，她也一直在旁相助，对驾人驭阵，毫不陌生。得文命将石子棋之道相授之后，感觉自己足可练出从未有过之伍。不仅平地，山地与雪地都得训练。那日去山岭练阵，顺便捕得一群野兽。后稷早已在冬日藏食，以备明日之需。

令女娇觉得懊恼的是，她率人回来时已是入夜。后稷迎上时显得极是喜悦，一边命人将他们所捕兽类宰杀，一边对女娇说道："今日终于有了文命信息。"

"啊？"女娇不由惊喜，连说话的声音也颤抖起来，"他回来了？"说罢转身便想往家中跑去。后稷摇头说道:"他尚未回转,只是命人回转,说是无须我们担心,他们堤岸已至岷江。另外还说,冬日虽冷,伯益却从地下开凿出水来,说地下之水乃温。这可也是奇了!"

女娇一怔,说道:"我夫君派人回来了?他在哪里?我去见见他。"

后稷说道:"来人怕夜深难行,已经回转。"

女娇闻言,不禁一阵失落,说道:"我夫君现在怎样?他可说得详细?"

后稷笑道:"文命说你要宽心,他们如今已到岷江,在岸边搭庐而居,饮食俱有。最重要的是,伯益凿出地下之水,听那人说,伯益就在地上画出圆圈,往下便凿出水来。如此天寒,水竟温热,着实古怪。"

后稷当时难以理解。却不知伯益此举,是凿出了世间第一口水井。

5

后稷见女娇勤于练阵,自己便督视宰杀野兽,将兽肉风干。女娇那次带人所猎甚多,后稷颇是耗费一些时日才全部完成。待他再去找女娇之时,得到的信息却是女娇独自外出寻找文命了。后稷不禁吃了一惊,却听所报之人言道,女娇已经制出指南针,方向不会出错,岷江位汶山东北向,路远难行。后稷暗暗叫苦,却是想不出对策。

女娇前往寻找丈夫之心既定,也无人可以阻拦。离开汶山之后,依靠指南针所示,方位明确,只是脚下冰厚路滑,走得极是缓慢。在她心里,却是每走一步,就靠近丈夫一步。便是这一口气,使得女娇独自冰上行走,也不觉苦痛。尤其在其心里,知道这是丈夫幼年生活之地,总觉眼中所见,都是文命当年纵马之地。她未能与丈夫青梅竹马,却还是觉得,眼前所有一切,都给她非同一般的内心温暖,时不时便觉得丈夫就在身边,文命手指任何一处,都在告诉她,自己当年如何在此处留下足迹。这般一想,哪里还觉路上难行?

想起丈夫,心头温暖是一面,觉得凄凉也是一面。看着茫茫雪原,想起丈夫在如此寒冬,率众治水,不知吃了多少苦,受了多少累。她恍惚记起,虽和丈夫聚少,每次相聚时,真还是从未听丈夫说过苦累,似乎在文命那里,苦累已是其生活组成部分，而且，女娇还想起，丈夫若是和她谈起治水之事，说的竟然都是他人苦累，总觉得他人所受之苦累，都应该让自己承受才是。甚至，文命还会和她说起治水途中所见。譬如曾在某地遇见有人饥饿得想卖孩子换食，文命能做的，便是将自己所带食物全部送给他人。女娇在听这样的事情之时，似乎还不能感同身受，如今自己独自在冰天雪地中独行，才恍然感受丈夫的种种心境。世间太大太广，什么样的事都会发生。她开始体会，如何要天下惨事根除，唯一的办法便是治好大水，天下万民才可安居。女娇想到此处，不觉心中腾起一股骄傲之感，突觉嫁给文命，实乃自己未有之幸福。

可自己怎么要去计较一件衣服呢？

女娇心中不禁懊悔，但懊悔归懊悔，她同样不能忘记，那晚看见羲由缝制的熊衣之后，自己在很多时候仍是免不了心生气恼，觉得丈夫内心并不是只有自己一人。那个羲由究竟是什么样子呢？女娇还真的想能看见她，在女娇心里，羲由定是一美貌姑娘，说不定性情还极温柔，若非如此，怎么能占据丈夫的心呢？此时的女娇感觉，羲由才是丈夫真正所爱之人，那么自己呢？她不由又想起他们夫妻在一起时的恩爱，真又难说丈夫心里还会藏有他人。莫不是自己误会了丈夫？女娇性格本就刚柔相济，想起丈夫，内心柔软，想起熊衣，又有些恼怒。尤其她想到，那个羲由是丈夫部落之人，那一定与丈夫是从小相识了，这是她永远无法做到之事，是的，丈夫说过，他对羲由只有兄妹之情，可情之一字，难道真有黑白分明的界线？文命如此胸怀，处处超人一等，哪有少女见到他不心生爱慕的？先撇开丈夫对她情感，那个羲由必然是爱恋丈夫的。看她缝制的熊衣，针针线线，太易看出缝制时的心思了。对了，说不定羲由还在尖山等丈夫回去。她该是很痴情的女人，这世上也没有比文命更值一个女人去爱慕的了。

女娇一路往岷江，始终被这些胡思乱想占据。

一日正行间，忽听一阵马蹄声传来。女娇微觉诧异，暗想如此天气，谁还会在冰上纵马？她离汶山时也想过骑马出来，想到冰面太滑，极易失蹄，便没有骑马。此刻循声看去，果见一匹马从远处奔来。马上人也看见女娇，似也没有多想，转过马头便朝女娇奔来。

那人到得近前，女娇见其背弓携箭，倒不惊讶，从其五色服饰来看，竟是来自平阳之人，这点倒是令女娇感到意外。

6

女娇又见他马蹄都裹有厚厚草垫，不觉暗想，自己怎么没有想到此节？那人见女娇乃女子，也是微微一愣，在马上拱手说道："姑娘是……"

女娇仰首说道："你是来自平阳吗？"

那人笑道："姑娘好眼力！我想借问一下，司空大人可否就在近处？"

女娇一听对方竟是来找丈夫，不禁喜悦，说道："是啊，他就在近处，应该不远了。"

那人闻言，脸露喜色，说道："果然在此处！天子久未有司空大人信息，派出八人，各处寻访，没想到被我找着了。"他看看女娇，又问道，"姑娘是谁？怎么一人孤行？"

女娇微笑道："我是司空妻子女娇。"

那人惊讶一声，赶紧下马，施礼道："我叫没鹿，奉天子之命寻访司空大人，没料到司空大人已经成亲，恭贺了！"他然后四下望去，说道，"敢问司空大人现在何处？"

女娇说道："我夫君就在岷江，距此已经不远。"

没鹿从怀中取出一卷丝绸，打开来看，女娇见上面画有地形。没鹿手一指，说道："此去只有三箭之遥，请上马，我步行即可。"

女娇听得丈夫距己只有三箭之遥，心中喜悦，说道："马是你的，你上马便是，我走惯冰路，无妨。"

没鹿说道："如何敢当？"他执意要女娇上马，女娇推却不过，纵身上马，没鹿果然在旁步行。女娇问道："天子找我夫君何事？"没鹿脸上微笑，说道："此事天子嘱咐，命我首先要说与司空大人。"

女娇闻言，也不再问，心中只想催马，却终还是按辔而行。

三箭路转眼即至。女娇一见眼前，已是巍峨岷山。只见山头冰雪覆盖，山前茅庐林立，不禁大喜，知道自己已到丈夫所在之地，当下手搭凉棚看去，远远瞧见茅庐前有人四处生火，便对没鹿说道："我们到了。"没鹿面现喜色，说道："我们快去。"当下迈开大步，竟然与马并头。女娇见其步伐，知没鹿武艺应是不差，不由暗想，平阳来人，果是非凡。

茅庐前有人早看见两人一马前来，即刻有人报与文命。文命听说有人前来，立刻出庐。伯益也自跟出。

女娇看见丈夫出来，忍不住提缰纵马过去，文命见是女娇，也不禁情绪激动，加快脚步迎上。

女娇到文命面前，见丈夫比数月前又消瘦许多，脸庞黧黑，躯体也像是干枯了似，不禁心中阵痛，只叫一声"夫君"，文命对她笑笑，眼睛却朝没鹿望去。跟在文命身后的伯益看见没鹿，却是惊呼一声，抢上前说道："没鹿怎么到岷江来了？"

没鹿与伯益都是平阳之人，自然相识，躬身说道："没鹿给司空大人和伯益请安！"

文命眼望没鹿，伯益在旁说道："没鹿乃平阳护宫队之人，重黎之后，便是他了。"

文命不觉诧异，只见没鹿拱手说道："没鹿来此，乃奉天子之命前来。天子久未见大人传书，不知大人究竟何处，便八方派人寻找，如今被我寻到，实感喜悦。"文命见没鹿器宇轩昂，谈吐不俗，颇是喜爱，便说道："请进去说话。"

女娇见文命未和自己说上一句，不由嘴唇轻撇。文命见了，微微一笑，说道："你怎么来了？"女娇见丈夫跟自己说话了，心中一喜，便道："我很是想你，你不回去，我便一定要来看看了。"文命脸上微笑，带着众人往茅庐走去。

进得茅庐，女娇见庐内生有火堆，屋内温暖，不由微微放心。

文命请没鹿落座，望着他说道："不知天子有何令托你带来？"

伯益也望着没鹿。没鹿坐在椅上，拱手说道："有一天下大事，天子嘱咐我们往八方之人，定要先告知大人。"

"哦？"文命道，"不知究竟何事？"

没鹿面露喜色，说道："天子已将帝位传与虞舜。"

没鹿此言一出，文命和伯益不由都站了起来。没鹿也跟着站起。

文命惊喜说道："天子禅位了？"

没鹿点头道："不错，天子已于半年前禅位，他知大人率人四处奔波治水，不知大人在何处，便八方派人，命我等将信息告与大人。"伯益说道："天子在位七十载，如今传位虞舜，实顺天下人心，只是没料会在如此时候。"

没鹿脸上终于沉重，拱手说道："天子禅位，是因身缠疾病，难理政事，所以便禅位虞舜，未及告知天下。不过，我们八方前往，此刻信息也应该遍于各诸侯部落了。"

伯益初时甚喜，脸上忽又现出忧色，对没鹿说道："天子禅位虞舜，丹朱可知？"

没鹿摇头道："丹朱此时也应已知晓，"他笑了笑，续道，"我知伯益之意，天子禅位前曾言，禅位给舜，是天下得利，唯丹朱无利，若传位丹朱，则天下不利，只而丹朱得利。所以，天子告知平阳乃十一个字：终不以天下之病而利一人。"

文命和伯益闻言，不由因极感而叹。

<h1 style="text-align:center">7</h1>

没鹿带来的尧帝禅位消息让文命喜忧参半。喜的是，虞舜接位，是理所当然之事；忧的是，尧帝年岁已高，不知能否撑到自己治水功成之日。毕竟，他是尧帝亲命派遣，更知尧帝晚年，心中所挂便是水患。文命急盼能在尧帝活着时看到天下水清。当下他仔细询问尧帝起居状况。没鹿所答，也是文命等人能够料知，尧帝最忧心之事便是治水，几乎日日牵念。文命不由颇为懊悔，他出行之后，极少传书平阳，想的便是眼下治水并无好转。对他来说，治水之日漫长，取经验，定谋略，施方案，能十年完成已算不错。他更知尧帝身在平阳，每日面对相同之事和相同之人，会觉治水更为缓慢，所以文命不欲尧帝觉其缓慢，便连传书也少了。不料，从没鹿口中得知，尧帝竟然知晓不周山倒塌以及共工与封豕犯乱之事，对文命应对之法极是赞赏。

众人散后，文命终于问起女娇，怎么这时候到岷江来了。女娇早已按捺不住，见众人离开，便扑进文命怀抱，流泪说道："你这么久没回去，就不知道我多想你！你看看你，我没在，你瘦成这个样子了。"文命笑笑，说道："冰封河面，无法导水。汶山不近，我在此便日日与伯益他们商谈今后之事。对了，伯益在地下凿出水来，你知道吗？"

女娇说道："我自然知道，这真是奇怪。"

文命哈哈一笑，松开妻子，说道："伯益还给那个出水之洞命名为井。此法真乃无上之妙，我们所居之地，都得依水而居，有了凿井之法，北方河少之地，便也可让民安生，很多部落，不必因居在河边而忧心被水涨所淹。"

文命说得激动，却没见女娇脸上渐渐敛去笑容。

"女娇，"文命继续说道，"待治水功成，伯益的凿井之法也会传之天下，你觉得……"他还没说完，终于看见妻子脸色微沉，不由惊讶问道，"你怎么啦？是不是受寒了？"

女娇转过身，沉默片刻才说："夫君，你心怀万民，可也有我？"

文命一愣，说道："你是我妻子，我怎么会没有你？"

女娇声音颇为感伤："我们这么久没见，此刻一见，你说的不是天子之事，便是治水之事，现在又说凿井之事，我……我……我不想听这些！"说到最后，女娇声音陡然升高，内心的种种委屈不由转换成两行泪水，"哇"的一声哭了起来。

文命不由一呆，旋即知道自己对妻子委实太过忽略，也无怪她心中委屈，尤其这一路从汶山到岷江，俱是寒冰之路。几日几夜，也不知她是如何走来？伸手去扳女娇肩膀，女娇用力抖开，抬手擦泪，并不转身，也不说话。

文命心下歉然，走到女娇前面，伸手按住她双肩，低声说道："女娇，我知道我欠你太多，还有启儿，他都几岁了，我也没有再见过他。我难道就不想日夜陪着你们母子吗？我真的很想，可是……唉！女娇，我答应你，等治水成功了，我就不做酋首，随你去涂山，我每日每夜都陪着你和启儿，你教启儿骑马，我教他狩猎，你说好吗？"

女娇抬起泪眼，看着丈夫脸色温柔，充满恳切，眼泪更是阻止不住，又是一头扑进丈夫怀抱，双臂紧紧抱住文命，说道："好，你说过了，你说过了，我答应你，你也答应我。"

文命伸手抚摸女娇脸颊，说道："我答应你，等治水成功，什么也不会使我们分开。"

女娇微微点头，脸上虽然挂着微笑，却还是泪水不停。

第二十章 熊衣

1

文命见女娇不愿回去，他也担心女娇回转难行，便让女娇留在岷山脚下。至于没鹿，文命原本以为他告知消息后便会返回平阳，不料没鹿告知，他出来之时，虞舜已经有令，不论派出八人是谁见到文命，都留下相助。文命不由大喜，在他眼里，没鹿身为重黎副手，训练自是在行。他现在因无法导水，除了和伯益等人商议解冻之后事宜外，其他时间，都用在训练众人身上。虽然他在汶山留下专队交与女娇，若是他所率的治水之人都能上阵，自是力量倍增。他也知道，自己训练，究是比不过以训练为业的专门之人。

没鹿见文命信任自己，也格外兴奋。他所长便是训练，原本以为虞舜命自己留在文命处是帮助治水，如今见是训练阵法，大是喜悦。文命嘱咐，目前训练，也不过是冰封之际，导水不可能，待开春之后自然便得结束，全力导水了。

没鹿训练之法，果然和文命、女娇不同。在没鹿训练下，所有人都变得颇为强壮。唯一让文命感到意外的是，没鹿不觉得石子棋能蕴含一些什么。他使用的也就是在平阳和重黎一起训练的办法。文命将训练之事交他，也不去做过多干涉。他现在的全部精力就用在和伯益等人继续研究河图和下一步计划之上。

女娇在此，每日也会和丈夫一起看河图，也会去看看没鹿训练。没鹿很是自负，对女娇提出的任何看法都不愿理会。在他眼里，自己的一套乃行之有效之法。女娇倒是认为石子棋中包含行军布阵之法。没鹿开始不肯理会，见女娇说多了几次，颇不耐烦，对女娇冷冷说道："司空大人既将此事交我，便是司空大人亲来，也得照我之法。"女娇素来也是指挥他人之人，见没鹿对自己如此，不觉有气，反唇相讥地说道："他们都是我夫君手下之人，我夫君如何训练，你也得如此！"

没鹿脸色一沉，说道："打仗之事，素来都是男人，你管这些干什么？"

女娇不由喝道："是男人之事？那我们来较量一番。"

没鹿上下打量女娇，冷冷道："我从来不和女人交手。"

女娇顿时火了，说道："我在涂山之时，哪桩事比男人差？"

"这里不是涂山。"没鹿更是恼火。

二人争执的声音愈来愈大，文命和伯益闻声而出。听得来龙去脉之后，文命眉头一皱，对妻子说道："这件事我已经交给没鹿，就让他来训练，你无须多言了。"

女娇见丈夫竟然帮着没鹿说话，身子一扭，气冲冲回房。

没鹿对文命拱手说道："司空大人，我想在我训练之时，不要有他人插嘴。"

文命见没鹿自负如此，又一次皱眉，然后缓缓说道："训练之道，你比我们懂得许多，我会让你用你之法。只是，多听旁人之见，也非坏事。"

没鹿虽继续拱手，语气却是傲慢："司空大人，你尽可安心，我训练之伍，足可敌任何部落。"

文命闻言，心中颇感不快，也不多言，径直和伯益回转。

进庐之后，伯益说道："没鹿历来自负，不肯听他人之言，我有点儿担心……"他没有说完，只凝视文命。

文命缓缓说道："他法有他法之妙，且由他去。我只盼终不用和任何部落争锋。"

2

转眼数月过去，岷山上积雪开始融化，山顶上能看出点点绿色。似乎一夜之间，河上冰块也变成一块块浮冰移动。文命大喜，命人砍来树枝，将火堆点旺，沿岷江岸边，竟然点起铺天盖地之火。山中野兽被火势惊吓，纷纷奔逃，没鹿已带人四处猎杀。大火融冰，冰块移动和消失得更快。仅仅几日，似乎春天来得飞快。文命忍了一个冬天，终于觉得可以放手导水了，兴奋异常。当即带人开始入山。

在女娇未到之前，文命已经和伯益按河图亲往涪江、川江等流域，思索如何将各条河流进行连接，因发现这里地势低过东面，似乎围绕汶山和岷山之地都窝入某处，他们选定在在岷江出山处，将岷江导入沱江，让大水先行南下，然后可再劈山东流。

此刻冰块消融，文命已然胸有成竹，当下指挥所有人将堤岸往南而筑。文命注意到没鹿，在训练时他很是自负，不听人言，此刻到了筑堤之时，事事皆听文命。文命暗想，没鹿倒也并非万事固执，只是在自己以为熟悉的事情之上，就一定得按自己所想而来，在自己陌生之处，则又都愿服从熟悉者之命了。

文命自导水开始，便极少回转。女娇自然想时时跟随，文命坚决不让。在他眼里，治水之事艰险万分，只恐女娇承受不住。女娇便说："如果你不让我去导水，那我就在家做好饮食，每日送你可好？"文命想了想，说道："我一直与众人一样，你若如此，岂非让我难以融入众人之间？如今冰解，你还是暂回汶山。"女娇闻言，自是不肯，非留下不可。文命知妻子是关心自己所致，却还是狠心说道："我去导水，不是一两天之事。我们去得远了，你在此也自无聊，不如回转汶山，继续练阵。虞舜登上天子之位，我总觉得天下会有事况，我们练阵也是紧要之事，你不在我身边，我们都可全心做自己之事。"他抱女娇在怀，继续说道，"我不是答应过你？待治水功成，我就不做酋首，也不做司空，只做你丈夫和启儿的父亲，我随你回转涂山，其他之事，我也不欲再想。"

女娇闻言，又喜又忧。喜的是，丈夫乃一诺千金之人，说出的话绝不会改，忧的是，看这治水之途，仍是遥遥无期，真不知何日才能到丈夫说的回转涂山之日。在女娇心里，还隐隐觉得，文命说不做酋首，那岂不是就不会再回尖山？他不回尖山，自然也不会再看见那个羲由了。这是最令女娇心花怒放之事。

她抬眼看着丈夫，说道："那我听你的，先回汶山。"

文命凝视女娇，微微叹息，说道："以后时日，千难万难，幸好心中有你，我才有这稳固之感。"女娇见丈夫虽然如此说话,却脸上忧虑和叹息,心头莫名掠过一片阴影。她不及分辩,便说道:"那我今天就回汶山了。"

文命点头。女娇当下收拾随身之物,文命已命人牵来一马,看着女娇上马而去。

女娇却是缓缓而行,一再回头。待转过山头,才眼望前面,朝汶山方向而去。

此刻回转,已和来时大不相同。过来之时,冰雪千里,此刻已见路上草叶生长,四处隐隐有鸟乱鸣,身边河水清澈奔涌,令人胸怀不免一畅。

她走不多时,忽见前面树枝上站立一只巨大的乌鸦,朝她呱呱直叫。女娇不由勒马而立,看着乌鸦,想起和文命在台桑成家之时,那个家的门楣上就是一只巨大的三足金乌。她就是在那里结婚的啊,是在那里把自己交给丈夫的啊,也是在那里生下孩子的啊,那里有她一生中觉得最快乐的时光。女娇凝视着乌鸦。那只乌鸦也直直地看着她,呱呱地叫个不停。女娇心里柔情起伏,忽然掉转马头,挥鞭一声吆喝,纵马重朝岷江边驰回去。

3

女娇回到和丈夫分开的茅庐之时,里面已经人去庐空。对女娇来说,这点倒是正常,丈夫只要出门,从来没有当日回来过,几乎都是治水到哪里,就暂时住在哪里。在茅庐之外,倒还是有一些留守之人。他们见女娇回来,都齐齐过来迎接。他们所说的,也就是女娇已经知道的,那就是文命带人已经出门,大概很多天不会回转。

女娇点点头表示知道。她一个人走进庐内,也不知自己究竟为什么回转。她看见乌鸦那一刻,无端端想起涂山之家,觉得自己再也无法离开丈夫。如果她回汶山,岂不是又和丈夫遥远了?她回到这里,会觉得自己一直在丈夫身边,尽管丈夫此刻不在,过得数天总会回来的。女娇想在这里多为丈夫做一些什么事。是的,她可以做很多,哪怕和那些留守之人一起做些饮食准备之事也是好的。如今春天来临,冰雪融化,岷江水流每日都涨,似乎那些坚冰一走,被压制的洪水获得陡然伸展的空间，顿时变得肆虐无比。

女娇看着大水日甚一日涨起，心里暗暗吃惊。她在涂山见过洪水，从涂山来汶山路上见过洪水，此刻在岷山见到洪水，只觉比之前见过的更为猛烈，因为此处地势与涂山不同，原本低洼，水很难出。女娇不由开始充当留守人众的首领，指挥众人将茅庐搬至高处。留守人众大约有百余人左右。说是留守，也不尽然。他们充当的身份有二：一是在此备好饮食，以供治水者果腹；二是为治水人众做补充之需。自文命治水来此之后，近旁有先后八个部落皆率众前来相助。治水人愈多，受伤者也就愈众，随时有人填补乃是必须之事。女娇曾问："你们再次做好饮食，都是给治水人送去？"对方回答："是啊，所以我们每日都得做上很多。"

女娇闻言，说道："那我随你们去送饮食。"

那人笑了，说道："司空大人闻得你在此，特意嘱咐，不让你亲往，山路很险。"

女娇颇不高兴，说道："我是山上长大的，哪里会有什么险路？"

那人只得答道："这是司空大人的命令，我们不敢违抗。"

女娇不说话了，她知道丈夫对己甚严，对他人也是如此。见对方搬出丈夫命令，不觉快快。这些人都愿意服从女娇之令，唯独送饮食之事，全都阻拦。女娇很是想亲自给丈夫送饮食，却打听不到丈夫目前所在之地，她开始留心，看他们何时送饮食，以什么方式送。女娇很快发现，往往是从远处传来擂鼓之声时，留在此处的人众就开始准备饮食了。女娇观察了数日，便肯定鼓声必是信号。她见余人不让自己亲往，便自己留神。终于一日，女娇和众人做好饮食之后，听得从山中传来鼓响，待送饮食者骑马走后，她藏起给丈夫的一条鹿腿，骑马往山中跑去。

女娇沿水堤策马，心想丈夫不让自己前往，定是担心自己路上危险。现在自己偏偏要亲自去见他，难不成他会对自己生气不成？想到这里，女娇不禁脸上微笑，他知道丈夫绝不可能对自己生气，他看见自己到得身边，哪有不兴奋的道理。她如此想他，他也必定如她一样地想念自己。女娇的确发现，自己和丈夫虽然相聚时日很少，却是很了解丈夫，也许天下间就不会有比丈夫更为胸襟开阔的人了。

女娇策马来到岷山。山上到处是人，那些人几乎都正在饮食。他们见到女娇，有的起身和她说话，有的只是微笑示意，继续饮食。女娇牵马而行，左顾右看，哪里都没看见丈夫，眼中一亮间，见没鹿坐在不远处一棵树下，低头饮食。女娇虽不喜没鹿，却什么也没想，径直牵马朝他走去。

4

没鹿听到马蹄声音，抬头一看，见是女娇牵马过来，有点诧异，还是起身说道："咦？你怎么来了？"

女娇到他身前站定，说道："我来找我夫君，你知道他现在在哪儿？"

没鹿笑了笑，说道："司空大人还没有下来。"

"没有下来？"女娇奇道，"他在哪里？"

没鹿抬手指指山上，说道："司空大人还在山上，他说还要再待上一会儿。"

女娇顺没鹿手指方向看去，只见眼前岷山高耸入云，雪水顺无数山道流下，心中不禁一疼。尤其想到丈夫在如此天气衣裳单薄，不知如何抵御寒冷。对这些治水的人来说，每天的热量就来自于饮食，此刻饮食时间已到，丈夫居然还在山上，难道他们所有人都如此忍心扔下头领而自己下来饮食吗？

没鹿像是看出女娇心思，声有愧怍地说道："司空大人命令我等下来，先行饮食，他每日如此，谁的话也不听……"女娇"嗯"了一声，说道："我夫君在哪个山头？"

没鹿抬手道："就沿着此处上去，不是很远。"

女娇也不再说话，翻身上马，策马上山。

山陡路滑，女娇走得一会儿，索性下马，将马系在一棵树上，自己徒步继续往上走去。

再走得半炷香时间，忽然听得上面传来凿石之声。女娇心中一喜，知道那声音定是丈夫以耒锸凿石而发。当下脚下加紧，再绕过一个山坡，却是陡然一惊。只见山壁之前，竟然是一头黑熊在奋力凿石，一股股雪水在其身上淌下。女娇吓一跳，不由惊呼一声。

那头黑熊闻声，回头看去。

女娇这才发现，那头黑熊竟然就是丈夫文命。

文命见是女娇，也是脸上一愣，旋即微笑，说道："你怎么来了？"

女娇怔怔地看着文命。她看清楚了，丈夫不是熊，而是披裹着羲由缝制的那件熊衣。

"你……"女娇呆呆地说。她恍惚记得，那件熊衣不是在汶山后稷那里吗？什么时候又到了丈夫身上？难道他竟然回转了汶山一次？他回去只取走熊衣，却不和自己见上一面？当年在涂山，他三过家门不入，自己真的很理解他，但是……他竟然回汶山取熊衣却不见自己一面，那岂不是自己在他心中无半分地位？

想到这里，女娇心中阵痛，眼泪不由流下来。

文命见妻子忽然流泪，这泪显然不是因自己未曾饮食而流，看女娇脸色，像是伤心到了极处。文命颇感惊讶，走上去，说道："女娇，你……"

"你不要过来！"女娇突然大声喊道，"你……你心里没我半分位置，你……你心里就只有那个羲由！"她说到后来，竟然是喊叫起来。

文命不由一愣，紧走几步，说道："羲由？女娇，你这想法是从何而来？"

女娇见丈夫走上来，自己便往后退去，说道："羲由给你缝件衣服，你就穿在身上。我呢？我给你缝的衣服呢？怎么不见你穿上？"

文命见妻子情绪激动，停下脚步，说道："女娇，你想错了，我……我心里怎么会没有你？我……这与羲由有什么关系？"

女娇一边流泪，一边退步说道："你不要说了，我什么都知道。你……你心里就只有那个羲由，我知道你们一起长大，一起有那么多日子，我算什么？不过是你偶然遇上的一个普通女人。我……我在你心里什么也不是……"女娇摇着头，续道："你不要过来，你去叫那个羲由来陪你吧，她会对你好的。你不要管我，不要管我了！"她边说边退。

文命突然厉声一喝："你快站住！"

女娇见丈夫脸色严厉，更是伤心，也不知他这么叫是什么意思。她模糊看见丈夫朝自己迅速扑来，不由退得更快，犹自在说："你去找羲由吧，让她过来，她会好好照顾你的。至于启儿，启儿……"她没有说完，突觉脚下一空，倒身便往悬崖下掉去。

文命说完"你快站住"之后，已经纵身奔来。

女娇一脚踏空，"哎呀"一声，整个身子掉下悬崖。文命奋力一扑，整个身子趴到地上，右手抓住了女娇之手。

5

女娇身子悬在半空，双脚本能地不停试探周围，眼睛望着文命，叫道："夫君，你不要拉我了，让我去死，你好好待羲由。"文命始终不明妻子所言是从何而来。他此刻哪里能够解释？只盼能将妻子拉上来，一只右手紧紧拉住女娇之手，喊道："女娇，你也抓紧我，你不能掉下去，我治水还没有结束，我还没有和你一起抚育启儿，女娇，你抓紧我！"

女娇抬头看着丈夫满脸急切和惊慌。自她认识文命第一天开始，就从未见过他有如此脸色，但她能够感觉，抓紧的手在一分一分地脱离文命，她不由喊道："夫君，你心中可有我？"

文命双眼睁圆欲爆，他手上雪水甚多，感觉怎么也抓不牢妻子之手，似乎越是抓紧，妻子的手就越是在脱离。他情急之下，不明妻子为何如此，更压根想不到她反复提到羲由是什么缘故。他无法回答，只是说："女娇，你抓紧我！抓紧我！"

女娇见丈夫在最后时刻也不回答自己的问题，心中绝望，她本应叉开手指，反手去抢丈夫腕部，此刻反而将手指并拢。文命手中嘴里狂呼："女娇！女娇！"却终是手中渐渐滑脱。女娇在手离文命掌握时大喊一声："照顾好启儿！"然后，文命眼睁睁看着妻子坠落下去。他眼中所见，仍是一片皑皑白雪，女娇身上的蓝色衣服仿佛一朵急速收拢的蓝色之花，被那片白色迅速吞没。

"女娇——"文命卧在地上，右手仍然伸向下面，狂声大喊。

女娇却是再也不能回答他了。

"这是为什么？为什么？为什么？"文命嘴里喃喃，收回右手，握成拳头狠狠砸着地面。

他一直卧在地上，感觉无法起身，甚至想也没过要起身，一股心碎之感从胸腔迸裂。

他不知卧了多久，只听见身后脚步声慌乱。却是山下之人听见文命狂呼而急急奔上。伯益抢在最前，见文命趴在悬崖边上，不禁大吃一惊，立刻奔上，说道："出了何事？"没鹿也跟着上来，说道："司空大人，你……女娇呢？"他四处打量，没有看见女娇，一股不祥之兆立刻涌上，似乎明白这里发生了什么。

伯益见文命仍在狠狠砸拳，指骨节已然冒血。他听得没鹿之言，顿时明白了什么。他们都不敢相信。伯益蹲在文命身边，连声说道："怎么了？出何事了？"

文命终于抬起头。他也不知自己眼眶何时涌出了泪水。见这么多人围在自己身边，缓缓起身，抬腕将眼泪一擦，看着伯益，很痛苦地摇着头。

没鹿走到崖边，俯身看着下面，惊讶说道："难道女娇失足滑落悬崖了？"

伯益也是一惊，眼望文命。见他极力忍住阵痛，已知不妙。他看着文命，又转眼看着没鹿，然后缓步到没鹿面前，低声说道："女娇来了吗？"

没鹿先看文命，再看伯益，低声说道："女娇来了，她一个人上来找司空大人。"

文命慢慢走到崖边，缓缓说道："女娇掉下去了。"

伯益等人闻言，齐是大惊。伯益走到崖边，看看下面，也只见眼前一片雪白，似乎隐隐看见底部有点蓝色。他立刻转头，对跟上的众人喝道："立刻下去，看女娇是否还能活命！"

众人也被文命的悲伤神色震住了。他们自然知道，若是女娇从崖顶掉落，哪还有活命之望？但他们和伯益心思一样，谁也不敢相信女娇竟然会这么死去，听得伯益下令，立刻纷纷原路返下山下，寻路前往崖底，看女娇是否真的还有活命之望。

6

自文命率人治水以来，这是第一次，在蛇形而走的千余人中，竟然无人发出任何一句说话之声。从岷山回转河边茅庐之时，所有人都只低头走路，乘马的也只有单调的马蹄声在路面发出缓慢而低沉的蹄声。文命原本下令，命人都继续在岷山导流。这是唯一的一次，无人去服从他的命令，众人都欲随文命回转，给女娇下葬。

女娇的尸首被四人抬在一临时扎好的树枝架上。文命坐在马上始终无言，缓缓按辔而行。伯益和没鹿紧跟其后，两人也不说话，他们自然知道，此刻说什么话也是无益，女娇已经坠崖而死，对文命打击委实太大。在文命那里，父亲死在自己怀中，母亲死在自己怀中，现在妻子也在眼前死去，一个个亲人远离，只觉怆痛难忍。伯益时不时看看没鹿，后者也时不时看看他，两人只从彼此的眼中看到一样的感伤。没鹿与女娇相识时间不长，已觉悲伤，伯益则是到涂山便见女娇，看着女娇和文命之间的所有。在伯益心里，此刻能蓦然体会女娇为文命付出的一切，他不知女娇究竟是因何坠崖，不管什么原因，现在面对的事实是女娇已经亡故，而且死得如此凄惨。伯益好几次张口想对文命说些什么，终于又把要说的话咽了下去，因实在不知说什么。

众人回到茅庐前，早有人将此事告知了留守之人。那些人这段时间和女娇朝夕相处，对女娇情感颇深，待文命等人走近时，河边已是哭声一片。文命听到哭声，心下恻然，仍是不说话，下得马来，看着那四人抬着女娇过来。他们在文命身边站住。文命走到树枝架旁，凝目注视女娇。只见女娇脸容苍白，坠崖的血迹已经抹掉，整张脸似乎只是在沉睡，却从未见她睡得如此深沉过、安详过、静穆过，似乎在沉睡中她已放下人世的所有，只顾在自己睡梦中沉浸。文命伸出手来，在女娇脸上抚摸，沉默地凝视她，嘴唇微微抖动，似乎在轻唤妻子的名字，但即使站在他身边最近的人，也听不到他究竟说出了什么。

文命抚摸女娇脸颊的手也在颤抖，他忽然俯下身，在女娇额头按下一吻，然后站直身来，再凝视一眼，蓦然手一挥，说道："抬去安葬！"

说罢，文命转过身，大步向自己茅庐走去，更不回头。

伯益等人在旁边，只觉空气凝结，每个人心头沉重。忽听文命说出这句话，伯益似乎觉得哪里不妥，在文命身后说得一句："你……"便再说不下去。他们看着和文命走入茅庐，那茅庐之门关上了。伯益周围看一眼，终于说道："给女娇下葬吧。"人群中隐隐哭声传来，很快便就变成一片哭声。这哭声既有为女娇悲伤之哭，也有为文命命运之哭，更有为这无边大水不知何日能治好而哭。治水中女娇不是第一个死去的，不少人想起他人之死、自己父辈兄弟之死，都集中在这个时候得到了发泄一般，竟然哭声弥漫成无边无际的哀恸。

文命走进茅庐，反手关上门。他心中悲痛，却不欲在众人前流露，此刻进得门来，不禁捂住嘴巴，眼泪无法再忍，号啕一声哭将起来。此刻外面哭声甚大，也无人听见他的哭声。

文命一边哭，一边喃喃道："为什么？为什么？为什么？"他实在不明白女娇当时究竟是出于什么原因，怎么会看见自己时突然如此反常，竟至连性命也在措手不及间失去。令他奇怪的是，女娇那时脸色大变，竟然反复不停地说到羲由。女娇怎么知道羲由？文命已经很久未想过羲由了。羲由此刻已经淡化成一个稀薄的影子。文命倒是记得，他因冰雪天数月未回汶山，曾命人过去报知情由。那人回来复命时告知，他抵汶山之日，女娇正带人前往九岭猎兽，未能见到，倒是后稷嘱咐他将羲由曾经缝制的熊衣带来。这许多天来，因一直在茅庐之内，未曾穿过，当他率人前往岷山之际，伯益执意要他带上熊衣御寒。他也没有多想，便将熊衣带上。怎么女娇知道这件熊衣是羲由缝制？在文命这里，不管熊衣是谁缝制，他仅仅只是用来御寒而已。没想到女娇看见后会如此反应。

文命虽然成亲生子，终究与妻子相聚甚少，对女人心思仍极为模糊不清。他哪里知道一件衣服也会在女人内心激起波澜，他更不知因为这件衣服，女娇在汶山时便已情绪大乱。此刻独自在房内，心中伤痛不已。

终于，伯益推门而入，他还是回转后第一次跟文命说话："女娇葬地已经挖好，你要不要出去见女娇最后一眼？"

7

文命随伯益出来。外面众人已经在没鹿命令下列好队伍，中间留条过道让文命过去。

众人见文命脸色凄怆，这是他们从未在文命脸上见过的神色，都心下恻然，俱不作声。文命微微低头，从过道慢步前行。伯益紧随其后，待他们走过之后，后面之人自然跟上。

女娇葬地就在河边，已经挖出一个巨大土坑。女娇躺在坑旁，河风吹来，她的长发仍在随风飘动，给人的感觉是女娇随时还能起来。文命慢慢走过去，在女娇身边跪下。后面的跟随者也随之跪下。文命久久凝视女娇，只觉自己欠她实在太多，却是再也无可补偿了。文命眼中再一次涌泪，极力忍住不流。

这时，好几个部落的巫师同时走出，手持法器，围着坑旁行走，一些在坑旁插上各色旗帜，跪在文命身后的部落人众每磕一次头，便仰天长呼一声。紧接着便是绕坑而行。文命始终跪着，不觉间想起母亲下葬时的一幕，和此刻几乎一模一样。葬母对文命来说是自然而然之事，毕竟脩己年岁已高，必然在文命之前去世，女娇却不一样，她比自己年少，文命从未想过自己会给女娇行下葬之事，无论怎么忍，泪水还是滚落下来。

待几人过来将女娇抬入土坑之时，文命只觉女娇脸色更为苍白，似乎在寒风中受到无尽凉意。他忽然低声喊道："等等！"抬女娇的几人不禁停住，转头看着文命。文命缓缓将身上熊衣脱下，盖在女娇身上，然后挥手道，"入葬。"

伯益等人在旁，很想要文命不必将熊衣一起葬入，却是不敢出声。

文命眼看着一铲一铲泥土渐渐盖住女娇，无法再忍，陡然一声狂吼，站起身来，拔足飞奔，往自己茅庐奔去。进门之后，一头倒在床上痛哭起来。他不知哭了多久，眼泪渐渐收了，见伯益不知何时已经站在自己面前。

伯益一声长叹，低声说道："到饮食时间了，出去吃点东西。"

文命看着他，似乎没听见他在说什么，然后缓缓摇头，说道："我不饿，你们去吧。"

伯益凝视文命，也不知再说什么，慢慢出去，然后，有一部落之人托着一盘饮食进来，放在文命身边。他也不敢说话，放下后便慢步退出，文命一直呆呆坐于床上，对周围的一切似乎再无任何觉察。

第二天一早，伯益等人不知该做何事，却见文命推门出来。

伯益立刻上前，说道："你……就出来了？"却从文命脸上看不出什么表情。

文命看看他，又看看周围。眉头忽然一皱，说道："怎么没有命人整队？"

伯益不由一愣。

文命脸上怒色闪现，说道："立刻整队！"

伯益不敢怠慢，立刻拱手说道："是！"

没鹿等人也过来，他们先看文命，见他神色如常，似乎压根没有被女娇去世之事影响什么，此刻脸上布满怒色。这是他们从未见过的神色。众人不禁紧张，立刻四散传令。千余人已经受没鹿训练得动作极为迅速。文命手持耒耜，在风中站立，见眼前人影晃动，极快地站成横纵队列。

文命脸上怒气稍减，有人给文命牵来马匹。文命纵身上马，喝道："现在都与我前往岷山导流！"说罢，拨转马头，率先而行。伯益等人暗暗吃惊，担心中又有佩服，却是谁也不敢多言，都跟着文命前往岷山。

这日凿石之时，伯益总是偷眼去看文命，见他动作和往日一样，只是无法再看透文命内心，他也便如往日一样，指挥众人凿石筑堤，让大水东南而下。

过得数月，岷江之流彻底完成。文命再也没有在任何时候提及女娇，似乎治水之事已全部占据内心。也就在完成导流之日，文命等人回转河边，见大水和数月前相比，下降不少，不由喜悦。他与伯益在庐中商议下步之事，忽有人进来通报："司空大人，外面有人求见。"

文命微感诧异，说道："是何人？"

那人答道："来人说他叫冯夷。"

文命一听，不禁先惊后喜，立刻站起，说道："快请他进来。"

片刻间庐门再开，文命见进来之人果是河伯冯夷，脸上涌出喜色，上前迎接说道："河伯来此，可是助我？"他刚一说完，却见冯夷脸上布满忧色，微微一愣。

河伯双手拱道："司空大人，你治水已有头绪，可知南方出了大事？"

文命和伯益俱是一怔，说道："南方出了何事？"

河伯慢慢说道："天子传位虞舜，丹朱不服，已和三苗观兜一起，起兵作乱了。"

第二十一章　途变

1

文命闻言，不禁大吃一惊。当没鹿前来告知尧帝禅位之事，他已经隐隐觉得会有状况出来。只是不愿自己多想，便将这一隐隐念头给掐灭了，没想到，冯夷居然前来告知此事，便是让自己不能不面对了。三苗观兜犯乱是尧帝在位时便担心之事。尧帝遣儿子丹朱率部前往南方，自然有以天子之子身份来起震慑之用。文命无论如何也想不到，受命前往征苗的丹朱竟然会与观兜联手犯乱。文命在出门治水之时，与丹朱交往不多，只是到父亲被囚羽山后才与丹朱有些交道。他现在来想，丹朱当日在他面前折箭盟誓，其心很是难测。

伯益也是吃惊，惊讶说道："丹朱和观兜结盟？"

河伯点头道："丹朱一直就想帝位，如今接位不成，便想以武力争夺。"

文命转头凝视伯益，说道："我想起我去羽山之前，丹朱与我折箭为盟，此刻来想，当日他便有此登位之心了。"当下便将自己在平阳时，丹朱如何找寻自己，如何言说之事说了一遍。伯益听得文命羽山救父，竟然是受丹朱撺掇，不由听得吃惊，说道："如此一说，我本还不信，现在看，他是真的想与舜争位了。"

文命微微点头，又看着河伯缓缓道："你是从何得知此事？"

河伯说道："我是从南方过来的，亲眼看见丹朱准备犯乱。"

伯益对文命说道："这事不知平阳是不是知道？我们可以即刻传书。"

文命点点头，然后又问河伯："你如何知道我在此处？"

河伯哈哈一笑，说道："你是依河图治水，你现在会在哪里，我岂会不知？"脸色甚是得意。

这时，忽听外面有人喊道："平阳青鸟飞至！"

文命立即走至门前，见外面一人臂托青鸟，大步入内。

文命接过鸟嘴所衔之木，打开看过后，抬头对伯益说道："舜天子命我征苗。若事有所绊，可让没鹿率众先行。"

伯益道："如此，我先去唤没鹿。"

文命见伯益出去，眼望河伯，说道："如今南方究竟如何？"

河伯眉头一皱，说道："我离开之时，南方有诸多怪事，太阳竟然夜出，雨下乃血，连续三日，谷物在地里生变，如此异兆，俱为凶兆，司空大人不可耽搁。"

文命来回走得几步，说道："天下水患未除，三苗又乱，我必亲往南方。"

他说到这里，外面伯益带着没鹿入内。

没鹿见到文命，双手一拱，说道："司空大人，我已闻得伯益相告，三苗犯乱，我请命出征。"

文命凝视没鹿，点头道："这也乃天子之意。你可带众千人，先行一步，我随后跟来。"他又转向河伯说道，"你也可随没鹿先行，这里之人，皆未去过南方，详情不知，你刚从彼处过来，颇多熟悉之处，遇突然之事，你们也可互议。"河伯不由地看看没鹿，见对方虽是雄壮，眉宇间却闪现傲气，似乎未把三苗之人放在眼里，当下对文命拱手道："我听司空大人之命。"然后再看没鹿，说道："三苗惯经战事，不可轻忽。"没鹿傲然说道："区区观兜，未在我眼内，司空大人可缓行，候我得胜之音。"

文命也不由眉头微皱，缓缓说道："没鹿勇武，我等俱知，可两阵之间，凶险比治水百倍。河伯说得不错，不可轻忽。"

没鹿微笑道："司空大人之言，我定当记得。"

文命朝没鹿脸上细看一眼，然后说道："你们明日就可率众出行，我和伯益先给各诸侯下令，然后去汶山率众随后即来。"

没鹿拱手道："我先出去了。"

文命挥挥手。没鹿转身出去。

河伯看着没鹿出门后，对文命说道："我素来藏不住话，司空大人，没鹿颇有轻敌之心，不知三苗之暴。"

文命皱眉想了片刻，说道："你随没鹿，时时提醒。"

2

翌日一早，没鹿和河伯已经整队完毕。在队列之前，早有人建起一个土堆，上面摆有三个人形，分别表示黄帝、颛顼、喾三位天子，人形前摆有一些祭品，文命出来后走至土堆前跪下。后面众人一齐跪下。文命朗声说道："三苗为乱，不听教化，多次叛乱，诛杀无辜。如今南方天降怪异，太阳夜出，三日血雨，夏日寒冰，五谷生异，我受今天子之命征伐，愿三位先帝神灵护佑，更望出征者，齐心奋战。"

文命言罢，将祭品中米水端起，洒在地上，然后起身面对众人，说道："没鹿、冯夷何在？"

没鹿和冯夷走出，一齐拱手说道："我等在！"

文命眼望二人，说道："尔等即刻出征，一路切勿妄为！"

没鹿冯夷又同时拱手说道："我等知晓！"

文命不欲多言，也朝二人拱手道："即刻出征！"

他和伯益及余下随从眼看没鹿、冯夷带队出发，心中所涌，难以言状。没鹿所带，不仅有夏后部落、涂山部落，还有就近而来的八个部落之人，共千余人。这些人都跟随文命治水，也跟随文命、女娇和没鹿练阵。文命眼望他们长蛇般远去，回头又看看适才土堆，走上再次躬身，嘴里低声说道："愿三位先帝护佑！"伯益等人也前后躬身。

文命翻身上马，对留下的百余人说道："如今三苗犯乱，我奉天子令需往征讨，水患尚未平息，你们暂且留此，雪水消融之后，凿石筑堤，我会命沿河诸侯一同开始。我和伯益先去汶山，要先往南方，待征伐之后，我自带他们回此。”

留下之人不禁感伤，却都是事发仓促，也无人有所多言。

文命心内颇急，他知三苗犯乱，待冯夷前来告知，已是多日之后，现不知南方究竟如何了。舜在平阳，能传书到此，也是经没鹿传书后才知，平阳离此太远，青鸟都未赶上冯夷船只。此刻，他带同伯益和一些随从往汶山前行时，时时想起当年丹朱对自己的种种挑唆，心中不禁惊惧，觉丹朱着实深沉。那么妫象呢？文命忽然想起，他从平阳回尖山之时，正巧遇上妫象带人前往平阳，说是充当丹朱的征苗先锋，那他和丹朱一起犯乱乃必然。妫象多次欲害虞舜，天下皆知，自不会因为虞舜登上天子位会觉显贵。虞舜也绝不会将妫象委以重任，那么妫象投丹朱处也是能料想之事。

文命想到的是，丹朱与妫象并就势力不弱，如今加上三苗，真不知会是何种险状。他心思一动，当即命伯益拿来十只青鸟，以司空之名发令东夷部落息慎、涂山部落大燧、汪芒部落防风、现已在衡山的重黎等处，命他们各率部落之众前往南方，一同征苗。

看着十只青鸟飞远，文命稍感放心，却还是不知那些部落是否皆能遵令前来。在他计算中，大燧自然会来，息慎、防风与重黎也自会来，其他部落却无甚把握。自然，虞舜是否也发令天下征苗尚且不知，如今虞舜命他前往，以他司空之位，自然是征苗首领之选。

众人走得三日才至汶山。后稷得报后前来相迎，他听得三苗作乱，尤其是丹朱竟然武力对抗父王之令，极为吃惊。立即命人收拾各种器具马匹，将汶山五百余人尽皆带出，浩浩荡荡往南方而去。

文命走在最前，却忽然勒马让到一旁，回头凝望汶山。这是他的故土之乡，如今一去，真是不知何时才能回来了。且不说此番南去征苗，即便不是征苗，治水也得步步东去，故土难回，唯一能做的，便是把天下当作故土。伯益和后稷知文命心思，都在他的身边站定，一起回望莽莽汶山，此处大水都逐渐汇入堤内，四野出现沃地，后稷已将播耕之法授予当地之，如今离开，也是感伤不已。文命等人看得片刻，终于不再犹豫，纵马奔到戎伍之前。

文命心中暗暗计算，不知没鹿率人，每日能走多远。他知没鹿乃立功心切之人，必然急行，他也不由下令众人加快脚步。对文命来说，倒是希望自己到达南方之后，没鹿与三苗尚未交手。若能德武相济，让三苗平复，丹朱也自会服从平阳。丹朱虽在作乱，毕竟是尧帝的儿子。文命暗想，无论如何，绝不能在对阵中取丹朱性命。

3

文命率众逶迤东南而下。对文命来说，虽从无带军打仗经验，但毕竟身为酋首，往日与其他部落因围兽等事而起争纷之时，也不是没有率众和人动过干戈。毕竟天下部落众多，无不是以活下来为首。即便如此，往日涿鹿之战、阪泉之战，甚至尧帝年轻时与三苗的丹水之战，听人说起时，无不在血液中涌起神往。此次出征，虽跃跃欲试，也不无谨慎。他此时想得最多便是石子棋所含阵理，也不知至汶山以来的练阵是否果能奏出奇效。一路上，文命与伯益后稷详加商议。

伯益与后稷虽在平阳为官，终究未有战事体验。只是在伯益眼里，三苗与丹朱联盟，实乃拒认尧传舜位，对舜不服。观兜之父曾被尧帝击败于丹水，三苗才勉强服从尧帝之令，却不能说三苗就再无虎视中原之心。观兜杀父夺位，也便是其父兵败，族人离心，观兜素来凶残，索性夺位自立，趁中原大水，强加练兵，以期与尧再决雌雄。

伯益眼光深远，觉得文命此次出征，目标倒不是击败观兜，更重要的是更易其俗，使中原势力覆盖南方。当年黄帝与炎帝、蚩尤争锋，便是依靠涿鹿与阪泉之战荡平中原，众部落臣服，才有中原不乱之今日，如今征战三苗，不可再效尧帝丹水之战，击败即可，否则中原无法进入南方。更重要的是，此战若不胜，号令难通，中原大水也自难平。

文命听伯益分析周详，心下佩服。这一路南行，倒是逐渐水少，所到之所，都是山川起伏。走得半月，终至荆州境内。黄帝统一中原之时，将天下划分为九州，至尧帝之时，又划分为十二州。荆州始终为其中一州。在观兜之父统三苗之时，因不服号令，引起丹水之战，兵败之后，不得不遵尧帝之令。如今观兜在位，荆州又日渐脱离平阳。文命率众入境，倍加谨慎，却能感空气紧张，天边总是乌云聚集。文命听河伯说三苗血雨连下三日，此刻入境后着人问询后得知，不仅冯夷所言不假，三苗祖庙中还出现青龙，狗也在市中号哭等诸般异事。

众人再走得三日，进入崇山深处。天空乌云逐渐变黑，却始终无雨。文命等人从未见过如此天象，都不由诧异，文命不敢在山中驻扎，下令加速出山。终于走至山口之时，只见天空黑云如盖，低沉而下，似乎抬手可及。文命说道："此云如此古怪，不知是何天意。"

伯益抬头远望，说道："我们先且不管，出山再看。"

文命点头称是，大军逐渐走出山地。

刚离山地，便听得前面鼓声隐隐，似有无数人冲将过来。

文命立刻背山布好阵势，命十骑前行，探听何事。

过得半个时辰，前面马蹄急促，伯益命人张弓以待，看是何人前来。听蹄声虽乱，却是不多，料想是所遣十骑返回。

果见前面数面青旗招摇，文命稍感诧异。青旗乃没鹿之旗，难道是没鹿和河伯过来了？

自没鹿带队先出之后，文命一直未得到没鹿任何信息，也不知他们究竟到了何处，更不知是否和三苗交手。此刻见是没鹿之旗，不由提缰催马，前往迎去。

来人果然是自己遣出的十骑。只是跟在他们身后的人尚有百余多骑。文命早见那些青旗乱摆，似是败亡之象，不知究竟出了何事。没鹿素来勇武，不致与三苗接触便败。当下厉声催马，伯益也率其余人众跟上。

到得近前，只见自己遣出的十骑在前，后面之人皆倒拖长矛，狼狈不堪，脸上惊慌之色尽显。

文命勒住马，喝道："前面出了何事？"

那些人见文命到来，俱各跪地，哭喊道："司空大人，没鹿已亡。"

文命不由猛吃一惊。没鹿轻敌之意不小，但毕竟勇武非常，若因轻敌而败一阵，还不是很出意外，没想到他竟然连性命也丢了。文命眉头紧皱，说道：

"没鹿已亡?"

只见那百余人浑身是灰尘血迹，在文命前让开一条大道，后面有数人抬过一树枝架。

文命见架上躺着没鹿，当即下马，走上前去。

只见没鹿身上血迹倒是不多，在其咽喉处，插有一支长箭。

文命双眼睁圆，将没鹿半身抱起。他也不需喊他名字，没鹿身子在文命手臂软垂，自是被一箭穿喉而死。

文命再看那支长箭，心里微微一惊，伸手抓住箭尾，从没鹿喉部将其拔出，横托双手细看。弓箭为天下各部落最强之器，青壮之人无不装配，各部落箭支虽有长有短，却极少有箭如此之长。而且，箭支越长，射手膂力越强。如此长的箭，非超强射手不敢使用。文命倒是不觉射箭之人如何非凡，只是觉此箭似是曾经见过。他凝视箭杆，在手中微微翻动，然后停下，只见在离箭尖一寸之处，刻有一个"婴"字。

文命的确熟悉此箭，乃九婴所配之箭。

4

文命不觉呆住。他记得十分清楚，当日在羽山，后羿箭射九婴，后者在其眼前坠下悬崖。在他心里，觉九婴已为己身亡，这数年想起时总不无感伤。此刻见没鹿死在九婴箭下，难道九婴坠崖后竟然生还? 文命无法想象九婴当日之险，更无法想象九婴竟然会在三苗之地。看这一箭穿喉，在喉部只留个箭尾，整支箭差不多要穿过后颈，其膂力之强，已胜过往日。

文命越看越惊，抬头问道："河伯何在?"

一人说道："河伯在阵后，没鹿中箭之后，他命我们先退，应该也快到了。"

文命抬眼望着远处，只见远处天空黑云翻滚，似是无穷吼声从天空隐隐而来。文命转头对伯益说道："我们先且进山，不要插旗出声，先见到对手再说。"

伯益接令，即刻命人重回山中。

文命与伯益后稷在山中低洼处面对没鹿尸首。

伯益见文命始终持箭沉思，便问道："大人可是认识此箭？"

文命叹息一声。他之前对伯益等人说丹朱和己之事时，略去了九婴一节。一来觉得九婴已亡，不欲提及，二则在自己心里，与九婴几番同生共死，早引为知己，更不想在伯益等人面前流露感伤，此刻见伯益动问，便将他和九婴之事细说一遍。

伯益闻言，叹息说道："九婴乃妫象属下，他当日接近你，自然也是受妫象与丹朱之命，未见便有好心。以其身手，未必坠崖便亡。此刻我们所见，没鹿亡于他手，只能说九婴已身在三苗。那妫象与丹朱也在，他为妫象属下，自然也在。"

伯益说完，手捻长须，缓缓补充一句："我们此番征苗，九婴乃是劲敌。"

文命极感痛苦，缓缓摇头，说道："我不愿意相信九婴乃我之敌。"

伯益说道："你不愿意，可不能不面对，现在没鹿死在他箭下，我们征苗，若不斩其羽翼，如何能成？"

文命再次凝视没鹿，见后者咽喉箭孔宽达两指，当是一箭毙命。他知九婴生平所愿，便是射术超越后羿。后羿箭法如神，他们俱是亲见。九婴若果真未亡，这几年必是勤练箭法，看这穿喉一箭，已较往日大有精进。文命虽未见没鹿武艺如何，重黎本事却是亲见，他能成重黎副手，自是非凡，尤其伯益还曾言过，没鹿对重黎并非心服。身无非凡之艺，岂能如此。他与九婴对垒，全神贯注自不待言，居然仍被九婴一箭取命，只能说九婴箭法已罕绝天下。文命虽不欲与九婴为敌，却也知伯益说得不错，不论射箭之人是否是九婴，那人也必是此番征苗劲敌。

文命心里，实不愿箭射没鹿之人真是九婴。

这时有人过来通告，河伯已率残部过来。文命即刻命他将河伯所率之人引入山中伏下，另令河伯到此处。

不多时，河伯过来。文命等人一看，河伯也是身有血迹，也不知是否他自己身上之伤。

文命一见，即刻上前说道："你伤势可重？"

河伯抹抹身上血迹，说道："是他人所溅之血。我未有伤处。"

文命略略放心，又问道："你们是如何与敌交战的？"

河伯重重一叹，说道："我们到此不久，先见了观兜，我本想与观兜好言相谈，没鹿一定要寻人交战，今日果然交手，对方阵中，有箭手十分厉害，箭箭穿喉。没鹿想要迎战，仍是被对方一箭取命，那人纵马冲阵，恰好黑云突来，风沙极大，我才拼死抢回没鹿尸首，得以退出战阵。"

"对方没有追来？"

河伯道："黑云压地，谁也看不清谁，对方未追。"

文命轻轻点头，然后又问道："射死没鹿的箭手你可看见？不知是何模样？"

河伯摇头说道："那个箭手虽然看见，却无人可以识他。"

文命颇为奇怪，问道："此话怎讲？"

河伯叹口气，说道："三苗上阵之人，尽皆戴有银白面具，所以无人能识。"

文命眉头一皱，忽然又问道："那箭手战衣何色？"

河伯微愣，然后说道："那人战衣为红。"

文命脸上掠过一阵痛苦之色，红衣乃尖山部落服饰。文命记得的九婴就是始终穿红色背心，发箍上所插的是红色羽毛。

伯益忽道："那箭手是不是九婴不重要，现在我们该当如何？"

文命抬眼看着远处，缓缓说道："此刻黑云浓密，白日如夜，我们即刻出山，至一箭外平地扎营，明日我要会会那个穿红衣的箭手。"然后嘱咐伯益、后稷和冯夷，要三人分别如此如此扎营。三人尽皆受命。

5

趁着天黑，文命所部扎营完毕。对三苗来说，昨日大胜，对方主将都被一箭毙命，本待挥军掩杀，却不料黑云骤来，无法交战，料想败军只有仓皇撤走一途，也未加留意。不料仅过一夜，却是一列武士前来挑战。观兜勃然大怒，与丹朱、妠象等七八个头领同时上马，前来阵上观看。

他们到阵前一看，却不禁哑然大笑，只见对方零零散散大约只有百余兵，当先一人须发皆长，半黑半白，背弓悬箭，手持一把末锸。

妠象仔细一看，说道："我道是谁？原来是文命到了。"

丹朱还不相信，眯眼细看，果然认出前面骑马之人真还是文命。他们多年未见，丹朱和妨象养尊处优，容颜未变，文命却是风餐露宿，早已不复当年在尖山时的少年模样。只是丹朱和妨象等人都戴着三苗所制的银白面具，文命自然认不出对方是些什么人，只看阵前策马之人，从衣饰上辨认。

文命见对方阵前唯一着丝蚕袍之人，认出乃是丹朱，妨象身着红衣，却是颇胖，也算好辨，观兜却是从未见过，见丹朱右边妨象，左边之人满头乱发，被一根豹尾当发箍束紧，虬筋毕露，手中提刀，坐骑竟然是只猛虎，知他必是观兜。对方阵前却未见九婴，文命当下策马走上，喝道："我乃司空文命，你们哪位是观兜？"

观兜驱虎而出，喝道："文命！你竟敢犯我之境，我连你的皮也要剥了！"

文命冷冷道："我奉天子命，特来征讨你！"他眼朝丹朱看去，续道，"丹朱，你父命你征苗，你竟敢先勾结共工，现又勾结观兜，你就不怕你父不会轻饶你吗？"

丹朱尚未回答，只见从观兜身后策马出来一个红衣之人。那人同样戴着银白面具，张弓搭箭，瞄准文命。文命看其身形，心中一震，尤其见他九条发辫，发箍上插两根红色羽毛，知是九婴无疑。当日他见九婴之时，九婴发箍上尚只插一根羽毛，如今插有两根，自是官职已升。他知九婴往日便箭法出众，此时已堪称神射手，双目紧紧凝视。

那射手瞄准文命，似乎在犹豫。观兜冷冷说道："取他性命！"

红衣射手手指一松，弦上箭如流星，直奔文命射来。文命不想躲闪，担心那箭会射中身后之人，当下竖起手中耒锸，那箭"叮"的一声射在耒锸之上，箭往下坠，文命顺手一抄，将箭支接在手中，继续凝视他道："观兜犯乱，你如此身手，当为英雄，怎的是非不分？"

观兜等人见文命竟然挡住这箭，俱是吃惊。在他们眼里，红衣人箭术实乃百发百中，从未失手，此刻竟然被文命挡住，不由互看一眼。丹朱哑声说道："他们人少，掩杀过去！"

观兜手一挥，他部下人众顿时喊声震天，朝文命那百余人冲将过去。

文命见对方冲来，双手一张，那百余人化作两队分开，齐往营地奔去。

观兜部下人数千余，都觉定能将对方尽皆屠戮。不料他们往对方营地冲进之时，竟然马蹄突空，扑通摔下深坑。却是文命昨夜扎营之时，在营前挖掘数个深坑。他们回转时自然避开，观兜部下却是不知，纵马冲来，哪料到会有深坑？顿时无数人栽了进去。那些冲过之人则自负非凡，只顾策马追袭。却不料营地之后，蓦然站起一排射手，箭如飞蝗，适才冲袭之人尽皆中箭。

观兜在后，见阵前突变，不由勒马，左右两边已是喊声大作，伯益、后稷和河伯分别率人策马过来。观兜性格凶残，虽猝然一惊，立时站稳，厉声喝道："分头去迎！"他知非杀对方几个领头不可。他认得冯夷，当即对红衣人说道："你去杀了河伯！"

那红衣人也不答话，拨转马头，朝河伯那边冲将过去，只见他一边策马，一边射箭，果然箭无虚发，他连射十箭，便是十人倒地。那些人手上原本都挽有铁盾，竟然一时无法挡住来箭。红衣人马不停蹄，径直奔向河伯，看看已近，张弓便是一箭，直取河伯咽喉。河伯武艺本来有限，哪里避得开这雷霆一箭？

便在此时，陡听得空中呼啸，那红衣人之箭看看便要射中河伯，又一箭不知从何而来，竟然在半空将红衣人之箭恰恰射中。二箭空中撞击，噼啪一声，同时坠地。

红衣人今日射文命不中，此刻射河伯，却被一支冷箭射中自己箭杆，不由猛吃一惊，抬头去看，却不见射箭之人，眼前长矛忽闪，俱是河伯部下。他伸手再摸箭囊，竟然适才射得繁密，囊中已空，不由暗惊，又不知那射箭之人身在何处，刚一犹豫，身后马蹄急响，回头一看，是文命策马而来。红衣人牙一咬，催马往阵外奔去。

文命厉声喝道："站住！"手中鞭马，紧追不舍。

6

二人看看离开对阵之地，红衣人除了弓箭，手中再无武器，回头见文命紧追，看住一山坡，纵马奔去。文命挂好耒锸，取下背上长弓，搭起刚才接住之箭，并不停马，喝道，"还你这支箭！"松弦射去。文命箭法虽比不上后羿，原本只稍逊九婴，此刻强弓发箭，亦是惊人。那红衣人听得声响，却是暗喜，心想我回身接得此箭，便能取你性命了。不料文命这箭却不是射向自己，方一愣神，坐骑已然中箭。这箭原本就长，文命臂力素强，这几年率众治水，臂力更长，这一箭竟是直直地从马臀射入，直达马腹。那马如何受得了如此之箭，长嘶一声，前蹄扑倒，红衣人顿时被摔将下来。

文命纵马如风，转眼便到，手中耒锸虽非利刃，却强硬非常，碎石如粉，血肉之躯哪堪一击？文命耒锸下挥，却不击打，只逼住红衣人脖颈，沉声喝道："取下面具！"红衣人坐卧于地，被耒锸逼住，动弹不得。他极是强悍，此刻受制，却是哈哈一笑，说道："文命！你果非常人，死在你手上，也不枉了。"

文命又喝一声："取下面具！"

红衣人双目如冰，在面具后闪动，也不说话，抬起右手，拉下面具。

如文命所料，此人果然便是九婴。

文命紧紧凝视，说道："真的是你！我一直视你为英雄，你怎么会到此处相助三苗？"

九婴哈哈狂笑，说道："你就是废话太多！快快动手！"

文命脸上闪过一股痛楚，继续沉声说道："你曾在虎口救我，又随我羽山救父，我只想知道这是为什么。"

"为什么？"九婴哈哈笑道，"我原本就是妫象之人，你知道这点，还问我为什么，真是没见过你这样的傻瓜！"

文命痛苦摇头，说道："我不信，妫象是妫象，你是你。"

九婴脸上狞笑，说道："跟你多说一句话都非我愿！文命，你快快动手！若是你落在我的手上，我一句话也不会说，直接取你性命！"

文命脸上肌肉抽动，心中痛苦已极，说道："你我难道非得如此？"

九婴冷冷说道："你不要说什么妫象是妫象，你是你。你该说的是你是你，我是我！我那日虎口救你，你还当真了？你知道我在尖山守候多少个时日才见你打虎？嘿嘿，不过是丹朱有令，要我取你信任。够了吧？你还不动手？我若今日不死，我每箭都会取你部下一人性命，你也躲不了！"

文命闻言，知九婴说得不错，没鹿的惨死之状又在眼前浮现，但与九婴的种种也同时在眼前出现。文命浑身发抖，手中耒锸无论如何也劈不下去。

便在此时，远处又转来一阵马蹄之声。文命不由抬头去望。九婴得此良机，蓦然抬手，推开颈脖耒锸，人未站起，已抬足向文命踢去。文命猛然惊觉，耒锸横过，击在九婴左腿之上，九婴只觉腿骨咔嚓一响，知是断裂，不由再次倒在地上，刚欲起身，那柄耒锸又冷冰冰地抵在自己脖下。

这时，远处马已奔近。文命不知来人是谁，他见九婴已伤，又再侧头去看。

他刚一侧头，便觉劲风扑面。却是那骑马人对文命张弓射箭。文命让开一箭，见对方竟是连环射出，第一箭之后，连着跟来六箭。文命立刻竖起耒锸，那六箭均射在耒锸之上。文命颇觉惊讶，他记得当年和九婴前往羽山路上，九婴曾对树连射十箭。现在那人箭术竟和九婴一模一样，显然是曾跟九婴习箭，只是那人功力未到，未能射出十箭，与九婴相比，仍是相去甚远。而且，从耒锸拦箭力度来看，那人臂力较弱，终究不能和真正射手相比。

转眼间，那人策马已到眼前，文命陡然惊讶，下马之人竟是一女子，长发扎成无数条辫子，弓箭在握。她看一眼文命，焦急地奔向九婴。

文命一见那人，浑身大震，脱口喊出一声："羲由！"

7

来人确是文命数年未见的羲由。

羲由听对方叫出自己名字，不由细看。文命虽沧桑经历甚多，面容有变，胡须也杂有白色，垂下寸许，她还是猝然间认出来面前所站何人，手中弓箭再也无法抓稳，掉在地上，嘴里喃喃一声："文命哥哥！"眼泪跟着便流了下来。

坐在地上的九婴脖下虽被耒锸所抵，却蓦然一声狂笑。

羲由眼泪未擦，立刻在九婴身边蹲下，说道："夫君……"

羲由这二字一说，文命更是震惊得无以言说，他一直以为羲由尚在尖山，不料却在此地出现，更难以置信的是，羲由竟然已是九婴之妻。文命早已对诸事不动声色，今日脸上的震惊却是第二次出现。

羲由蹲在九婴身边，见他腿部受伤不轻，伸手轻抚，然后抬头看着文命，伸手在耒锸之下，哽咽说道："文命哥哥，你不要杀我夫君。我……我求你放过他。"

文命手中耒锸终于慢慢离开九婴。他看看九婴，又看看羲由。若非亲见，无论何人告知，文命也绝不相信有此事发生。现在"夫君"二字，是他亲耳听到从羲由口中发出，再怎么不信也得信了。

九婴狂笑未歇，羲由求情声方止。九婴已是脸露狰狞，反手将羲由一把推开，厉声喝道："你跟他求什么情？他打死我了，不正遂了你的心愿？"

羲由一呆，说道："你、你是我夫君，除了想你活得好之外，我还有什么心愿？"

"哈哈！"九婴又是一声狂笑，说道，"你不是每日都念着你的这位文命哥哥吗？他打死我了，你跟他去便是！我岂是会向他哀求饶命之人？"说到这里，九婴抬头，对文命傲然说道，"我已跟你说了，你今日不杀我，明日我便会杀你！你快快动手！"

文命知九婴所言不假，手中耒锸不由一紧。

羲由见状，扑倒九婴身边，张开双臂抱住九婴，抬头对文命哭道："文命哥哥，你不要杀他！不要杀他！我求你不要杀他！"

文命再看羲由。她脸上充满一片绝望之色。文命心头大震，这一神色委实太像女娇坠崖前望向自己的神色了。文命只觉心中一片混乱，无法知道羲由是如何与九婴在一起的。他对二人的说话似乎都没听见，缓缓摇头，心中剧痛，自己竟不知是为何而痛。不觉间耒锸离开九婴，自己也慢慢退了几步。

羲由见文命脸色痛苦，手中耒锸离开丈夫脖下，知他已有放人之念，赶紧在九婴身后抱起他来，说道："你上马，文命哥哥让我们走了。"

九婴腿伤甚痛，始终不哼一声，羲由搀着他走至马前。

文命呆呆地看着羲由抱着九婴，再看着羲由将九婴托到马背之上。耳中忽听九婴说道："弓箭给我。"九婴声音虽不大，文命还是听见，心中猛然一惊，立时喝道："羲由！不能给他！"

羲由正待将手中弓箭交给丈夫，听文命一喝，转头看着文命，手中弓箭竟然再也递不上去。九婴在马上一阵狂笑，说道："你我夫妻多年，你终于还是无日不忘文命，你今日就随他去吧！"反手一掌，将羲由打在地上，纵马狂奔。

文命见羲由倒地，立刻抢步上去，将羲由扶起。他手一触羲由手臂，不禁陡然一惊，心想她乃九婴之妻，自己如何能去扶她？羲由却已在文命未及收回的搀扶中站起，转头望向文命，泪水又一次从脸颊流下来。

文命见羲由如此伤痛，心中不忍，缓缓说道：“羲由，你怎么到了此处?”

羲由捂住嘴，似乎是想捂住哭声，然后伸手抹泪，凄然说道：“文命哥哥，你什么都别问了，转眼就是几年，我……我也不知如何告诉你。”

文命看着她。他心里的那个羲由和此刻面前的羲由恍若两人，却又明明是同一个。文命叹息一声，说道：“好，那我不问你了。”

羲由拭干眼泪，文命还是忍不住又问：“九婴对你好不好?”

羲由看着九婴离开的方向，缓缓点头，说道：“他对我很好，教我射箭。”

文命说道：“我看出来了，你刚才的箭法，就是九婴教的。”

羲由脸上恻然一笑，然后说：“其实他很佩服你的，说你治水是为天下人。只是他从小无父无母，是妫象从狼嘴里将他救出养大。我夫君，他也很可怜……”

文命点点头，说道：“我知道。”

羲由又转头看着文命，凝视片刻后才轻声说道：“其实、其实老天爷对我真的很好，我终于还是看见你了。文命哥哥，你还是和以前一样，什么事都依我，还是那样对我好，我也不能报答你。我夫君，他……你让他走了，我、我也要走了。”

“羲由……”文命只喊得一声，却不知接下去该说什么，只觉心中千言万语，终是一句话也无法说完。

羲由转身看着远处，终于将泪水擦干，再转身看着文命，说道：“文命哥哥，我走了，我夫君伤势很重，我得去照顾他。你、你会在这里待很久吗?”

文命摇摇头，说道：“我也不知会在这里待多久。观兜犯乱，我必须平息。”

羲由轻声“嗯”了一声，似是不知如何回答观兜之事，又一次说道：“我走了。”文命不答，也只是看着她。羲由缓缓转身，朝九婴纵马的方向走去。文命挪不动脚步，只是看她背影。羲由忽然转过身来，文命即刻上前两步，羲由却是没有走过来，而是说道：“文命哥哥，那个观兜，他……”羲由犹豫了片刻，还是说下去道，“他很怕烟。”说完这句，羲由再次转身。这一次她没再停留，而是一边用手臂擦泪，一边足下狂奔起来。

第二十二章　伏诛

1

文命看着羲由在视线中消失，心里感伤不已。他实不知羲由如何会与九婴成为夫妻的，但他们既然已是夫妻，自己知不知原委实在是无关紧要之事了，说到底，也是和他无关之事。

文命感觉内心空荡，提着耒锸，走到自己马旁，翻身上去，提起缰绳，往自己营地方向走去。

尚未走多远，便见前面烟尘弥漫，一队人马赶来。文命抬头一望，见是伯益之旗，便催马过去。

来人果然是伯益带同百余骑过来。他们昨夜在文命安排之下，第一步是营前掘坑，营后也安排弓箭手做第二步拦截，第三步则是伯益、后稷、河伯各率人马埋伏，出其不意，三路齐出。他们虽然人数少于观兜部众，却按平日所习阵法，在变幻上虚虚实实。那时虽谈不上便是兵法，但石子棋之道，不是棋多便胜，而是如何运用，少可围多。观兜部下从未见过如此阵势，只见对方人马来来去去，似乎无穷无尽，俱各心惊胆战。尤其见九婴离阵而走，更无战心。观兜见呵斥不住，也自心慌，和丹朱、妩象退回城中。

伯益迎得文命，极为兴奋，将己方大胜之事详细告知。他说到后来，见文命似听非听，显得心不在焉，颇觉奇怪，随即想起，只怕文命追上之人乃果是九婴。他知文命一直将九婴视为知己，也不再多言，随他按辔前行。

众人到得大营。后稷与河伯已迎将出来。文命见他们脸上均是笑意。与观兜首战便胜，自然兴奋，不料，后稷微微笑道："你猜有何部落已然至此？"文命听得有援军到来，精神一振，急问："何人已至？"他跳下马来，往内便走。

一阵哈哈笑声从内传出。文命抬头一看，竟然是大燧。

文命顿感欣喜，抢步上去。大燧在文命面前站定，哈哈大笑，拱手道："我接你青鸟传书，立即昼夜前来，给你带来部落一千壮士。你没想到吧？你离开几年，我在涂、荆两山招人，就等着你治水功成后回转。"文命闻大燧之言，拱手说道："如此甚好！没想到你来得如此之快！"大燧还未回答，里面又有人说道："还有我也到此！"文命再看，却是重黎出来。文命不由惊喜，上前说道："没想到这么快又见到重黎。"重黎脸上并无兴奋之色，而是凝视文命说道："没鹿已亡，我明日便要为他报仇！"文命神色端凝，微微点头。

大燧又走进说道："还有一支部落到此，你可能不会想到。"

文命"哦"了一声，说道："还有谁已至？"

"还有我们部落！"随着话音，只见一玄衣斗篷之人大步过来。文命双眼一亮，说道："后羿也来了？"

那玄衣之人正是后羿。只见他斜挂朱红长弓，威风凛凛地站在面前，拱手说道："后羿拜见司空大人。"文命惊喜说道："后羿乃世之英雄，能得后羿，观兜败矣。"后羿仍是拱手说道："后羿不过一武夫，大人胸怀万民，才是英雄。"见到后羿，文命忽想起一事，不由朝河伯看去。却见河伯哈哈一笑，说道："今日阵上，若不是后羿一箭击中红衣人之箭，十个河伯也死在对方箭下了。"他看向后羿，说道，"你救我一命，你抢尚宓尸首之事，我便不和你计较了。"后羿声音不高不低："你计较便是，难道我怕你不成？"

河伯脸色一沉，说道："好好好，那我们先比个高下。"他嘴上如此说，却跟着便是哈哈一笑，对文命说道，"后羿救我一命，我还报什么尚宓之仇？都是很久以前的事了。"

文命对后羿说道："你怎么会来此地的？"

后羿拱手道："舜天子传书天下征苗，我接到传书，即刻率人前来。我料不过三日，还有更多部落前来，观兜忤逆天下，死期不远了。"

文命即刻命所有人入营，共议战事。

2

九婴回到观兜城中之时，观兜、丹朱等人也正在观兜之殿聚集。

听说九婴回来，丹朱即刻命他进来。不料九婴竟是被人搀扶，一瘸一拐地进来。丹朱脸上本红，也看不出什么表情。妠象倒是吓一跳，立刻过来说道："你怎么受伤了？"

九婴坐下，咬牙说道："是文命打伤的。此仇我一定要报！"

丹朱本来也欲站起，却是站到一半又坐下，对九婴说道："你既已受伤，就先下去养伤。文命此来，是奉虞舜之命，我父王居然传位给他，我们就先败文命，再取平阳。"后面几句话却是对观兜所言。

观兜吃了败战，心中极为恼怒，站起喝道："丹朱，你万勿忧虑，我三苗大军乃天下无敌。今日虽让文命占了上风，明日我再整军出击。"

丹朱微微摇手，看看九婴伤腿说道："今日伤了锐气，九婴又受伤，我倒是觉得，不如暂且休歇三日。"

观兜厉声说道："不可！休歇三日？我明日便一战击败文命！"

丹朱眉头一动，伸出手掌，认真看着自己指尖，慢慢说道："着急能成何事？我们且休歇三日，一是让九婴养伤。九婴乃我第一武士，岂可不让他上阵报仇？我今日阵上，见有穷部落过来，后羿必至文命之处，能对抗后羿者，非九婴不可。"

九婴闻言，立刻拱手说道："后羿若来，我一定要与他比试箭法！请丹朱成全。"

丹朱微微一笑，不答九婴之言，续道："第二，我已得平阳信息，仪狄造出了一种叫酒的东西，人饮酒后，颇能御寒，"他端起面前米水，说道，"与米水相比，酒浓烈千倍，平阳武士，无不爱饮。我已得讯，虞舜令夔已送酒与文命，让其部属抵寒，我算路程，夔已最迟明日便到。"

众人听丹朱之言，不禁俱是一愣。妩象忍不住道："如文命不惧春寒，岂非对我更为不利？"丹朱哈哈一笑，说道："可虞舜忽略一事，多饮酒后，却是周身乏力，眼下春寒，我料文命之人必多饮酒，只待三日，我们攻其营地，必一战而下！"

众人闻言，不禁惊讶，你看看我，我看看你，对丹朱所言之"酒"，极是好奇。

观兜不由站起，哈哈大笑，说道："丹朱果然高明！败文命之后，我倒是想尝尝这酒究是何味。"丹朱眯眼看完手指，说道："不过三日之期，击败文命，我们都好好尝尝。我自得知此事之后，日夜所思，也便是酒是何味。哈哈。"

他笑声突然一敛，继续说道："我看文命今日所为，不过从我父王石子棋之道所悟，嘿嘿，这石子棋他又岂能下得过我？朱虎、熊罴！"

他话音一落，朱虎、熊罴二人站起，拱手道："我等在。"

丹朱看着二人说道："你们是我从平阳带来，都乃我臂膀之人，你们二人现在多加巡视，文命若是进攻，你们只用弓箭射回，暂不要出去迎战。"

二人同时应声，转身而出。

观兜看着他们出去，对丹朱说道："丹朱，我看你从平阳带来的这两个人，今日出战，可没怎么出力哪。"妩象、九婴等人都不由朝朱虎、熊罴背影看去。

丹朱嘿嘿冷笑，又伸出手指细看，说道："他们若违我之令，便死在文命之前。"

3

朱虎、熊罴走出殿外，二人都是脸色低沉。

他们拐出殿门，走得甚慢。

朱虎忽然低声说道："熊罴，我们乃天子所遣，随丹朱前来征苗，怎么现在丹朱反和观兜结盟，对抗司空？"

熊罴脸上一惊，急左右看看，见是无人，才答道："我也如此之想。与司空对抗，岂不是和平阳对抗？怎的忽然变成这样？"

朱虎眉头紧皱，说道："司空治水，乃万世之功，你我……"他没有说完，只是凝视熊罴。

熊罴眼睛陡然一瞪，说道："且不说司空治水，令人钦佩，我等妻儿俱在平阳，如今我们随丹朱对抗司空，妻儿性命都将不保。"

朱虎站住说道："不错，我们妻儿都在平阳，天子传位虞舜，本乃人心所归，我看丹朱想夺帝位，乃绝无可能之事。我们若是随丹朱犯乱，不仅妻儿性命难保，只怕我们也将留下万世骂名。熊罴，我们来此，是助丹朱征苗，他不征倒也罢了，若要我随他犯乱，我是不会再听他号令了。"

熊罴缓缓点头，说道："那我们该当如何？"

朱虎抬头看天，说道："今日阵上见到司空，我甚是敬仰，不如我们投司空大人而去。"

熊罴道："可现在观兜看护严密，我们如何出去？"

朱虎沉思片刻道："丹朱不是命我们巡城？不如我们就此出城，往投司空。"

熊罴喜道："如此甚好！我们即刻出城。"

二人计议一定，立刻往马厩寻到自己坐骑，催马往城门而去。

二人刚到门边，却见城门打开，观兜背对城外，骑在虎上，冷冷看着二人。

朱虎、熊罴不由一惊，立刻勒住缰绳。

观兜冷冷说道："你们要去哪里？"

朱虎反应甚快，拱手答道："遵丹朱之令，正要巡视各门。"

观兜嘿嘿冷笑，说道："巡视各门？看你们纵马如此之快，不是要巡城，倒是想出城吧？"

朱虎、熊罴闻言，只觉额上渗汗。

熊罴突然心一横，喝道："不错！我们便是要出城，丹朱助你，你们也拿不到天下！我们乃天子之人，岂可随你犯乱！"

朱虎和他心意一般，二人同时从马鞍后抽过长矛。他们虽知观兜凶狠，毕竟自己也是经百战之人，惧意瞬间便消。

观兜哈哈大笑，说道："天子？你们说的天子是谁？丹朱才是应承尧位之人，你们想出城投文命？我便打开城门，你们怕也出不去！"说罢，观兜将刀背在虎额一拍，那猛虎一声巨啸，扑面便来。朱虎、熊罴见观兜来势凶猛，左右避开，两支矛一左一右朝观兜刺去。观兜大笑声中，伸出两手，竟将朱虎、熊罴的两支长矛同时抓住。只听他嘿的一声，朱虎、熊罴的两支长矛竟被他一折而断。朱虎、熊罴万没料观兜如此凶悍，二人不敢再迎，将手中断矛同时投向观兜。待观兜再让之时，朱虎、熊罴已转过马头，直接冲出城门。

观兜将手中两支半截断矛扔在地上，嘿嘿冷笑。

朱虎、熊罴离得城门，奋力催马，他们在苗已久，岂不知观兜坐骑厉害。此刻却是逃不了也要逃。他们催马走出城门，未听到身后观兜追来之声。

朱虎回头一看，观兜果然没有追将出来。

他方自一愣，陡听破空之声强烈，尚未抬头，只觉喉头一紧，感觉一坚硬之物贯穿喉部。他抬头想拔，却只动得一动，扑身掉下马来。

熊罴却是看得清楚，射死朱虎的乃九婴。他站在城头，第二次张弓，箭尖瞄准熊罴。

熊罴知九婴乃是神射，不由狂呼一声，眼前已见来箭如电，闪避之念方动，便觉喉头一热，最后的意识竟是能知来箭如何穿喉过去。他手指朝城头抬去，哼也未哼一声，也如朱虎一般栽至马下。

城头九婴收起长弓。他身边的丹朱冷冷说道："谁不服令，便如朱虎、熊罴！"

4

丹朱算定夔已正将酒送至文命大营。每日命人城头远望。果然，在九婴箭杀朱虎、熊罴第三日上，城头来人相报，看见一队平阳旗号之伍抵达文命营中。丹朱闻报大喜，即刻和观兜等人走至城头观看。

如他所料，那戎伍中有不少马匹，马上无人，马背上尽驮两尊泥罐。夔已原本乃平阳乐官，一路少不了吹吹打打。音乐之声虽远，却四野可闻。丹朱远望之后，嘿嘿冷笑道："夔已将酒送至文命大营，他们午间必饮。我们申时开城，必可一战而胜！"然后又回头看着九婴问道："你腿伤如何？"

九婴拱手道："已养三日，无妨！"

丹朱哈哈笑道："今日你可与后羿比箭，看看谁才是当世第一！"

九婴闻言，甚是兴奋，说道："今日必是后羿死期！"

丹朱嘿嘿一笑，说道："后羿之箭，天下闻名，你不可疏忽哪！"

九婴气概涌起，说道："今日我必先取后羿之命，再取文命之首！"

丹朱冷冷一笑，又对观兜说道："你可备起人马，申时出城，我倒想看看，文命之人尽皆饮酒之后，会是何状。哈哈。"

观兜也是嘿嘿一笑，说道："今日击败文命和后羿，天下便无人敢与丹朱对抗，待你登上帝位，这荆州一境，便是我三苗之地了。"

丹朱哈哈一笑，说道："岂止荆州一地？这天下十二州，我将五州尽付三苗。"观兜闻言大喜，听丹朱之言，竟是会与他平分天下，狂喜之下，拱手道："观兜先谢天子！"丹朱微微笑道："先缓称我为天子，此时文命在前，虞舜在后，等他二人被斩，再称不迟。"观兜道："哈哈，这岂不是迟早之事！不过，我现在倒是担心你父，他虽传位于舜，自己还在平阳，若是我们进取平阳，你父亲出，不知该如何对付？"

丹朱闻言，脸色阴冷，看着远处半晌，才缓缓说道："他传位给舜，已没当我是他儿子，难道我还要认他是父吗？"说着，丹朱拳头紧握，在城头狠狠一捶，然后挥手道，"你下去备齐人马，今日一战，可不是我父当年的丹水之战，半分不可大意。"

观兜听丹朱说起丹水之战，不由面现怒色。当年尧帝亲征三苗，便是观兜之父率三苗迎战，不料一役溃败，不得不臣服平阳。观兜夺位之后，无日不忘复仇。此刻眼见复仇良机已到，立刻动身下去。当他号令传出，便见长矛闪动，铁蹄四来，齐在观兜纛下聚集。

与观兜等人相比，丹朱更知今日一战，实系自身存亡。他当日请命征苗，原本是想取军权，在妩象撺掇下，来三苗之后，即与观兜结盟。回报平阳书中，说是依照父命，不以武力征苗，而是以心收苗，自己却需得留下。尧帝接书后倒是欣悦，觉得儿子终是长大，能助己辅天下之事，便让丹朱在三苗地长留。尧帝对儿子寄望虽高，却从未有过儿子若是平苗，便将帝位传与之念。能成天子者，自是海内宾服，德者承之。虞舜是他素来之想。待虞舜再次巡视十二州之后，尧帝终觉得自己年岁已高，精力难继，虞舜声望日隆，便将帝位禅让与虞舜。丹朱得信之后，怒不可遏，与妠象一般商议，索性联手观兜，自南方作乱。

观兜早欲报丹水之仇，自然立即起兵。丹朱极为清楚，自己诛杀朱虎和熊罴，是堵死自己回归平阳后路。那二人原本是父亲手下爱将，诛杀二人，便是与父势不两立了。如今与文命对垒，一败不可再败，否则自己恐将死无葬身之地。他午间饮食也在城头，时时远观文命营中状况。只是文命大营甚远，肉眼自然无法看清。他只是感觉，夒已送酒入营，对文命自非好事。如今虽是春日，却陡然寒冷加剧，心中不由暗喜，文命之军必然饮酒御寒，那时无力对阵，自己便可一举击败文命。文命若败，天下震动，自己再进军平阳，擒获虞舜，帝位委实唾手可得。

想到这里，丹朱不由嘴角浮起笑意，再抬头看看太阳，正一点点移近中时。

5

文命得报，观兜城中烟尘大起，知是观兜终于不再免战，立刻令人吹起号角。已到文命营中的各部落早有准备，各自带人而出。

文命策马而出，身旁是后羿、大懳、重黎，三人身后，一千人阵势整齐。

丹朱和观兜开城而出，身后跟来少说也有两千之众，矛尖闪耀，数十面鼙鼓一齐擂响，声势显得颇为浩大。单看气势，文命这边显得冷冷清清，似未交锋，胜负已分。

丹朱纵马上前，举手摘取银白面具，对文命哈哈笑道："文命，我父王命你治水，你到这里来干什么？"

文命冷冷道："你随观兜犯乱，竟敢提及你父？"

丹朱仰天一笑，说道："你倒真不敢去提你父。你别忘记了，虞舜囚杀你父，你不思父仇，反来此地，天地间可未见有你这等不孝之人。你听我一言，不如我们今日合兵，共伐平阳，待虞舜禅位与我，我即封你司徒之位。"

文命不恼不怒，冷冷道："虞舜接位，天下所归，你逆天而行，死期不远。"

丹朱身后，突然冲出九婴。只见他挽起长弓，厉声喝道："文命！今日你少说废话，你那日不杀我，我今日便要杀你。"说罢，手指弓弦一松，箭如流星射向文命。文命身旁后羿见九婴马动，已然弯弓，见他箭来，立时一箭射去，两箭空中相撞，同时坠地。

九婴早见后羿，便是要引他发箭，当下喝道："后羿，你我来比试一番！"说着拨过马头，往远处空旷地奔去。后羿厉喝道："当日羽山放你，今日不会再放！"他催动坐骑，紧跟九婴奔去。

便在此时，城内又一马冲出，文命一见，暗吃一惊，出来之人竟是羲由。

只见羲由朝后羿九婴之处策马，一边大喊："夫君回来！"

文命见此，立刻对重黎、大燧说道："押住阵型。"说罢缰绳一提，也纵马跟上去。

九婴平生所愿，便是要与后羿比试箭法高下，哪里听得到羲由喊声？回头看看后羿追近，身子蓦然后仰，躺在马背之上，弓压胸前拉开。他这一式极是隐蔽。平时弓手拉弓，人正弓竖，对方看得清楚。他此刻将弓压胸口，身后人几乎看不清他拉弓之状。九婴脖子后仰，看准后羿玄色斗篷，"嗖"的一声，弦松箭去。

后羿见他后仰，知有诡诈，陡听得箭风劈面而来，也是吃了一惊。九婴如今已是双臂神力，这一箭闪电般射到。后羿不及射箭还击，眼见来箭不是奔向自己，而是马脖，便是他提缰闪避，也只能避开马脖要害，他不及思索，左手伸到马前，想接住来箭，不料九婴之箭着实太快，只觉手背一痛，竟被那箭射穿手掌。后羿手掌甫痛即提，才未让那箭穿掌而入马脖。

后羿又惊又怒，自他箭法大成以来，从未败过，今天竟被九婴第一箭便射穿手掌，心知遇上生平劲敌。当下横马而驰，闪过九婴连环来箭，拔下手掌之箭，搭上弓，厉声喝道："看箭！"回射过去。后羿射箭，素来百发百中，岂料九婴仰在马背，并不起身，挥弓拨落来箭后才起身入鞍。

后羿喝声彩，勒马站定，张弓已是第二箭射出。

九婴甫一入鞍，便知后羿第二箭必射马匹，奋力提缰，那马陡然跃起丈余，后羿第二箭几乎贴着九婴马蹄射过。九婴人马在空中，箭已上弦，随着马匹落地，已回身将连环箭先后射出。

只听后羿厉声喝道："枉你这般身手，竟甘心为贼！"

九婴觉自己手指方松，腰际已然一疼，低头一看，竟不知后羿这箭是何时射出，正射在自己腰部。他刚刚意识到自己中箭，那箭已直贯肌肉，进入内脏。箭虽细长之物，九婴却觉腰部若被锤击，身子摇晃一下，扑地掉至马下。

一路狂奔的羲由眼见丈夫中箭坠马，大喊道："不要伤我夫君！"

文命也大声喊道："后羿！住手！"

后羿闻得文命下令，收弓不发。

羲由快马冲到九婴身旁，跳下马，踉跄几步，扑倒在九婴身边，伸臂将他抱起，垂泪道："夫君！夫君！"九婴见到羲由，脸上惨然一笑，说道："我……我……"

文命此时也已奔至，下得马来，说道："九婴，让我看看伤口。"

九婴似是未听见，只对羲由低声说道："你……你今日便可……便可……随、随文命去……了。"他这个"了"字刚一说完，头往旁一垂，再也不能动。

羲由抱着九婴，伸手在他脸上抚摸，泪水不停，连声大喊："夫君！夫君！"

文命见此，在羲由身后站定，说道："羲由……"

羲由没有转头，只是抚摸九婴之脸，慢慢说道："我是你妻子，怎会再跟他人？夫君、夫君，你今日可懂我的心吗？"

文命陡然感觉不妙，还未上前，只见羲由已软软伏在九婴身上。

文命猛吃一惊，上前说道："羲由！"他拉开羲由，见羲由胸前已然插上一把利刃，只留下把手在外，当即便已气绝。

文命不禁狂喊道："羲由！羲由！"却哪里还听得到回答？

6

此时阵前已经变化横生。丹朱见文命纵马离阵，心知良机稍纵即逝，立即挥手，观兜部下齐声呐喊，摇动长矛，扑向文命之阵。重黎与大燧同时招手，他们身后阵中已全部下蹲，立时个个持弓射箭。箭尖往上，落下如雨。那阵箭雨与平时箭雨不同。每支箭上都绑有一支点燃之木，说是箭雨，不如说是火雨。

丹朱和观兜虽然料到文命阵中会有弓手密布，他们阵中同样有弓手，两下对射，互相伤亡不少，但文命阵中火箭更是惊人。那些火箭不仅落到观兜阵中，连他们身后城头也落了上去。城头俱是木头所建，火箭插入，不少处燃起火来，烟也从火中散发。

观兜等人大惊。阵形不由渐乱，文命阵中的每支落下之箭，不是射死射伤三苗之人，便是插在地上或城楼之上，那些箭落地后继续燃烧，一股股青烟冒起，竟然连成一片浓密之烟。观兜最是怕烟，倒不是觉烟中有怪，而是观兜胸口不能入烟，否则阵痛不已。

丹朱眼见阵乱，急忙挥动令旗，下令速速回城。

这时文命和后羿已然策马回转。后羿拉弓连射，当真箭无虚发，一箭一人。他在浓烟中看清观兜老虎，朝虎奔跑处射出两箭，第一箭将虎射翻，观兜从虎身倒地，他还未站起，后羿第二箭又至。这一箭直接射在观兜胸口。观兜吼声连连，将箭支硬生生从胸口拔出，待要回弓再射之时，只觉胸口裂开，陡然间天旋地转，一头栽在烟火之中。

丹朱见败势已定，纵马回城，不料城中已是一片呐喊。丹朱震骇莫名，心想前阵已乱，城中有妫象把守，如何会乱？转眼间只见城内涂山部落人众从城内杀出。丹朱大骇，无法明白对方如何能入城中，却不知这三日工夫，伯益已用凿井之法，从己方营中挖掘地道，直通城内。丹朱做梦也不会想到地下居然可以掘道。涂山部落之人在这三日之中已掘通城内，只等城外战事一起，便从地道跃出，抢夺城门。

在城内把守的妫象突见眼前出现无数敌方之人，顿时惊慌失措。不知敌人从何而来，乱作一团，从地道冲出的涂山部众都是大燧手下精锐之士，人人奋勇，一边冲杀，一边四处纵火，妫象骇惶之余，再无斗志，跪地求饶。丹朱虽见城乱，无处可去，还是回马入城。在他想来，城内或是少许敌人入城，妫象应能对付。当他进得城门，已无异于自投罗网。涂山部众见丹朱进来，齐向丹朱围攻。

此刻文命也已入城，手中令旗一展，喝道：“全部住手！”

他手下人闻令止戈，三苗部众也束手待擒。

文命马至丹朱身前，说道：“我不取你性命，留给天子处置！”

丹朱见自己一战而败，连观兜也死于后羿之箭，再见妫象已然跪地，再无斗志，手中兵刃掉地，顿时七八支长矛将其逼住。

丹朱咬牙道："文命！我不要你饶命！"

文命冷冷道："你命乃你父所给，便由你父处置。先把他和妫象押下去。"

丹朱、妫象被押下之后，文命即刻命人熄火。

观兜城中人心大慌。伯益这时到文命身边，低声说道："观兜刚诛，人心不稳，可先往城中之狱，提取被观兜关押之人。"文命微微一愣，随即醒悟，下令将城中监狱之人尽数押来。不多时，从狱中押来十人。

文命倒是一愣，不明观兜城中如何只有如此少的囚人。

那十人跪地相告，观兜素性凶残，对忤逆自己之人极少关押，往往就地斩首。这十人之所以留得性命，乃因他们系观兜族人，其中两人为观兜兄弟。在观兜眼里，自己族人倒是不可斩首，任其在监狱至死即可。这十人被囚，俱是对观兜杀父夺位，极力反对之人。

文命将十人温言抚慰，告知自己乃奉命征伐，如今观兜已亡，便从中立观兜长弟丕叙为三苗之首。丕叙大是感激，发誓三苗再也不反平阳。文命不由暗赞伯益思虑周详。

7

文命率众回归大营。此刻观兜已诛，丹朱、妫象被缚，心中大悦。自己也没想到征苗如此快速，唯一令其感伤的便是羲由之死。在文命内心，羲由与自己亲人无异，眼见从父亲开始，一个个亲人离开，连羲由也无法保护。在亲见羲由死去的那一刻，文命便内心感觉天地之间，似乎只剩下自己一人，再无亲人可诉。

在羲由自杀之际，后羿已觉文命对待羲由颇为特殊，他自然不便问询，只命人收敛羲由和九婴尸首。文命面对羲由尸首，殊为伤痛，他知道自己永不会知道羲由如何会与九婴一起，却见羲由愿为九婴殉身，知她终究对九婴颇有深情，仍将两人合葬。

从羲由葬地回来之后，整个营地都弥漫喜悦之气，文命知自己必须抛下羲由死亡之痛，命人摆开饮食。这时夔已上前说道："天子特命我送来仪狄之酒，司空大人战前未饮，此刻可饮了。"

文命点头应允，夔已当即命人将平阳押送之酒搬上。

文命也自好奇，待第一罐酒打开，一股从未闻过的浓香扑鼻而来，帐中所有人均觉得诧异，同时也觉此股香气令人不可抵挡。文命问道："仪狄是如何造得此物？"夔已拱手说道："仪狄也非特意所造，乃是他从霉米中无意发现有水淌出，伸手指尝过，觉比米水浓烈，便试以再造，不意造出此物，命其为酒。司空大人可先品尝，觉其滋味如何？"

文命闻言，更是诧异。夔已命人将酒倒入文命面前之碗，文命端起喝上一口，只觉一股微辣之感顺喉而下，头脑竟然微微一晕，心中大奇，不由再喝一口，又觉周身百骨一阵松懈，说不出的舒适，放下碗说道："众人皆饮。"

夔已手一挥，帐下武士走来十人，各自抱罐，给在桌之人俱各倒上。文命端碗笑道："今日观兜已除，三苗平定，如此之酒，正好给我等解乏。"当下帐内之人俱各饮酒。文命喝不数碗，已感略略头晕，内心深处，却是希望喝得越多越好，再看众人，竟然都是面色发红，数碗之后，均是神采飞扬。文命也不知究竟何时开始，眼前恍惚如梦，竟然俯桌而睡。

也不知过了多久，文命方如梦初醒，睁眼一看，帐内诸人尽在熟睡，心里暗暗吃惊。按桌想要站起，却是周身无力，心下更惊，暗想若是夔已押送之日便饮此酒，如何与观兜交战？当时未饮，是自己觉得所谓酒，不过也是另一种米水，众人都在商量军情，伯益也在悄悄命人挖掘地道，无人顾及夔已送来之物，如今一看，实是危险万分。

过不多时，众人均已醒转，一时竟无人知道方才睡去多久。文命唤人来问，答者说众人在帐内竟然睡过一日一夜。文命闻言，不由立时全部酒醒，站起对夔已说道："你押了多少酒来？"

夔已说道："我奉天子之命，押来一百罐。"

文命眉头微皱，说道："剩余多少，全部放于营地。"

夔已见文命脸色凝重，不知出了何事，忙命人将剩余之酒全部集放空地。

待夔已进来复命之后，文命对众人说道："都随我出去。"

众人齐声领命，随文命走至营中空旷之地，只见酒罐重叠，堆得齐整。

无人知道文命想干什么。只见文命一言不发，手持耒锸过去，走至酒罐之前，蓦然横过耒锸，扑地打去。所有人立时目瞪口呆，只见那些酒罐在耒锸击打之下破裂，里面酒水全部流到地上，一股浓香似是要弥漫这个营地。

后羿等人不禁发出一阵惊讶之声，不明文命究是何意。

文命将酒罐全部打碎之后，才转身缓缓说道："我们喝下此物，睡去一日一夜，若是在败观兜之前，何时被他斩杀都且不知。此物惑人心神，易令人沉迷，后世必有因饮酒而亡国之事发生。我等不可再饮！"文命说得坚决，旁边众人不由悚然而栗。

还是第一次，文命说完之后，竟然无人拱手遵命，似是困惑不解。

文命环顾众人，叹息一声，续道："仪狄造出此物，世间便有此物。"他声音低了下去，喃喃道，"我不可再饮。"神情显得意兴阑珊，转身走入营帐。

夔已听得文命之言，不由心惊，匆匆进来，拱手说道："司空大人，此乃天子所赐……"

文命挥手道："无须多言。我命你即刻回转平阳。"

夔已说道："司空大人之言，可否要禀报天子？"

文命叹息一声，说道："民可饮，君慎饮。"然后凝视夔已，继续说道，"你将丹朱与妠象押回平阳，着天子处置。"

夔已说道："大人何时回转平阳？"

文命缓缓道："你禀报天子，待水患除尽，我再回平阳复命。"

夔已怏怏出来，外面众人也均是不言，地上酒水遍淌，人人都闻到这股浓烈香味。

第二十三章　帝巡

1

夔已遵文命之令，将丹朱与妫象押回平阳。

舜帝闻得夔已回都，立刻传见。

夔已进殿拜见虞舜，舜帝问道："命你前往荆州，百日不足便回，怎如此之快？"

夔已奏道："天子洪福，司空大人两战平定三苗，观兜阵前已亡。"

舜帝闻言大喜，站起说道："文命平定三苗，乃是解除天下大患，如此之功，必赐厚赏。"他来回走得几步，说道，"我去禀报父王，让他也欢喜。"说罢，舜帝抬脚便往外走。夔已忽然说道："我还有一事禀奏。"

舜帝微愣，见夔已神色凝重，停步说道："还有何事？"

夔已一路想了很久，还是将文命打碎酒罐之事细细说了一遍。舜帝不由一惊，他重新落座，想了半晌，缓缓说道："酒非常物，只看饮者如何自制了。还有何事？"

夔已又将丹朱、妫象已押至平阳之事说了一遍。

舜帝闻言叹息，挥手命夔已退下，然后自己大步出殿，前往尧帝茅庐。

尧帝禅位之后，如在位时一般，仍居殿外茅庐。舜帝到得庐前，门官见是舜帝过来，立刻上前相迎，拱手说道："尧已去丹朱居室。"

舜帝微微点头，他知道尧帝年岁已高，时时想念故去的妻子散宜和儿子丹朱，平日无事，多半便在丹朱居室。舜帝回身时走得甚慢，丹朱助观兜犯乱，如今被押回平阳，不知尧帝听闻后会如何反应和处置，正如他也不知该如何处置妫象一样。妫象是其亲弟，舜帝素以孝闻名，对妫象往年害己之事可以不计，如今却是助观兜对抗平阳，不能再顾及兄弟之情了。舜帝边走边想，委实拿不定主意。

到丹朱居室前时，门外侍从见是帝来，紧步上前，躬身说道："尧帝在内，我去禀报。"

舜帝摇摇手，说道："无妨，我自己进去。"

舜帝迈步入内。丹朱居室之内寂静无声，舜帝自然知道，每逢尧帝前来之时，都不许侍从跟随。舜帝进后站立片刻，缓缓走向内室。他知道尧帝一定在供放散宜灵位之室，往日他来此见尧帝，总是直接入内，今天却是不同，想到丹朱和妫象，心情极是沉重。

舜帝慢步走至内室门前，听得尧帝在内喃喃说道："散宜，算来已有数月未来看你。唉，我老了，疾病缠身，今日刚刚可以走动，就想来和你说几句话。"舜帝在外听着，心中突觉难受。尧帝将娥皇、女英两个女儿都嫁与自己，自己却是很少去想尧帝身边无人的寂寞。此刻听到，不禁恻然，想要推门而入，又怕打扰到尧帝，待要回转，亦怕惊动，便索性继续在门外站立。

只听尧帝沉默了片刻，续道："如今我把天下交与虞舜，我也终于可以放下很多事了。虞舜现在有了儿子，是我们女儿女英生的……啊，你看，我真是老得有点糊涂了，两年前我就跟你说过了。时间真是太快，那孩子都已经两岁了，他叫商均。我真希望商均长大了像他爸爸，不要像他舅舅。"说到这里，尧帝又停了下来，过了好一会儿叹口气才说下去，"走到外面，天下人都说我是个好天子，可是，我真是好天子吗？我连自己的儿子也没有教好。丹朱……"尧帝又停了下来，然后声音有些发抖地继续说，"我以为他去南方是要征苗。没想到，这个不孝子竟然和观兜结盟，对抗平阳。"舜帝在外，不由吃了一惊，他以为尧帝还不知道丹朱犯乱之事，没想到尧帝已经知道了。

尧帝继续说道:"我把治水的事情交给了文命。散宜,你不认识他,可他父亲你应该认识,就是崇伯姒鲧。姒鲧治水九年失败了,在羽山丢了性命。唉,我不想杀他,也没想要杀他,可他还是死了。他儿子比我们儿子有出息多了,我听说他找到了河伯,找到了河图,后来平息了共工,现在他到了南方,唉,不知道我们的儿子会不会……"尧帝说到此处,忽然就说不下去了。

舜帝在外,心里更是难过。他觉得不应该再听下去,便举起手在门上轻轻敲了敲。

"虞舜吗?"尧帝直接说,"你进来。"

2

舜帝推门而入,见尧帝仍是满脸病容地坐在榻上,面对墙壁上勾画的散宜画像。舜帝朝画像躬身作拜,然后又对尧帝躬身说道:"父王,你今日身体可好?"

尧帝凝视舜帝,缓缓说道:"今日好多了,所以我来看看散宜。你何时来的?"

舜帝道:"我刚来,不敢惊扰父王。"

尧帝叹口气,站起说道:"我真的已经老了,越来越容易想起以前的事情。"

舜帝微笑道:"想起以前,也不是老了才会如此。"

尧帝又凝视舜帝,说道:"你有何事?"

舜帝眉头微皱,说道:"父王,夒已今日回转平阳了。"

"哦?"尧帝说道:"这么快?三苗之事如何?"

舜帝说道:"托父王洪福,文命两战平定三苗。观兜已亡,眼下丕叙继三苗之位。"

尧帝脸上微微发红,忽觉浑身有了力气,来回走了几步,喜道:"文命立下此功,乃天下之功。三苗平息,中原疆域便不止于黄河,而是延伸到长江。丕叙虽是观兜亲弟,却是反观兜之人,文命立他为首,不仅免患,更能定心。"

尧帝忽然停下来,转身面对舜帝道:"丹朱现在如何?"

舜帝拱手道："文命已令夔已将丹朱和妩象押至平阳。我此来便是想请示父王，该如何处置他们？"

尧帝脸上的红晕退下，一丝怒色闪过，双眼睁圆，说道："如今你是天子，如何来问我？"

舜帝吃了一惊，躬身道："父王，此事不小，我不敢妄为。"

尧帝双眼又忽然暗淡，痛苦摇头，说道："丹朱真是负我一片心血。"

舜帝见尧帝身子摇晃，赶紧上前扶住，说道："父王切勿动怒，先且坐下。"

尧帝在舜帝搀扶下重新落座，手在榻沿狠狠一捶，凝思良久，说道："这些日子，我总想着三苗之乱，想着数十年前我亲战丹水。唉！丹朱如此不孝，就让他去丹水吧！"

舜帝暗吃一惊，听尧帝之言，便是要将儿子放逐至丹水了。有尧一朝，大凡放逐罪人，几乎便是让其死在异地了。舜帝不由拱手说道："父王，若放丹朱于丹水，那父王便再也不见丹朱了？"

尧帝凝视墙上散宜画像，起身走近墙壁，抬头喃喃说道："散宜，我知道你临终之前，最不放心的便是丹朱，我当日答应你，要好好教导他，却不料教成如此。他犯如此大罪，我若饶恕，我如何还能见天下万民？这千古骂名，我又如何承受？散宜，你不会怪我吧？散宜，你千万不要怪我，就让我们儿子去丹水吧，那是我当年征苗之地，让他在那里反省己过，除此地之外，我也想不出其他的地方了。"

舜帝见尧帝神情激烈，颇为担心，赶紧说道："父王，不如我们先回茅庐。"

尧帝叹息一声，忽然说道："妩象你准备如何处置？"

舜帝微愣，说道："我还没有想出处置之法。"

尧帝仔细凝视他，缓缓道："如何处置，你不需来问我，便是丹朱，你也再问他人，皋陶乃天下刑官，你且询他。"停了一会儿，续道，"你送我回去吧，我累了，想睡上一会儿。"

3

舜帝将尧帝送回茅庐之后，暗想自己真是因妨象是亲弟而心乱得厉害，居然忘记皋陶乃天下刑官，如此之事，自然需来问他。回到宫室之后，立刻命人传皋陶来见。

皋陶闻召，即刻来见。

舜帝要皋陶坐下之后，皋陶问道："不知天子有何要事？"

舜帝叹口气，将丹朱与妨象随观兜犯乱之事原原本本讲了一遍，然后说三苗已被文命平定，眼下丹朱与妨象已被押解至平阳，该如何治罪。

皋陶认真听完，拱拱手说道："治理天下，法度不可不严。天讨有罪，五刑五用，乃得民信之法。如今丹朱与妨象获罪，不可重，也不可轻。"

舜帝道："此话怎讲？"

皋陶深思说道："文命平苗，便是将中原往南扩大，尧帝之时，有三千八百部落，南方疆域扩充，部落必增，非止三苗一个。如今部落多遭水患，文命自可用治水划一，但部落分散，九族之亲，暂不可废，如今丹朱为先帝之子，妨象为你亲弟，系九族之内。说不可重，恐日后难驭群伦，说不可轻，便难取信万民。幸三苗已平，天子德治可通，可德不逾法，法可从轻。如此才可无虐刑冤狱。"

舜帝闻言点头，说道："那依你之见，该如何处置丹朱和妨象？"

皋陶微微一笑，说道："丹朱和妨象所犯叛乱之罪，重可杀，轻可逐。"

舜帝缓缓道："你是说将他们放逐？"

皋陶拱手道："放逐乃最好之法。不知天子以为如何？"

舜帝站起身来，长叹一声，说道："适才我问父王，父王之意，逐丹朱于丹水。"

皋陶见舜帝站起，也跟着起身，拱手道："逐而不诛，确乃德法俱融。"

舜帝侧身凝视皋陶，问道："丹朱既逐，妨象也是一般。"

皋陶说道："二人同罪，自是同罚。"

舜帝凝思良久，他自来对家人诸事容让，如今自己身为天子，知道不可再如往日相待。对妩象行事，自是恼怒，对其结果，又觉颇为不忍。当下长叹一声，眼望皋陶说道："从今日始，你可将法度之事，书为《狱典》，天下方可依法度承平。"

皋陶躬身道："遵命，我即刻为之。"

翌日，舜帝下令，将丹朱放逐丹水，将妩象放逐庳地。

命令传出没多久，有人来报，丹朱想与尧帝见上一面，妩象也希望和舜帝见上一面。照他们的说法，这大概是一生中的最后一面了。舜帝听完，差不多面无表情地挥手道："谁也不许见！立刻将他们押送上路！"

待军士走后，舜帝在椅中端坐良久。他其实很想与妩象再见一面，但他也知道，自己毕生的弱点便是无法眼见同血亲之人痛苦。妩象提出见他，也自是抓住此点，舜帝在那禀报军士也来不及察觉的瞬间里，内心起伏如涛，还是迅速决定再也不见。

恍惚坐了半日，外面又急匆匆进来一人。舜帝抬头一看，竟是尧帝门官。那门官脸色惊慌，进来便跪下哭道："天子不好，尧帝……"他后面的话再也说不下去。

舜帝陡然一惊，立时喝道："快快引路！"

4

舜帝赶到尧帝茅庐时，尧帝已然昏睡不醒。舜帝大惊，在其床前跪下，连声喊："父王！父王！"眼见尧帝脸色苍白，呼吸困难，眼睛始终不睁，也不知是否听到了舜帝喊声。过了半炷香工夫，尧帝终于睁开眼睛。他嘴唇颤抖，似乎想抬手碰触舜帝。舜帝立刻将尧帝抬起的右手轻握，急声喊道："父王！你醒了？释比来了。"他身后的释比刚要过来，却见尧帝微微摇头，嘴唇哆嗦，似是有什么话想说。

舜帝俯身过去，将耳朵贴在尧帝嘴边，说道："父王，你想说什么？"

舜帝竖起耳朵，只听得尧帝十分勉强地说出几个字："丹、丹……朱……

朱、朱……儿。"舜帝猛地一惊，立时站起身来，看看周围，俱是尧帝侍从，个个都已六神无主。舜帝不得已，走出大门，对那门官说道："速传我令，命丹朱回来！"那门官急忙拱手说道："遵命！"立刻转身，往马厩奔去。

门官刚在马厩解开马匹，翻身上去，刚刚出来，又见一侍从跑出，对他大哭道："尧帝已亡了！"门官大惊，知道唤回丹朱已是无用，便又下马，往尧帝茅庐奔回。

尧帝茅庐已是哭声一片。

当夜，尧帝驾崩的信息传遍平阳。整个平阳全部被哭声淹没。在尧帝茅庐之前，黑压压跪着不计其数的平阳之民。

舜帝悲伤难抑，一边抚民，一边即刻传书至沩水，令身在彼处的娥皇、女英带同商均，前往谷林。尧帝生前便已说过，自己死后，要舜帝将尸身送去谷林下葬。

舜帝抚民未毕，天空已是惊雷闪电，一场大雨滂沱而下。

雨推悲情，平阳的哭声似乎超过雷雨之声。

舜帝已率人全部退出茅庐，在雨中面对茅庐跪下。平阳所有人尽出，俱在雨中跪下哀哭。对所有人来说，尧帝毕生为民，直如生父一般。如今尧帝宾天，当真有天崩地裂之感。

平阳骤雨狂泄，恍如上天也在哭泣一般，竟然连下三日之久，平阳路面水起盈寸，似乎也将被水淹。

舜帝即刻亲率司契、彭祖等人导水。平阳民众见舜帝亲在水中，俱各参与。舜帝已从夔己那里得知文命导水之法，果然见效。舜帝不由暗叹尧帝识人。幸而平阳积水不算很多，随着雨停很快便被清除干净了。

这三天舜帝虽日日亲自披蓑导水，却是每夜在尧帝灵前守护。

三日之后，终于雨过天晴，整座平阳城早已全城素白，没有哪户人家不是为尧帝挂出白绫，人人腰间系上白带。舜帝告知百官，自己将亲自运送尧帝灵柩去往谷林安葬。众官都未感惊奇，不少人要求同去。舜帝留下皋陶驻守平阳，带上司契、彭祖、夔己、姬龙、解豸五人，并平阳五百武士随从，一起运送尧帝灵柩。

一路惊奇之处，竟是百鸟随行，尧帝灵柩到哪里，百鸟都随之而往，一路越聚越多，到谷林之时，竟是千鸟齐鸣。尧帝灵柩到达之时，娥皇、女英带着商均也到了谷林。谷林人已得信息，知尧帝将下葬于此，早早做了准备。舜帝亲自主持安葬之礼。依尧帝生前所愿，下葬颇为简速，四面八方来的民众却是极多。众人对千鸟齐鸣之象惊讶不已，却觉得尧帝本为天子，千鸟汇聚于此，实乃上天所为。在数千人同时跪拜及巫师法器大响之时，尧帝灵柩被缓缓放入深坑。

娥皇、女英没想到连父王最后一面也未见到，哭得最为厉害，商均尚值稚龄，对千鸟之声大感喜悦。

待舜帝跪拜起身之后，娥皇擦干眼泪，左右望望，忽然低声问道："夫君，丹朱怎么未见过来？"

舜帝微微叹息，说道："回居室后我再告知两位夫人。"

5

下葬结束之后，舜帝带娥皇、女英及商均回到早已准备好的居室。娥皇、女英自然急急询问丹朱之事。舜帝便将丹朱已遵尧帝之意，流放丹水之事细细说了一遍。娥皇、女英听得丹朱竟然勾结三苗犯乱，俱是吃惊不小。

"丹朱怎么能做出如此之事？"娥皇的确惊讶。

"天子之位，他太想得到了。"舜帝叹息说道，"我一直记得父王曾对我言，身为天子，不可徇私，得分清真贤人与假贤人。如今我治理天下，不仅是要分清真假，还得访真贤辅助。如父王一生，千鸟来送，未闻先黄帝始，尚有何人得千鸟相送，父王之贤，我怕是远远不及。"

女英将桌上一苹果递与商均，说道："孩儿先出去。"

商均接过苹果，蹦蹦跳跳地出去了。

女英这才站起说道："夫君，你瞧我们均儿，日后会是何样？"

舜帝没料女英忽然问及儿子，朝门外看去。见商均与和门外侍从说话。他看了片刻，说道："现在看一个人，时日尚早。我唯愿均儿日后能成真正男儿，便是心足。"

女英说道："听夫君说丹朱，我心里不知为何，忽然害怕均儿日后也如丹朱一般之想。"

舜帝倒是吃了一惊，说道："均儿尚幼，不可有此之想。父王田间访我，我才得入平阳，父王信我，我才得与二位夫人成亲。父王不曾将帝位传与丹朱，引来丹朱犯乱，我想早作传位之算。"

娥皇女英都是一愣，娥皇说道："夫君可有预想之人？"

舜帝微笑道："文命治水，乃立天下之功，这天子之位，除他之外，恐再无第二人可想。"

娥皇脸上微笑，说道："我与妹妹一般心思，听到哥哥流放丹水，真恐均儿日后也做此想，怕会也遭他舅舅之命。夫君早有传位之算，实是免除均儿之祸。"

舜帝不由沉思，然后缓缓说道："均儿伶俐，况且还小，日后之事，我早作安排。"

女英缓缓走到舜帝面前，说道："夫君有传位给文命之想，可他能否担起天子之任，夫君是否……"她没有说完。

舜帝站起，前走几步说道："文命治水，已然数载，其法可行，平定三苗，也是天下之功。如今水患未息，我想在此为父王守孝三载，再巡视十二州，观文命在万民中位置。均儿以后之事，二位夫人可以宽心。"

娥皇女英齐声说道："夫君欲在此守孝三载？"

舜帝转身说道："父王恩重，丹朱不在，我理应如此。"

娥皇说道："那我和妹妹在此一并陪伴夫君。"

舜帝微笑道："我也有此意。与二位夫人分开数载，恰均儿也在，只是这三年之中，得劳烦二位夫人一事。"

娥皇说道："夫君有何想法？"

舜帝缓缓说道："父王为我留下文命，我也想给文命预做一事。"

娥皇、女英微微诧异，问道："夫君所想何事？"

舜帝说道："父王下葬之时，二位夫人也已见到，随我众官皆是百结之衣。我想效日月星辰之图，为百官制服饰，如此天下才有序，君民亦有常，不必仅依发上羽毛确明身份。"

娥皇、女英闻言，不禁互望一眼，然后说道："夫君此法甚好，我们姐妹即日养蚕制衣。"

6

三年晃眼即过，舜帝守孝期结束。娥皇、女英三年间大量养蚕，然后以蚕丝制衣。育蚕是从黄帝之妃嫘祖开始，最初是以蚕丝制作丝线丝带，尧帝之妻散宜以蚕丝开始制衣，数量却是极少。如今娥皇、女英以孝期为时间，给百官制出数百件蚕衣。衣上按舜帝所望，缀有日月星辰等各种图案，另有各种动物之图。在舜帝眼里，百官着百服，乃从上至下行之以序。他尚没有想到，此举竟然为文命日后创立夏朝定下行之有效的秩序基础，更不会想到，这一基础竟在数千载绵延中得以巩固。

三年前随舜帝前来葬尧帝的随行中，舜帝只留下彭祖在谷林。如今守孝完毕，蚕衣制成，舜帝便唤来彭祖说道："你随我在谷林三年，如今我守孝期毕，二妃为百官结衣，你可先回平阳，衣分百官。"当下便将各色衣服如何分赐详加告知。

彭祖领命，又问道："不知天子何时回平阳？"

舜帝说道："我在此三年未出，天下不知何样。我想明日启行，往十二州巡视。"

彭祖拱手道："天子三年未回平阳，平阳百官都在等天子回转，天子直接去巡视十二州？"

舜帝并未犹豫，点头道："待我巡视完毕便回。"

彭祖见舜帝心意已决，躬身接令，自带随从携衣回转平阳。

娥皇、女英与舜帝三年相守，也是自成亲以来，相守时间最长的一次。二人对舜帝俱是依恋，很想随舜帝一同巡视。舜帝摇手说道："巡视十二州，乃我与众诸侯相近之机，二位夫人可带均儿仍回沩水，我巡视之后，自会前来与二位夫人相聚。"

娥皇、女英一左一右过来，说道："夫君，我们知你如父王一般，唯天下万民为念，我们带均儿回沩水，等夫君过来。"

舜帝持起二人之手，说道："等我巡完各州，便去沩水接二位夫人同回平阳。"

娥皇、女英闻言很是高兴，女英说道："我和姐姐已经多年未回平阳了。父王去世，我们也真的很想再回平阳看看，我和姐姐就在沩水等夫君来接。"

娥皇说道："夫君到得哪州，记得传书告知。"

舜帝微笑道："这个自然。"

便从这日开始，舜帝命人护送娥皇、女英往沩水，自己则带不多随从开始巡视。

在谷林三年未出，舜帝内心早已难耐。只是三年孝期自然得守，如今天下究是何样，真是无日不牵，尤其水患如今怎样，更是忧心如焚，只从来不在人前流露而已。没错，天下、天下，如今自己身为天下之主，该为天下做些何事？自尧帝禅位自己以来，似乎没有什么事令自己感觉无负尧帝与万民。沿路既会诸侯，也访贤人。一路不仅听闻文命治水，还听闻"八元""八恺"之名，访后得知，所谓"八元"，竟乃先帝喾之八子，分别名为伯奋、仲堪、叔献、季仲、伯虎、仲熊、叔豹、季狸；所谓"八恺"，乃苍舒、隤敳、梼戬、大临、尨降、庭坚、仲容、叔达八人。此十六人虽为帝脉，却散布民间生活。舜帝得知大喜，暗思为帝者幸未困于都城，当即亲往寻访，以为辅佐良臣。

对舜帝来说，最重要的喜慰之处是得知文命治水已经大见成效。尽管他前往的不少州依然在大水围困之中，但沿途已听到不少关于文命如何治水之事。自平苗之后，文命重回岷江，从那里开始，率众翻山越岭，淌河过川，一路从西向东，测度地形，树立标杆，规划水道，逢山开山，遇洼筑堤，引洪水入海。所有这些事无不耗费时日，是以舜帝虽时时遇见大水，仍在天下民众口中听到对文命的不绝颂扬。舜帝愈发感知，天子之位，非文命不能传。

文命自回岷江之后，心感尧舜当时派出没鹿等人八方寻己，便时时与舜帝传书相告。一是让舜帝知道自己现在何处，二是让舜帝得知治水之况。舜帝每次接到传书，都极是喜慰。

一日，舜帝巡视至汪芒部落，酋首防风献上一块巨大黑玉，说道："天子洪福，防风于山中得此黑玉，闻天子来此，特呈奉天子。"舜帝接过，在手上抚摸片刻，随手交给旁边随从，说道："可召天下巧工，将其制成玄圭，待文命治水功成之日，赏赐此物。"防风倒是一愣，他虽对少时文命有授艺之行，又曾前往羽山召文命回平阳，在其眼里，总觉文命不过是偶得尧帝信任，授予司空之职，心里总未将文命的夏后部落瞧在眼内，此刻见舜帝竟然要将自己费劲心力所得黑玉赏赐文命，颇为不快。只是舜帝命令已下，他虽不敢多言，却禁不住内心怏怏不乐。他自然不知，此一不乐，居然为自己埋下杀身之祸。

7

舜帝此次巡视，主要集中在南方。毕竟三苗初定，担心不稳。尧帝生前最后一日曾对他说过，平定三苗，中原势力便从黄河流域覆盖到长江流域，他登位不久，自然不敢疏忽。到三苗之地后，丕叙闻天子亲到，立即前出相迎。舜帝在三苗所待时日不长，见丕叙将三苗治理颇旺，更觉文命当日所择甚当。听丕叙详叙当日之战后，不禁想起妫象和丹朱，心下一动，下令前往丹水去见丹朱。

到丹水之后，却意外见丹朱将往日暴戾之气收尽。他虽是放逐，却以尧帝之子身份在当地率人耕耘播种，发展农业，烧陶制器。舜帝亲眼所见，丹水之地在丹朱治下，人无袖手，田无荒蒿，路人互让，长幼有序。舜帝颇为惊讶，不觉动了将帝位传与丹朱之想。他知此事牵涉极大，也不露声色，将丹朱勉励一番，又往庳地去见妫象。

妫象闻哥哥前来，极为愤恨，见面便说："你将我放逐此地，一辈子不让我回去吗？"

舜帝慢慢说道："你蛊惑丹朱，相助三苗犯乱，已是罪无可恕，时至今日尚且不思己过，无人可以相帮。"

妫象大怒，厉声说道："我是你亲弟，你居然将我放逐。说我蛊惑丹朱？哈哈，你怎不说是丹朱蛊惑于我？"

舜帝见妫象犹自执迷，心中叹息，不与相辩，离开庳地后径往沩水。

舜帝让娥皇、女英长居沩水，乃是其父母尚在，不欲自己登帝，让父母在

357

平阳干预政事。其父瞽叟素来不喜虞舜，却不料虞舜居然得尧帝禅让成帝，此刻儿子载天子旗到来，瞽叟虽已眼盲，还是能够感觉一股威仪过来，不禁夔夔唯谨，哪里还敢如当年欲害虞舜之状？

娥皇、女英三年未见丈夫，俱是欣喜，带商均出来相迎。舜帝见两位妻子事父母极孝，儿子又长高不少，极是喜悦，在沩水居住数日后，带娥皇、女英及商均回归平阳。

舜帝回到平阳，竟是离都已逾六载。平阳百官在皋陶、司契带领下出都迎接。舜帝见百官俱着娥皇、女英所制蚕衣官服，秩序井然。令舜帝最欣喜之事，便是皋陶将《狱典》完成，树皮满墙悬贴。舜帝虽见百官拥己，还是将自己欲让位给丹朱之想说出。在他眼里，丹朱乃尧帝之嗣，接位理属应当。百官俱是诧异，在他们看来，舜帝之后，应是文命接位。舜帝却说得清楚，文命尚在治水，若是功成，天下自然拥戴，眼下自己却是想将帝位先让丹朱。

百官虽自诧异，见舜帝心意已决，都自服从。丹朱没料自己居然能回平阳登上帝位，深自收敛。舜帝让位后，便退避到南河之南。不料，平阳百官竟有大半随舜帝前往南河，天下诸侯到应朝见天子之时，也自去南河拜舜。无人理会的丹朱在三年后深觉自己人心未得，空有帝位也是无法号令天下，终于遣人前往南河，迎回舜帝。舜帝此刻乃觉天意所归，无法推卸，便又回平阳，第二次登上天子之位。

这一次登位之后，中原渐成励精图治之象。舜帝重新修订历法，又举行各种祭祀，收集各处诸侯信圭后择定吉日，举行典礼。带典礼完毕，再次到各地巡视，祭祀名山，在召见诸侯时告知，自己将每五年巡视一次，考察诸侯政绩，以《狱典》明定赏罚，各路诸侯尽皆拜服。如今天下承平，唯一所关注之事，便是文命何时治水功成了。

第二十四章　禹鼎

1

文命两战平苗，委实震动天下。三千八百处诸侯，几无不遵命者。此时文命身边，武有后羿、重黎，文有伯益、后稷，涂山大燧也尽遣部落人众，随同治水。女娇之死，对大燧自是打击，却也无可奈何，他回涂山之后，将全部精力几乎消耗在姒启身上。姒启年龄略小商均，却不同于商均。商均自小随母，备受宠爱，不觉间养成将喜好之物都要归己的毛病。娥皇、女英虽是明事理之人，在养育商均之上，却是渐入歧路。姒启则在大燧亲自带领之下，每日勤奋用功，四五岁便随同大燧入山狩猎，自小身体精壮。大燧倒无姒启日后将如何之算，只是大燧本慷慨粗豪之人，姒启随他，自幼便成豪放之气。尤其懂事之后，知父亲乃为天下治水，崇拜父亲之心更加促使自己用功不懈，跟随大燧，也不觉间生成一股气势。

文命返回岷山之后，沿河各处诸侯均来拜见，以文命号令为尊，一齐动手治水。文命一路东去，按河伯河图所示，不疏通九河无以平水患。文命地位虽尊，却从不以尊胁人，每日都如往常，亲自下水，在泥水里疏通河道，将地上积水导入江河，再引入东面之海。文命之名，渐传天下，文命之名也逐渐无人再唤，而以"大禹"相称。禹本是文命之名。禹名前得一"大"字，乃天下人敬服其品而取"伟大"之意，后来连身边人也一同以"大禹"相称，不再称其为"文命"或"司空"。

疏通九河，自非一朝一夕，大禹率众逐渐走遍整个中原。水退一处，大禹便跟上一步，船只逐渐不用。中原之广，竟被大禹双脚徒步走遍。大禹虽在治水，却也在日复一日地行走中渐明天下各处习俗、地形及物产。大禹某日突然心感，黄帝当初将天下划分九州，原本便比此刻十二州更为集中。天下部落虽遵平阳号令，却多半自行其是。大禹不觉暗想，这中原之地，或可囊于一处称国。他此刻本以天下为家，岂不是可将天下称为国家？如此一来，令行到止，犹如家中发令，更能促使部落集于一令之下。只是他总觉此乃平阳舜帝当为，自己如此之想，颇为僭越之嫌。

某日率众来到洛水，此处已是黄河右岸。有一山挡住流势。大禹即率人将该山劈开，这一耗时两年的劈山结束，方使水入洛河，当地民众将该河命名为禹门河。禹门河凿通当日，大禹与众人与岸边休歇，忽有人手指远处，说道："那是何物？"

大禹定睛一看，不觉惊讶，只见远处水上，竟然游来一只巨大乌龟。治水途中，乌龟自是常见，如此之大的却还是平生首见。大禹颇为奇怪，早有人前往入水，将那只乌龟拖到岸上。大禹和伯益、后稷三人上前观看。几人均是惊讶，俱想龟乃长寿之物，如此大的龟怕是已有数百之龄。伯益微笑道："如此大龟，我们都是首见，不知它经历过什么？恐怕黄帝之时便是活着了。"

后稷仔细看看，忽讶声说道："看其背，颇似伏羲之图。"

大禹闻言，立刻上前细观，果见此龟背分九块，由八条虚实线条镂画而成。当真隐藏伏羲当年所创八卦。大禹对河图要旨已了然于胸，仍觉尚有若干不少未明之处，便是问河伯，河伯也自难释，只说当时颇多奇思，竟不知那些奇思来自何处。此刻见此龟背，隐隐以北极定位，斗柄所指，九个方位俱明，似是北极帝星乘车临御八方。以其言天，天象自明，以其言地，地形清晰。大禹心中又惊又喜。惊的是，龟分九数，似乃自己偶想天下九州之数；惊的是，河图虽含天象，与此龟背相连，似有无穷变化时序，说道："此龟背与河图相应，不仅治水得利，万民也是得利。"伯益等人惊喜异常，伯益忽然说道："此龟恐怕便是当年黄帝所得龟书。河图之名，乃河伯所取，这龟书该用何名？"

大禹微微沉思，说道："此物来自洛水，便称其为洛书如何？"

旁边众人尽皆拊掌。大禹即刻命人抬龟入庐，将龟背图细细画于一丝绸之上。自此日始，大禹河图、洛书皆得，对山川不明之处，尽依洛书而为，治水步履不禁加快。某日到一大水之前，只见无穷无尽之水铺至天边，水蓝如镜，无数白色鸥鸟飞翔。

跟随大禹治水之人已有万众，所有人见此大水，不禁狂呼，面前之水，绝非当初浑浊之流，而是无尽波涛相连。伯益与后稷率人忽然面向大禹跪下，泣声喊道："我们今日已然至海，中原大水已全部汇入此处。"

大禹眼望长空，面前海水奔腾，再也控制不住，眼泪长流。他屈指一算，从受命尧帝离开尖山以来，为治这天下大水，至今竟然度过了整整十三年。

2

得知大禹治水功成，将到平阳，舜帝亲率百官出城相迎。

大禹远远看见舜帝，便翻身下马，大步走上前来。

舜帝在原地站立，微笑等候。

大禹走到舜帝面前，躬身说道："天子亲迎，如何敢当？"

舜帝伸手将大禹双手握定，说道："司空在外一十三年，如今平定这天下洪水，乃是立下不世之功，我在此迎候，哪里比得上司空日日亲临洪水？"他上下打量着大禹，只见面前之人，早非当年离开平阳之时模样，须发已黑少白多，脸颊消瘦。眼前人虽为司空，却是浑身百结之衣，双腿露在外面，竟然连腿毛都褪尽不长，显得十分枯白，双臂却又黝黑异常，再看随大禹走近的伯益和后稷，也不是当年在平阳时的模样，二人和大禹相似，身穿百结衣，浑身上下竟显龙钟之态，又对他二人说道："你们辅助司空，也是为天下立功之人，我都将重重赏赐。"

伯益和后稷微笑拱手，同时说道："天子挂念，我等只尽微力，何敢说建天下之功？"

伯益看看大禹，又对舜帝说道："大禹治水，功于万世，我们能随他一起，已是足矣。"

舜帝哈哈一笑，说道："先且都入平阳，进去再说。"

说罢，舜帝挽起大禹之手，二人并肩走入平阳城。百官在旁，人人敬佩大禹，尽躬身施礼。

当日，舜帝摆开筵席，命人端上酒来。大禹起身说道："天子，酒乃惑人之物，不宜多饮。"舜帝倒是奇怪，说道："如何来讲？"大禹遂将自己在三苗征战之时，险些因酒误战事之事说了一遍。仪狄在旁，不禁面红耳赤，却也不敢多言。舜帝倒是微笑道，"司空之言不错，那传我之令，日后平阳，少饮为宜。今日我却仍是要敬司空一杯。"说罢，举酒朝向大禹。大禹见是帝令，微一犹豫，端起酒来，说道："那我便微饮少许。在三苗之时，我便说过，我终身不再饮酒。"

舜帝微笑道："司空意志非凡，我便不忤你意。"

大禹躬身道："谢过天子。"

舜帝哈哈一笑，手端酒杯，站起身来，将酒杯从左至右举过，说道："十三年前，先帝尧在此封禹为司空，率众治水。当年之况，都还如在眼前，如今十三年过去，我们在此迎回司空。十三年里，事端频出。先帝也已去世，未能亲见司空平水功成，殊为憾事。当年在此的共工伏诛，丹朱再回丹水，妫象也已放逐，今《狱典》已成，百官有序，我只望这天下世代承平，再无万民流离之事。"

舜帝说罢，双目炯炯，左右望去。两旁百官齐齐站起，端杯说道："天子万福，天下承平！"

大禹却没说话，听到百官之言，眉头却是微微一皱，然后杯至唇边，微微饮上一口。

当日众人尽皆放任，喝醉之人不少。

大禹见饮酒无度，心内叹息，待要散席之时，对舜帝说道："天子，今日我依十三年前帝命，回城复命，我想明日便回尖山，恳请天子准许。"

舜帝说道："司空明日便走？"

大禹拱手道："我十三年未回尖山，很想去看看我母坟头。"

舜帝点头道："如此也好。"随后下令，将司空官服拿出。一侍从双手将大禹官服捧上。大禹自是早见百官服饰井然，比尧帝时更为有序，心下暗赞舜帝之思。此刻见自己官服拿来，乃是一黑色蚕衣，上面绣有百花图案，当即谢过舜帝，拿在手上，却觉得若是穿上，只怕极为不惯。当下拿起蚕衣，却见蚕衣之下，还有一黑沉沉之物，方自一愣，舜帝已然站起说道："此玉乃玄圭，如今司空治水功成，今赏赐于你。"

大禹暗惊，天下配玄圭者，只当年黄帝配过。只是黄帝玄圭已随其入葬，后世帝王，再无配者，当即跪下谢恩。

3

第二日，大禹辞别舜帝，回转尖山，除伯益、后稷之外，尚有不少人随同大禹前往。

大禹来到尖山，尖山留守之众早得知酋首归来，此刻闻讯，尽皆出山，在半途迎候。

大禹率众回到尖山，见山上之物，似无多大变化。自己却触景伤情，殊为感伤。见过自己之居，脩己之居，旁边一空房，却是当年羲由之居。想起羲由，大禹内心震动。不觉想起羲由自戕一幕，也不由想起女娇。

脩己坟头，青草迎风，收拾得极是干净，料是他离山之后，余下部众时时打扫。大禹在脩己坟前跪下，喃喃说道："儿治水已成，母可安息了。"他身后诸人尽皆跪下。

大禹在尖山待的时日不长，脩己、羲由、女娇等人连番入梦，令其感伤，也不禁想起当日对女娇所言，治水成功之后，回涂山教子。想起姒启，大禹再也按捺不住，与众人辞行，欲往涂山。不料愿意跟随者极多。大禹不欲舜帝身边无人，除自己夏后部落人众之外，余人全部推辞，星夜赶往涂山。

此次出行，人人尽皆乘马。大禹此次方觉天下大水除尽，大地河流有道，万民耕种，果然天下祥和，心中不禁豪情勃发。他每至一处，当地部落闻得大禹到来，全部出迎，每处都有愿意跟随之人，大禹推辞不过，到涂山之时，竟已有万余人跟随而至。

大燧早得传书，派人出涂山百里相迎。大禹远望涂山之时，只见涂山与荆山遥遥相对，想起当年劈山之事，感慨不已。只见前面迎候之人，当先骑马者竟是一十岁左右的孩子。看他年龄虽小，却是提缰持矛，恍如一少年英雄。大禹心中陡然一震，他尚未出声，那少年已策马过来，大喊道："父！我是姒启！"

见果是儿子，大禹不禁两眼陡然盈泪，策马迎上去。姒启在涂山十载，终于见得父亲，狂喜狂叫，见父亲近来，立刻下马，紧跑几步。大禹也下马，将儿子一把抱在怀里，然后松臂细看，缓缓摇头，说道："启儿这么大了！"姒启仰头说道："父，我每日都在等你。舅舅说你在为天下治水，我就想快些长大，好和你一起去治水。"

大禹眼中含泪，却是哈哈大笑，说道："现在不用治水了。"

姒启说道："你都治完干什么？为什么不留一点给我治？"

大禹见儿子说得天真却又认真，说道："你想为天下人做事？"

姒启说道："父为天下，我也当为天下！"

大禹哈哈大笑，说道："父现跟你回山。"

父子二人重新上马，万人齐声大喊："大禹！大禹！"

姒启见父亲如此得人爱戴，小小心灵大为自豪。

4

自这日开始，大禹便在涂山住下。每日亲带姒启，文武皆授。姒启极是聪颖，学什么都极快，最喜欢的却是听父亲说那十几年的治水之事。大燧此时年岁渐高，索性将涂山部落全部交与大禹，大禹坚辞不就。他十三年在外，如今虽与儿子享受天伦，却还是习惯外出，察看四方民众之况。他此时外出，每次都带上姒启，不觉间姒启在各部落间也人尽皆知。

一日大禹带姒启回来，竟见伯益和后稷竟然已在涂山。

大禹很久未见二人，不禁大喜，转眼却见他们脸色悲伤，腰上系着白色腰带，又不禁一惊，说道："二位数年未见，今日前来，可是有何大事？"

伯益和后稷都起身拱手，伯益声音低沉说道："正是有要事相告，天子……殡天了！"

大禹猛吃一惊，惊道："天子殡天了？这是何时发生之事？"

伯益叹息一声，说道："天子每五年巡视一次天下。今年巡至苍梧之时，一病不起，竟然撒手归天。"大禹震动不小，说道："天子疾终苍梧，当时有谁人相随？"

伯益说道："天子此次出巡，皋陶相伴，如今皋陶在天子灵前结庐为庵，一直守护，说是不会再归平阳。我们都没料到的是，二位帝妃闻讯前往，在洞庭之畔哭泣，泪洒竹上，竟然竹上生斑，她们也投水自尽，民众哀恸。"

大禹万没料舜帝和娥皇、女英竟然都已归天，半晌无法作声。

后稷说道："天子此次出巡之前，似有预料，留下禅位之令。"

大禹一怔。

只听后稷接着说道："天子已令，禅位于司空姒禹。"

大禹再次一怔，说道："怎能禅位给我？商均已长，天子可传位于他。"

伯益起身，从怀中抽出一块丝绸，说道："大禹，这是天子临行前交付于我，命我转给涂山大禹的。"

大禹见是舜帝遗物，站起身来，双手恭敬接过，展开一看，上面写有"人心唯危，道心唯微，唯精唯一，允执厥中"十六个字。大禹细细品味，内心不由感伤。

伯益拱手说道："我今日和后稷来此，便是来迎大禹前往平阳登位。"

大禹皱眉思索片刻，说道："依我之意，还是让商均登位即可。"

这时大燧走上前来，说道："大禹此言差矣，今天子方殁，天下不可无君，天子既禅位于你，你不可推辞。"

伯益和后稷也同时说道："大燧说得对，天下不可无君。请即日随同我们往平阳登位。"

大禹稍作思索，心里已有计较，便道："好，我们即刻动身。"

伯益和后稷见大禹应允，极是高兴。几人收拾停当，大燧命部落百人跟随，齐往平阳。

到得平阳，整个平阳已被悲伤笼罩。

身为司徒的司契率百官出城相迎。众人脸虽悲伤，却又因大禹即将登位而觉天下仍将稳定。

商均虽为舜帝之子，此刻却是陡逢父母皆亡，方寸大乱，他此时不过十来岁少年，内心难以承受，除了放声大哭，也不知该如何面对。

大禹见到商均，不由想起妠启。见二人年岁相仿，真还大大不同。大禹见他悲伤，温言抚慰。当下立刻号令平阳百官，为舜帝举行葬仪。

舜帝病逝，皋陶原本在舜帝弥留间打算将其送回平阳。舜帝摇手拒绝，说道："不可厚葬，只要三峰石下选一黄土高地，瓦棺布衣掩埋即可。"然后指指三峰石上的天湖池便合眼而逝。皋陶悲伤不已，遵照舜帝最后遗命，将舜帝安葬于大阳溪边，自己也于墓前守护。

是故大禹在平阳为舜帝举行葬仪，并无舜帝之身。大禹曾想往苍梧举行，却因盼尽快了却一桩心事，便在平阳匆匆将葬仪举行完毕。

伯益、后稷等人以为葬仪完毕，便是大禹登位之时，不料，大禹于殿前告之百官，商均并非幼年，足可接父之位，不待伯益等人反驳，说道："舜天子之子商均虽然年少，却是通晓大理，诸位好生扶持，天下必然承平。"他将商均牵手至殿前坐下，躬身拜道，"请天子即位！"他说完这句，百官及商均都始料未及。见大禹跪拜，百官也自然随大禹跪拜，齐声呼道："天子即位！"商均坐于位上，几乎手足无措，半句话也说不出来。大禹拜毕，起身面对百官说道："今天子即位，望众位全力扶持。"

司契不禁说道："大禹乃司空，天子正赖你辅佐。"

大禹微笑道："我十三年治水，确感劳累，我且去阳城休歇。"说罢，在百官惊讶声中抬步下殿。百官只感大禹出言如山，无法在商均面前挽留，自行分开两边，让大禹迈步而出。

大禹随从早已在殿外备好马匹。大禹接过缰绳，翻身上马，径直出城而去。

5

当年舜帝让丹朱帝位后的事情竟然重复发生。大禹前往小邑阳城避居之后，平阳百官遇事之时，尽皆来阳城候大禹指令，数千诸侯差不多纷纷前来阳城拜见大禹。大禹见此，颇自不安。一日又闻彭祖欲来，索性独自离开阳城，信马由缰，也不知该往何地。

在外十余日后，走至一座山中，大禹抬头打量，恍惚觉得此山颇为眼熟。稍一凝思，想起这里便是自己数次来过的双头蛇山。大禹想起蠡牧，不知如此多年过去，蠡牧是不是还活着。他看看周围，想起自己当年来此之时，是乘船而至，眼下却是骑马可到了。

大禹到得山前，眼前一排茅屋，屋前耕地绵延。大禹凝神看了半晌，想起第一次到此时，遍山是蛇，如今山前便是耕地，显得一派祥和。大禹慢慢策马，田间正自耕地的人看见大禹独自策马，不禁抬头朝他看去。其中有人忽然认出大禹，不禁又惊又喜地过来，不敢相信地说道："敢问可是司空大人？"大禹微微点头，那人惊喜交集，对田间大声喊道："司空大人来了！司空大人来了！"随着喊声，田间劳作的人全部拥将上来。大禹见人围甚多，赶紧问道，"蠡牧老人可还在此？"面前一青年说道："我祖父尚在，我去叫他过来。我祖父每日都念叨大人。"大禹闻得蠡牧还在，亦是喜悦，当即说道："蠡牧年纪大了，我去他居室看看。"那人极为兴奋，说道："我祖父正在室内。"说罢，前面引路，大禹也跳下马来，跟他而去。

蠡牧听说大禹亲临，赶紧迎出门来，大禹一见，果然是蠡牧。蠡牧年纪虽大，人却是比以前矍铄很多，当下将大禹迎进门内。

蠡牧待大禹坐下，便道："大人治水功成，今日如何有时间来此？"

大禹便将自己让位商均，如今众诸侯却来阳城拜见自己，几乎无人前往平阳之事说了一遍。

蠡牧闻言，微笑道："司空大人，这可是你的不对了。大人请想，舜天子禅位给大人，自是因为大人治水有功，天下人俱服。舜天子禅位给你，是天子为万民着想，商均毕竟年少，对天下无功，他做天子，谁人会服？"

"可商均毕竟是舜帝之子。"大禹说道。

蠡牧微微一笑，说道："大人难道忘记了？黄帝传位未传其子，乃传昌意之子高阳，便是颛顼，颛顼也未传子，乃传玄嚣之子高辛，乃是帝喾。帝喾倒是传给长子挚，可挚帝在位不过九年，便生出祸乱，不得已传位给尧。尧天子创立禅让，传位给舜。你说这帝位难道真是父传子吗？"蠢牧说到此处，又微微一笑，续道，"尧天子在世时曾言，帝位乃有德者居之。舜天子以德孝服众，他不传商均而传大人，便是因大人立下万世之功。不传大人，能传何人？如果大人执意让商均为帝，我只怕这天下也承平不了多久。"

大禹闻言，默然片刻，又说道："我若登帝位，天下人岂不以为我实乃为私？"

蠢牧始终微笑，问道："大人治水是为何人？"

大禹说道："自然是为万民。"

蠢牧说道："治水是为万民，登帝位难道不更是为了万民？大人治水功成，才有今日之承平，大人若不登位，无人会服登帝位之人，难道大人要眼见天下部落争纷不成？"

大禹不禁悚然一惊，起身拱手道："蠢牧之言，如禹拜服。"

蠢牧微微笑道："大人在阳城，商均在平阳。众诸侯不去平阳而至阳城，已是隐伏天下祸端，大人不可犹豫。"

大禹不再说话，对蠢牧躬身一揖，转身出去。

6

商均虽登帝位，却终是年幼，连天下是何模样都没见过。身边人除司契之外，再无他人愿听其令。司契在舜帝时便是司徒。他感舜帝之恩，自是全力辅佐商均，不料商均并无人君之志，司契不由得只暗自叹息。

司契如何不知，这天下承平乃大禹之功，眼见其他人如伯夷、夔已、姬龙、伯益、后稷、彭祖、仪狄、解豸等人都暗地希望大禹回来登位，心知大禹实乃天下所归。便选得一日，召群人商讨。并无丝毫意外，所有人均言须得大禹登位，才可承平延续。司契不得已，单独去见商均，将众人之意和盘托出。商均倒是并无激烈反应，在他看来，自己临朝时便未见几人过来，这天子做得殊为乏味，远不如让自己多些时间游玩。司契见商均也无异议，便又再次找人商议，众人均觉，若要大禹来平阳登位，只怕大禹未必肯来，索性昭告天下，让三千八百部落齐往涂山见大禹。

众人虽知大禹广得人心，却还是未料天下部落齐声应允，当即定下日期，平阳百官由司契率领，前往涂山拜禹。

大禹得到讯息，想起蠡牧之言，更不再推托，自己先行往涂山等候。

大燧听闻天下诸侯将至涂山，哪敢怠慢？急速下令，收拾登基之地，重建诸侯之室。大禹回转涂山之日，竟然异事频频。首先是千花齐放，连只在冬天才开的梅花竟然也在夏天开出，其次是万鸟齐聚，涂山任意一块石上，都站立奇禽异鸟。大禹返回之日，时当正午，在他居室之上，飞来一只大鸟，浑身金光闪烁，观其身，竟然是麟前鹿后，蛇头鱼尾，龙文龟背，燕颔鸡喙，似乎一只鸟身上聚集天下所有鸟的特征。尤其其鸟甚大，鸣声悠扬，仰脖长鸣时，引得山谷回响，万鸟争鸣。

涂山部落众人见到此鸟，俱是吃惊，便有人飞报大燧。

大燧闻报，几乎不敢相信，即刻带同随从出门。到得大禹居室，只见屋脊上果然站立一只大鸟，浑身犹如阳光披满。大燧吃惊说道："此乃千载一出之凤凰！"

大禹也是惊讶，他走遍天下，无论何种异事都曾见识，唯独凤凰只是耳闻，从未亲见。今日竟然眼中出现凤凰，也不由暗想，难道天意果真命我为帝？

姒启见到凤凰之时，大为高兴，取弓便要射下。大燧厉声喝道："启儿！不得动手！"

姒启从未见舅舅如此严厉待己，颇为奇怪。大燧说道："启儿，凤凰乃众鸟之王，几百年来，唯黄帝登位时才出现过一次，如今再现，实乃上天命你父为帝。"

姒启不由兴奋，说道："我父为帝，那我也将为帝了。"

大禹闻言，大声喝道："小孩子休得胡言！"

姒启见父亲责骂，反而笑起来说道："父不要凶我，父为天下民众，长大之后，我也会为天下民众。"

大禹和大燧不禁互相望望，觉得这个孩子当真出言惊人。二人都不回答，径看凤凰。

只见那只凤凰在屋脊扬翅，不断啼鸣，整座涂山恍如被金光布满，每一片树叶都像是闪耀金光。

"如此祥瑞，真乃上天护佑天下吉兆。"大燧对身边人喝道，"我等跪谢上苍！"当下大燧跪下拜谢，他身边之人纷纷跪下。姒启也待要跪，却见父亲仍是站立，不禁说道："父不跪？"

大禹仰望长天，眼中欲泪，喃喃说道："大禹跪谢上天！"说罢，俯身跪下。姒启便也在父亲身边跪下。

那凤凰在大禹居室上连鸣三日，才振翅飞走。

大禹三日尽在观看，此刻见凤凰飞去，天空祥云满布，仍禁不住呆呆远望。

7

数日后，天下各诸侯尽皆到来。后羿、重黎等人听闻涂山出现凤凰，俱是惊喜。后羿说道："大禹之功，高于尧舜，你若不做天子，我弓箭不服他人！"

再过几日，司契等人率平阳百官也至。闻得凤凰之事后，惊讶无比。司契不由说道："司空大人登位，非止人心，上天遣下凤凰，便是要我等尽心辅佐，我等如何敢不全力尽心？"说罢，司契双手奉上一大沓树皮，说道："此乃皋陶所制《狱典》，天子往后便可依此典治理万民。"大禹肃颜接过。

待约定之日来临。三千八百诸侯齐聚涂山山坪。近万面部落之旗迎风而飘，五颜六色俱有。待大禹走出庐室之时，万人狂呼，直有天崩地裂之势。山坪上建一大台，台前一堆旺火熊熊。大禹步向大台，一边忽然想到当年初来涂山，便是在此处见女娇舞拳，如今女娇亡故，自己竟然得天下拥护而登帝位，禁不住百感交集。

万人齐声大喊"禹帝！禹帝！"之后，大禹身穿天子之袍，手执舜帝所赐玄圭，走上高台。

万人都已坐下，众人只待大禹开言。忽一阵马蹄声过来。众人齐齐望去，却见是汪芒部落酋首防风带数人过来。防风还未到人群中，便哈哈大笑道："文命！你虽治水有功，却如何能抢商均之位？"

大禹眉头一皱，也不多言，只望住司契说道："依皋陶之典，该当如何？"

司契起身说道："轻君蔑君者，当斩！"

大禹手一挥，大燧、后羿率几个部众立时拥出，将防风摁倒在地。防风大声喊道："文命！你要杀我？你不记得我当日授艺之事？"大禹不答，再一挥手，后羿令几个部众将防风推下，顷刻间提上防风之头。

大禹威严面众，说道："今日我承帝位，要说的第一句话便是，往后天下，以《狱典》为尊，任何人不得违逆！"

他此话一说，万人震慑，齐声答道："不敢违逆《狱典》！不敢违逆天子！"

万人之声齐发，似乎将整座涂山也震动得摇晃起来。

此时正当午时，太阳升至顶点。山风吹拂，满山遍谷之旗被吹得响成一片。

司契在大禹身边喊道："天子登位，诸侯来拜！"

他话音一落，各地诸侯及酋首齐齐站起，向大禹稽首为礼，大禹在台上亦稽首作答。

礼毕之后，大禹扬声说道："当日舜帝禅位于我，我自知德薄能鲜，不足服众，让商均位之，如今天下诸侯聚此，想起先帝之言，'汝惟不矜，天下莫与汝争能；汝惟不伐，天下莫与汝争功'。此言我无片刻或忘，可我终究非圣，若有骄矜之处，任何诸侯都可当面告知，若不告，便是置我不仁。先帝还曾言，天下非一人之天下，乃万民之天下，我当与众诸侯一同治理！"

他话音一落，又是万人齐呼："恭领天子之令！"

东夷酋首息慎走出说道："今天子登位，东夷献上大鼎！"说罢，息慎手一挥，他几个部下抬出一只青铜大鼎。那鼎四人抬起，众人只见上面雕刻精美，俱是神兽之图案。息慎下去之后，后羿也站起说道："天子，我们也献上一只大鼎！"说罢，后羿也是手一挥，他几个部下抬出一只大小和息慎所献相同的青铜大鼎，模样和前面的极为相似。大禹见后羿朝己微笑，立时醒悟，他原本便有将天下划为九州之想。其想法曾与伯益、后稷及后羿等人说过。难道后羿竟然与其他州部相通？以至造出的大鼎才会如此一致？

果然，大禹所料不差，后羿之后，其他州部先后都献上大鼎，一共九尊青铜大鼎，分别为冀州鼎、兖州鼎、青州鼎、徐州鼎、扬州鼎、荆州鼎、豫州鼎、梁州鼎、雍州鼎。鼎上图案除神兽之外，尚有各州山川名物。其中豫州鼎为中央大鼎。这九尊大鼎在大禹面前一字排开，青光闪耀，似乎九州之地，俱在大禹眼前，令人心生敬畏。其他部落也纷纷献上玉帛等物，表示服从大禹之令。

大禹站于台上，将自己对天下想法字字道来，十二州重新划为九州，分封丹朱于唐、商均于虞，改定历日，以建寅之月为正月。他最后说道："我本夏后部落，如今天下重划，也是重归，天下当为国，我将以'夏'来命天下。"

他话音一落，万人跪地，齐声大喊："夏！夏！禹！禹！"

姒启跪在地上，抬头看父，内心说不出的崇拜，暗想："有一天我也要如我父一般站于此地。"他凝视父亲，只见大禹手抚九鼎，巍然站立，然后双臂微张，抬眼望天，阳光罩其身上，神威凛凛，如天神一般，令人心生仰视之感。涂山上万鸟齐鸣，似乎再无断绝。

正是：

沧海横流日，英雄世出时。

大道多歧路，万载谁复辞！

后记

历时九月，终于写完了这部我迄今篇幅最长的长篇小说。

"大禹治水"堪称我国最古老的传说之一。史上究竟有无此一事件，至今并无定论，就连夏朝是否真的存在也众说纷纭。按许知远先生的说法，夏朝存在与否，就目前来看，是一件既不能证真，也不能证伪之事。历史由文字记录，我国最早的可查文字来自殷商甲骨文，并无文字载录的夏朝便显得扑朔迷离，难于考证。

在写这部书时，我感到最惊异的是在对《史记》《竹书纪年》《吕氏春秋》等一系列史书的查阅中，发现不少事件在时间上无法对应，动辄就是几百年的差异，似乎上古之初的种种都被时间罩上无法拨开的层层迷雾，这也无怪屈原在《天问》中起笔便问："遂古之初，谁传道之？上下未形，何由考之？"

更令我惊讶的是，《竹书纪年》对尧、舜、禹的说法与《史记》完全相悖。该书清清楚楚地写有"昔尧德衰，为舜所囚……舜囚尧，复偃塞丹朱，使不得与父相见……帝子丹朱避舜于房陵"等文字。这些说法无不颠覆我们平素熟悉的禅让一说。观二十五史，权力之争，无不伴随血雨腥风。《竹书纪年》的说法在《史记》注释中同样出现，只是司马迁正文所用，仍是一团和气的禅让。这部小说我主要是想刻画大禹，在帝位之争上，没有采用《竹书纪年》的说法。

为查询写作所需资料，我数次入川，得四川省委宣传部和北川县委宣传部、北川县文联等部门大力支持，谨致谢忱。在石纽等地的考察我始终难忘，面对李白亲书的"禹穴"二字我也更为确信，大禹的确生于四川石纽。小说中写到的"血石"是我亲见。血石之奇，不能不感诧异。四千多年前的事物在今天仍无可解释，会令人感觉冥冥中有种神秘。

或因神秘影响，动笔之前，我曾在玄幻与现实之间有过斟酌。终选择以现实笔法来写，是因为现实更适合描写人性。小说故事虽发生在四千多年前，人性却是一样。孟子说的那句"天将降大任于是人也，必先苦其心志，劳其筋骨，饿其体肤，空乏其身，行拂乱其所为，所以动心忍性，曾益其所不能"，原本就是从"舜发于畎亩之中"谈起。孟子未谈禹，事实上，用这段话来对应大禹更为合适。从小说起笔到完成，我脑中时时响起该言。在杜撰这个故事时，我将史书中不多的资料融入其间，尽可能塑造我以为的大禹以及围绕他所发生的种种事件。那些事件大都来自我的虚构，史料不多的好处也就是让我有更多想象的空间。这也是小说需要的空间。

最后想说，每一部作品完成，心里总免不了有惶惶之感，不知打开它的读者会以怎样的眼光对待。因为每一位作家出版作品，最期待的是读者，内心最惧怕的，也当然是读者。

远　人

2018 年 9 月 30 日于深圳